广州新华出版发行集团
广州出版社

**图书在版编目（CIP）数据**

苍茫独步时/盛思吾著．—广州：广州出版社，2015．11
ISBN 978－7－5462－2227－1

Ⅰ．①苍…　Ⅱ．①盛…　Ⅲ．①长篇小说—中国—当代
Ⅳ．①I247．5

中国版本图书馆 CIP 数据核字（2015）第 252471 号

书　　名　苍茫独步时
Cangmang Dubu Shi
出版发行　广州出版社
（地址：广州市天河区天润路 87 号 9、10 楼　　邮政编码：510635
网址：http：//www．gzcbs．com．cn）
责任编辑　陈洁仪
责任校对　蒋美秀
封面设计　友间文化
印　　刷　广州市快美印务有限公司
（地址：广州市恒福路横枝岗 64 号自编 9 号 1－5 楼　　邮政编码：510095）
规　　格　787 毫米×1092 毫米　　1/16
印　　张　18
字　　数　273 千
版　　次　2015 年 11 月第 1 版
印　　次　2015 年 11 月第 1 次
印　　数　2000 册
书　　号　ISBN 978－7－5462－2227－1
定　　价　28．00 元

# 序

不疯狂，无哲学；不痛苦，无思想。

在思想者的孤寂道路上走得越久，我就对这一点越是坚信不疑。

我的创作历程正如我的思想历程，是疯狂且痛苦的。理想主义在世俗法则与秩序面前通常是失败者，尤其是在一个哲人精神被误读、扭曲、边缘化乃至被消费的时代。但在一个人的舞台上，我始终坚持着严苛的创作基调——探讨人类精神与终极命运。我写过三部小说（前两部未出版），主角都是一个追寻——反思二元结合思想者，有以独立视角审视人类文明的狂人哲学家，有追求自由的理想主义青年，当然也有本书中以救世为己任的哲人之侠燕姑娘。他们的思想倾向不同，但精神实质上有许多共同点：以自己生命的最大热情来追寻终极价值，身为现实社会嘲讽的对象却从来没有妥协过。

这个时代哲人的标准在降低，甚至提出一两个新鲜观点就可以戴上这顶大帽。但在我看来，这完全是对哲人精神的侮辱。我对哲人的定义是：必须要能创立独立、完整、宏伟的理论体系并以生命践行其学说，不畏以一己之力与任何世俗力量对抗的方能称为哲人。哲人与功利无关，与世俗名誉无关，他必须是与奴颜媚骨绝缘的。思想者应该是那种即使自己一无所有，也要给世界力量的人，他的极致是狂士，再极致是狂人。

《苍茫独步时》是我最用心的作品，是一部以武侠形式探讨思潮斗争、刻画哲人之侠的小说。它很大程度反映着我的精神经历，可以说，书中的主角燕姑娘，是我目前理想人格的化身。她的白月天霜刀的含义，我在文中揭示得很清楚——刀为狂士骨，月是哲人魂。

以武功救人，是侠之小者，以学说救世，是侠之至者。此书讲的是燕姑娘从侠之小者成长为侠之至者的故事。燕姑娘代表的是什么精神？简单来说，就是末回三个人物的名字——杨臻性（扬真性）、杨仁道（扬人道）、杨度原（扬多元）。我直到目前还认为，狂人精神、人道主义、多元路线的结合虽未必能解决功利问题，却是打破现代精神困境与思想者自铸人格的一条可能的出路。

为什么要采取武侠的形式来写？因为我过去写一些思想随笔时，经常把思潮斗争比喻为“江湖争斗”，既然如此，为什么不能索性来一个寓言呢。我不知读者会怎么看，但当写到燕姑娘十年冥想后走下苍茫山，用“哲人不王功”破掉明画眉的“外儒内法功”时，我一连好几天都不能平静。

现代哲学的一个基本立场是把追寻对象视为一种可能而非必然，自从尼采宣告“上帝已死”以来，所有的传统（包括正在形成的传统）都被放上了审判席。一切思想必须经过鉴别、解析与再生成才能在头脑中为之安排席位，这是独立思考最基本的标准，在这方面我要求自己比要求他人更加苛刻。同时，任何思想只有与活体的人结合才足以成为思想（纯粹字面上的东西只能称为痕迹），而活体的人是千差万别的，与思想结合的程度也是不等的。因此绝对意义上的统一价值体系从来就没有存在过。因此，本书力图展示的只是我所能提供的一种可能性。

我很早就确立了自己的创作原则：不媚官，不媚财，不媚权，不媚势，不媚众，不媚俗，不媚中，不媚外，不媚今，不媚古。很荣幸，我从未改变过初衷。

独行者犹未死绝，世界应该听一听狂人的心声。

**2015 年 1 月 22 日书于广东阳江寂独庐中**

# 目录

# 楔　子

苍茫山上，寂寞岭中，憔悴洞外，倒立松前。

此地在《禹贡》九州之外，乃荒无人烟、鸟兽不至之所，山高万丈，地势如世情之险，方圆千里，萦绕着人心之瘴，云如墨黑，水作血色，天风似刀，木汁流毒，便是江湖上一等一的高手，踏入其间也是有死无生，大罗金仙亦不敢轻易驻足。相传当年道祖老子出关后经过此地，在外面徘徊了七天七夜，终兴叹道："敢身入者，唯天人哉！非道能道，非名能名也。"

直到那离恨之年，怀仇之月，溟涬之日，寂灭之时，其间方闻得有狂吟之声，那声音裂石穿云，又深沉如海，却吟道：

> 恨海应无极，玄思透九幽。天寒穷野地，云断海山头。人心蛇蝎毒，妖氛久未收。千年一过客，遗心万尺楼。昔在鸿蒙处，谁人分夜昼。盘古挥神斧，乾坤立九州。帝俊生日月，春秋永周流。娲皇练秋石，共工触不周。生民纷纷作，世事枉悠悠。万里争战地，人命若蜉蝣。尸骨高太岳，江海为血沟。四万八千岁，哲士哭回眸。俗世千江水，名利两条舟。杞人真智者，天运实堪忧！魔主振衣起，吹雪到瀛洲。投剑昆仑上，狂吟藐公侯。时运既混沌，吾作异端酋。赤手裁天地，笑将庸物羞。大道无终始，智者自明畴。泰壹悬天表，魔魂只逍游！

那狂吟之声却发自一个长身披发的男子，他盘膝坐在倒立松下。他的目光犹如大雨之夜裁破天空的冷电，阳光与他的目光相触都要退避三舍。

男子高吟既罢，淡淡道："你终于来了。"

他指的是立在他身后二丈左右的那个女子，女子同样披着长发，目光宛如深海之底半埋的明珠。这地方并无第三个人，但如果有第三个人，他一定会毫不犹豫地认为：普天之下，千世万世，只有这个女子配得起这个男子，也只有这个男子配得起这个女子。

女子指着倒立松上刻着的字念道："北海沧溟飞冷月，关山铁日扫云楼。惊风吹冷英雄血，再恨人间二百秋！这是你自己题的。这些年来，你在这无人之地冥想，你到底想到了什么？"

男子的语调仍是那么平静，道："魔家练成一身古今独步的武功，败尽了天下英雄，却改变不了世人鄙陋的本性，魔家已放弃救世之思，从此视世人如粪土，不复以之为念。"

女子嘴角浮过笑意，道："你早这么想便好了。普天之下，无一人能与你我匹敌，何况我二人联手？你便跟我回去，我二人灭尽武林门派，再一发并了天下万国，与天地并尊，不亦乐乎？"

男子摇头笑道："你终究也只是个俗人。"

女子道："我俗？"

男子道："你眼中尚有世俗名利，便是俗人，武功再高，权势再大，也只是个凡夫俗子。魔家已决定，要离开中土是非之乡，赴海外另觅乐土。"

男子说到这里，略一停顿，又加重语气道："也要离开你。"

女子脸色立变，一掌往倒立松拂去，倒立松上半截生生断折并飞出数十丈以外。她厉声道："你——说——什——么？"

男子并不回头，道："魔家以魔自居，以狂自任，以恨为心，以傲为骨，独立于天地之外，掀翻血海，你满腹私心，俗不可耐，魔家安能与你为侣？"

女子攥紧拳头，说："这便是你给我的答复？那我们的儿子呢？"

男子道："魔家决矣，不必多言。"

女子甩着长发，沉默了一会，既而狂笑道："也对，你我本来就不是一路人，你是高人哲士，救世不成转而恨世，我是弑父自立、杀人无数的女疯子，你当初是为了让我少杀人，才与我结缘，要把我变成好人，结果呢？有眼无珠的俗人不知你用心良苦，反唾骂你助纣为虐。你从来就没爱过我、真心喜欢过我。”

男子道：“魔家当初志在救世，自然也对你怀有希望。如今，魔家已对世人绝望，自然要舍你而去。”

女子道：“好，好！既然你如此无情，我便杀了你。”

男子仍是淡然道：“你赢不了。”

女子冷笑道：“你我互知根底，武功也许是你强些，但你总会对我容情，而我一心就是要杀你，未必办不到。”

没人知道这一战的真实情况，如果后世还有第三个人来到此地，那他也只会发现，苍茫山依旧苍茫，寂寞岭依旧寂寞，憔悴洞依旧憔悴，唯独倒立松可能只剩下一半了。

女子脸如纸白，问：“你这是什么武功?”

男子仍是盘膝而坐，缓缓答道：“血海独狂功。”

女子咬牙道：“好，好极！我今生杀你不得，但你若就此离去，千世万世也不要再回来!”

男子挺身立起便走。女子又在背后冷笑道：“你或许做得到，但你的后人终有一天会耐不住寂寞，要回中土，回到俗世之中。”

男子不复出一言，下山而去。

他这一去，一晃便是一百三十年。

# 第一回　不速之客

朝发广莫门，暮宿丹水山。左手弯繁弱，右手挥龙渊。顾瞻望宫阙，俯仰御飞轩。据鞍长叹息，泪下如流泉。系马长松下，发鞍高岳头。烈烈悲风起，泠泠涧水流。挥手长相谢，哽咽不能言。

四尺宣纸上题着晋人刘越石的一首《扶风歌》，七十个龙筋虎骨的墨字跃然纸上，法度精严中隐隐然有一股屹然挺立的傲气，更切合刘越石作诗时慷慨悲郁的襟怀，内行人一看便知必出自名家之手。一个十一二岁的男童与一个八九岁的女童分别拿着卷轴两头，颇有些不安地望着围观者。明日便是重阳佳节，麻城市集上客人甚多，小商小贩正好赚些小钱。这两名童子手持这一幅字到市集上卖，倒也引来几个衣冠楚楚之人观看。

一个胖子油光满面，手拈一把竹骨纸扇，俯下身来细细看了两遍，却见题款处写道“藏书山主庄”，虽不知是谁人，但两名童子貌样斯文白净，至少也是家境中等以上人家的孩子，多半是小孩儿在家待得腻了，趁节日人多出来玩耍，哪像当真要钱使的，只怕这幅字有些来历。胖子心道：“小屁孩儿偷了家中东西来玩，我花几十钱买下来，或许有些好处，纵无好处，于我何妨？”遂堆笑道：“小朋友，你这幅字端的是谁写的？告诉伯伯好不？”

那身穿白衣的女童，一张圆脸粉扑扑的，眨着大眼睛道：“我当然知道，只是不告诉你。我又不认得你，你如何便敢自称我伯伯？你讨我便宜，我不卖你了。”那身穿青衣的男童朝她使了个眼色，对胖子说：

"休管谁写的，你买米还要问谁种的不成？要买便买，不买，休要啰嗦。"

众人一乐，倒想不到这俩小儿傲气得紧。胖子依旧笑眯眯的，从腰囊中点出五十个铜钱，叠在掌心，道："小朋友莫急，你看，我五十个铜板换你这幅字可好？"麻城市集上也有卖题过字的扇子的，几文钱一把有余，但名家书法焉能如此计算？这胖子脸上笑得好看，其实明欺小孩不懂事，精明到了极点。众人也觉有趣，只看那小孩如何应对。

谁知男童把嘴一撇，五指一伸，道："废什么话！真要买时，取十两白银来。"

众人哈哈大笑，一幅字竟敢卖到十两白银，这俩小儿真是不知所谓之至。胖子还想要编些什么话骗男童，却听见街上锣鼓声响，一人高声喝道："知府大人到！"

胖子转过身来，却见叫卖的、看货的、过路的早已拜伏在地，两班衙役簇拥着一顶高轿，看来真是知府丁大人到了，连忙也伏在路边。胖子屁股甚大，高高颠起，把旁边两人都挤开了。

轿夫把轿放下，一个身着四品官服的老爷揭帘而出，唇边翘起两撇鼠尾须，微有得色，把眼睁开，淡扫一圈，把手往上略抬了抬，道："本官视察民情，众乡亲不必多礼。"却又瞥见两个小儿只站着看，并不行礼，心头微怒，却又不好发作，咳了一声，手招一衙役上前，吩咐了几句。那衙役踏步上前，喝道："兀那两小娃子，是谁家的？在此做甚？"

众人心头均是一惊，传闻这丁知府为人最是小气，不肯放过一个稍略得罪过他的人。麻城县属黄州府，这丁知府上任一年有余，吃过他苦头的黄州百姓委实不少。他大号叫做丁贵严，进士出身，黄州百姓暗中叫他丁鬼眼，意思是他像鬼一样，盯谁谁倒霉。此人倒也不贪赃受贿，颇有些廉名，然尖刻苛猛，闲中偏好与人生事，比寻常的贪官污吏还险毒些。众人见他生事生到俩小儿头上，心头惴惴，更不敢抬起头来，只恐丁贵严的贵眼瞄到自己身上。

女童眨着眼睛道："你是个做官的吗？我爹爹说，现在做官的最不是东西，不是豺狼害民贼，便是道学大头巾，满口虚言，一腹坏水……”众人无不变色，衙役们连声喝道：“住口！”“胡说八道！”“小畜生，敢冒犯朝廷命官！”丁贵严脸色更是难看。女童被喝了两声也不敢说了。

男童毕竟大了几岁，知道这次闯的祸当真不小，也有些害怕起来，当下强自镇定，作了一揖，道：“大人，我与妹妹出来卖字，我妹妹才五六岁，什么也不懂的，冒犯了大人，大人自不必和她一般见识。”女童本已八岁，男童把她年纪说小了两三岁，丁知府若是与她计较，便显得有失威仪了。

丁贵严心中愈恼：“你这小畜生敢来与我支吾！你老子更是无法无天，说不定是哪里的乱党，不然怎教你妹说出这等悖逆疯话？待本府慢慢盘明，将你家大人拿下，岂不又是大功一件？”于是脸上浮出一丝微笑，道：“童言无忌，本府怎会与你们一般见识？你是谁家孩子？卖什么字？是谁写的？”

男童见两班衙役如狼似虎，毕竟没遇过这种排场，心里发怵，不敢不吐实：“是我爹爹。那个……我爹爹不知道，是我和妹妹偷偷从他家斋中拿出来的。我们……那个……我们合计卖了之后给朱阿婆家的小翠买布做件花衫子。小翠……想穿新衣裳。”

丁贵严听他说什么朱阿婆、小翠的，好不耐烦，让衙役把那卷轴呈上来看，一眼下去，吃了一惊，又用手指点着看了一遍。他曾在翰林院供职，见识可比胖子高明得多。他卷好卷轴，问：“令尊是玄海居士庄先生吗？”

女孩道：“你问我爹爹吗？我们姓庄，我爹爹名上道下甲，你知道我爹爹吗？”

人群中有几人轻轻“哦”了一声，丁贵严也微微点头：“原来是庄公子、庄小姐。”庄道甲表字法言，号玄海居士，本籍泉州晋江，现居龙潭湖边笃吾庄上，乃当今凤毛麟角的大名士，士林之中无人不知、无人不晓。只是他生性清散狂傲，非神契者不与言，更痛恨道学之流，唯隐居著书，偶亦讲学。丁贵严到黄州府就任以来，三番四次请他赴府会晤，后更亲自拜庄，庄道甲均避而不见。丁贵严心中立时有了打算："我为官清廉，未曾懈怠，办事干练，朝廷很是满意，死后纵然入不了《循吏传》，也能于乡梓立座功德碑，何不再揽个礼贤之名，日后史官也好书写？那庄道甲的字号玄海体，独一无二，俩小畜生也认了，决计不错，我骗这小畜生把字送给我，最好顺便引见老庄，岂不是好？"想到这里，更笑道："玄海先生名满天下，谁人不知？贤侄回去代我拜上令尊，就说知府丁某拜问玄海居士安好。令尊这墨宝下官甚是喜爱……"

此时忽听到一个爽朗的女声笑道："你羞也不羞？为骗小孩子的东西，连'下官'也说出来了——"

那群衙役纷纷叱道："是谁？""滚出来！"四周望去，只见一个知府、一群跪伏着的男女、两个小孩，哪有别人？却又听到有人"啊"的大叫一声，原来是知府丁贵严，身子乱颤，缩到轿边，手指着落在地上的官帽，帽上明扎扎地钉着一枚两寸长的燕子镖。众衙役呼呼喝喝，将丁大人扶回轿中，也不敢搜捕刺客，赶开人群，急匆匆地走了，众人都是怕事的，谁敢不走？不一会儿，一个热闹市集便落得冷冷清清。

两个孩子出了城，又怕，又愁，又急。女童道："哥哥，刚才慌乱中爹爹的字被撕坏了，怎么办？"男童道："只好如实跟爹爹说了。爹爹的字很多，多半不会生气。"女童道："爹爹也许不会恼，但咱们出来太久了，娘亲肯定要担心的。"男童道："还不是你，本来小翠要新衣裳，咱们跟爹爹直说，爹爹会不给吗？是你自己贪玩，想出这种鬼主意。"女童道："我是想试试爹爹一幅字是不是真的能在城里卖十两银子。若是真行，多出来的钱给小翠多做几件衣裳也好啊。"

俩孩子这么说着，天色已暗了下来，两人也加快了脚程。女童道："要是天黑前赶不回去，那就糟了。"男童道："明天是重阳，爹爹今晚要与王老先生他们坐谈论道，多半要喝醉了，顾不上我们，只是娘亲可要发愁了。"女童见天色暗压压的，害怕起来，问："哥，会不会有坏人、野兽？"男童道："别自己吓唬自己，快走便是！"但心中也着实有些害怕。

又走了一段路，却听得背后有人喊道："庄公子！庄小姐！"声音煞是好听。俩孩子回过头来，只见一个高梳双髻、面目清秀的红衫女子骑着一匹黑驴。男童大着胆问："姐姐，是你叫我们吗？"红衫女子淡淡一笑，春眉舒展，说："是啊。你们要回家吗？姐姐送你们一程好不好？"

俩孩子打量那年轻女子，见她眉目如画，笑得甚是好看，对之自生好感。男童道："姐姐，我们不认识吧？"红衫女子道："怎么会呢，我们早就认识啦！我叫小翠，朱阿婆家里的，你不记得了吗？"男童一愣，随即明白，道："原来姐姐听到我们讲话，来取笑我们。"红衫女子说："我是听到你们讲话，可是我真的姓朱叫小翠呀。"俩孩子摇头表示不信。

红衫女子说："初次见面，送点东西给你们玩。"从腰间摸出两件物事来，放到俩孩子手里，俩孩子见了不识。女子说："这东西叫燕子镖。有什么坏人想欺负你们，姐姐就起手一镖，像这样——"却见她手上晃了一晃，半空中一声嘶叫，一只老鸦堕地。

俩孩子惊得合不拢嘴来。红衫女子笑道："这一下不过是雕虫小技，委实不值一提。你们若是有空跟姐姐玩，姐姐教你们好多功夫。"女童问："姐姐，什么叫功夫呢？前年我见过有人用胸口碎大石，那是不是功夫？"红衫女子摸了摸她的头，笑道："那是江湖上九流笨家伙的骗钱伎俩，咱们要学，学好的，那些蠢玩意儿学来做什么？"男童问："那姐姐你的功夫是第几流呢？我看不是一流，也是二流的了。"红衫女子咯咯笑道："这话你小孩子说说便罢了，要是在江湖中这么说，别笑歪了别人嘴巴。姐姐学功夫很笨的，第一流的功夫，那是顶有能耐的人才练得了，姐姐这点本事呀，说有第四、第五流已经是抬举了，江湖之上，功夫比姐姐强十倍、一百倍的多的是。"

俩孩子"哦"了一声，顿时对红衫女子说的江湖充满了好奇。红衫女子把兄妹俩扶上了驴背，自己牵着驴，问明了他家方向，往驴肚子踢了一脚，那驴屁颠屁颠地小跑起来。红衫女子问："庄公子，庄小姐，你们叫什么名字呢？”男童说：“我叫庄灵，我妹叫庄萱。姐姐，你到底叫什么呢？”红衫女子说：“你们把名字都告诉了我，我们就是好朋友啦，我自然不会瞒你，我姓朱，却不叫小翠，我叫朱铁儿，铜铁的铁，你记住了吗？”男童道：“铁儿，铁儿，为什么这名字这么怪呢？姐姐，你今年几岁？”朱铁儿道：“我大不了你们几岁，今年也就十七罢。嗯，姐姐像你们这个年纪时，日子可不好过呢。那时姐姐在街头玩杂耍赚些辛苦钱，恶人欺负姐姐。直到十五岁时，遇到了我燕姐姐，那才好了起来。”

庄灵道：“朱姐姐，燕姐姐又是谁呢？她功夫好不好？和你比怎么样？”朱铁儿笑道：“那怎么能比呢。别看燕姐姐只大我两三岁，她的功夫可比姐姐好太多了，江湖上新晋的豪杰，估计没有哪位比得上她的吧。姐姐要是有她十分之一的功夫，也足以在江湖上逞威称豪了。嗯，江湖上的事，日后慢慢给你们讲罢。庄公子、庄小姐，我很喜欢你们，庄小姐骂那狗官，我在楼上听着，可解气呢。”庄萱有些不好意思地笑了。

朱铁儿说：“我听那狗官说，你爹爹叫什么玄什么海的，那是武林中称呼他的外号吗？我没听过这位前辈英雄。”玄海居士庄道甲名高宇海，朱铁儿却没听过他的名字。庄萱说：“不是，我爹爹是读书人，会写诗、填词、弹琴、写字、画画、下棋，但不会动手打架、胸口碎大石、燕子镖什么的。”朱铁儿“哦”了一声，说：“原来如此。你朱姐姐识的字加在一起也没有两百个，作诗填词什么的，那是杀了我头也不会的了。庄公子，庄小姐，你们识多少字啊？”庄萱说：“我能背几百首唐诗，宋词也知道三四百阕。”庄灵说：“我也强不多，只是读过《昭明文选》，学过作赋和歌行体。”朱铁儿连连颔首：“你们读的书，朱姐姐十辈子也是读不来的了。”庄灵说：“但我爹爹说，读书多也不见得有用，如果读书读得食古不化、循规蹈矩，那就是大大的笨蛋，至于读得口是心非、老奸巨猾，更是可杀可剐了。大丈夫行事，一要光明磊落，如日月经天，二要率性而为，如行云流水，可惜这世道都教假道学大头巾坏了。”朱铁儿又问了几句庄道甲的为人，叹道：“你爹爹虽不会武功，与我燕姐姐却是一路人。这样的人，别说读书人中少有，江湖上成名的英雄豪杰，也鲜有能做到的。我以前以为读书人都是腐儒、脓包，看来是我错了。”庄萱问：“朱姐姐，燕姐姐也读书吗？”朱铁儿笑道：“我们这些江湖儿女，虽也不是没有读书多的，但大多数半生在刀尖上打滚，唯恐一天不练功夫，明儿就让人杀了，哪有许多闲情来读书识字。”

庄灵与朱铁儿谈了这么久，见她容颜秀丽，态度可亲，初时一点防备之心也渐渐消散，说：“朱姐姐，我爹爹虽不收没底子的学生，但我娘有时也教庄里的吴婶、陆嫂她们识字，朱姐姐若想读书，我让我娘教你好吗？你人又好，长得又美，我娘一定很喜欢你的。”庄灵、庄萱均想父母从不禁自己与外人来往，朱姐姐虽大了几岁，但会的东西实多，又知道许多稀奇古怪之事，若肯跟自己回家玩耍几日，实是乐事。朱铁儿又笑道：“多谢你啦。你朱姐姐是个蠢材，蠢得像猪像铁一样，只会舞刀弄剑的粗笨活儿，要我提笔写字，可烦烂我的手指头啦。”

月上柳梢，龙潭湖畔风平浪静，三人已到笃吾庄前。朱铁儿抱兄妹俩下了驴，说：“庄公子、庄小姐，咱们这就告别啦。”庄灵、庄萱还欲挽留，朱铁儿说：“朱姐姐还有些事情要忙。你们放心，姐姐不论什么路走过一次就能记得，日后姐姐有空再来看你们，教你们几手好玩的功夫。”

兄妹俩向庄门走去，迎面来了一老汉，挑着灯笼，一见二人，喜得朝门内高喊：“小相公、小姐回来了！”连喊了几声，却又问：“小相公、小姐，你们到哪里去了？相公、夫人可焦心得紧。”一个中年妇人从里面奔出来，抱住兄妹俩直叫：“心肝，你们跑到哪里去了？为娘可——”说着便落泪了。庄灵伸出小手帮娘梳理鬓角，说：“娘，我们到城里去玩，有趣得很呢！”妇人责道：“胡闹！小孩子怎能自己去乱走？我与陈伯、陆嫂他们找了你们几遭，翻遍了附近山头草丛，怎么却跑到城里去了？”她这样骂着孩子，脸上却浮现喜色。

庄萱问：“娘，爹爹呢？”妇人道：“他和王老先生在说话。你们快去见爹爹，他也担心你们。”这妇人便是庄道甲之妻，娘家姓卓。

卓夫人拉了兄妹俩的手，急急走入内堂，道："道哥，孩子们回来了。"卓夫人原是庄道甲业师的闺女，夫妇二人感情笃厚，卓夫人称他为道哥。内堂中摆着一席酒馔，四人分宾主而坐，主位上一人形貌清癯，三绺美髯，点头道："回来便好，快来见过王老先生、颜梁二位伯伯。"兄妹俩跪下磕头。那三人都是书生打扮，上首一人鬓须俱白，精神矍铄，乃当代大名士王虚者，泰州人氏，师从一代巨儒余宗心，得其心传，成名在其余三人之前，年辈亦最长。另外两人颜林樵、梁汝山也是一时士林翘楚人物。四人皆矫然独行，志趣相投，以道义相交，为士林正直之士所仰慕。颜林樵道："听说贤侄走失，吾等亦颇担挂，贤侄回来那是再好不过，只是嫂夫人受惊了。"

兄妹俩与卓夫人回房休息去了。庄道甲道："每年重阳论道，梁兄最言辞激切，甚多灼见，然吾观兄长自入庄以来，似有忧色，不欲多言，未知何故?"

梁汝山道："法言兄真知我者！实不相瞒，梁某运蹇，只恐今夜之会，是你我四人最后的聚首了。"王、颜、庄三人大惊："此话怎说?"梁汝山只微微摇头。

庄道甲正色道："我四人洁身自好，生于斯世，难免见忌。何况梁兄胸怀大志，欲正人心，更为权门所不容。梁兄莫非又得罪了当朝权贵么?"四人皆气高拔俗之士，非道学名教所能羁络，非议时政、抨击理学，直道而行，深为权门所忌。四人之中，又以梁汝山最为热心时政，早年就因抵制官家无理征税而被捕，为友所救出，又到京师聚徒讲学。当时权臣山高当国，残害忠良，梁汝山与之斗争，后来山高被罢黜，梁汝山亦遭迫害，遂逃离京城，漫游天下讲学。其学主张以欲为性，以会取代身家，合族而居，与时识甚是不同。

梁汝山道："美人见妒，贞士见放，千古不易之理也。想嵇叔夜人中之龙，尚见害于司马、钟会，况方今之世，酷毒于魏晋之时远矣！想王老先生之师余公，高才不世出，只因触忤阉竖柳瑜，竟遭廷杖。士人生于斯世，不亦悲乎！梁某言行狂悖，见恶于朝中执衡者久矣。"

颜林樵道："执衡者？可是首辅张处顺么?"梁汝山道："正是此

人！他命人追捕梁某，梁某一时逸去，自知不免，故来见三兄最后一面，以尽交谊。”

王、颜、庄三人点头叹息。庄道甲慨然道：“梁兄，你奔走天下，传道立心，不惜躯命，虽不能称意于斯世，千载之后必有知者。大丈夫求仁得仁，幸甚至哉！梁兄若殉道，庄某他朝必步其后，至性之人何畏生死，试看千秋百世，与屈子、嵇公争烈！”言罢一拜到地。

梁汝山连忙扶起，他们志同道合、见识超迈，岂似俗人以死生为意，王、颜二人亦是此心，不必多说。四人默然良久，颜林樵忽把掌就案上一击，道：“吾只恨剑术不精！想前朝王著，生碎巨奸阿合马头颅，何等畅意！安得一聂政、荆卿，生刳巨贼之肠，为天下正直士人洗恨吐气！”颜林樵虽为名士，素好游侠，急人之难，尝周游天下，颇多奇行，只是未得高人点拨，谈不上有什么了得功夫。

王虚者摇头道：“一剑之任，如何改变时局？纵然诛得一二奸人，也不过驱狼进虎耳。聂政、荆轲尚不能自保，至于聂隐、红线之流，则传奇虚造耳，天下岂真有是人哉？”

颜林樵道：“王老先生识穷今古，余所钦服。然颜某游历天下，虽见闻陋寡，亦知江湖草莽之中，多隐奇器，为龙为蛇，未可尽量。庄兄，你评点《水浒》，不知尝亲睹草泽豪杰行事否？”

庄道甲笑道：“庄某虽览施、罗二公《水浒》奇书，亦随手批评过几笔，不过书生意气寄志耳，岂曾真睹其事。”梁汝山道：“颜兄既然提及，必有高论，愿一闻之。”颜林樵道：“梁兄知我！余昔年于险山曲水之中，亦尝得识一二才技侠士，然皆中质，不足深表。不期今番赴约途中，亲睹奇事奇人。方信聂隐、红线之诚有也，快哉快哉！”自斟满盏，一饮而尽。

王、梁、庄三人忙问备细。颜林樵道：“余数日前客栈歇脚，客人甚多，却有十数人麻衣顶笠，腰佩短刀，似系江湖豪客，他们窃窃私议，似有所谋。余入房就榻而眠，入梦未久，忽觉颈畔森凉，睁眼看时，一惊非小，一口长刀悬余颈上，其旁数条大汉，正系彼伙。一老叟貌似六旬有余，低声道：‘要性命则噤声！借你房间用用，继续睡，不准偷看！’余唯有闭目。却闻得一人道：‘师叔真是神机妙算，一眼便相出那店小二是鹤鸣派的点子，今晚鹤鸣派必来偷袭，咱们却换了房间，在原来那房留下九绝迷魂散给那些王八蛋。’老者冷冷道：‘休要怠懒。青城派文大先生这次金盆洗手，着实震动了川陕的武林，连荆楚吴越的各大山头也隐然将有动作，一路上盯着咱们的人真个不少。上次鲤鱼塘一战，折了我们六位兄弟，此间到钓鱼城尚远，莫要松懈了。’又一人问：‘师叔，文大先生是青城派高手，他金盆洗手，为何不在青城山召集大众，反而到川东钓鱼城开会？’老者道：‘你小娃子懂得个屁！青城派多是道士，几位首脑中只有文大先生是俗家，他在川东重庆经营十几年，朋友、弟子等根基在彼，青城掌门铁树道人刚逝世，文大先生就金盆洗手，必有重大隐情，钓鱼城上难保没有一场腥风血雨。’刚才那人又问：‘哦，文大先生与我们雄帮主有交情，因此请我们赴川助阵，对不？’老者道：‘没出息的东西！雄帮主是说赴川助阵，但助的到底是谁，还得看看形势。这次赴川的帮会中，有几个与我们着实有些恩怨，若有机会，一发把他们给料理了，鹤鸣派自然是要对付的，但最好假手于人。我教你们都改换钱塘帮的打扮，还不就是为了一石二鸟，给咱们省点事？’余暗记其言，屏息不语。

“此时却听得一个女声道：‘龙隐帮没出息的小子，冒充钱塘帮想暗算鹤鸣派，姑娘平生最瞧不起的便是鬼鬼祟祟的东西，都给我滚出来罢！’旋即闻六七人掣动兵刃，门外似有异状，一客栈皆惊。余睁目偷望，却见那伙汉子都给兵刃钉在墙上，兵刃贴体而过，仅洞其衣，未伤其命，彼人俱不能动，不知何故。又见房中多了一女郎，苗条高挑，掌中一盏烛台，她转过脸来，真是明艳不可方物，如天人一般，只是神色冷傲。老者似颇为硬气，虽不能动，犹朗声道：‘我是龙隐帮庞焦，阁下是鹤鸣派的吗？好生了得。’女郎冷笑一声：‘鹤鸣派算什么东西？我听说你龙隐帮九绝迷魂散有些道数，为何不使出来？’姓庞的老者道：‘我帮九绝迷魂散，江湖上闻风丧胆，只是阁下出手太快，来不及使出来而已。’女郎道：‘哼，我也知道你不服。’往庞老者身上一拍，双手往背后一叉，道：‘你只管使出来罢。’庞老者便能动弹，还装出手脚不灵的样子，说：‘姑娘尊姓大名?’却把什么东西望空中一撒。女郎动也不动，只是冷笑，庞老者却不知为何，颓然倒地。女郎又道：‘九绝迷魂散？笑话！我告诉你们这些不成器的东西，你们三更半夜惊扰客人，罪过不小，若是无辜客人有半点伤损，姑娘教你好看！今番便先饶了你。’言罢倏然不见。余又惊又叹，复见余人尚未能动，乃退房而去。掌柜惊疑未定，竟疑余系江湖盗寇之流，不敢纳余房金，但求勿受牵连。王老先生，此事余亲目所见、亲耳所闻，焉敢不信斯世奇能之士诚有也!”

王、梁、庄三人齐呼畅快。王虚者捻须道：“老夫格物半生，不料天下竟有是人！武技不足深论，彼行事之奇可赏也。可喜！可叹!”庄道甲道：“今世陋人，皆贵男贱女，庄某每谓此不通之论，人有男女，道安有男女！如斯奇人，庄某恨不得亲识之。”言罢深叹。

四人又饮了些酒，庄道甲唤陈伯去添。梁汝山道：“适才闻颜兄自述所见，余信江湖草泽之有真人矣。想今世士林中人，非为权门所网罗，则为空言所拘束，既无济世惠人之心，亦不知欲即性、人心即太极之理，斯可谓‘鲁少儒’哉。既无望于士林，胡不求诸草泽？而又恐草泽之中，亦是虫多龙少耳。”颜林樵道：“余素以为经术文章，不应为儒者独占，若能普行开化，使士农工商技侠之流尽沐其风，树天下人共同共明之学，则世风可移，大道可昭矣。”庄道甲云：“圣贤菩萨行事，无非真心一片，苟有真心，即为真人，读书多寡安足论！人心之真，莫过于人之初。童心者，心之初也。世风之浊、道学之丑，皆在失却童心耳。学而失童心，则学何益？只恨人心久惘，世道倒颠，纵有真人哲士持童心者，亦不能见容于斯世也。”三人皆点头称是。

却听得外面陈伯惊叫一声：“什么人？你们怎地——哎哟!”之后又是一阵急剧的脚步声和木头破裂之声，直传入内堂来。卓夫人与庄灵、庄萱吓得未及更衣就跑了出来。庄道甲正要起身去看，五条汉子已堵在门前，短衫短裤，手臂肌肉虬结，都带着兵刃。一个胖子从后头闪出，身材不高，衣服却甚是华贵，笑道："哪一位是玄海居士庄道甲？"

庄道甲向王、颜、梁三人使了个眼色，正色道："我姓庄。阁下若是求财，卧室有些银两、古董，书斋中有些古书、字画，任阁下取去。若是有何仇怨，只在庄某一人身上，他们是我的朋友、家人，你不得为难他们。"

胖子呵呵笑道："庄先生倒很有骨气！兄弟们虽穷，倒也不要你的银两、古董，古书、字画在兄弟眼里更是如草纸一般，有个屁用？兄弟也是不久前才知道玄海先生的名字，谈得上有甚仇怨？实说了罢，有位朋友想见见你，教我们来请你走一遭。兄弟们都是粗鲁汉子，先生不要教大伙为难才好。"

庄道甲心头颇怒，想："若只我孤身一人，玄海居士是何等样人，纵然一死，岂受尔等屈辱摆布？但今日有我的好友、家人，却由不得我自择了。"把头一昂，凛然道："庄某是读书人，不认得黑道上的人物，诸位要庄某行可以，却不得锁拿催逼，庄某清白人家，玄海居士四个字于当世也有些名望，是不受尔等凌辱侮慢的。"胖子笑道："我们那位朋友吩咐我们来请你，自然对你要客客气气的。然而庄先生不知道江湖上的事，若我们真要为难你，嘿嘿！你便要求死只怕也没那么容易。庄先生要带什么东西，请吩咐夫人去取，这几位朋友也请自便吧。"

梁汝山道："尔等可是张首辅派来的么？我梁汝山在此，他张大人要寻事，只在我身上，休要牵涉他人！"

胖子"哼"了一声："什么首辅张大人，值得在我们面前提起？你不必胡乱猜测。这位夫人，怎么不去给庄先生收拾几件衣服？"卓夫人咬紧牙关，看着庄道甲的脸色。庄道甲点了点头。那些汉子让开一条道路，放卓夫人出去。卓夫人出了内堂，见庄门已被劈烂，陈伯、吴婶眼泪汪汪，不知所措，陆嫂不知躲到哪里去了。此地离县城甚远，报官是无论如何也来不及，即便高声呼救也无济于事。卓夫人只得茫茫然回卧室包了几件衣服、二三十两银子，又走进内堂交给庄道甲。

庄灵、庄萱已哭得一塌糊涂。庄道甲背了包袱，向王、颜、梁三人深深一躬，道："王老先生、颜梁二兄，你我交谊深厚，不必多嘱，王老先生年事已高，善自珍重。梁兄，你我勿负前盟。颜兄，愿你多睹奇人奇事，记以奇文，流传后世。”梁汝山道：“庄兄，此一别恐成永诀，梁某残躯不足惜，你儿女尚幼，愿忍一时之辱，早日归来。梁某若尚未死，你我再煮茶论道。”他自知开罪首辅张处顺，干系非小，恐再连累亲友，已暗中打定主意，今番重阳一聚后，便赴官自首，一死求仁，只是此时不说而已。庄道甲正色道：“梁夫子真乃上九之大人，他日必光照千秋史简，庄某得梁夫子为友，一何幸哉！且看幽冥鬼狱之中，数千年是非竟是谁论！”他们二人互参神契，心照之余，热血上涌。

颜林樵道：“庄兄，君每云嵇叔夜遭刑而阮嗣宗独生，虽倚酒自醉，终不免见欺于司马氏，生愧知交之义，死失高士之节。吾虽非古人之比，愿与庄兄同蹈火海，教后世传颂，今之四友犹胜前代七贤。”王虚者道：“不能尽交谊、共患难，何以致良知、明本心？老朽格物数十秋，两鬓斑矣，岂惜残年！法言，老朽与君同行。”

胖子哈哈笑道：“好！庄先生，你的朋友都很有义气！若你们是武林中人，兄弟很愿意交交四位朋友，只是你们偏是读书人，诗云子曰，啰里啰嗦，兄弟着实受用不起。这三位，我们只请庄先生一人，你们要去，兄弟可不管饭，只怕路上还教你们受些惊吓，因此还是免了罢。兄弟虽是没教养的粗人，还懂得信义两个字，着落在我身上，担保早则三四十日，迟则五六十日，送庄先生回家团聚。庄先生，请罢！”

庄道甲唤妻儿到身边，说：“夫人，带孩子到岳父家去罢。我若不归，你可自嫁他人养身。”卓夫人含泪摇头。庄道甲又摸了摸庄灵、庄萱的脑袋，说：“跟着你娘，好好读书。萱儿年纪小，灵儿你也照看着她。我一生耿介狂傲，灵儿日后处世，即使不学你爹爹，也切不可效那腐儒、假道学之流，曲学阿世，害人害己。你爹爹写的东西，均发于胸中独见，后世识者自知我心。明白了吗？”庄灵、庄萱只啜泣不停。

庄道甲又向王、颜、梁三人一揖，再望了妻子一眼，昂然出堂而去。

王、颜、梁三人安慰了卓夫人，又自商议了一晚，纵然满腹经纶，也是苦无对策。明日一早，三人只得辞去，嘱咐卓夫人倘有音信便来通知。卓夫人失魂落魄，当下便病倒了。陈伯进城报官，好不容易等到知府丁贵严升堂，记了个大盗绑票案件，发牌着令差役追查了。一个牌头带几个公差到笃吾庄上转了一圈，吃了好些酒肉，问了几句情状，心想这些江洋大盗岂是能办得了的，横竖案子不是发生在城内，丁贵严亦不来追比，拖着拖着自然化有为无。这些公差多是麻城本地人，久闻玄海居士的大名，临行也不忘卷走几幅字画作为证物。

庄灵伺候母亲喝药，庄萱却只是哭泣，庄灵心烦意乱，没奈何处。卓夫人喝药之后，并不见好转，陆嫂要到城里去再请大夫，庄灵心急定要跟去。走到半路，忽闻背后一女子喊道："庄公子！"庄灵回头望去，见一女子骑着黑驴，笑靥如花，正是朱铁儿。庄灵忙唤陆嫂稍等，应了声"朱姐姐"，朱铁儿道："庄公子，我办完了事，正想去找你玩，你怎么又出去？"庄灵心中灵光闪动："朱姐姐本事甚大，或许会有办法。"遂把事情经过说了一遍。庄灵年纪虽小，人却聪明，说得甚有条理。

朱铁儿蹙额道："点子报了名号吗？是哪个山头？哪个帮派？"庄灵不懂，怔然望着朱铁儿，朱铁儿说："哦，他们有没有说是什么人？"庄灵摇头。朱铁儿又问："领头的是个胖子？穿得甚是华贵？长什么模样？"庄灵比划着说了。朱铁儿又问："他们投西去了？"庄灵道："陈伯看见是这样的。"朱铁儿寻思："虽无多少线索，但那胖子应该甚是好认。事发不到两天，我急向西追，或许会碰得上。只是不知对方什么来路，他们有六个人，似乎是江湖老手，我单枪匹马的未必对付得了。嗯，管他对不对付得了，追上去再理会。"遂说："庄公子，这件事朱姐姐揽在身上了。咱们一见如故，也不必多说，你好好照顾你母亲、小妹，朱姐姐拼了性命，也把你爹爹救回去。"庄灵想到那六个人粗豪彪悍，朱姐姐样子娇怯怯的，未必对付得了六条恶汉，又听她口气，有些担心，说："朱姐姐，千万保重，那些人都凶得很。我……可不能连累了你。"朱铁儿见他语气真诚，也颇感动，笑道："好庄公子，你只需担心你爹爹娘亲，不用为朱姐姐担心。朱姐姐的命贱得很，没了就没了，何况我又不是一定会死，说不定那六个都是废物，我吓他一吓，就全吓跑了。”

庄灵这才稍为宽心，又说：“要不是我要照顾我娘，就跟了朱姐姐去，看你怎么教训那些恶人。”朱铁儿说：“庄公子，你这就是孩子的话了。你又不会武功，去了何用？反要我分心照顾你，你朱姐姐的功夫也就那样，要照顾别人就只怕办不来啦。”

与庄灵告别后，朱铁儿调转驴头，向西而去。这追踪之事，便是江湖中人也并非轻易能做，对方已走了一两日，又不知来路去向，要追踪成功，直如大海捞针一般，就算己方有大量人手，平时又在各地布有众多眼线，也未必办得到。朱铁儿的武功也非出奇的高明，更无甚大势力，如何能一个人去追踪？原来她却有个计较，她听了庄灵的叙述，觉得不像是荆楚一带的土匪、黑道所为，近来西方武林最大的事，莫过于青城派文大先生金盆洗手，许多帮会人物都赴川与会，对方既然向西，或许与此事有关，而且她在川东也有几个相识，或许帮得上忙，遂向西碰碰运气。当然，这样追踪法任谁也无把握，成数极微，但她既交了庄灵这个朋友，总不能袖手旁观。如果那些人向东、向南，朱铁儿就真是一点办法也没有了。

庄道甲跟了那胖子上路，走了几十里，却有五六个服色相似之人牵了十来匹马来接应。胖子问：“庄先生，你会骑马罢？”庄道甲说：“早年学过。”那胖子叫人给了庄道甲一匹马，众人上马继续赶路。庄道甲几次试探对方口风，众人多半不应，那胖子表面甚是客气，但对于身份来历一句也不肯透露。庄道甲从未在江湖上行走过，只觉这些人行事诡异，殊不正大光明，但他置生死于度外，也不焦躁，反观赏起沿途景致来。有马之后，脚程便快，那胖子嘴里虽不说，脸上却渐有得色，庄道甲素善观人，便知离目的地已渐渐近了。

一天早晨，胖子在客店中召集众人，道：“今日开始咱们便走山路了，马匹照例送到三里外赵师弟处养着。庄先生，你只怕要换双草鞋，接下来的道路不好走。”庄道甲道：“无妨。你们这是要入川了？”胖子瞪了他一眼，并不作答，算是默认。庄道甲道："庄某虽甚少远行，九州区宇、东西路途还是知道的。不知是哪位请我，竟费如此周章。"胖子说："庄先生倒是明白人。但接下来的事你恐怕就不明白了。这一路上，有一拨点子一直尾随我们，官道大路上不方便动手，待会进山之后，我们可要把那些龟儿子们料理了，只恐庄先生要受些惊吓。若是动起手来，谁也难保，兄弟答应了尊夫人，送先生回家团聚，先生几次问我姓名，今天也对你说了，兄弟的匪号叫做八脚蟾蜍吴大江，是汉中八柱门的。"说着拿出一把半尺来长的铜柄匕首，说："这匕首上刻着兄弟吴大江的匪号，先生拿去防身。若是无事，兄弟自亲送先生回长沙，若是兄弟们都失脚了，先生却持匕首到川中找我门中的兄弟，在四川这地方我八柱门还是有人识得的，他们自会送你回去。"庄道甲收了匕首，道："多谢阁下照料。"

吴大江打了个响指，呼一声："兄弟们，走路!"一个门众给庄道甲递了一根竹杖、一双草鞋，庄道甲也自将长衫脱了，连同方冠收进包袱里，匕首则贴身而藏，用腰带勒紧。吴大江瞥见，淡笑一声："庄先生倒愈似个江湖人了。"

走了几里山路，到了一个所在，古柏参天，地势颇为险恶。吴大江叫道："守株待兔!"十一个人动如脱兔，或上树，或伏地，或藏于岩石之后，吴大江拉了庄道甲一把，教他藏在自己身后。众人兵刃纷纷出鞘，神情严峻，一声不作。庄道甲虽未尝见过这等阵势，亦知他们是在伏击敌人，反正自己不会武艺，便静观其变好了，只是忽然想到："不知夫人、孩儿他们现在怎样?"

他一生孤高独傲，尚奇负气，有时酒酣兴发，也想到仗剑任侠，"十步杀一人，千里不留行"，然而那只是文人的特发奇想而已，岂料今日竟然真与一帮江湖豪士同行共住，又将目睹江湖上的一场血腥凶杀？他又忽然想到："若我玄海居士庄道甲竟死在这荒郊野岭，岂不是士林中一桩奇案？大丈夫当捐躯殉道，死于荒野虽无光彩，但与死于卧榻之上、妻子之手相比，倒也多了几分奇意，只是我那孩儿尚年幼。"

庄道甲是个胸怀海岳，识穷天下的人物，平日于儿女之情、天伦之乐并不十分看重，但真正面临生死关头，内心的为人夫为人父之情渐渐涌现，不由得越发眷恋亲人。这种人伦之情，于高士俗夫都是一般，庄道甲自知是性之所发，也顺其自然，不去抑制。偶听到树叶簌簌而响，又想："这些人难道便没父母妻儿？为何又要彼此争斗，拼个你死我活呢？看来世人悲苦实深，士林武林都是一般，凡有名利之所，便有种种争端杀业，俗人云地狱可怖，实则那修罗地狱，也无非人间一般而已，七情六欲，俱为枷锁，可是若没有情欲，又哪来什么人世？"

# 第二回 钓鱼城上

巳时已过，山路上果然来了一彪人马，远远看去，当先的似乎是个老年女子，后面跟着七八条男女，男的穿青，女的着白。那老年女子又走了十几步，猛一挥手，身后的人纷纷亮出兵刃。那老年女子朗声道："汉中的朋友，出来朝相罢！"

吴大江虎吼一声："花开富贵！"十一个人同时跃出，左四个，右四个，岩石上站着三个，已经列好了阵法。对面那老太婆身材高瘦，似竹竿子一般，面相甚恶，冷笑道："草丛中还有一个，怎么不出来？"吴大江道："尊驾不可误会，那是我八柱门绑的肉票，半丁点的武艺也不会。恕我眼拙，尊驾是美人帮的貌美如花丁夫人罢？"

庄道甲又奇又好笑："以这老婆子的面相，便年轻四十岁，又如何称得上貌美如花？又怎么是什么美人帮的？"却听那老年女人道："不错，你倒认得我。汉中八柱门怎么了，连绑票这种下三滥玩意都干？汉中地方富庶，虽比不上江浙、成都，倒也不至于缺钱使。"

吴大江道："果然是丁夫人。贵帮帮主倾国倾城张老太无恙乎？"丁夫人道："俺师姐好。阁下是八脚蟾蜍么？听说你娶了个年轻老婆，可着实受用啊。"吴大江说："丁夫人取笑。兄弟向来不喜女色，何况天底下的女人，除了贵帮倾国倾城、沉鱼落雁、绝代风华、貌美如花四位之外，个个都是貌似无盐，蠢如豕鹿，兄弟要来何用？"丁夫人倒似十分受用，怪笑道："那是当然，除了我美人帮古今四大美人之外，天下间还有什么美色？八脚蛤蟆，你眼力不错，老娘我喜欢得紧啊。"

庄道甲想："这两人在套交情，似乎一时不会动手。"吴大江说："既如此，我们井水不犯河水，各行各路。"丁夫人怪眼一瞪："这路是你们八柱门修的么？是皇帝小儿封给你的么？老娘就爱在这路上走，你待怎地？"吴大江怒道："你们从荆楚跟到川东，到底意欲何为？八柱门与美人帮可没过节！"丁夫人道："心知肚明，何必多说！你从汉中赶到麻城，带了这个人赴钓鱼城之会，必有重大干系。你八柱门与文大先生向来同声同气，还不是去支援的么？俺师姐吩咐，凡是阻挡我们道路的，便是天王老子，也要斩尽杀绝。"话音甫落，手中已多了一口明晃晃的板刀，两三个起落，已到了吴大江面前。吴大江却不使兵刃，空手来夺那刀。众人亦纷纷动手。

丁夫人怒吼连连，一口刀使得泼风也似，吴大江避其锋芒，拆了十几招之后，已知对手刀法一味凌厉，实不足畏，己方十一人对对方八人，占了上风，只是不知对方是否另有援兵，总之须先把丁夫人收拾了。他外号八脚蟾蜍，练的是蛤王功，走了十几招之后，气功渐渐运起，腮帮肚腹胀了起来。丁夫人见状，识得厉害，挽了七八个刀花，骂道："臭蟾蜍好生了得！"往后一纵，纵了两丈远，道："老娘今日不奉陪了！"吴大江哪里容得她走，双腿一蹬，如蟾蜍纵跃一般，在空中转了个身，力贯双臂，要将丁夫人毙于双掌之下。

丁夫人闪身举刀相格，吴大江早已料到，左掌由直变横，劲力到处，丁夫人持刀之手臂骨折断，右掌却推至丁夫人面门之前。眼见丁夫人避无可避，她却张口一吐，吴大江觉风声有异，立刻收掌，掌心已多了一个黑点，吴大江一惊不小，又见丁夫人哈哈诡笑，片刻之间，掌心已经发黑，麻痒难当，便知中了美人帮的独门暗器——美人痣。这美人帮有三种暗器最是厉害：美人泪、美人红、美人痣，这美人痣不算最歹毒的，但也喂有剧毒，一旦麻痒变得无知觉，便无可救药。美人帮古今四大美人在江湖上行走，凡有不识趣的说她们不是美人，美人泪、美人红、美人痣便立时向他身上招呼。四大美人芳声远播，一大半便在于这美人泪、美人红、美人痣。这丁夫人在四大美人中排行最末，真实功夫也不是特别高明，然她的美人痣却真是厉害得紧。

吴大江当机立断，一脚挑起丁夫人落下的板刀，左手拿住，大吼一声，一刀把整只右掌劈落，鲜血淋漓。他自点了右臂几处穴道，喊道："风紧了，收旗罢！"一个纵跃，从草丛中提起庄道甲，使开轻功便走。八柱门众汉子亦列阵撤退。丁夫人受伤亦不轻，又失了趁手的兵刃，一时也不来追。

庄道甲目睹了这场恶斗，平日实难想象，心中颇多感慨。却见吴大江面色苍白，额上冒出黄豆大的汗珠，关心道："阁下受伤甚重，如何是好?"吴大江道："老子不打紧！从今开始，必须脚下不停，赶往钓鱼城。"他一直对庄道甲言语客气，此时受伤心乱，遂称起"老子"来，庄道甲微微一笑，也不和他计较。吴大江想到自己练了二十年的蛤王功，称雄东川，于武林中也有响当当的字号，不料今日为接一个庄先生，竟然失机折了一只手掌，功夫平白废了一大截，只怕从此武林中没了八脚蟾蜍这号人物，不由得心头火起，把庄道甲往地上狠狠一摔。

山路甚窄，庄道甲倒下时身子悬空，竟从山崖上滚了下去。吴大江大惊，伸手去拉，却忘了右手已断，抓了个空，迟了这一下，庄道甲已滚得没了踪影。吴大江懊悔不迭，要派两名门众下山去看，那美人帮丁夫人却又追了上来，只得接着厮杀不题。

庄道甲滚下山去，磕磕绊绊，迷迷糊糊，翻翻滚滚碰碰，也不知滚了几百个圈。幸好那山崖虽甚陡峭，却长满了一层长草，尖石不多，缓解了滚下去的冲力，也是庄道甲命不该绝，不知哪来的力气，从腰间拔出匕首猛往山坡上一插，刺进两寸来深，手臂骨痛欲裂。这一下更缓解了下冲的势头，虽然泥土一松仍是下坠，但庄道甲的性命也借此保住了。

庄道甲蒙眬恍惚之间，好像回到了龙潭湖边笃吾庄上，便欲呼叫妻儿，却又无一人答应。忽又似眼前阴森森的一团白雾，雾中几个穿着汉晋衣冠的人在言说欢笑，见了庄道甲，都笑道："庄兄怎生来迟？快来饮酒。"正要请问那几人姓名，忽然人影又化作了繁星万点，闪烁飘移，庄道甲一阵头晕，便什么也看不到了。

不知过了多久，庄道甲耳边隐约听到人声，一个声音道：“这厮伤痕累累，不知什么来历。”另一个苍老的声音道：“看他手上那匕首的铭文，是‘吴大江’三字，想必他就是八脚蟾蜍，是汉中八柱门的人物，多半是与人动手不敌，被打下山崖的了。”前一个声音道：“怎生处置？”那苍老的声音道：“汉中八柱门与文大先生素来交好，这一次钓鱼城之会，结果难料。这八脚蟾蜍也是个成名人物，咱们且救了他，见机行事，若是文大先生得胜，咱们将这吴大江还给八柱门，结交了这巴蜀有名的门派，若是要与八柱门动手，有这人在我们手里，也教他投鼠忌器。取三颗芷香续命丸来，救了他命，带了上路。”便有一只手拉开庄道甲嘴唇，把什么东西塞了进去，又往庄道甲喉头一捺，那东西便进了肚。

老者教后生撕下衣服给庄道甲简单包扎了，背起庄道甲走路。后生问：“师伯，这八脚蟾蜍功夫怎样？”老者道：“没朝过相。听说他练的是蛤王功，当年双掌击毙陇西三枭，想必手底下过得去。”后生问：“既然他武功不错，怎地伤成这模样？”老者冷笑道：“武功不错，就不会受伤了？武林中一山还有一山高，何况有时敌众我寡，或者中了偷袭暗算。这一次赴川的人物，不知还有多少了得的高手，一个八脚蟾蜍算得什么？”后生问：“文大先生在江湖上的声价，也不见得高得过别的大派的掌门高手，怎么他隐退却闹出这么大动静？”老者道：“你小娃娃懂得屁！青城派是道家门派，武林中道家门派都奉镇宁苏家为宗，苏家清静无为，不大干预各派行为，各派得了这个便利，便都设法扩充势力，免不了要暗斗明争。巴蜀天府之国，地方富庶，武林人物亦多，正是各派争夺的重地。四川武林之中，首推青城、峨嵋二派，文先生是青城名宿，据说他天资超卓，通幽剑法与高阳神功的造诣在青城三代之中无人能及，只是他是俗家，因此才没任青城掌门。青城派有文大先生这十年来，势头骎骎然盖过了峨嵋派。他人品正直，声价又好，峨嵋派虽然不服，也没个奈何处。但若他金盆洗手，一不能参与武林争斗，二不能授业收徒，峨嵋派只怕又要盖过青城派了。”

后生恍然大悟，道：“原来如此。那峨嵋派自是希望文大先生金盆洗手，青城派自是不希望的了。”老者哂道：“还是小娃娃的见识。峨嵋派当然巴不得文大先生退隐，至于青城派么，哼哼，青城掌门铁树道人死得不明不白，至今还是一桩悬案。他青城派对外说是伤寒暴瘕，这谁能信？铁树道人两个师弟铁花道人、铁叶道人武功名望有限，掌门之位至今未定，有人便想请文大先生做掌门。想那铁花、铁叶武功声誉也就那样，文大先生若还在江湖，他们便做了掌门又怎么坐得安稳？至于那些外省帮派，无非都是想浑水摸鱼罢了。”

后生还待再问，老者色变道：“有人来了！噤声！”后生急忙闭嘴。只听得背后蹄声响，一个双髻女子骑着黑卫过来，一打拱：“请问阿叔，可否见到六七个人经过，其中一个胖子富人打扮，还有一个面如冠玉的中年书生?”

这女子便是朱铁儿了。她没见过庄道甲之面，一路追到川东，逢江湖人士便打探。此时庄道甲便在眼前，但昏迷不醒，又穿着单衣草鞋，早不是书生打扮，且身上伤痕累累，怎能面如冠玉了？朱铁儿又怎能认得？老者道：“我没见过。姑娘走江湖道的么?”朱铁儿心想你没见过，何必跟你多说，道了声谢，驱驴便去。

朱铁儿心下盘算：“如此打探多半无功，眼下之计，只好且到钓鱼城去，那里武林人士聚集，容易打探。”她从麻城追踪到此，身上盘缠已经不多，山路上无甚客店，腹中饥饿，又走了十几里，用燕子镖打了两只野兔，生火正要烤吃，此时天色已暗，忽然听到东边隐约有些脚步声，声音甚轻，来人显然身怀武功，多半是土匪大盗出来作案，只怕已见到了自己，她也不惊惶，着地一滚，就腰间抽出紫青软剑，藏身于一棵古松之后，静候敌人。

却见东边跳出两个男人，衣着甚是奇怪，前额剃光，后脑扎着高髻，腰间各有两口刀，一长一短，一人怪笑道：“大姑娘，哟西，出来!”语调生硬无比，不似中土口音。朱铁儿年纪虽小，于江湖上行走的时日却不短，听人说过东海上有个倭人岛，岛上有些浪人时常勾结东南海上的海盗，在江浙闽粤一带四处劫掠，攻州破县，杀戮平民，可恶得很。只是四川内陆之地却极少见到。朱铁儿知道这些人见了自己一个单身美貌少女，还有什么好意？自然是想强奸了。朱铁儿心中骂道："贼倭狗！"却从里衣中摸出准备好的毒丸，含在嘴里。女子行走江湖，比男人更多禁忌。失了性命在江湖人看来没什么大不了，只怕落到敌人手里，玷污了身子，那可比死难受百倍。因此江湖女子就算武功通天，也备有这样的毒丸以备不测，若是动手不敌，便咬破毒丸一了百了，免遭淫辱。除非是美人帮四大美人之类的"绝色"才用不着这毒丸。朱铁儿年轻美貌，这毒丸自从行走江湖第一日开始就备在身上，从未离过身，曾有五六次含到口里，好在或仗武功，或恃机智，总是有惊无险。她不知那两个倭人本领如何，若是功夫可以，自己以一敌二并无胜算，便先含了毒丸，以免到时腾不出手来自杀。

那两个倭人一左一右，步步紧逼过来。朱铁儿手发三枚燕子镖，二枚被闪过，一枚被倭人挥刀击落。倭人见她身怀武功，倒也不敢大意，左右夹攻。朱铁儿听人说过倭人只有刀法厉害，其余功夫都是平平，便把主要精力放在攻击倭人持刀之手上。倭人将刀一劈，朱铁儿举剑格去，手腕一麻，知道膂力不及，便把剑刃一转，沿着倭人刀口直削下去，这一招"缘木求鱼"使得既快又准，那倭人三根手指立断，刀"咣啷"一声掉在地上，两步跳开，捂着伤口"八格牙鲁"地破口大骂。另一个倭人却把刀往火堆里一挑，一根木柴卷着一团烈焰往朱铁儿面门甩去。朱铁儿侧头闪过，那倭人双刀齐出，从朱铁儿颈边掠过，削下十几茎秀发。

那断指的倭人暴跳如雷，从怀里扒出了不知什么东西，劈面朝朱铁儿撒去，漫天价都是纷飞的白粉。朱铁儿屏息闭目后跃退避，岂料断指倭人白粉甚多，只顾撒去，一时似竟撒不完。另一倭人却不怕白粉，不知怎么闪到了朱铁儿身后，长刀一削，挑烂了朱铁儿背后衣衫，露出了雪白肌肤。两倭人哈哈大笑，断指倭人用另一只手拿了长刀，两个倭人三口刀急速攻来。朱铁儿怀中还有四枚燕子镖，但是手脚被三口刀逼住了，腾不出手去取。情急之下只得行险，"啊"的一声，只当绊在山石上，失脚倒地，跌倒在火堆之旁，掉了软剑。

两个倭人大喜，一个倭人把刀架在朱铁儿脖子上，另一个淫笑着就扑过来欲解她衣衫。朱铁儿两枚燕子镖贴地发出，击在火堆之上，两条火线射入持刀倭人双眼，痛得他哇哇大叫。朱铁儿乘机一滚从他刀刃下闪开，双脚夹住那欲解她衣衫的倭人头颈，用尽平生力气一扭，那倭人头颈立断，眼珠突出，血还没吐出来就死了。那伤了双眼的倭人乱跳乱撞，朱铁儿捡起长刀，一刀下去，那倭人前胸后背通了个透明窟窿。

朱铁儿喘了口气，刚才这一招行险之至，倘及方位计算稍为错误，火线射不入倭人双眼，自己就只有咬破毒丸了，但她久经风浪，随即平静，吐出毒丸收回怀中，又往那两倭人身上各搠了四五刀，把几枚燕子镖也收回去了，再寻着那黑驴，从驴背上解开包袱，拿了件替换衣裳，弃了打斗中破烂的旧衣。那两只野兔却早已烤焦了，朱铁儿撕下四条兔子大腿，也不管焦与不焦，啃得干干净净，用旧衣擦了擦嘴。又到两个倭人身上搜了一遍，摸出十几两碎银、几片金叶子，一并收了。还有一封书信，却是番文，朱铁儿中国字尚不多识，哪识得外国字，看了两眼不懂，投火中烧了，却就草丛中一躺，合眼歇息。她行走江湖，山眠野宿乃家常便饭。

朱铁儿次日醒来，继续赶路，一路上再无大事，终于到了川东合州钓鱼山。钓鱼山山高千仞，层峦叠嶂，东有渠江，北有嘉陵，南有涪江，三面环水，峭壁悬崖，陡然阻绝，乃川东第一天险去处。钓鱼城便筑在钓鱼山上，城高十一仞，城门有八，据尽地利。说起这钓鱼城的来历，乃南宋末年四川安抚制置使余玠治蜀之时，设招贤馆以纳奇人，有播州冉琎、冉璞兄弟诣府上谒，余玠久闻其名，厚礼待之，问及治蜀御敌之策，二冉曰：“蜀口形胜之地莫若钓鱼山，请徒诸此，积粟以守之，贤于十万师远矣，巴蜀不足守也。”余玠大喜，遂筑钓鱼城。开庆元年，蒙古大汗蒙哥亲率大军入蜀，意图荡平南朝，不料在这钓鱼城下受挫，蒙哥身死，宋祚得延二十年，与这一城之坚不无关系。宋亡以后，此城渐渐荒废，近年蜀中并无战事，要塞已弃之不用。本来尚有营兵百余人守之，江湖豪杰却哪里把官家放在眼里，昨夜文大先生已派人上山，将那百余营兵一齐绑了，请他们到别处安歇，休得打搅了明日的金盆洗手大会。

这天是十月初一，正是钓鱼城大会之期，赴会的江湖豪客着实不少，山上、山下都有青城派的弟子安排接待。朱铁儿看那些人行装服色，才小半个时辰，便到了十七八个帮会门派，多者二三十人，少者七八人，看来今日钓鱼城上将有数千人聚集。四川一带大小帮会的首脑人物基本都到了，外省帮会亦陆续有来。朱铁儿却无请柬，但文大先生吩咐了，帖子派得难免有所遗漏，只要是武林一脉，不管有无交情，都可上山观礼。朱铁儿心想："文大先生虽是威名素著，但也不见得有此面子教这么多豪杰赶来与会，其中肯定大有文章。"那招待的青城弟子见朱铁儿既无请柬，又是单身，报上名头也不是什么大有名气的人物，也不管她，朱铁儿自上山去了。

青城派本拟在钓鱼城内一前代石庵中开会，不料人来得太多，只得搬了桌椅到外面露天开会，人多椅少，又搬了许多大石来权当桌椅，尽管如此，多数人还是得站着，入座的只是少数首脑前辈而已，门人弟子都立在其后，似朱铁儿这些不请自来的，只得委屈到远处站着。群豪中以峨嵋派掌门百叶真人地位最尊，坐了首席。文大先生是主，在主位相陪。铁花、铁叶二道人是文大先生师弟，坐了次席。朱铁儿遥遥看那文大先生，见他身材高大，方巾长衫，黑髯垂胸，颇有些儒者风范。她又在人群中找那胖子与庄道甲，一时无甚头绪。

午时将至，皓日当空，眼见得人差不多到齐了，文大先生站起身来，向众人作了一揖，朗声道："蒙诸位抬爱上钓鱼城观礼。此次请诸位上来，竟是为了在下一点微不足道的小事，劳降玉趾，文某有罪。半个月前，文某已在青城上拜过三清神像及历代祖师，禀告明白，今日金盆洗手之后，再不问江湖事务。文某门人皆青城派弟子，文某一身退出江湖，不碍门人前程，自有铁花、铁叶诸师弟照拂。江湖朋友若与文某有恩怨的，可现在申明，即时了结，金盆洗手之后，恕文某不再奉陪。"

峨嵋掌门百叶真人道："老弟今年五十多岁，正是武功鼎盛之时，如此退出，岂不是巴蜀武林一大憾事？"

文大先生行了一礼，道："文某一介微躯，何足挂齿？四川人才辈出，似文某之流甚多。莫说真人武艺通神，铁花、铁叶师弟武功人品，也远在文某之上。"

百叶真人还礼道："急流勇退，亦大丈夫之智。既如此，贫道便不挽留老弟了，只是老弟仍要三思。"

文大先生迈步走到会场中间，朗声道："文某今日退出江湖，与会朋友，可有与文某恩怨未了的么？江湖豪杰，可有异议的么？"他这样问了三遍，右手一拂，腰间长剑飞出，文大先生一手抓过，内力运处，一把精钢长剑裂为七八段。

群豪连声喝彩。却听得喝彩声中一个粗豪的声音说："我有异议！"众人看去，认得是汉中八柱门掌门洪寞山。只见他神情严峻，手中紧捏着两个铁球，忽然大喝一声，往桌子上一拍，铁球一半没入桌中。

文大先生却与洪寞山是至交好友，两人相交二十年，群雄都道他是来助阵的，却不料他首先异议。文大先生点头道："洪兄有何异议？"

洪寞山卓然立起，道："文大哥！你究竟有何为难之事？为何兄弟三番五次问你，你始终不说？咱们几十年的交情，你还信不过洪某么？我本来派吴兄弟去长沙请一个紧要的人，想劝你回心转意，中途却遭人毒手，吴兄弟失了一只手掌，那人也不知去向。文大哥，到底是为什么？"

文大先生一惊，问："八脚蟾蜍失了一只手掌吗？是谁做的？"吴大江此时正坐在洪寞山身旁，文大先生连忙上前察看。吴大江笑道："兄弟的伤不打紧，有劳文大先生关心。"

洪寞山愈是恼怒，把手一指，喝道："丁夫人，我汉中八柱门与你美人帮向来无仇，为何横施暗算，当着天下英雄之面，你敢说清楚么？"

丁夫人坐在西首第十一席上，冷笑不语。她身旁却有一位老太，瞎了一眼，面皮耷挂着，如一只只干瘪的布袋，鬓角挂着一朵红艳艳的山花，比丁夫人更丑怪了几倍，正是丁夫人的师姐绝代风华伍三娘。伍三娘白眼乱翻了一会，方道："洪门主，咱们的恩怨，下山之后再了结。你我算什么角色，怎么阻挡了文大先生金盆洗手的正事？老娘乖精得紧，你在这里挑我动手，不就是倚仗文大先生与你交厚么？文大先生洗手之后，你无所倚仗，就不敢与我动手了。怪不得，怪不得你不想文大先生退出江湖，原来是怕了我们美人帮，哈哈，哈哈哈哈！”

洪寞山大怒，两铁球甩手向伍三娘飞去，文大先生大袖一挥将铁球接下，道：“兄弟不可造次。方才你说一人十分紧要，却是谁人？”

此时西首第十三席一位老者开声道：“他是八脚蟾蜍吴大江，那么这是谁来？”推过一人来，只见他脸上甚多新结伤疤，面相很生，无人认得。吴大江望去，惊问：“这不是庄先生么？”那人微笑点头：“想不到我们又在此相见。”

文大先生不解，问：“吴兄弟，这位是——”吴大江说：“他叫做玄海居士庄道甲。”文大先生全身一震，急忙过去把那人扶了过来，请到自己座位上，退后三步，屈膝跪倒，纳头便拜：“不信今日与玄海居士相见！”

群豪一时大哗。玄海居士庄道甲虽名闻天下，但武林中人十九不知，众人见他脚步轻浮，不似身有武功，是什么大不了的人物，文大先生竟要去拜他？江湖高手多是桀骜之士，便是皇帝也不放在眼里，何况以文大先生的江湖威望，要他下拜的人可真不多。

文大先生拉起庄道甲的手道：“诸位朋友，听我一言，文某平生最佩服的人物，就是这位玄海居士庄道甲先生，他是当世士林翘楚，是真名士大丈夫。文某本想金盆洗手之后，便到麻城笃吾庄中受教。”言词很是诚切。原来这文大先生文武双才，诸子百家无所不窥，也作得好一手诗词歌赋，平生最喜有骨气的读书人。他读过庄道甲的文章，熟知其为人行事，对之佩服到了心坎。

庄道甲见了文大先生的相貌，又见了他的行事，也知道他是草莽中一位奇男子，正是可交之人，便请问他的姓名籍贯。文大先生名羽，字铁鸥，于武林中无人不知，庄道甲却未闻其名。

洪寞山喜道：“文大哥，你常说平生最想见的就是这位庄先生，如今已见到了，你当满意了罢？”突然拜倒向庄道甲磕了个头，道：“庄先生，我文大哥最佩服你，我也拜你一拜，请你劝我大哥不可金盆洗手罢！”他虽为一派掌门，但性情鲁直，为了阻止文大先生金盆洗手，竟想出派吴大江去麻城请庄道甲的法子。然而他却不曾想到，庄道甲于江湖之道所知甚浅，怎能劝得动文先生回心转意。

庄道甲见他一腔义气，亦受感动，连忙扶起。文大先生道：“洪兄，此事不必多讲，庄先生不是武林中人，凡事不可牵涉于他。庄先生，在下有事，未暇招呼，先生安心，待此间事了，文某再向先生请教。”庄道甲笑道：“不错，日后煮茶论文，为期未晚。”

文大先生又高声问：“还有谁有异议的么？”

这时一直沉默不言的铁叶道人忽道：“文师哥，你是我青城派的不是？”旁边的铁花道人怒道：“你何必明知故问？大家知道你与文师哥不和，却也不用在此自曝家丑。”

文大先生正色道：“文某拜在青城派第二十九代掌门抱拙道长门下时，铁叶师弟尚未入门，你我共同学艺多年，何必明知故问？文某此时尚在青城派，就算金盆洗手之后，也决计忘不了师门之恩。”

铁叶道人冷笑一声：“文师哥既是青城派的，掌门师兄惨死，至今大仇未报，文师哥竟要金盆洗手，师门之情何在？只怕要教人生疑罢！”

他这一言既出，座中人人变色，有人已经暗握兵器，心想：“今日之事果然不能善了。”

文大先生道：“退出江湖，乃是文某本志，掌门师兄逝世与文某退出江湖二事无涉。青城门规，不禁门人洗手，何况掌门师兄自练高阳神功走火，外加伤寒恶疾逝世，如何谈得上大仇未报四字？”

铁叶道人道：“文师哥，你练高阳神功有多少年也？”文大先生道：“二十五年。”铁叶道人说：“二十五年！本派高阳神功与别派不同，以稳健厚实著称，最讲究循序渐进，不似某些门派内功之求奇务速，自本派第七代掌门雪峰真人开创高阳神功之后，你听说过哪位掌门练高阳神功走火的么？或者你说掌门师兄的高阳神功练得不对，不如你的？”他言语咄咄逼人，最后一句话尤为强词夺理，但文大先生仍平和应道：“文某在重庆定居，一年之中回青城山不过四五次，怎知具体情状？或许掌门师哥意欲开创新境，另辟蹊径，以致差池。”

铁叶道人“嘿嘿”两声道：“可是却有人看到，铁树师兄逝世那晚，文师哥回过青城山。”

铁花刷一声拔出长剑，森然道：“铁叶，你再信口开河，休怪我不顾师门之情。”

铁叶道人也霍然站起，道：“铁花，同拜三清神像，你敢在钓鱼城上行凶么？你恃强蛮横，不是想自己做掌门，就是想某些人做掌门。”

峨嵋派百叶真人咳了一声，道：“铁树道兄与老道交情甚好，他这逝世，四川武林失了一代宗师，教人伤惜。若是铁树道兄死于贼人之手，其人又未经揭露，于武林正道一脉，诚为大患。青城、峨嵋，同气连枝，文大先生与铁花、铁叶二位都是老道好友，此事老道责无旁贷。铁叶老弟，你且说看到谁上青城山。”

百叶真人这一开口，众人便知他实是护着铁叶。峨嵋派这次来了五十余人，加上铁叶的人马，与文大先生和铁花的徒众旗鼓相当，峨嵋派与文大先生的朋友都甚多，若是动起手来，胜负难料。有些人已打定了主意：不管如何，老子两不相帮。

文大先生道：“不错，事关重大，是得问个明白。铁叶师弟，究竟是谁看到我回青城山？”

文大先生话音甫落，一个声音远远传来：“我！”声音似在数十丈之外。众人循声望去，却见一个衣着奇特之人从十余丈高的山壁上跃落，每一跃便落在二丈远近的尖石上，借了四五次力，飘飘落地，竟如飞下来一般。那山壁既高且陡，稍一失足，当场断了性命，此人轻功当真非同小可。待那人走近之后，有些人便脸上变色，有人更恼怒骂起来。原来那人竟是一个倭国浪人，看样子三十七八岁年纪，双目炯炯有神，颇有傲态。

座上一人跃将起来，从同行之人手里接过一柄金瓜锤，虎吼一声，却朝那倭人扑去。众人认得这是闽南青竹帮帮主张大炮，闽南之地数遭倭寇侵扰，张大炮老父、妻儿均死于倭寇之手，因此他立誓要杀尽倭人，若是有数万兵马，还要杀到那东海倭人岛上，屠尽倭国男女。至于倭人中也有好的，并非全系海盗，他却不知不管了。张大炮一见是倭人，也不管三七二十一，举起大锤便要杀却。

张大炮在闽粤一带多次与倭人交手，知道倭人只有刀法厉害，所使倭刀也颇精良。因此他特制了这柄金瓜锤，以得于南海的异金打造，重八十余斤，此锤既硬又重，倭刀虽良，以之相碰，无不立断。张大炮膂力雄强，十岁便挑得动五百斤的重担，走二三十里山路不当一回事。他这一锤下去，倭刀断，倭人头随之立碎，因此这金瓜锤又有个名号，叫做“杀倭锤”。死在他锤下的倭人数以百计，只因杀得倭人多，剿倭的将军提拔他做了个副将，他做了几日嫌烦回乡去了，但凡是打听到哪里有倭人出没，便提起大锤去杀之。他虽见那倭人轻功了得，也不放在心上，一锤“破釜沉舟”只顾打去。

倭人见大锤打来，却不自腰间拔刀，斜刺里一掌，击在大锤之上。大锤却调转了方向，朝张大炮面门上砸来。张大炮吃了一惊，倒退了大七步，拿稳了桩，他生性悍勇，又最恨倭人，暴雷价吼了一声，转了两个圈子，锤挟劲风横扫而至。这锤有八十多斤重，张大炮两膀之力有一千多斤，这一千一百斤的巨力便向倭人压去。倭人竟不避不闪，抬腿过顶，如闪电般压落，踏在大锤之上，一压一弹，瞬间便改变了这股巨力的方向，张大炮双手虎口震裂，鲜血长流，连人带锤滚了七八个筋斗，便他自有一股狠劲，死也不肯放开那锤。

有人惊呼道：“这是武当派的麒麟步!”文大先生心中也颇惊叹：“张大炮功夫虽不足道，但这倭人不闪不避，两招便将他打倒，用的又是中土武功，于外国人来说也很难得了。然而他一个倭人，谅来武功有限，纵然高明，也只一人，绝不惧他，倒是铁叶与峨嵋联合，布置似很周详，不得不小心应对。”遂开声道：“兀那倭人，你叫什么名字？如何看见我在铁树师兄逝世之夜上青城山?”

倭人道：“我，柳生一存!”文大先生点了点头，他见闻广博，知道倭人岛上有一族姓柳生的，精研刀法，独步倭国。只是倭国僻处东海，矮子里面拔大个，哪在青城派眼里了？文大先生见他双目黑如点漆，蜂腰猿臂，仪表堂堂，在倭人中却十分少见，心想这倭人倒也难得，我问明情况，若这倭人无大过恶，饶他一命便了。

柳生一存却不这么想。他在东海倭人岛中，是出类拔萃的人物，听人说中土武林高手极多，殊非倭国可比，心中不服，怀了壮大倭国武学之志，西渡中原，冒充高丽客商，四处寻觅搜罗武功秘籍。他聪明过人，看得中国书，说得中国话，花了七八年功夫，偷学了中国武林的不少门路，加上他原来的本领，已经甚为可观。又修炼了两三年，把中土武学与倭岛武学相融炼，练出了一身奇诡正大兼而有之的武功，打败了中土武林几个人物，便打起在中土扬名立万的主意来。听说四川一带武林人士甚多，便带了几个倭国浪人入川生事。那意欲强奸朱铁儿有两个倭人，便是柳生一存的手下了。

柳生一存洋洋得意，道："七月，初八，青城派，铁树道人，死了。我，青城山下，见到——"向文大先生一指，"他，山上，下来。我，挑战，他。我的，赢了。"群雄一时错愕，不知他说些什么，想了一会，才陆续反应过来，几百人便"哈哈、哈哈"大笑。柳生一存竟说他比武胜了文大先生，这可是天大的笑话。原来会场气氛颇为严峻，这一下竟有些缓和下来了。

文大先生也感好笑："好一个狂妄自大的倭人！然而他如此愚蠢，于我自然甚是有利。"遂笑道："朋友们都听到了，这位东海来的朋友说在青城山下赢了我文某，那好，今日当着几千英雄的面，文某空手与这位朋友伸量几招，若是文某胜了，那这位朋友说在青城山下见过我的话，自然作不得准了。"群雄都说："好！""自然！""咱们看文大先生怎么宰了这倭狗！""贼番子，要性命滚下山去吧！钓鱼城不是你小子撒野之地！"

文大先生用余光瞟了铁叶道人一眼，却见他神色泰然，有恃无恐。心想："我的根底，铁叶师弟自是知道的。这倭人敢开这么大玩笑，莫非手底下真有能胜过我的业艺？倒也不能轻忽！嗯，对外国人也不能太轻视了，当年给中土武林带来一场浩劫的魔宫高手，不也是来自海外吗？"想起自己恩师抱拙道长就是二十三年前被魔宫高手一掌震得全身骨骼寸碎而死，心头酸痛，当下强抑思绪，将高阳神功运遍全身。

铁花道人道："慢！文师兄，我来代你试试这倭人的深浅。"他大概也想到了这一层，觉得此战关系重大，自己先出手试试这倭人的路数，文大先生就有把握得多。文大先生摇头道："不！青城派日后倚重于你。"他恐铁花再说，已迎头一掌，向柳生一存劈去。

柳生一存只感这一掌沉凝稳重，内力极是蕴藉深厚，心头亦是大讶："怎么今天此人如此了得？莫非我当日在青城山下击败的不是此人？不可能，形貌扮相却都一样。"也来不及详加思考，只得接招。这会场上的豪杰多半是初次见到文大先生出手，见他气凝山岳，十几招就已逼得那气焰嚣张的倭人左支右绌，不由得都暗暗叹服：果然是名不虚传！又见柳生一存招数怪异，左翻一个筋斗，右翻一个筋斗，以极滑稽的身法避开了文大先生开碑裂石的掌力，倒也又开了一层眼界。洪寞山心想："我与文大哥相交二十年，却不知他武功造诣如此之深，看来两川之地，的确没哪位英雄能出其右了。"朱铁儿则心下惴然："文大先生这一掌好生厉害，若是向我打来，我决计闪避不了，这倭人竟能于间不容发之际避了过去，若当日与我相持的是这倭人，我却如何能够活命？"

二十招后，文大先生已稳占上风，心想只要擒住这倭人，逼他吐露真情，局面就非常主动了。可是柳生一存真的以为自己当日击败的就是文大先生，便是就擒，也无真情可以吐露。

眼看文大先生就要得手，突然人群中东南西北四个方向各滚出一团黑影，瞬息间便滚到两人身边。铁花道人、洪寞山等几人见局势有变，拔出兵刃纵身而起。那四团黑影闪电般伸出一掌，击在文大先生前胸后背四处大穴上。文大先生临危不乱，双掌劈出，将两人天灵盖击得粉碎。另外两人闪身欲走，早有十四五位高手围住，二三十条手臂抓去，哪里走得脱了。

文大先生一调内息，哇的一声，吐出一口黑血。刚才这四掌志在将他立时击毙，但他高阳神功的造诣实是非同小可，这四掌虽然厉害，被他身上自然而生的反激之力消解了一半以上，高阳神功主旨就在于以己之内息为熔炉，敌人内力近之即化，他刚才一运气，知道心脉已被震伤，但可于两个月内调理复原，倒也不惧。心念电闪："这四掌明明取不下文某，何况会场上数千之众，行了凶还想逃走么？以铁叶的见识，怎么会安排下如此笨拙的计谋？多半这四人是另外一伙。"他在江湖上成名多年，难免会有些仇家，也不足怪，双手点出，点了那两人七八处穴道，又往二人后颈一拍，逼他们吐出口里的毒丸，防他自杀，以便细细逼问。

群雄几千对眼睛盯住两个凶手，柳生一存要显得与事情无关，也作出恶狠狠的样子盯住二人。一个黑衣人道："老子是云南茶马帮的，叫做黑羽神鹰刁四，他是滚地虫张六，死的两个是胡一波、麻幺鞭子。老子自与文大先生有仇，与旁人无涉，也不认得这个倭人。"他这番话交代得干干净净，教人抓不到把柄。洪寞山怒道："胡说！有何仇怨？卑鄙偷袭，好不害臊！"那刁四瞪着双眼，再问也不说了。

文大先生从他们滚地及出掌的身法中来看，是滇西武林的不假，云南茶马帮专事走私，名声甚坏，文大先生早年毙过他帮中几个好手，或许真是来报仇的也说不定。他见柳生一存神色，便知他十有八九与此事无关，眼下并无实据，吩咐弟子把刁四、张六二人带下去细细逼问。铁叶道人在座位上端坐不动，面不改色。

庄道甲也来询问文大先生伤势，文大先生微笑示意不打紧。群雄闹腾吵嚷了半个时辰，这才归位。文大先生道："这四位朋友之事，在下相信与这位柳生朋友无关，只是柳生朋友说在青城山下胜了文某，这话可得改一改了。"

柳生一存神色茫然，退了两步，摇头道："你，好生厉害，那日的，是你，不是你……你……这……"他的华音本就难辨，又说得这么不明不白，谁听得懂？群雄愈是讨厌，一片嘘声，张大炮更高声呼骂道："操你全家祖宗十八代的倭狗！贼强盗！婊子养的东西！"只是却不提杀倭锤来杀却了。

文大先生一声长笑，道："天下英雄见者：这位柳生朋友失机败在文某手下，那他说在青城山下看到我，自是不足为信了。"群雄都附和道："对！对！""就是！""倭狗放屁！"文大先生向铁叶道人看了一眼，说："却不料铁叶师弟这般见识，也会误信妄人之言。"

铁叶道人冷笑一声，道："文师哥武功固然胜过这倭人，你是本派名宿，又何足为奇了？这只能说明这倭人说胜了文师哥是胡吹大气，但他是否在青城山下见过文师哥，那就另外一个问题了。那柳生朋友，你在青城山下，的确是见过文大先生不是？"柳生一存茫然点头："是……不过，那日，弱，今日，强……"

峨嵋掌门百叶真人道："此事关系重大，不可不详查。此时已到晚饭时分，贫道斗胆，请文大先生暂缓金盆洗手，明日一早，大伙儿再上山另议。"文大先生道："文某今日已烧过黄纸，如何能缓？何况数千英雄豪杰各有要事，如何能够耽搁？"百叶真人道："此间事尚未明，大伙儿疑难未决，文大先生又怎能安心而退？只迟一日，天下英雄亦不会见怪。贫道也算过黄历，明日也是吉日，诸位英雄若有要事，请自便是了，咱们又不是皇帝小儿，难道还能强留各位豪杰么？"文大先生盘算："且缓一晚，细细审问那两个凶手也好。"遂道："耽搁一日，倒也无妨。只是真人敢担保，明日若无大变，文某依旧金盆洗手，不再延误了么？"百叶真人伸出三根手指，道："小道百叶对三清爷爷起誓，若非明日有变，绝不阻挡文大先生金盆洗手。谁若横加阻拦，小道与峨嵋上下合力诛之！"

他是道人，既对道教最尊崇的三清起了誓，那是无论如何也不得食言的了。百叶真人既说到这份上，文大先生也不好拒绝，朗声道："诸位英雄请了！"又吩咐几个亲信弟子好生照料庄道甲先生。

庄道甲随群雄下得山来，那几个青城弟子亲眼见师父对庄道甲极为尊重，方才又郑重吩咐，不敢怠慢，找件干净衣服给庄道甲换了那日被山崖上的岩石、树枝撕扯得破破烂烂的旧衣，又拿了青城派的伤科妙药给他治伤。众人在钓鱼山下露宿，群雄多是好事的，都想看看明日的好戏，除了个别实有要事之外，都不肯散去。洪寞山与吴大江找到庄道甲，好生赔罪。庄道甲虽心高气傲，但并不贱视江湖上行走的人，今天钓鱼城一会，见平生所未见，心怀大畅，哪里还把沿途惊吓放在心上，见洪吴二人甚讲义气，倒也赞赏他们的肝肠，比士林中许多无肝无肺的假道学要好得多。可是庄道甲于拳脚枪棍之学一窍不通，与这些江湖豪客却难说到一块。入夜之后，文大先生又亲自提了一壶好酒来与庄道甲压惊，二人相谈甚欢，庄道甲见文大先生比武时威风凛凛，此时却风度儒雅，如文弱书生一般，又听其言辞，着实是博学多才之士。文大先生言及少年之时厌烦经学，只是好习拳脚，喜谈老庄，庄道甲大为赞赏。

两人欢谈了大半个时辰，文大先生道："小可想请玄海居士题赠一诗。"庄道甲欣然应允。文大先生大喜，命弟子去请文房四宝来。文大先生爱好读书，即使在江湖上行走，也时常备有书籍笔墨。弟子方去，却听见帐篷外一个女子在与人争吵。文大先生出去一看，见自己十几名弟子拦住一名年轻女子，不让她靠近帐篷。那女子只道："我要找庄道甲先生！"

这女子自然就是朱铁儿了。文大先生见她脸色，似无恶意，纵有恶意，又怕她何来？遂挥退弟子，问："这位女侠，你找庄先生何干？"朱铁儿在江湖上没什么了得的名头，向来称她"姑娘"者有之，称她"小丫头"、"女娃子"者有之，称她"贼贱人"、"臭小婊子"者亦有之，被称为"女侠"倒是极少。她扑哧一笑，道："文大先生请了。庄先生的公子庄灵托我请庄先生回家。"

庄道甲在帐篷中听到，连忙出了帐篷，问："这位姑娘，你认得我孩儿么？"朱铁儿道："我与庄灵公子、庄萱小姐是好朋友。庄先生走后不到两日，我受令公子之托寻找庄先生，从麻城来到川东，所幸终于找到了。"庄道甲作了一揖，道："有劳姑娘。我倒不知我俩孩儿认识武林中的朋友。姑娘闺名可赐闻么？我那夫人、孩儿可好？"朱铁儿笑道："我叫朱铁儿。尊夫人有些微恙，想来此时已愈，庄公子、庄小姐都很好。想不到庄先生这样的读书人倒也看得起我们这些粗人。朱铁儿字也不多识几个，小时候我趴在村口私塾旁边偷听，那私塾先生见了，凶巴巴的就要打我。我爹娘说，女孩子只需在家里乖乖的，读书识字、舞刀弄枪都是没用。"

庄道甲笑道："女子不能读书，又是谁说的？前代的曹大家、蔡文姬、李清照都是文苑中有名之士。朱姑娘年纪尚轻，古人有秉烛之喻，老者尚可，况于姑娘？姑娘若有心要学，庄某便收你为徒，不是庄某夸口，不出五年，举人、进士也及不上姑娘。"朱铁儿笑道："庄公子当日也劝我读书，只是朱铁儿粗鲁惯了，还是粗粗鲁鲁的好，若是做了门馆先生，不能动粗骂人、动手打架，那就闷死我啦。"庄道甲说："做了门馆先生，怎么不能动手打架？那私塾先生不是要打你吗？庄某岂是那迂腐不通的道学之流！在我门下，读书归读书，打架归打架，文武之道，一以贯之。"朱铁儿笑着只是摇头。

庄道甲见她为人坦率、言语可喜，心颇许之："只可惜年纪差了几岁，否则我那灵儿娶了她倒好。唉，灵儿年纪尚幼，成家至少也要六七年后，此时何必太急？"又想起自己少年时浑不把成家立室放在心上，直至年近三十才娶了业师之女，生下两个孩儿，父子年纪相差较大，孩儿也是亲近母亲多些，心想我儿可不必学我。

文大先生听朱铁儿报过字号，也不是什么有名头的人物，弟子已将文房四宝取来，便想把朱铁儿支开，莫误了向庄先生求诗的正事。此时却又有一名弟子慌张来报："师父，龙隐帮与鹤鸣派言语失和，动起手来。"文大先生怒道："有什么恩怨，回去自行解决，怎么却在这钓鱼山下动手？文某还没退出江湖，难道面皮便不管用了么？"向庄道甲告辞了，道："且去看看！"

却见那龙隐帮六七条汉子与鹤鸣派七八人已厮打成一片，群雄打着火把观看，却不调解。峨嵋派百叶真人端坐一旁，正在闭目养神。文大先生道："真人，你是前辈高人，难道便不劝解一下么？"百叶真人徐徐睁眼，道："他们动手之前，已声明是龙隐与鹤鸣两派私底下的恩怨，与四川武林及文兄金盆洗手之事无关，老道又不是武林盟主，怎敢约束别的门派？"文大先生心想："你身为一派宗主、武林中敬仰的前辈，行事却如此教人心冷。旁人见你尚不发一言，更不会出面调停了。"只见那十几个人已杀得眼红，转眼间便要有人尸横就地，容不得多想，走入围中，抓拍带拿，把十几个人的兵刃全夺下了，道：“诸位在钓鱼山下动手，未免太不给我文某面子了吧？龙隐雄帮主与鹤鸣司马老大与文某都有些交情，若是他们两位在时，却不会在这钓鱼山下动手。”言下之意显然是：你们这些角色不够资格，快给我老实点罢。

龙隐帮的老者庞焦气喘吁吁，道：“文大先生，若不杀了鹤鸣派这些人，我们这几个人都回不得南海。”他脸上一片无可奈何的神色，似乎不是作假。鹤鸣派领头的汉子东方木亦道：“有人定要我们杀了龙隐帮，否则便回不得江西赣州。”

文大先生问道：“是谁这么强横?”心想龙隐、鹤鸣二派虽不是什么大不了的名门大派，却也是在一方地区横行惯的，若有人挟制得他们要自相残杀，倒是奇事。

庞焦恨恨道：“是……是个女子，一路上，她几次与我们为难，他，他妈的……武功好高……”东方木亦苦着脸皮道：“几天前，有个女子不知为了什么，把我们痛打一顿，喂我们吃了毒药，说若不把龙隐派一行收拾了，就……唉，我这脸上的淤青便是她掐的。”众人望去，却见东方木右脸上巴掌大一块淤青，高高肿起，甚是滑稽，众人议论纷纷，一时又吵闹不已。

忽然间众人头顶一个极生硬的语气在呼喊着：“救命！救命!”群雄望去时，却见几十丈高的山崖上不知何时悬下一根绳子，下面吊着一个人，急剧下坠，转眼间便要摔成一团血浆。文大先生眼明手快，已从地上踢起一面盾牌，正是刚才两帮人打斗给他夺下来的，那盾牌平平飞出，不偏不倚，正好载住从天上掉下来的那人，两股力一交，方向转变，盾牌连带那人斜斜飞出，飞到十余丈外的地方才落地。这一下妙到毫巅，若是内力不足或用力方向稍有不对，化解不了那下坠之力，那人必死无疑。饶是如此，只听“咔嚓”几声，那人还是摔倒了两条大腿骨。

众人都看得目瞪口呆，眼尖的早已叫将起来：“是那个倭人!”“是柳生一存！他怎么给人扔下来了?”众人今日已亲眼目睹，这倭人两招即败青竹帮主张大炮，甚是了得，不知怎么被人绑了从高崖上扔下来。

柳生一存只瞪着两眼，嘴角剧烈抽搐，面无人色，只念道："女人！女人！年轻女人！"众人乖觉的便知道，他是被一个年轻女人抛了下来。可是这女人是谁？竟能将这一位倭岛高手玩弄于股掌之间？有些人则暗自思量："这钓鱼城又将有事发生，只望火别烧到老子身上才好。"

文大先生望天长呼："是哪位高手朋友驾临？"他运起了内力，将声音远远送了出去，山谷里回声震荡，却半晌无人答应。

这时一个矮子问道："龙隐庞师傅，鹤鸣派东方兄，那威胁你们的女子报过名号没有？怎生打扮？是不是一个带刀的高挑女子，异常美貌？"这矮子是成都人，叫做小张良顾明飞，武功平常，但甚有智计，知道很多武林中的掌故，也乐于为人解答疑难，人缘甚好。文大先生与他有些交情，故来与会。

庞焦歪着脑袋想了想，道："我不懂，她没报名号，也不带刀，似乎有几分姿色。"东方木点头道："实话说，是个极标致的美人！只是他妈的武功好高，一点江湖规矩也不讲，老子一问她名号，她就扬手打了老子四记耳光。他妈的，老子行走江湖半生，还没见过这么胡来的美女！"

小张良顾明飞又问："那么她穿的是什么装束？是闺女打扮还是妇人打扮？"东方木回想了好一会儿，说："记不太清，半雌不雄的，好生奇怪！"顾明飞又问："是哪里的口音？"东方木道："听不出，听不出，倒有些像外国人学讲汉话似的，却讲得比柳生倭人好听！"小张良顾明飞点头道："看来是白月天霜楚飞燕来了。"

"白月天霜楚飞燕"这七字一出，群雄有的惊呼，有的愕然，有的满不在乎，有的窃窃私语，相互询问。大半人都是听过这个名堂，却不清楚她的为人行事。

文大先生道："顾兄，这楚姑娘是近两三年新晋的人物罢？顾兄可认识她么？"他也听说过这个名字，只当是一般的后辈新人，哪里在意过。顾明飞道："我也没见过。听说这楚姑娘二十岁左右的年纪，是个亭亭玉立的标致美人——"他说到"标致美人"这四个字时，有人重重"哼"了两声，原来是美人帮的绝代风华伍三娘与貌美如花丁夫人。

顾明飞笑了一笑，也不管两大美人的轻嗔薄怒，继续说："这楚姑娘虽然年轻，但功夫甚是了得，她一无帮派，二无帮手，一个人独来独往，这两三年来闯出了不小名头，折在她手下的人委实不少。"

八柱门掌门洪寞山道："我却没听过这个人物。谅她一个女子，年纪又轻，有何能为?"顾明飞道："她这两三年似乎没来过四川，洪掌门不识也属正常。只是铁手螳螂巴如松、铁脚蜈蚣巴如柏两位，洪掌门应该知道罢?"那巴如松、巴如柏是一对兄弟大盗，在江湖上杀人越货，又伤了几位正派的名家高手，在黑道上恶名素著。洪寞山点头："五年前兄弟与陕北群雄合力追缉两人，在岭南西樵山中将他追上，可是收拾不下，被他走了，这几年却不知去向。"顾明飞道："这楚姑娘出道的第一件事，就是以一口白月天霜刀，削下了巴如松、巴如柏的项上人头。"洪寞山"啊"了一声，道："若她能一个人收拾了铁手螳螂、铁脚蜈蚣，这功夫洪某是及她不上的了。"

铁叶道人道："江湖传闻往往失实。或许巴如松、巴如柏受伤中毒，或者就是她与别人合力围攻。"顾明飞道："此亦容或有之。可是少林派云慈禅师却亲眼见过她出手，说这位楚姑娘不知从哪里学来一身神幻奇诡的功夫，时而正大光明，时而形如鬼魅，以他少林高手见闻之博，尚看不出她的功夫来历，于当世已是一流高手的造诣。在下去年在少林寺中与云慈禅师谈论当世武林人物，云慈禅师亲口所说。"众人闻言哗然。云慈禅师是少林离觉院高手，眼界极高，平生甚少推许，他既然这么说，那这位楚姑娘的本领必定十分了得。

文大先生说："江湖上姓楚的人物也有几个，姓楚的世家却没有，这位姑娘用的未必是真名，她那白月天霜的外号，便是从她那兵器上来的了?"顾明飞说："正是。这位楚姑娘据说任性得很，行事在正邪之间，也不怎么与江湖上成名的人物来往，但也不曾听说她有什么恶迹。但她每出现一次，总有几个人要倒霉。"人群中便有附和的："对！对！某家当初在河南道上，也吃过这小妞的亏，扯球东西，可恨!"

文大先生笑道："她若果真是个俊俏美女，江湖上追求她的风流侠少应当不少，问一问咱们年轻辈的子侄，应该有人与她相熟。"顾明飞说："据说她独来独往，行踪不定。而且江湖中女子武功练得高了，同辈的少侠们未必有人配得上，老一辈的英雄又成家立室了，她要找老公倒未必好找。而且大家都知道女子练功比男子要难些，男子是不是童子问题不大，女子若是破了身子，极难练到一流境界。因此江湖中的女流英侠或者终身守身不嫁，或者在三十岁左右成名之后才成家，那些自知武功进步有限的才早早找人嫁了。这楚姑娘既练到连云慈禅师都赞可的地步，想必是处子身练功了。"不少人便笑道："不错，娘儿们练功可真有点麻烦。因此千百年来江湖上都是咱男人的天下。""他妈的，我老婆直到三十五岁才肯嫁我，就是这个道理。"只有绝代风华伍三娘与貌美如花丁夫人才在那里"哼哼""嘿嘿"地冷笑回骂，只是男豪杰太多，绝代风华、貌美如花两位骂也骂不过来。

文大先生听群豪说起无聊笑话，甚是烦厌，心想："许多大事未了，何必在此纠缠？"朗声长笑，把群豪的无聊嘈杂之声盖了过去，众人渐渐静下来，文大先生道："离天明还有两三个时辰，大家请好生歇息，明日上山。诸位亦不可再生争斗，否则便是与文某为敌。庞兄、东方兄两位，谅那女子不过开开玩笑，若她当真要为难你们，这么多武林同道在此，合力诛之。"他心脉受伤，刚才解斗、救人、运气耗了不少内力，此刻胸口隐隐作痛，也不声张，自回帐篷调息。

次日群雄复上山去，庄道甲本已不必与会，但他既至此间，也不急于早一日半日还乡，此等江湖奇事平生未遇，岂能错过？正好激发文思，作几篇旷世奇文。朱铁儿陪他上山，有说有笑。群雄已认得他了，也不管他，任他站在人群中观看。文大先生倒好生为难，若以士林名望而论，庄道甲坐个首席当之无愧，可是此乃武林中人聚会，庄道甲不会半点武功，自己敬重他也罢了，难道强迫别人也崇拜他？却无法安排他的席位，只好好言慰问一番，容他在人群中观礼便了。

文大先生道："昨日奉百叶真人之命，金盆洗手延迟一日，今日真人以为如何？"百叶真人与铁叶道人对望了一眼，道："贫道昨晚与铁叶道兄商议过了，要请文大先生拿出一句话来，铁树道兄逝世当晚，文大先生的确不曾到过青城山么?”

文大先生朗声道:“天下英雄作个见证:铁树师兄逝世当晚,文某在重庆自家庄上,若到过青城山时,教我中了海外魔宫高手的翻世掌力,全身寸裂而死。”

他提到“海外魔宫高手”六字时,场上除了庄道甲之外人人变色。二十三年前的那场武林浩劫,至今尚教人思之胆寒,魔宫高手来自海外,个个武功都高到荒诞离奇、不可思议之境,但到底是什么地方来的,下次出现又是什么时候,却没人说得清楚。翻世掌是魔宫高手的一门绝世神通,隔着数丈之远就能把人拍成肉酱,死在其下的武林名家不计其数。

文大先生既立下如下重誓。百叶真人也不好再说,点头道:“得罪了!”铁叶道人却道:“铁树师兄一死,青城掌门之位空缺,本门前辈师叔伯亦均已逝世,文师哥辈分最高,请拿一句话出来。”文大先生道:“本门是道家门派,文某却是俗家,俗家武功再高、辈分再尊,亦决不能担任掌门之位,此乃祖师遗训。何况文某即将退出江湖,岂能再有他意?至于铁花、铁叶两位师弟孰任掌门,与文某互无干涉。若是文某再插手青城之事,不怕天下人唾骂么?”铁叶道人要的就是这番话,心想:“峨嵋百叶真人与我交好,只要你不支持铁花,我已有七分胜券,你金盆洗手,去了一个碍手碍脚之人,有何不好?我再进逼一步,让你再无回旋余地。”又说:“只是文师哥门下弟子甚多——”

文大先生道:“文某退出江湖之后,彼等便与我无关,铁花、铁叶师弟难道不会调度约束?文某若再支使弟子,也不算退出江湖了。”

铁叶道人这才不语。文大先生便命人请出香案、金盆,焚香烧纸,再次祭告青城派历代祖师。群雄有的惋惜叹气,有的默然不语,有的却怀着别样心思,心想文大先生威风了十多年,也是时候滚蛋把位置让与他人了。众人只等黄纸烧完,这事就可以告一段落。

正在此时,却听得远远传来一个清脆的声音:“阿燕拜山!”

# 第三回 金盆洗脚

众人循声望去，却见城门外走进来一个高挑苗条的女子，身穿黑衣。待她一步一步走近，众人看得真切，有些人已不禁轻呼起来。文大先生高呼道：“是楚姑娘来访么?”那女子应道：“我叫飞燕!”她声音清脆悠远，并不响亮，却真真地传入了场上每个人的耳膜，文大先生这一呼运上了内力，竟不能把她的声音压下去。

楚飞燕走到会场中间，却见她肤如凝脂，面容胜画，柳眉浅吊，神如秋水，不笑自媚，却又隐隐露着两分清高，三分冷傲。她只用一根头绳扎了头发，任发梢在脑后散开，上身穿一件镂领大袖窄体黑衣，下身穿着紧身黑裤，左腿裤管上绣着一只燕子，却赤着一双脚踏在一双青竹屐上，一双素足温润如初融之雪，脚趾纤美，脚背修长，趾甲呈淡红肉色。众人心中暗自惊叹：“好一个英秀标致的女子，竟似天上人一般!”连庄道甲也想：“这等人物，纵是曹子建《洛神赋》也难以形容。”

文大先生想：“小张良说得不错，这女子果然是美得出奇。只是赤脚而来，不知为何。武林中的女子虽然不似大家闺秀那么拘礼，更不缠足，但女子在江湖上行走禁忌颇多，行为稍一逾格，便恐有妖淫之名，因此成名的女侠往往行为比男子还谨慎些，绝不会当众袒露形体。这姑娘眉锁腰直，明明是个处子，怎么穿着如此不庄重，难道她对武林中的禁忌真是一点都不懂么?”群雄中有些人也这么想，但见她神色淡然，却并无半点可亵渎之感。

文大先生道：“文某今日金盆洗手，姑娘若要观礼，请一旁自便。

文某这就要洗手了，无暇招待姑娘。”楚飞燕笑道：“是么？文大先生，我穷得很，从未见过金的东西，你这金盆是纯金的吗？借我看看好不好？”她这般淡淡说着，突然间手如电发，直取文大先生双目，文大先生举掌格开，顺势推回去，楚飞燕瞬息间变指为掌，变掌为抓，变抓为拂，连攻文大先生上身十三处穴道，文大先生一一化开，不料楚飞燕回掌一捞，已把金盆捞在手中，也不回看，向后一飘，便飘了四丈远，轻飘飘地落在一块大石之旁。

众人见两人瞬息间拆招，手法快得看也看不清，都暗自吃惊，及楚飞燕抢了金盆，刹那间飘了出去，这轻功可真了不起，便有人喝起彩来。喝彩声刚落，便反应过来；她这是来捣乱，怎么我反而喝彩？可是要收回喝彩声，就算立马闭嘴也来不及了。

文大先生刚才与她拆了十几招，心中亦为震惊：“虽然我只出了三四成力，但这女子身子不动，只两手与我对拆，丝毫不落下风，还抢了金盆而去，论招数我已经输了。我修炼高阳神功，已经大成，可是刚才与她手臂接触，她内力如电流分袭我内息支流，这门内功可厉害得很，不知是哪一家哪一派的？她年纪尚轻，内功虽奇，想来不会十分深厚，若我与她比试真实功夫，当以持久战取胜。若是和她斗速斗巧，说不定一百招之内还让她占了上风。”盘算已定，遂问：“姑娘怎么跟文某开这么大的玩笑？”

这时朱铁儿招手欢叫道：“燕姐姐！”楚飞燕笑了笑，道：“铁儿，你也来了。”楚飞燕抱着金盆，敲了敲，看了两眼，放在地上，叹了口气：“天气怎么还这么热？几天没洗过脚了，正好洗洗脚凉快凉快。”竟脱了竹屐，把双脚放进金盆之中，浸了起来。

群雄纷然动怒，这金盆洗手之礼，最是庄重，她竟敢拿来洗脚，分明不把文大先生、青城派放在眼里，也不把场上数千豪杰当一回事，众人如何忍得？登时“贼贱人”、“小婊子”的骂将起来。青城派十名弟子十口长剑闪闪发光，立时指向了她。庄道甲不禁担心，恐这如花少女顷刻间便被乱刀分尸。

文大先生涵养再好，此时也忍不住，运劲全身，怒上眉关，喝道：

“姑娘要在江湖上扬名，也不必羞辱文某！”楚飞燕却浅浅一笑，左脚搓着右脚，对文大先生使了个眼色。文大先生心机极敏，虽在盛怒之时，不失理智，心想：“这姑娘神色之中，似乎无与我为敌之意，近日怪事连连，莫非她夺我金盆另有深意？倒也不必莽撞。若她真是来捣乱的，场上数千豪杰，难道她能生下钓鱼山么？”

美人帮绝代风华伍三娘却最先按捺不住，骂道：“小浪蹄子！”从人群中跳出。她平生最憎恨的，就是美貌少女，刚才见到群雄惊叹楚飞燕的美貌，早已恨入骨髓，怒火燎原，此刻不借机发作，更待何时？她怒吼一声，手中已持了一根狼牙棒，这狼牙棒有个名目，叫做“打老公狼牙棒”，她老公最好拈花惹草，伍三娘每次察知，便持了狼牙棒千街百巷地追打，她老公轻功在她之上，她初时追之不及，但她最有耐性，日夜不停地追赶，总有一天她老公要被她追上，吃狼牙棒一顿痛打，因此这狼牙棒大大有名。

伍三娘怒提狼牙棒，一招“棒打老公头”，势挟劲风朝楚飞燕迎头打去。棒犹未落，嘴里却多了样东西，吐出来一看，原来是楚飞燕的一只竹屐，不知用什么手法塞进了她嘴里。伍三娘大怒：“贱人敢戏弄老娘？”又使出打老公棒法中的一招“棒扫老公腹”，向楚飞燕小腹横扫过去，可是尚未扫到，嘴里又多了一只竹屐。伍三娘怒得脑门都爆了，抓了竹屐想捏个粉碎。还没捏时，又被啪啪啪啪打了四记耳光，竹屐掉在地上。

伍三娘怒火烧天际，使出打老公棒法中最强最霸道的一招——“天下无老公”，棒影覆盖了东南西北各个方向，她老公无论躲到哪里，都要被打得头破血流。可是这招才使到一半，不知怎地，脑袋贴到了地上，脸上给踏了一只纤纤玉足，正是楚飞燕的脚。伍三娘被这一脚踏得眼耳口鼻粘在一起，愈发绝代风华了些，只怕此时的美貌连她师姐倾国倾城张老太也要自叹不如、甘拜下风了！

丁夫人大喝一声，绰起板刀来救。楚飞燕提起竹屐，冲她一笑。丁夫人一怔：我师姐武功比我高，她都不行，我上去有个屁用？遂站定了，说：“小贱人，放开我师姐！你再不放，我可要说你和那九个男人的臭事了。”楚飞燕想不到这位成名人物如此无赖，怒道：“你有胆说一说看！”丁夫人道：“你道老娘不敢么？”她与伍三娘一样，最恨美貌少女，凡是见到，就造谣诬蔑，败坏人家名声，像这什么九个男人、十条大汉的事，她肚子里有一百多个版本。丁夫人见楚飞燕生气，倒得意起来：“小妞儿，怕了老娘了吧？”她本是个极端无赖之人，见到人家姑娘越是害羞生气，她越是心里痛快，当即呵呵大笑：“那天你在街上遇到九个男人，两高两矮，两肥两瘦——”刚说到这里，楚飞燕把金盆劈面向她扔来，丁夫人伸手想接住，却“哎哟”、“啊哟”的大叫起来，原来楚飞燕脚底暗运内力，把一个金盆烫得如出炉新铁一般，丁夫人不知，一接之下，痛得杀猪般大叫起来。

楚飞燕身如闪电般抢上，一手接过金盆，一手扭脱了丁夫人下巴，教她不得编排那九个男人的疯话，身子往后一飘，又回到了那大石上，一只脚依旧踩着伍三娘，一只脚依旧浸在金盆里，盆中竟没少了一滴水。这几下兔起鹘落，干净利落之至，文大先生、百叶真人等高手都看在眼里，暗暗喝彩：“好俊的身手！好快的轻功！”群豪中有的眼慢，此时尚在东张西望。丁夫人歪着下巴，一动不动，原来楚飞燕扭脱她下巴之时，顺势拂了她几处穴道。

文大先生道：“楚姑娘，先放了伍三娘，再说话罢。”楚飞燕莞尔一笑，松开了脚，用脚尖将伍三娘身子轻轻一挑，伍三娘便飞了两丈来远，轻轻落地。伍三娘、丁夫人二人这等容貌，行事又是这般，武林中的人物对之哪会有什么好感？只是她们师姐倾国倾城张老太武功甚高，手段阴毒，大伙儿得罪不起，因此表面上没对她们不客气而已，此番见到楚飞燕教训二人，数千人中十有八九倒很是痛快。

文大先生还待再问，场上一人已越众而出，却见他虎背熊腰，威风凛凛，青布包头，众人认得是江州一带有名的侠客神拳百手周四海。周四海向文大先生行了一礼，道：“文大先生，请容我问这位姑娘几句话。”转过身对楚姑娘说：“楚姑娘——”楚飞燕说：“叫我燕姑娘吧。”周四海道：“燕姑娘，我问你一事，我大哥周三江半年前在湖北道上，是被你杀了么?”楚飞燕点头:“不错。”周四海竟欠身鞠了一躬,说:“如此多谢你了。我大哥与我性情大异,他勾结官府,做了许多违背侠义道之事,我虽想杀他,只是一来我哥俩工力悉敌,二来毕竟碍着兄弟之情。你替我周家除了一害,很好!”群雄中不少人知道这两兄弟的事情,有人点头称是,也有人觉得周四海不顾手足之情。楚飞燕说:“那也不用多谢。”

周四海又问:“却不知姑娘杀他时用的是什么武功?”楚飞燕笑道:“也没什么,我也不过以刚对刚,第五招上,击碎了他的天灵盖。”周四海道:“燕姑娘这话未免欺人了。且不说我周家的刚猛功夫还过得去,我大哥身长八尺有余,铁塔似一条巨汉,姑娘虽然在女子中是高挑身材,如何却击得到我大哥的天灵盖?”他对周家七十二式风雷无影手颇为自信,虽见楚飞燕武功甚高,但始终不信一个女子可以在五招之内破了他周家的得意功夫。楚飞燕说:“周二爷若不信时,咱们大可玩玩啊。”

周四海是个好武如命之人,平日无事也要到处找人切磋,如今听说楚飞燕说五招之内就能破了他的风雷无影手,又是生气,又是怀疑,又是技痒,哪时按捺得住,喝道:“那我得罪了!”他本就声音洪亮,大过常人几倍,这一喝更如雷响一般。一招“关云长千里走单骑”,疾冲至楚飞燕面前,右拳直打过去。他手臂又长又粗,运气时肌肉暴起,连皮也涨得通红。这一招是他的得意之作,拳锋每进一尺,便多加八十斤力度,这一拳刚打出时就有五百斤力,他拳锋进了六尺,已有九百八十斤力度,就是打在大牯牛身上,那牛也万万经受不了。他是行侠仗义之人,与楚飞燕又无仇怨,生怕这一拳打死了她,动手时放松了几分,只用了七百斤力度,饶是如此也非同小可。

群雄见楚飞燕不避不闪,不挡不格,心里都觉得她忒托大,却都定睛了看她如何应对。周四海的拳头还有数寸就要及身,楚飞燕突然逆着对手来路方向,一脚踢出。她这一招迅如闪电,后发先至,那周四海的手臂再长,也长不过她的腿,拳头未及到身,周四海的胸腹便先要挨上一脚。周四海一惊,急忙变招,退后一步,横掌去劈她的脚。楚飞燕双脚如狂风暴雨般点出，周四海眼一乱，后颈被楚飞燕一脚劈中，弯下腰来，楚飞燕手掌已虚按在他天灵盖上，微微一笑，放脚缩手。

周四海心下佩服，但犹自不甘，站起身来，说：“燕姑娘果然了得，但胜在出招够快，难道本力也胜得过我么？”楚飞燕笑道：“难道周二爷非要和我掰手腕么？”周四海心想：“掰手腕是小孩子玩的东西，咱们武林高手哪有这么蛮玩的？但这主意可是她先提出的。”遂说：“在下想请燕姑娘一拳对一拳的文比。”以他的身份，输招后本已不应再蛮缠，更无武比不成反来文比的道理。但他对自己的刚猛功夫毕竟十分自信，始终不信这个秀气女郎能在刚力上胜过了他。楚飞燕竟不犹豫，道：“那也很好呀。”

周四海不敢怠慢，拿桩运气，将全身之力贯注在右拳之上，更不啰嗦，一拳打出，这次却有心要把楚飞燕手骨打断，以弥补自己数招落败的颜面。楚飞燕面带微笑，轻描淡写，对着周四海的拳锋也是一拳。周四海指骨、掌骨、腕骨、臂骨“咔嚓”一声同时折断。群雄一阵错愕的“啊哟”之声。四川本地武林人士都知道周四海的刚猛功夫，他这全力一击，力度至少也有一千四五百斤，在江湖上也属罕见，若是男子硬碰硬赢了她倒也不奇，以楚飞燕一个女子，一拳要打出一千五百斤的力度简直难以想象。只有文大先生刚才与她拆过招，才知道楚飞燕的本力倒也不是强过了周四海，只是她内功特异，于两拳相触的一瞬间电袭周四海，把他一千五百斤力度化解了十之六七，剩下来的不过四五百斤力而已。就算有取巧成分，女子功夫多数不以力大见长，她一拳能打出五百斤以上的刚力，也是非常了不起了。周四海外功虽强，却没学过上乘内功，不知道其中关窍，面如死灰，也不复言，忍着剧痛，自投山下去了。

文大先生道：“燕姑娘，你功夫不错，但是扰乱文某金盆洗手的仪式，也该拿出个说法吧？”楚飞燕双脚却依旧在金盆中浸着，伸了个懒腰，道：“文大先生，你为何要金盆洗手啊？”文大先生凝色道：“文某与姑娘也是初识，这是文某的私事，犯不上要姑娘操心。”

楚飞燕把手指往大石上“得得得”敲了三下，敲出了三个小洞，又玩了一会指甲，说：“昨天晚上，有一个倭人被人扔了下去，他叫做什么啊？”文大先生心想：“果然是你把他扔下去的。”楚飞燕见无人答她，继续说：“那个倭人也不是特别该死，只是他眼神有问题，硬要认文大先生在铁树掌门身逝当晚上过青城山。”

那边厢铁叶道人怒道：“这是本门之事，要你外人多管么？”楚飞燕看了他一眼，说：“可是他不安好心，在山上埋下了二十斤炸药，想要明天上山的英雄豪杰的性命。若非如此，也不会被人抛下去了。”

群雄闻言，或惊或疑，或嗤或怒。铁叶道人道：“你这女人胡说八道，他为何要埋下炸药害人？炸药却又在哪里？”楚飞燕道：“铁叶道长你想啊，这倭人苦心孤诣，偷学中土武功，为的什么？还不是想让他倭岛的功夫强过了中土，他们倭人在沿海烧杀抢掠、攻城略地就更容易了。可是昨天一战，他连文大先生武功的边都沾不上，这种穷凶极恶的倭人，气急败坏之下，什么事情做不出？”群雄闻言，觉得倒也合情合理，当下便有人赞同。那张大炮更是高声道：“对！他妈的倭狗，还会是什么好东西？他若不穷凶极恶，也不是倭狗了。”

铁叶道人道：“你这般说，也有几分道理，然则那炸药又在哪里？”楚飞燕说：“被我起了，放在东边城门右转三丈松树之下。”铁叶道人唤过两名亲信弟子：“去看看，若有炸药，押那倭人来对质。”

文大先生道：“这与燕姑娘今日举动又有何相干？莫非姑娘有什么话要对文某说么？”他已觉察到：她对我不但并无敌意，反而像是帮着我针对铁叶，否则又为何要在那倭人身上做文章？只是我与她素无交情，她为何帮我？我已决意退出江湖，她决不会是有求于我。想到这里，又问：“恕我老迈，记性不好，燕姑娘与文某往日没来往过吧？”楚飞燕笑道：“我一个初出道的年轻女子，怎能结识到名震巴蜀的文大先生？只是与文大先生相貌相似之人，却恰巧结识到一个。他就在石庵中纳凉，文大先生要见见么？”

文大先生心念电闪：“那倭人一口咬定在青城山下见过我，是了，定是有个与我相貌相似之人，冒充我的名号，在青城山下与那倭人交手，故意输给他。好家伙，看来有人周密布置，定要置我于死地。”遂叫过两名弟子，教他到石庵中看看，却瞥了那铁叶道人一眼，见他神色漠然，心想：“若是铁叶害我，其中定有重大阴谋，我那铁树师兄死得蹊跷，难道铁叶这厮敢犯上作乱么？若是如此，文某可不能与他干休！”

群雄正议论间，铁叶那两个徒弟回来了，禀告道：“那里果然有不少炸药。”铁叶道人与百叶真人齐问：“那倭人呢？”徒弟道：“那倭人摔断了双腿，今早师父领咱们上山，没吩咐要管那倭人，他却折了两根树枝作拐杖，自行走了。”铁叶道人怒道：“蠢材！蠢材！怎么教他走了！”一巴掌扇去，那弟子给打得翻了个筋斗。

楚飞燕笑道：“铁叶道长，你不必暴躁，我知道那倭人不是你故意放走的。”铁叶道人狠狠瞪了她一眼：“要你贱人多话？”百叶真人则淡淡说道：“倭人不在，没了对证，楚姑娘说的也做不得准。虽然树下是有些炸药，可是说不定却是姑娘自己带来的呀？”

庄道甲一直在人群中静听，听到此时，再忍不住，对朱铁儿说：“这道人好生无理！若炸药是你燕姐姐自己带来的，她为何要告知众人？士林中有才无德之辈，最爱这般强词夺理，不料你们武林中为尊长者亦是这般。”朱铁儿早已怒了，说：“这些人单打独斗不是我燕姐姐的对手，就倚仗人多欺负她。什么峨嵋掌门？与那貌美如花丁夫人倒是一路货色！”

这时文大先生两个弟子也从石庵中出来，架着一人，乍看之下，竟与文大先生身形相貌颇为相似。群雄见了，有的便惊疑不定。文大先生见多识广，已知其理，却去那人腮下一捏一撕，撕下一张人皮面具来，露出了庐山真面目，原来是个三十六七岁的男子。文大先生喝道：“你是什么人？为何假扮文某模样？”那人瞪着双眼说不出话来。文大先生见他情状，知是被点了哑穴，随手一拂，将他穴道解了。

百叶真人起身道：“我来问他。”上前两步，问：“那汉子，你姓甚名谁？为何会易容成文大先生模样？却如何在这石庵里？”那男子神情惶急，道：“我说出来，你们不杀我？”百叶真人道：“休要废话！快快从实招来！”那男子向文大先生和楚飞燕看了一眼，说：“我叫做变色泥鳅尤九叔，道爷勿怪，这确是小人真名，六月底，一位道爷找上我，与我五百两银子，教我假扮文大先生的模样——”文大先生打断道：“你认得文某么？如何便能假扮我的模样？”尤九叔道：“文大先生在四川可是大大有名的人物，小人在江湖上行走，见过文大先生几次，那道人说我身板面庞与文大先生有些相似，小人本也学过几年易容术，扮得不像时，那道人便指出教我改正，扮了大半天，终于扮得像了，他又教了我一套青城派的基本功夫，教我七月初六那晚在青城山下等着，他却引那倭人柳生一存过来，教我借故与他相斗……”百叶真人道：“胡说！那柳生倭人武功不错，你有什么本事，和他相斗，保得住性命么？”尤九叔道：“道爷不知，小人匪号叫变色泥鳅，打架的功夫不行，逃命的功夫却还可以，而且那道人把青城山附近大小路径都告诉了小人，逃走方便，那倭人与小人无仇，倒也未着力追赶。”

文大先生问：“那你怎么又到了这石庵里？”尤九叔面带惧色地朝楚飞燕看了看，说：“那道人教我完事后速速离开四川，我只道没甚大事，只天天吃喝嫖宿享乐，三天前，却有几个来历不明之人来取我性命，却是这位姐姐救了我。昨天晚上，这位姐姐要我再扮成文大先生的模样，却把我带到这里来，封了我的穴道。”

文大先生稍一思索，问：“你这话可有不尽不实之处么？”尤九叔忙道：“小人不敢欺瞒，若是小人有半句假话，这位姐姐就要割了我的舌头。”百叶真人问：“你倒说，那道人长什么模样？是哪个门派的？”尤九叔道：“小人不知。见面之时，他戴着面罩，压着嗓子，听不出本来声音。小人也不是有心冒名顶替，只是贪图那五百两银子。道爷饶了小人罢！”

那铁叶道人道：“你这厮说那道人教了你青城派功夫，还有青城山大小路径？”尤九叔说：“是的。”铁叶道人冷笑一声，道：“文师哥，你联合这个贱女人，还有这泼皮无赖，想栽赃到我头上来么？”文大先生长眉一挑：“师弟说什么话来？”铁叶道人道：“那还不清楚么？那倭人指证你在青城山下出现，你却教这贱人把那柳生倭人打废了，又安排下这等毒计，倒打一耙，下一步就是想说我便是那道人，便把罪名安到我头上是么？只可惜你们空口说白话，天下英雄双眼亮着，你也只能白费心机。”

楚飞燕莞尔一笑，道：“铁叶道长，何必焦躁？尤九叔也没说那道人便是你。”尤九叔道：“不错，那道人身材矮小，比这位道爷矮了大半个头，绝不会是这位道爷。”

群雄不禁向场上穿道袍的看去，想找出那个比铁叶道人矮了大半个头之人。现场峨嵋、青城二派的道人着实不少，其他门派的道人也有五六十位，比铁叶高的固多，比他矮小的也不少，铁叶道人右手一抓，把桌子一角抓了下来，道：“你若敢诬蔑道爷，把你全家杀得干干净净。”

文大先生不再理铁叶道人，向楚飞燕道：“燕姑娘若再不说个明白，场上几千豪杰可不耐烦多等。”

楚飞燕道：“水凉啦!”却把那金盆之水倒了一地，双脚并拢，向前平平伸出，让脚上的水风干。又把那金盆就地上转了几十个圈，道：“文大先生，令千金叫做文倩，是吗?”

文大先生点头：“燕姑娘却如何知道?”楚飞燕说：“令爱是我新交的好朋友，令爱说不能因为她的事，连累了爹爹没法在江湖中立足，因此请我来劝文大先生不可金盆洗手。”

文大先生一闻此言，心中雪亮。文倩的确是他女儿，自幼便得父母溺爱，养成一副刁蛮任性的性格，做出了不少违反门规的出格之事，两年前竟偷盗了青城山的高阳神功秘诀，逃走到江湖上，至今下落不明。这在任何门派中都是死罪。青城掌门铁树道人因十分倚重文大先生，也没将此事公开，只是教人秘密追查，但铁叶道人则非常不满。如今铁树道人已死，那铁叶道人的武功比铁花道人素来高着半筹，他又与峨嵋派百叶真人交厚，掌门之位多半落在他身上。文大先生知道，一旦铁叶道人当了掌门，肯定要责令自己亲自把女儿追回来处死，那时不但自己为难之极，文家的家声也必败了个干净。他思前想后，只有自己退出江湖，不再在青城派之内，才能避免这种局面。文倩自幼便很得他欢心，要他手刃亲女，始终是下不了手。当然他若极力支持铁花道人，铁叶道人便未必当得上掌门，那铁花道人对他素来敬爱，自不会为难他去手刃亲女。但若这样挑起本门内斗，必将大伤青城元气，为一己之私而使师门受损，岂不成了青城一派的罪人？

他见楚飞燕神色坦然，心中隐然感激：“这燕姑娘一个人上钓鱼山，原来竟是为了帮朋友劝父，这份胸襟可委实难得。”此时对她的话已信了八九成。楚飞燕又从衣服中取出一封东西，手指运力，轻轻地弹了出去，说：“令爱有信给你。”文大先生接过拆开一看，确是女儿文倩字迹，当下确信无疑，收入怀中，道：“多谢燕姑娘好意，我那无知小女还好么？”虽然知道文倩即使还活着，也绝不可能再生回川东重庆，但父女亲情自然流露，情不自禁便问了出来。

楚飞燕说：“她还好。令爱说，她已知罪，今生今世，不敢再踏入四川一步，也不敢再使青城派的武功。贵派宝籍，她已当着我面焚化了，不敢外传一字。”文大先生叹道：“只因我太骄纵了她，如此，也好。”当着外人，他不敢过多表露心迹。那高阳神功秘诀是前代祖师手写，烧了当然可惜，但总胜于外传。至于书上文字，文大先生与铁叶、铁花两道人早就读熟，倒背如流，秘诀失窃后半年，铁树掌门便与他们商议，默写了一份新本，却也不怕失传。

铁叶道人“刷”的一声抽出长剑，高声道：“文倩是本派叛逆，姓楚的小贱人，你勾结本派叛徒，便是与青城派作对，尚敢妖言惑众乎？青城弟子，把这贱人给我斩成肉酱。”

群雄不知内情，纷纷猜疑，待见铁叶道人发作，知道又有好戏看，登时不语看戏。庄道甲暗问朱铁儿：“你燕姐姐对付得了吗？要不我们去助她一臂之力？”朱铁儿说：“庄先生你又不会武功，你放心，我燕姐姐武功高得很。”但到底是十分担心，有些坐立不定了。

文大先生道：“师弟，此事从长计议——”楚飞燕看着指过来的几十把长剑，笑道：“铁叶道长，我劝你不要冲动，这几年要把我斩成肉酱的人多得去了，可阿燕的脑袋身子还是好好的。”铁叶道人道：“少吹大气！我听说你有一口白月天霜刀，怎么还不将出来？道爷不和手无寸铁之人动手！”楚飞燕道：“道长要我用兵刃么？本姑娘今天没打算杀人，白月天霜刀没带上来，霜刀一出便要见敌人颈血，道长还是莫问了罢?”

铁叶道人长剑低垂，说：“那你去问人借兵刃使用!”他终究是名家高手，不能占这个便宜，有损他身份。楚飞燕说：“那也不用借，这里不是有现成的么?”站起身来，也不穿屐，赤着脚走了几步，用右脚脚趾夹起那丁夫人掉在地上的板刀，单足立地，右脚抬至头顶，双手往腰间一叉，笑道：“道长，进招罢!”

铁叶道人皱眉道：“叫你用兵刃，你玩什么杂要?”楚飞燕依然笑着：“本姑娘不喜欢用手使刀，道长，请吧!”

她此言一出，群雄一阵哗然。自古以来，无论什么兵刃，都是手使，刀枪剑戟、矛棍斧钺、鞭锤瓜简，哪一样是用脚使的了?用脚使刀，只能一只脚立地，如何趋退进击?如何防御杀敌?何况单凭两只脚趾之力，又如何拿捏得稳?她竟然空着双手不使，用脚使刀，真乃大胆到了极点，只怕武林中千载以来还是第一个。

铁叶道人心中暗骂：“这女子真他妈邪门!道爷纵横半世，还没见过这样的对手。”当下也不多想，身形一晃，剑影晃动，似有七八把剑在放着寒芒一般，正是青城派通幽剑法中的一招“空穴来风”，已深得上乘剑法中空灵飘逸的妙诣。场上的人大多是识货的，一见铁叶道人使出这一招来，便知这位青城派名家果然并非浪得虚名。文大先生自己也是使这路剑法的高人，知道这一剑伏着十一个后着，若是楚飞燕单手持刀，须得平刃横批，再上下斜劈，或者以轻功迅速飘开三丈六尺以上，才能化解这一招。若她使的是斩马刀之类的大刀，则莫如运劲硬砍，震开对手剑刃，顺势闪到右方横劈，也是个持平之局。可是她却用脚使刀，以文大先生武学之深，一时也想不出该如何化解。

却见楚飞燕足尖往地上一点，如燕子掠地斜斜飞出，身法快如鬼魅，那铁叶道人的长剑挑来，楚飞燕脚底却正好踩在他长剑的平面上，压得那剑一弯，诸般后着便使不出。铁叶道人一愣，旋剑变招上削，楚飞燕另一脚已反身踢出，带动那板刀向铁叶道人颈边削来。铁叶道人心想：“这算什么招式?狗屁不通!”可偏生一时不知怎么应对，情急中自然生出反应，着地一滚，闪过了她板刀的锋芒。

群雄初见楚飞燕出招之时，心中就大大不以为然："不通的，不通的，天下刀法中决没有这一招，若说是腿法，这一下还说得过去，哪有这样用刀的道理?"可是偏偏这一下却弄得一代高手铁叶道人狼狈不堪。

众人还没有想明白时，楚飞燕足不点地，就空中猛一转身，右足一抬一踢，那板刀又攻到铁叶道人左肋之前。铁叶道人回剑架开，楚飞燕却一掌向他面门击去，掌势甚是凌厉。铁叶道人先入为主，认定她以足代手，竟忘了她空着两手，怎么就不能攻来，一时间不知如何应对，只得又打了个滚避开。

这两招过后，铁叶道人已打了两个滚，脸上、手上、道袍上尽是灰尘，又急又气，惊疑不定，气势已先怯了一半。文大先生已隐然明白其中的一些道理："这姑娘把刀法与轻功、腿法融于一体，招招出奇，教人捉摸不定。她利用绝顶轻功，身子不停移动，自然不用单足立地陷于被动。她既已练到能以足代手，空出双手，自然大占便宜。只是她年纪轻轻，怎么练得到这种地步?她的武功路子以轻捷奇幻为主，刀法则是刚多于柔，不知是哪一位高手名家教出来的?"文大先生自忖通幽剑法上的造诣比铁叶道人胜了一筹，若是自己下场，当然不会两招之间便这么被动，便要取胜，那也真无把握。

百叶真人高声道："铁叶道兄，攻她左腿!"他的眼光不在文大先生之下，也看出了其中的关窍，楚飞燕虽是右足用刀，但腾挪移动主要在于左脚，若是伤了她左脚，胜负之势立变。但是他这一出声，就相当于以二敌一，与他峨嵋掌门的身份大不相称了。

铁叶道人深吸了一口气，抖擞精神，"月夜梅香"、"寂山蝉噪"、"流萤孤盏"、"青冢芳魂"，四招剑法如春夜细雨一般绵绵淡淡，不知不觉地使了出来，剑势虽平和清远，却都狠辣攻向楚飞燕左腿。她若不立时远远飘开，这四剑只怕要把她一条长腿裁为四截。若是她举右足以刀招架，身法便要慢将下来，这一慢她的刀法便破绽立现。群雄见铁叶道人使出这四招，都道他已抓住了破解对方奇功的关键，心想以足代手虽能占到出其不意的便宜，但终究不是武学的正道，看来这姑娘多半招架不了。

不料楚飞燕左足轻轻踢出，那只板刀已夹在左脚脚趾之间，铁叶道人见她左足无刀，怎想到她竟会硬接硬架，犹未转念，楚飞燕那板刀已将他长剑推开，顺势刺到他胸口三寸前之处，无暇应对，又是着地一滚，惊出了一身冷汗。楚飞燕刚才刀还明明在右脚，不知怎么交到了左脚。就连文大先生、百叶真人这等高手，也只是隐隐看到她双脚在背后一交，到底是怎么换足的也没看清楚。

铁叶道人这一滚滚开四丈之远，立即跃起，使剑封住门户，却见楚飞燕并不追击，那板刀直直插在地上，刀尖没入地面，她却立在刀柄之上，双脚并拢，双手放在背后，微微而笑，秋风拂过鬓角，更显得英姿飒爽，楚楚动人。那刀柄之端有多大地方，她只用左脚和右脚的一只大脚趾支撑身体，纹丝不动。群雄此时方知，怪不得她赤脚不穿袜子，原来有这以足代手的神功，这路刀法真是闻所未闻，更何况她又是这么一个丽质无双的少女？当即便有人高声喝起彩来，一人开了头，众人纷纷附和，钓鱼城上掌声震天价响。

铁叶道人已情知不敌，又见了她这般风致，不由得恨恶之心渐渐转为佩服，心想："以我的剑法，蜀中已鲜有敌手。这姑娘三招逼得我打了三个滚，这样的亏我成名以来从未吃过。在当今武林之中，除了三大世家的宗师前辈之外，这姑娘的武功可以排入天下前十。"遂朗声道："姑娘好高的功夫，贫道可不及你！想请教一下你的师门。这套以足代手的神奇刀法，是哪一位前辈高人传授？"

楚飞燕笑道："铁叶道长客气啦。这刀法是我胡乱玩创出来的。"她这倒不是虚言隐瞒。她的师父是一位惊世骇俗的大高手，武功之高已到了登峰造极、直拟鬼神之境。但他自重身份，怎么可能赤脚用刀。楚飞燕天生就聪明异常，武学禀赋奇高，最喜欢学奇特诡幻的招式。她十五岁之后便自己练习以足使刀之术，初时只是尝鲜贪玩，但他师父一见，觉得大有可为，便加以点拨指正。她今年二十一岁，这路素足刀法已经功力不凡，其他功夫也是与日俱深。这以足使刀之术，当今天下恐怕只有她一个人会。其他高手倒也不是从来没想到这条路子上去，只是一来用脚使兵刃比用手难了十倍，二来未必有她这样的轻功，难免呆滞，收不到出奇制胜的效果，三来当众赤足甚为不雅。楚飞燕虽是女子，但却是豪爽超迈、不拘一格的性情，从不知礼法为何物，自己的脚爱光着就光着，与旁人有什么关系了？他师父是个蔑视世俗、浑不把天下人当一回事的人物，平日只教武功，什么人情世故、江湖规矩从来不讲，她自幼身边大多数人也是这般，耳濡目染，养成了天不怕地不怕、我行我素的性格。若是江湖中的其他女侠，若给男人看到形体可是奇耻大辱，更怕自己惹上行为不端之名，这种用脚使刀的法门是绝对不会去学的。

铁叶道人叹道："你年纪轻轻，就能自创出一门这么厉害的武功，再过几年，武林中只怕没有噍类了。贫道佩服得紧！"楚飞燕说："道长你也很不错呀。"她先战文大先生，后斗铁叶道人，与青城派的两大高手过了招，也觉得高阳神功与通幽剑法各有独特之秘，铁叶道人虽输给自己，是他天赋有限，应对奇招乏力，倒也不是青城派的武功不行，也没有小觑之心。

铁花道人一直旁观不语，此时忽开口道："这位姑娘功夫当然是可以的，只是也太不自爱了。一个未结婚的闺女，当着这么多人之面袒形露体，难道便不知羞耻二字吗?"

楚飞燕说："我又没用五百两银子去收买人来冒充文大先生，又没有结交云南茶马帮的杀手，却怎么不知自爱了?"

她此言一出，四座皆惊，铁花道人脸上也是微微变色。文大先生不由得看了铁花道人一眼，心想："我原以为只铁叶要与我为难，难道这位姑娘说要暗算我的是铁花么？绝不可能！铁花与我素来亲厚，从未对我有半点不敬，绝不会有害我之心。"

果然听得铁花道人道："你这话说得不明不白，难道是说道爷谋害文师哥么？好笑！青城派岂容你挑拨离间！你这般血口喷人，那是铁了心要与武林正道为敌了。"文大先生亦正色道："姑娘要离间我师兄弟，那是万万不许。"场上数千豪杰，大多数不是与文大先生有交情就是与铁花或铁叶道人有交情，楚飞燕这番话严重违背了武林中的道义规矩，除非她能拿出确凿的证据，否则她武功就算再高一倍，也绝难生下钓鱼城。

却见楚飞燕不慌不忙，从衣服中又掏出一封东西，两指夹住，道："这里面有一封铁花道人给云南茶马帮农帮主的书信，还有一份农帮主自己的供词，农帮主派了刁四、张六、胡一波、麻幺鞭子四个人来暗杀文大先生，自己却和十几个帮众在钓鱼山下五里之外静待消息，昨天群雄上山之时，刁四他们混在大伙之中。我却去找了那农帮主，逼他吐实。我本以为刁四他们几个武功低微，不足为患，因此没事先收拾下来，累得文大先生受伤，很是过意不去。刁四、张六倒是硬气，但他们帮主则脓包得很。这封信及供词，请百叶掌门、文大先生两位共同拆看罢。"

百叶真人微一沉吟，上前把书信接了，对文大先生点了点头。文大先生虽不信铁花道人会加害自己，但事关重大，总要确证，对铁花道人说："师弟，清者自清。"百叶真人拆信读道："农帮主钧鉴，文羽明日隐退，实欲不利吾等。贵帮三人丧于彼手，此仇不可不报。农兄之忧，即弟之忧也。吾欲于彼金盆洗手之日，借机杀之，为吾兄雪恨。其时将有一倭人与彼相斗，候彼斗酣之时，贵帮高手暴起击之，文羽可毙也。"却没有落款。又看那供状写道："青城派铁花道人，一月前与吾相约，伏吾帮高手四人，合力击杀文大先生于钓鱼城上。四人系刁四、张六、胡一波、麻幺鞭子，皆吾所委派也。铁花道人予彼四人纹银四千两，作安家之用，又予吾黄金六百镒，并许事成之后，吾帮北上走私茶马，青城派为之翼佐铺路。云南茶马帮帮主农。"

百叶真人读罢，问："文兄，这书信可是铁花道兄字迹么?"文大先生沉吟良久，道："字迹是颇相似，然笔迹可以模仿。至于这封供状，农帮主本人不在，亦难准信。"他终究不信与己亲厚数十年的师弟会加害自己。铁花道人嘿嘿冷笑："这些东西，谁也伪造得。姓楚的女人，你凭这两样东西，想将我入罪，还早得很。"

楚飞燕微微一笑，说："铁叶道长，铁树掌门死前两个月，在做什么来着?”铁叶道人一怔，道：“你问这干什么?”这是他门派内部之事，并不想当众披露。楚飞燕说：“事关重大，请道长说了罢！要不，便问一问贵派中谁照料铁树掌门的起居饮食。”

铁叶道人心想：“只因高阳神功秘诀失窃，我掌门师兄怕神功外传，因此那几个月一直在闭关，想把本门的神功再提升一层，这样即使高阳神功外传，于青城派也没太大损失。他的饮食衣服，却一直由亲传弟子清晖递送。”朝本派门人那边看了一眼，却见清晖也在，喊道：“清晖，出来!”

那清晖才十五六岁年纪，小步走出，显得有些害怕。铁叶道人按剑道：“清晖，我问你：你师父闭关之时，饮食都是你经手么？可有异样?”清晖颤声道：“是弟子亲手送与师父……都是从厨房老王他们那里拿的。只有……”铁叶道人喝道：“只有什么?”清晖看了铁花道人几眼，说：“只有铁花师叔送过三盒参茸六阳丹来，说是每日一丸，大有裨益。师父……师父仙游后，还吃剩一盒零两丸，铁花师叔又来问我要回去了。”铁叶道人怒道：“上次问你，为何不说?”清晖道：“弟子只道是铁花师叔送来的，绝无可疑。而且……弟子听说甚有神效，自己每盒扣下了两丸，因此……不敢说。”

铁叶道人心想：“是了，我师兄走火入魔，死得不明不白，却无中毒受伤痕迹，想来是这些参茸六阳丹甚是燥烈，一日一丸还不发觉，吃得多了，到练功关键时刻，积累的热毒激发出来，因此送了我师哥性命。我青城派长于内功剑法，于毒药一道并不甚精，只有铁花这厮功夫学得最杂，早年我与铁树师兄还有文师兄、铁花四人大破鬼冢门，杀了那为非作歹、伤天害的鬼冢老妖，搜查其物件时，找不到那本鬼冢毒经，现在看来是铁花藏下来了。”横眉对铁花道人道：“铁花，你拿一句话出来罢!”

铁花道人面不改色，淡淡说道：“铁叶，你与我素来不和，想帮这妖女来诬陷我么？说我谋害铁树师兄，于我有何好处？你排名在我前，武功也比我高，又有百叶真人撑腰，铁树师兄一死，掌门之位便多半落入你手，我这不是自讨苦吃么?”

文大先生、铁叶道人听到这话，觉得倒也合情合理，一时也拿不定主意。楚飞燕却笑道："铁花道长，你这一石三鸟的机谋，也算用心极深了。你先害死铁树掌门，他练功暴卒，没留下遗言，这青城掌门一席便悬而未定。文大先生因为女儿之事内疚，又怕铁叶道长当了掌门与他为难，他为人正派，又不会挑动同门争斗，只有金盆洗手一途。你却收买尤九叔冒充文大先生，引那倭人柳生来作见证，挑起钓鱼城上这场争斗。你又勾结茶马帮农帮主，伏击文大先生，倒也不是想靠那四个人把文大先生做了，只要他们击伤文大先生，文大先生这两个月就不是你对手了。之后你再借探望之名接近文大先生，暗地里将他害了，再嫁祸给铁叶道长，那就坐稳了青城掌门之位。之后你再杀了尤九叔，屠了茶马帮，天下便没人知道你这桩毒计。只可惜螳螂捕蝉，黄雀在后，却被本姑娘盯上了你。"

文大先生、铁叶道人听得都是心头一震，场上群雄也议论纷纷。铁花道人神色不变，道："你这一面之词，强词夺理，值得什么？我看倒是你处心积虑，要颠覆我青城一派。"

楚飞燕道："要验证这事，又有什么难了？清晖不是扣了六丸参茸六阳丹么？清晖，你吃了几丸？"清晖犹豫道："我……吃了两丸，还剩四丸，两丸藏在青城山我房间，两丸在行囊里。"楚飞燕说："这就是了。文大先生，铁叶道长，你们验一验那两丸参茸六阳丹，便知是不是我阿燕信口雌黄。"

铁花道人的脸色顷时变得惨白，倒退了两步，恨恨地瞪了清晖一眼，道："小畜生，坏我大事！不错，是道爷干的。"文大先生怒道："铁花，你我师兄弟数十年，为何下此毒手？枉我对你这般亲爱信任！"铁花冷笑道："我们师兄弟四人，凭什么我的名声最低？铁树师兄贵为掌门，你文师哥武功最高，江湖上名头又响，铁叶有峨嵋掌门撑腰，我除了自己弟子外就是孤家寡人，江湖上提起青城派，都道一文双铁，哪里把我放在眼里？只因我性格木讷，不像你们三个会讨好师父，师父也不太喜欢我，教我受了这许多年的气！文羽，你敢说你当真亲爱我么？你若爱我时，为何不扶持我作青城掌门？却金盆洗手，说道不预掌门之争？你与铁树、铁叶都是一样的该死。”他怒恨交集，眼也红了，一口牙上下交错像要吃人一样。

铁叶道人喝道：“你事已败露，还说什么？是拔剑自刎，还是要大伙送你上路？”铁花道人见已经事败，场上数千之众，自己就算武功再高十倍，也未必逃得出去，何况身败名裂，逃出去也是无用。文大先生、百叶真人都冷冷盯着他，眼神中并无宽恕之意。铁花道人身子微颤，对楚飞燕说：“你这女人真是个煞星。”举手自盖脑门，直直地倒了下去。

文大先生长叹一声，对铁花道人的弟子说：“收了你师父的尸身罢。”那些弟子战战兢兢，把铁花道人的尸体抬走了。文大先生、铁叶道人心中均愧：“想不到本门叛逆，竟要依靠一个与本门毫不相干的女子来揭发。以铁花心机之深，说不定自己要着他的道。”

群雄闹嚷了一阵，渐渐平伏，却要看此事如何收场。百叶真人咳了一声，道：“楚飞燕，你到钓鱼城上捣乱，这几千豪杰的面子都被你削得干干净净，你想怎么交代？”

楚飞燕从刀柄上跳下来，走了几步，说：“真人的意思，是要斩我一只手臂，还是削了我几根脚趾？”

百叶真人道：“你拿金盆洗脚，违背了武林中的常规，对数千豪杰是大大的不敬。念你是个女子，你跪下给大伙叩三个头，就放你下山去罢。”他这句话说出了许多人的心思，当即便有几十个人吼道：“跪下磕头！”那伍三娘、丁夫人更是破口大骂。

楚飞燕赤着脚走了十几步，在石板上走出了十几个脚印。群雄见她显露了这么一手功夫，不禁惊惧，渐渐便不骂了。她看了文大先生几眼，见他不做一声，脸上毫无表情，心想：“且不说我拿下柳生一存，起了他的炸药，救了你们性命，也不说我揭发铁花道人，为你师兄报仇，单就我千里迢迢把你女儿的信送给你这一桩来说，你也该为我说句话。江湖上说你为人正直、侠义心肠，原来也只是个沽名钓誉之徒，早知如此，我又何必帮你？”

那文大先生心里却想："你帮了我大忙，按理我应感谢一番。可是你这姑娘做得实在太过，抱了我金盆不说，还出手打败了这么多成名人物。若你只是得罪我一人，我绝不和你计较，但你招惹了这么多豪杰，难道要文某为你一人得罪大伙吗？"他权衡利弊，便不做声，心想挫一挫这姑娘的傲气也是好的。

楚飞燕秀颈一昂，道："本姑娘从来不会给沽名钓誉之徒磕头！百叶掌门，你要取我性命，咱们单打独斗吧！"

百叶真人板着脸一声不做。一名峨嵋弟子道："峨嵋掌门是何等身份，怎能与你动手？快磕头罢！"

这时却有一个人仰天长笑："哈哈哈哈！"众人怒目看去，却是一个中年书生，认得是什么玄海居士庄道甲，登时有气："你又不是武林中人，大家敬重文大先生，容你在此观看，你怎么大呼小叫的捣乱？"

庄道甲正色道："庄某不会武功，不知武林之事，但以人情论事，这位楚姑娘不远千里赶来，帮你们化解了一场大难，你们理应感激，怎可再为难于她？就算要与她为难，就应一对一公平决斗，教大家心服口服，数千人欺负一名单身女子，是英雄好汉的行径吗？想不到几千须眉男儿，加在一起都比不上一名女子！"言罢又哈哈大笑。

群豪闻言，有的便恼怒谩骂，有的默不作声，有的也不免有些惭愧。楚飞燕向庄道甲点了点头，说："这位先生，多谢你为我说话。他们这些人只好面子，不会放过我的，你自己下山罢，不要惹祸上身。"

朱铁儿冲了出来，抽出软剑，站到楚飞燕旁边，说："燕姐姐，我来助你！"楚飞燕拍了拍她肩膀，笑道："这又何必？百叶掌门，你就快些带着大伙，把我斩成肉酱吧。"

百叶真人此时怒火满腔，早想把楚飞燕斩成肉酱，但要下令一拥而上，不见得传出去有什么好名声，若与她单打独斗罢，只怕还未必是她的对手。堂堂一个峨嵋派大掌门，此刻竟只有生气的份。

楚飞燕冷笑一声，抱了抱朱铁儿，又向庄道甲颔首示意，走回到那才洗脚的那大石旁边，用脚尖把金盆一挑，那金盆远远地飞了出去，落在文大先生跟前。她却穿了竹屐，双足一点，突然向城门那边冲去。城门边站着两百多人，见她突围，便挺了兵刃来截，旁边的两三百人也围将过来。百叶真人吼道："休教这女人走了！"楚飞燕双足一颤，两只竹屐飞了出去，前面的几十人恐她有什么怪异招数，缩身闪避。她却蓦地里凭空腾起，从几十个人的头顶滑过，右足点处，已点到了城墙，施展起凌空飞燕的功夫，在城墙上连续点了几点，每一点升高两丈半有余，四点之后，身子已在十一仞之高的城墙上。她这身轻功真是惊世骇俗。武林中上天梯之类的功夫倒也不是没有，但一步能上个数尺已经非常难得，她每一点竟能腾起两丈半有余，真是身轻如燕，不枉名叫飞燕二字，这身轻功场上数千人无一人能够办到。

楚飞燕立在城墙上，看着惊疑不安的数千好汉，又冷笑一声，飞身而起，从城墙上轻轻飘落，往城门外的一株参天巨柏上一借力，两三个起落，便消失在深山密林之中。群雄看得呆了，竟忘了阻截追赶。

# 第四回　三教魔道

天色将黑，朱铁儿陪着庄道甲下山。文大先生要邀庄道甲到重庆小住几日，庄道甲以家人挂念推辞，朱铁儿在一旁冷嘲热讽，文大先生老大没趣，只得说不日即赴麻城笃吾庄拜访。庄道甲与朱铁儿也不与众人作别，径自向东而行。

庄道甲初时见文大先生风雅清致、博学多知，大有名士之风，本很想结交这位江湖奇人。但后来见他不肯为楚飞燕出一言相助，已知他终究只是个凡夫俗子，对彼已有三分鄙薄。又想那白月天霜楚飞燕为人行事，无一处不是奇到了绝顶，比文大先生更高了十倍，能识此人，已大慰平生，不虚一番奔波惊险，于路上回味到好处，忍不住抚掌大呼："奇哉！妙哉！"心想若有纸墨，定要立作一篇《侠女行》，传于后世，心成千古奇文，虽陶渊明之《咏荆轲》，李太白之《侠客行》，唐传奇之聂隐、红线传不能及也。遂向朱铁儿索要。朱铁儿笑道："我哪会有这种东西？"

庄道甲叹道："你姐姐真是个不世人杰、奇女子！"朱铁儿说："是么？我也觉得呢。"庄道甲兴叹不已，又细问楚飞燕的出身来历，朱铁儿也不清楚。两人谈得投机，倒也开心。

庄道甲忽道："朱姑娘，你姐姐的竹屐让我捡了过来。"却从包袱中捧出一只屐，正是楚飞燕的，当时混乱中被庄道甲收了，另一只却不知到了哪里。朱铁儿笑道："只有一只，有什么用？庄先生，你喜欢我燕姐姐么？怎么收藏她的东西？"庄道甲变色道："庄某有妻有儿，朱姑娘不可取笑。”把那竹屐递给朱铁儿，朱铁儿笑着不要。

又走了一段路，天黑了，二人找了一个山洞，将就一宿。庄道甲狂诞超迈，视道学礼法如无物，倒不觉得男女同穴有什么大不了，但毕竟没跟年轻女子出过远门，不好区处，便欲将那山洞让给朱铁儿睡。朱铁儿说：“我是野猫子，又会武功，在野外睡惯了，不碍事，庄先生可得保重身体，回家见尊夫人、令公子、令爱。”庄道甲道：“庄某虽不会武，总是七尺须眉之躯，岂有让你露宿之理？”两人相让不下。

这时有人朗声而笑，两人望去，正是楚飞燕，脚上却已穿了一双皮靴。庄道甲大喜，连忙问她情况。楚飞燕笑道：“我从钓鱼城上下来，没鞋子穿，只得找了个倒霉蛋，扒了他的。本姑娘虽不怕赤脚走山路，但弄脏了脚却枉费我在钓鱼城上洗那一回了。”庄、朱二人都笑。

楚飞燕说：“这位先生，你好像一点武功也不会吧？怎么却到了钓鱼城上？”庄道甲苦笑道：“一言难尽！”朱铁儿问：“燕姐姐，你的刀呢？”楚飞燕道：“我这不是来找么。上山之前，我把它藏在了这个山洞里。不空手上山，怎么显得本姑娘的能为胆量？”进洞一找，面色微变，问：“铁儿，有人来过吗？”朱铁儿摇头：“我们也是刚到。”

楚飞燕皱眉道：“这可不太好办。”朱铁儿急问：“刀不见了？”楚飞燕点头。庄道甲说：“一口刀而已，以燕姑娘的本事，弄一百口来也不在话下。”朱铁儿道：“你懂什么？那白月天霜刀是我姐姐的成名兵刃，分金切玉如削豆腐一般，天底下只有这一把，怎么能丢了？”楚飞燕说：“我把它藏在山洞最深处，若非有意去寻，很难发现。最怕的是被某个无知牧童或樵夫捡去了，那就无迹可查。若是武林人物取去的，哼，本姑娘总能要回来。”

朱铁儿问：“会不会是有人跟踪姐姐？”楚飞燕说：“以你姐姐的轻功，就四川这点地方，还没谁能跟踪得了我的。想来是某个人无意中得去了。咱们先到附近的村落中找找，然后再在这次赴会的武林人士中找。今晚是不成的了，明天一早再找罢。这位先生嘛——”朱铁儿说：“庄先生要回麻城。”楚飞燕说：“这位庄先生是好人，铁儿，你护送他回去罢，不用跟着我了。”

庄道甲心想：“如此旷世奇人，岂能失之交臂？士林之中几曾有如此人物？”遂说：“我也不急，燕姑娘，我们先找刀罢。”楚飞燕说：“你这先生倒也仗义。但你不会武功，帮不上忙，你离家这么远，家人肯定担心，还是快回去吧。”

庄道甲问：“燕姑娘，我们算不算朋友？”楚飞燕想不到他有此一问，一怔，又想今日钓鱼城上，他曾出语助己，局外之人能主持公道，比那文大先生可胜得多了，逐点头道：“嗯，你为我说话，我很感激，我们是好朋友。”她与朱铁儿一样，不知道玄海居士庄道甲在当世士林中有多大名声，只当他是个一般的读书先生而已。庄道甲道：“那便是了。你我既为朋友，朋友有事，岂可袖手旁观？”楚飞燕道：“庄先生，江湖上处处刀戟，人心险毒，我得罪人多，只恐连累你。而且你不会武功，我展开轻功，你追赶不上，若是与人动手，我还要分心照看你。你的好意我心领了，江湖何处不相逢，日后我有机缘到麻城再拜会你吧。”庄道甲听她语气诚恳，道：“木秀于林，风必摧之，士林武林一般无异，燕姑娘既如此说，庄某只得从命了。”

次日清晨，庄道甲与朱铁儿便要启程回麻城。庄道甲道：“燕姑娘，庄某有一事不明，还要请教。”楚飞燕道：“庄先生请说。”庄道甲道：“燕姑娘乃人中绝顶，但终究是一个女子，难道便想在江湖上漂泊一生么？”他和楚飞燕相识不到一日，却已将彼此引为平生知己，庄道甲虽知以她心气之高、行事之奇，绝不会似寻常女子作凡俗打算，但毕竟一是担心，二是好奇，不忍有此一问。

楚飞燕微微一愣，心想：“我自幼便没父母，师父养大了我，传我一身本事，但到中土武林中闯荡了几年，然中土武林人士尽是虚有其表之辈，大不合我的性格，以后怎么办，以后再说吧。”遂莞尔一笑：“多谢庄先生关心了。江湖上的奇侠、魔头，好死也罢，歹死也罢，到头来都只是一堆白骨。本姑娘只求潇洒自在活几年，什么时候有武功比我高的将我杀了便是。”

庄道甲见她一笑之时，妙目流波，春媚生颊，如月映荷池、雁游霞海一般，教人观之而醉、近之而化，若非亲眼所见、亲耳所闻，谁能相信她一人在钓鱼城上威慑数千男子？至于侠烈豪畅、适性所之，年纪轻轻便能置生死于度外，更是当世士人绝大多数一辈子也做不到的。这种狂性，与他玄海居士正是一路人。遂叹道："以天地为洪炉，以造化为大冶，恶乎往而不可哉！是真名士自风流，燕姑娘有之矣。"朱铁儿说："燕姐姐，保重。"楚飞燕点头道："嗯，铁儿你也照顾好自己。"三人依依惜别。

楚飞燕在附近村落中寻访，一无所获。又进重庆城中酒家、客栈、赌馆、当铺等三教九流人物混杂之地打探："可见过一口五尺长的银色短柄刀么？"并无消息。

楚飞燕想："我在钓鱼城上大闹一番，四川一带的江湖人物谁还不知道我，这样行走，多半会被人认出，偷刀的人远远躲了，却怎么去找他？也罢，待我改装了去。"她以前行走江湖，从未改装，一时不知扮成个什么样子才好，猛然想起了庄道甲，道："我扮个中年书生罢。"

她找商铺买了方冠、长衫、袜履及糨糊、画笔等易容工具，找了个地方易容。待往脸上涂糨糊之时，黏稠稠的好生讨厌，心想："要我扮个长胡子，既麻烦又不像，也罢，我装个少年书生得了。"抹去糨糊，戴了方冠，换了长衫，穿了袜履，就镜中一看，倒也眉清目秀，一表人才。

她又寻访了两日，见路边有家铁匠铺，心道我的刀别被人卖至这里，正要去看，听得身边有人大声喊道："新郎官，新郎官！你哪里去？"楚飞燕看了看，不见有甚新郎，也不理会，忽然一只手拽住她衫角道："新郎官老爷，你可教我寻得苦！吉时将至，新娘子都进门了，你一个人跑哪里去？"却是一个矮胖妇人，脸上胡乱搽着胭脂，气喘吁吁，好十数人跟在后面吹弹打唱，还赶着一匹大马。

楚飞燕道："你认错了，不是我。"那矮妇道："哟哟哟！新郎官儿还害羞呢！你羞啥？快快回去拜堂成亲，生个大胖儿子是正经。"楚飞燕说："真不是我。"矮妇道："却怎么不是你？你是白天霜白少爷，楚老爷的公子，谁不认识?”众人都点头称是。

楚飞燕一个激灵，想：“从这话来看，他们分明知我来历，不知要我过去干什么？难道是仇家寻上门来?”她这几年来惹的事着实不少，想到有人寻仇，正合心意，心道：“本姑娘便去会你一会。”遂道：“不须啰嗦，我回去便是。”那妇人欢天喜地，取来新郎喜服与她穿了，身上系了花，催她上马，大吹大送簇拥而去。

一行人出了城，楚飞燕暗自提备，也不惧他。走了二三十里，那媒婆指着前方一座庄子道：“到了!”牵着马头便去。楚飞燕相那庄子，果真张灯结彩，人声熙攘，热闹非凡。

下马进门，便有许多宾客在门边迎接，个个喜气洋洋，放起一串炮仗，噼里啪啦的乱响。许多小童、姑婶、做工的便来讨钱，把楚飞燕包袱都夺了去。接着新娘家两老、七叔六伯的也都来陪话，围着楚飞燕转个不休。一个老头说是新娘的三叔公，颤颠颠的拄着拐杖，只笑道：“这新郎哥俊！俊！比我闺孙女还俊几分呢!”笑呵呵的合不拢嘴。楚飞燕想：“从这伙人看上去便是寻常百姓，不似会武，却不知他们要拿我怎么样？若只为对付我一个，不必费如此周章。我且由他，看准了再说。”纳闷未已，又被几个妇人缠住七嘴八舌地唠叨一场，这回却是说洞房生孩子的事，楚飞燕哭笑不得。

闹了一会，听得里面哄道：“新娘子出来啦!”帘子一揭，两个十四五岁的丫头扶着新娘迈出房门坎，新娘凤冠霞帔，全身包严实了，只看得出个头挺高挑，比楚飞燕只稍短点。众人拉楚飞燕来与新娘握臂，楚飞燕只得握了。司礼人道：“天地懒拜了，直接饮交杯酒便是。”楚飞燕想：“这里风俗倒不同，天地也不拜。”遂与新娘饮了一杯。众人都鼓噪道：“入洞房！入洞房!”哪由分说，把她连同新娘子推进洞房去了。

楚飞燕捉摸不定，问那新娘：“姑娘，你叫什么名字？这是谁家?”那新娘忸怩不说。楚飞燕见众人都散去了，捉住新娘手道：“姑娘，你要嫁谁？若有甚隐情，可说与我听。”那新娘只不言语。

楚飞燕焦躁，一把掀起她盖头来，惊得直揉眼，一把将那新娘抱住，道：“一色，怎么是你？”

那新娘甜甜一笑，媚生春颊，道：“燕姐姐，这回我又嫁给你啦！”洞房里的烛光映着她的容颜，真个明艳不可方物，五官无一不恰到好处，十万个美人之中，也挑不出这样一个人物。

原来这少女叫凌一色，是楚飞燕的结义妹子，自幼一同长大。她们都是被中土武林称为“海外魔宫”的泰壹宫的传人。楚飞燕的师父是泰壹宫旗下康回庄庄主风狂雪。二十一年前，风狂雪在岛上赏月，忽见月浪中漂来一个摇篮，数十只海燕盘旋其旁，在茫茫大海中竟不翻不沉。风狂雪大奇，捞过摇篮一看，见到一个眉清目秀的女婴，便收养了她，因是海燕送来的，便起名为飞燕。楚是风狂雪一位旧交之姓，那旧交武功高强，但早死无后，风狂雪让她姓楚也有纪念故人之意。楚飞燕自幼聪明异常，学武天赋又高，甚得师尊欢心。她到中土，是三年前的事。

凌一色是泰壹宫旗下娲皇崖主之女，娲皇崖主因一件事心冷，且要练女希补天手，无暇分心，便把女儿寄至康回庄。凌一色比楚飞燕只小两岁，两人一起长大，同吃同睡，亲如胶漆。小时没事，她们便过家家玩，楚飞燕当新郎，凌一色当新娘子，两个也不知拜了几百回堂。

凌一色拉楚飞燕往床边坐了，脱了自己鞋袜，道：“燕姐姐，给我揉揉脚掌！这几年你不在，我都快闷坏了，若再见不到你，我都快变‘望姐石’啦！”楚飞燕笑道：“好啦，这回总算如你所愿了吧？”摸着她脚，问：“一色，你这次来中土，是专程来找我的？”

凌一色道：“当然是来找你啦，但也有任务。我泰壹宫出了点状况，我受命来中土调查。”

楚飞燕问：“什么状况？与我师父有关么？”凌一色道：“你放心，他武功盖世，能出什么事？”楚飞燕说：“那到底是怎么了？”

凌一色道：“这事说来挺长的。燕姐姐，我问你，我泰壹宫创宫之主是谁？”

楚飞燕见她问得突兀，略一迟疑，答道：“是离恨天大君。”凌一色问："离恨天大君是什么人？他为何创建泰壹宫？"楚飞燕说："他本是一位狂哲，武功万古第一，因悲于中土世道浑浊，登苍茫山冥想，自悟魔道，遂远迁海外，创立了泰壹宫。"

凌一色问："离恨天大君有哪些著作？他的魔道要旨是什么？"楚飞燕说："有《恨》、《狂》、《破》、《毒》、《魔》五书，《恨》论仇恨世俗，《狂》论以狂自任，《破》批判百家学说，《毒》论人心鄙毒，《魔》自述他成魔经过、一生行状，此外还有诗文数百卷。魔道要旨是以魔自居、以狂自任、以恨为心、以傲为骨，反世俗，反成法。"

凌一色又问："我泰壹宫信奉反世魔道，那中土这边信奉什么学说？中土武林之中，又是哪几家最大？"楚飞燕道："中土人信奉三教。中土武林之中，有三大世家，俨如日月，此三家乃真定五经明家、镇宁无为苏家、延平四谛僧家。"明家创自武林大圣明德予，奉五经，守纲常，行克己复礼之教，俗家门派均受其统领，现任家主为"善始善终"明惟厥。苏家创自武林真人苏犹龙，好清净，慕神仙，乐逍遥无为之道，道家门派皆奉其为宗，现任家主为"与寥天一"苏见独。僧家之祖为西城大哲僧竺法，谈色空，尚觉悟，论慈悲度人之义，佛家门派尽服其所教，现任家主为"三界攀缘"僧病本。中土武林之中首推这三家，共掌武林命脉已数百年之久。

凌一色复问："二十三年前，我泰壹宫为什么会与中土武林争斗？"楚飞燕说："还不是因为信奉的东西截然对立呗。"二十三年前，泰壹宫十五位前辈高人履足中土，与三教人士辩论，他们才智惊人，三教人士有许多被辩倒。三大世家闻之大怒，说"异端邪说，逆乱狂悖，当绝其类，勿容于世"，命武林各派攻之。谁知泰壹宫高手厉害，中土武林给打得落花流水，惨矣哀哉。三大世家震怒，在灭异谷与泰壹宫高手约战，动用了整个武林之力，以数万之众围之，终于使十五位高人尽数殒命，但中土武林伤亡也极惨重，至今提起泰壹宫三字，神鬼也怕。

楚飞燕答毕，道："这些我早就知道，你问我做什么？"凌一色笑道："燕姐姐，我教你看样东西！"从枕头边取过一个榆木匣子来，说："你看！"楚飞燕打开，却是一颗男子头颅，面容尚鲜，却不认得，遂问："这是谁？"

凌一色哈哈一笑："我借你的白月天霜刀，两日间来回数百里，去明惟厥三儿子的落脚处，割了他的狗头！"楚飞燕一惊："你杀了明三公子？"明惟厥是中土武林三大领袖之首，明三公子是他嫡子，身份何等尊贵，凌一色公然杀之，分明是向整个中土武林挑战。

凌一色道："这狗壁虱正在给一群蠢驴讲授《尚书》，我一进去便杀了两个，那明三狗子便和五六个人齐来攻我，他使五经正义掌，他一招'天监厥德'，被我用破孔狂刀中的一招'我自为天'，结果了他的狗命。燕姐姐，这比你钓鱼城上如何？"楚飞燕道："明三公子并无恶迹，你这事做得过分了。"凌一色一撇嘴："什么过分不过分？儒家系中土第一祸害，诗书流毒水，忠孝训奴才，这种假道学，杀光了才好。"

楚飞燕说："滥杀始终不好。我的刀呢？"凌一色道："在这里。"一探身，从床下摸出一口通体灿银的短柄长刀来。楚飞燕一看，霜寒满室，果是己物，心中欢喜，道："好妹子！"又问："那你接下来准备怎地？"

凌一色道："寂灭天大君也不知怎么想的，吩咐我们没事别去撩拨中土武林，但我横竖做出来了，怕什么？"寂灭天是离恨天曾孙，泰壹宫的第四任大君，十几年前登位。凌一色给楚飞燕捶了捶大腿，又问："燕姐姐，你听过周雪鲛这名字么？"

楚飞燕道："广信太史周家的雪鲛小姐？当然听过。"此太史并非朝廷之太史，乃中土武林之太史，周家自祖先周龟鉴开始，世世代代为武林作史述闻，要知武林源流，便非看周家史书不可。江湖豪杰极多，有资格立传的仅是少数。而江湖中的奇侠魔头们生前声威显赫，也想死后留名，若能巴结得周家，为之立一好传，自是欢喜无限。但周家以公正著称，要巴结他们也难得很。一百三十多年前，周家家主周究际因不肯给一位女魔头纪功颂德，被残酷杀害，后世武林人士因此更尊重周家。周究际传子周通变，周通变传子周成言，周成言传子周藏简，周藏简号"春秋一字"，其女周雪鲛是中土武林有名的才女，据说颇习得乃父乃祖的学问，周家史书有部分已由她执笔。

凌一色道："我泰壹宫有一件要紧事要查清楚，据说这个周雪鲛是知道的，我想把她抓起来，拷问一番，叫她吐实。"楚飞燕说："这样子不好！她自是治史之人，又不曾惹了你，你要查时，好生查探便是，何必动不动便要把人拷打？滥伤无辜，非英雄所为。再说，周家替兴楼也非等闲去处，三统四使个个了得，春秋判官阵甚是高深，你未必能讨得了便宜。"

凌一色微微一笑，道："判官阵判得了蠢材，判不了狂人，这些狗壁虱算得个屁！"

门外却有一个声音唱道："恨海生魔道，泰壹立冥冥。血海神功运，惊碎满天星。大君统狂士，魔道恨不平。扫除三教清中土，灭尽诗书废五经！四百军州都恨碎，生擒惟厥系长缨。鬼惊神也泣，寰宇尽驰名。奇功是谁建？芍药公主凌！"凌一色听得笑道："王先生，休唱了，进来罢！"

一个中等身材的铁面老者进门来，向凌一色抱拳道："属下王守恨恭贺公主新婚！"凌一色抿嘴一笑，指头楚飞燕道："还不参见驸马？"那老者又来见礼。楚飞燕已笑得不行，忙摆手道："别别别，一色太胡闹了。"凌一色独爱芍药花，芍药公主是她的外号。

凌一色问："王先生，查到周雪鲛那狗壁虱的行踪了么？"王守恨道："那婆娘现在白马寺。"凌一色道："她跑那干吗？私会和尚吗？"王守恨道："听说是白马寺主持请她去整理史料。"

楚飞燕道："一色，你杀了明三公子，必然震动江湖，此时再去绑架周雪鲛，只恐动静太大。"凌一色道："燕姐姐，你不必劝我，我此番来，便是要给娲皇崖争口气的。谅那些狗壁虱能奈我何！"

楚飞燕抓着她手道："我与你一道去。"她素知这义妹要强坚执，做事不能半途而废，愈是如此，自己愈要陪着她，一来是照护她周全，二来也怕她做事太绝，况且她们自幼相知，情融于血，既然重逢，哪有分开之理？凌一色点头道："同生共死。"

凌一色的几个部属都在外面等候。至于那些侍婢、媒婆、亲戚、童儿等，都是她花钱请来与楚飞燕开玩笑的，玩笑既罢，自然都打发走人。凌一色自换了一身明霞万点褶风衣、水墨烟绿飞柳裙，踏了一双檀木屐，更不着袜，两个大脚趾上各戴了一个戒指，上镶一颗鹌鹑蛋大小的明珠，愈衬得足如雪，人如玉，又佩了口剑，道："王先生，你们收拾上路。燕姐姐，你仍充我夫君。大伙儿仔细了！"

楚、凌等人一路北上，昼不打尖，夜不住店，出了四川省境，一打听，明三公子被杀震骇江湖，都传泰壹宫卷土重来之事。凌一色好胜要强，杀人后报了名号身份，就算她不说，谁都知道除了泰壹宫，没人敢对明家不敬，更遑论杀害明家公子了。凌一色听了笑道："这些蠢材！"

十月下旬，一行人来到邙山脚下，已进了洛阳地界，王守恨道："王某先去白马寺摸摸情况。"凌一色说："我不耐烦干等，燕姐姐，陪我上山看看风景。"

楚飞燕见那山势雄伟，喝声彩道："好座大山！"上得山来，待见到些前代帝王遗迹，又道："山倒好了，怎生却有这等作怪污眼东西！"凌一色接口道："就是，臭狗洞烂棺材，煞风景死了，俗不可耐。"又走了一会，凌一色道："燕姐姐，你听那边泉响，可去取口水喝。"

两人寻将过去，却见一棵古松下清泉一涧，一个十岁左右的童子赤条条的和一只通体红毛、五尺来高的老猿在泉里洗浴。那童子睃了两人一眼，道："两个贼男女，夹着屄撒开！"凌一色恼他无礼，正要发作，楚飞燕道："慢，这孩子我认识。"道："孙爷爷，你怎么在这里？你爷爷呢？"

那童子跳上岸来，认了好半晌，才笑道："原来是燕子啊。你做什么变了男人？你有鸟么？"那老猿也跳过来打拱。楚飞燕回礼笑道："猿老哥别来无恙？"

凌一色见那老猿憨态可掬，道："这畜生倒也机灵。"那童子拂然道："这畜生也机灵得紧。"凌一色大怒，想一掌把他击毙，但见对方只是一个小儿，也不屑下手，拉了拉楚飞燕衣角，示意速去。

楚飞燕会意要走，忽然斜刺里又蹿出一个尖嘴秃顶、红棕色面皮的瘦小老儿来，望着楚飞燕便大笑，道：“怪不得老儿今天屁股痒，原来遇着燕姐儿，什么风吹你来?”楚飞燕道：“孙祖宗，你不是住马骝山的吗？怎么搬到这里来了?”那童子孙爷爷便道：“他不叫孙祖宗，把鸟名改做孙外公了。”老儿道：“就是，就是。”楚飞燕奇道：“干吗老来倒改了名字?”

孙外公道：“我这改名，有个鸟缘故，你来，我说与你听。”凌一色使眼色要楚飞燕快走，楚飞燕与这孙祖宗虽只会数面，却甚投缘，知道他行为奇特，素以“祖宗”之名为荣，听说他把名字改了，有些好奇，向凌一色道：“这是我朋友，你稍等一会。”凌一色心中来气：“燕姐姐只管和这些狗壁虱混干什么!”她一生之中，只有楚飞燕一个姐妹，别无朋友，平时往来的不是自己部属，便是泰壹宫的长辈，对中土人士更是极为反感，见楚飞燕与新朋友攀谈，就像抢了她什么东西似的，嘴一撇，扭头去了。

孙外公两手乱指道：“我与你说，太史周家有个女儿，叫做周雪鲛的，你认识不?”楚飞燕道：“没见过。”孙外公哈哈笑道：“多亏这妞儿屄好，帮了我一件大忙。”楚飞燕愕道：“她那地方好不好，与你有什么关系?”

孙外公嘿嘿笑道：“你也知我这烂嘴，说顺口了。我是说这女孩人好，屄不好，呸，跟屄没关系，你看，我又胡说了。”楚飞燕知他素来这般，也不见怪：“你只拣紧要的说。”

孙外公道：“这些年只一件事像憋屎一样憋在我心里，就是我孙子爷爷的娘。”他这番长了记性，果然一句话下来没有那个字眼。楚飞燕点了点头。孙外公又道：“你也知道，当年我想操他妈……”楚飞燕眉头大皱，本来就怕他会说出这句来，结果还是说了。然这话却非乱骂，实是真情。当初孙祖宗与他大儿子孙大圣、二儿子孙猴子同看上了一个妇人，父子三人各不相让、大打出手，结果孙祖宗、孙大圣把孙猴子打了个半死。不料孙猴子反因此博得那妇人同情，嫁与了他，生了儿子孙爷爷。他们父子三人没事便打个不停，事后也不放在心上，但这次开打纯因女人，闹得大了些，传到江湖上人人都笑，爷儿仨也不太好意思见面。孙猴子为气他老子，给儿子起名叫孙爷爷，倒似把父子关系颠倒了一般，孙祖宗每想起此节，便气得七窍生烟。但对这个孙子还是疼爱得很，这次趁他儿子不注意，把孙子抱了出来，一同玩乐。

孙外公啰里啰嗦叙了往事，又说："多亏前日白马寺撞见周雪鲛，那个好屄！燕姐儿，你是武林中顶呱呱、数一数二的美人儿，我看那周雪鲛也不多输与你，那屄长得，嘿嘿！"楚飞燕知他口没遮拦，倒也不是有心占人家姑娘便宜，忽然想到什么，问道："孙老兄，你跟别人说起我，是不是也这么说话的？"

孙外公被她说中了，有些不好意思，挠颈道："对不起哈，我他娘说惯了，不过，嘿嘿，屄好不好，口说无凭，好屄说不坏，坏屄说不好，你的自然是好的……"他越说越乱，猛然抽了自己一记大嘴巴道："总之，我对天发誓，我再说你的屄时，便把我老娘从地底里扒出来操与你看！"

楚飞燕见他神情严肃，倒也好笑，道："你只说周雪鲛怎么了。"孙外公道："好，周雪鲛告诉我说，我之所以心里梗着，全是气不过老婆变了媳妇，儿子变了孙子，孙祖宗这名字虽好，毕竟隔得太远，搔不到痒处，不如索性改为孙外公，做了我媳妇的老子，倒却解恨。果然这名字一改，鸟气尽出，这儿天都快活。"楚飞燕方知原来是这么个缘故，暗笑道："我站这么久就听他说这个，也是醉了。"便要告辞走人，又被孙外公扯了好些闲话，方得脱身。

楚飞燕不见凌一色，正四处找，凌一色从树影后转出来道："我在这。"拉了她道："你听那疯子讲么？周雪鲛就在白马寺。天色已黑，等什么，我俩便去脑揪那姓周的出来，一顿暴揍打开她嘴。"楚飞燕道："今晚便动手？"凌一色道："夜长梦多。"楚飞燕想了想，道："也好。"

凌一色问："此事一了，你跟我回娲皇崖么？"楚飞燕想："中土也不足恋。"遂道："去你爹那虽稳便，却没甚意思，也教我师父小觑了，天下万国，又不是只中土一处，何不去别处闯闯？"凌一色说："不管你去哪，我都跟着，嫁鸡随鸡，嫁狗随狗。"楚飞燕笑道："好哇，你说我是鸡狗，我不要你了。”两人说笑而行。

白马寺在洛阳城外，两人均是绝顶轻功，月下疾奔，无多时，近了白马寺，遥遥听到丝竹之声，却遇着王守恨等，报道：“那周雪鲛在寺后塔林抚筝。”凌一色道：“我听到了。我与燕姐姐进去动手，你们在此间接应。”

那筝声一阵急催，如连绵夜雨淅淅打在窗上。二人潜至一道石碑之后，凌一色挥止细声道：“筝声断，有变。”楚飞燕一点头，早睃见几个黑影从塔林中闪出。两人相望一眼，跃上碑顶就月光中一看，却见一架古筝撇在某塔边。凌一色道：“追！”便望那几个黑影离去的方向追去。

那几条黑影身手虽快，哪迭得上楚、凌二人的轻功，眼看便被追上，便叫道：“追者何人？”凌一色道：“掀翻血海七千丈，恨碎江山四百州！”那边声音一颤：“泰壹宫！”凌一色道：“留下周雪鲛，饶你们全尸！”一个疾冲，长剑出鞘，已向一条黑影挑去。

那边迅速分做两拨，一拨自走，一拨断后迎击。楚飞燕走了几招，道：“这些人倒使得好短枪！”拿了霜刀，也不出鞘，当棍打出，那几人短枪一时俱断。凌一色喝道：“着！”早点翻了两个。余人吃了一惊，慌忙欲走，凌一色说：“哪里去！”只一削，一颗人头从肩膀上飞起，正落在一个逃跑之人面前，两个头月光下一照面，一个吓得呆了。凌一色飞剑脱手，将那人钉在地上。

楚飞燕道：“留下活口！”凌一色杀得手滑，哪里肯住，又两剑将两个人劈死，才收了剑道：“燕姐姐你见么？这厮们是太史周家自己的人马。”楚飞燕一想果然不错，道：“他们使的是春秋判官笔法，只是铁笔换为短枪而已。可是周家为什么要绑自己人？”凌一色道：“他们一开口我便知道了，若是别人劫了周雪鲛，见我俩来追，肯定会认为是周家来救人，怎会问‘追者何人’？”

王守恨等赶来道：“方才见公主往这边去，出什么事了？”凌一色道：“有人劫走了周雪鲛。且进寺去！”众人进寺叫出和尚来问，众僧只说周小姐到白马寺来著书，别的也不深知。凌一色让他们把周雪鲛的随身物品拿来看，却不见有甚书稿，大概是被那帮人取走了。

王守恨问："公主，接下来怎么做？"凌一色略一踌躇，道："周家不知怎么内讧了，也不管他，小的抓不到，便去广信抓老的审问！"

楚飞燕说："广信此去甚远，替兴楼也非易与，此番打草惊蛇，只怕对方会有所准备。"凌一色道："便是天罗地网，我泰壹宫人又怕过谁来！"

楚飞燕一直想问个明白，但自己毕竟只是康回庄弃徒，不便详询，这时再忍不住，问："端的是什么事这么要紧？"凌一色说："时间紧迫，边走边说罢。这事还要从离恨天大君讲起。"

泰壹宫创始人离恨天大君武功之高，绝无仅有，数千年来无人及得，但他最大的成就还不在武学方面，而是创立了一个前古未有的魔道学派。离恨天早年满腔热血，想做一番万世流芳的大业，开创一个崭新世界，救世人于沉溺，使之精神独立，不做当权者或人造偶像的附庸，但不为世人所理解，被视为疯子狂徒，遭尽讥骂。他心气极高，壮志难酬，愤而生恨，转而认为俗世本质虚伪，世人无可救药，哲士应该遗世独立，与世俗彻底决裂，否则便会被俗流同化，丧失真性，不得自由。于是他扬帆离开中土，途中遇到海盗船，他杀光海盗，救了一群被海盗拐卖的少年，便带他们到万里海外，创立了泰壹宫。离恨天离开中土时，其妻子并未随去，多年之后，其子来到海外与父亲相认，就是后来泰壹宫第二代大君怀仇天。怀仇天传子溟滓天，溟滓天传子寂灭天，泰壹宫创宫至今已有整整一百三十年。泰壹宫人信仰魔道，仇视世俗，对中土显学更是鄙视憎恨，中土武林对泰壹宫也是恨之入骨。双方本无利益冲突，之所以结下血海深仇，全因信仰对立。

凌一色说："燕姐姐，你知道离恨天大君的妻子是谁吗？"楚飞燕说："我小时候读前辈著作，说首代大君的妻子叫孤眠白结缡，这人好像很出名，但我知之不多。"楚飞燕的师父风狂雪沉默寡言，他的随从部属也不喜闲话，楚飞燕只是在阅读泰壹宫先辈著作时知道这个人物，却不知其详，问过风狂雪，风狂雪懒于叙事，也不多说。来中土后，多次听人提起这名字，也不甚了解。

凌一色说："这个白结缡，也是个惊天动地的人物，古往今来，在武功上，除了离恨天大君，谁也胜不了她。她本是'纲常万载'白肇端的女儿，那白肇端是当时的明家家主'存理灭欲'明理气的门生，当时也颇有势力。这白结缡十岁之时，被一只两脚怪抓走了，十二年后突然回来，就有了一身谁也没见过的神功，把她老子连同十几个叔伯、兄长都杀了，成立了孤眠阁。无数月，横扫江湖，三大世家窥探过她武功底细，自知就算三家高手联手而上，也难抵敌，不敢与之争锋，只得逃亡。这白结缡便成了中土武林的霸主。她野心极大，不但要称霸武林，还要一统天下万国。"

楚飞燕道："此人武功虽高，权欲太炙，看来不是什么好东西，她又怎么会嫁给离恨天大君？"

凌一色说："三大世家无计可施，想来想去，认为只有请出一个人来，才能战胜这个女人。不用说，这人便是离恨天大君了，那时他还没用离恨天这个名号。三大世家打听到他在哲人峰思玄洞冥想，便去求他出手，好说歹说，离恨天大君对他们甚是鄙夷，不肯相助。三大世家只得转变策略，让人在江湖上散布消息，说白结缡再厉害，也不是某某人的对手，白结缡听到后，让人来找离恨天大君，说若他不下山出战，她便日杀千人，权当取乐。离恨天大君才答应了。"

楚飞燕道："这两大高手对决，必然热闹非凡。"凌一色道："那也不见得。他们在饮恨洲约战，那一战结果如何，谁也不知，最后两人一同归来，已结为夫妇。"

楚飞燕虽已猜到，听到这里，还是"哦"了一声。凌一色说："他们一个哲人，一个暴君，到底为什么会结为连理，我们后辈也难以揣度。中土武人满心希望离恨天大君能杀了白结缡，不成想竟是这个结果，自然都唾骂他助纣为虐。但白结缡嫁给他以后，杀人少了很多，也不提统一天下的事了。也许是生了儿子，心境已变吧。"

楚飞燕问："那他们又是怎么分离的了？"凌一色说："他们的志向性情相差太远了，离恨天大君窥破古今，哲思玄远，一心开创学派，白结缡对这些兴趣甚乏，两人根本说不到一块，最后便分手了。离恨天大君去了海外，白结缡也失了踪。据怀仇天大君讲，他母亲不愿与他父亲见面，也厌倦了中土生活，到一个荒僻所在练功去了。之后的下落，便没人知道啦。她一失踪，三大世家便回来重掌武林，这是他们的丢脸事，到现在还不让人多提呢。”

楚飞燕说：“原来如此。但已是往事一桩，与你此番来中土有什么关系?”凌一色说：“当然有了。你说，我泰壹宫最厉害的武功是什么?”楚飞燕道：“泰壹宫武学中，堪称绝艺神功者有一百零一门，其中六十三门创自离恨天大君，其余创自他的传人弟子，要说哪门厉害嘛，要看个人修为。但在这一百零一门之上，还有一门无上神通，就是血海独狂功了。”

凌一色道：“不错！人寰血海，魔哲独狂，血海独狂功是魔道学说的极致产物，只有与魔道合一的狂人才能练成。此功一出，当者熔为灰烬，谁能与抗?但是自从离恨天大君逝世后，没一人能练成此功，怀仇、溟滓两代大君也只是仅入其门而已。”她这般说着，脸上神色又是自豪，又是向往，更有几分恨铁不成钢之意。

# 第五回　霜刀狂骨

楚飞燕说：“离恨天大君那样的高度，后人自然难及，其实泰壹宫的神功已经够多了，得其数门，已足以横行天下，这种过于霸道的武功，不练也罢。”凌一色不悦道：“血海独狂功是魔道的极致产物，练不成此功，就证明我们对魔道学说的领悟践行还远远未达至境，那又如何超越前人，将魔道发扬发大？”

楚飞燕道：“难道你这次到中土，就是为了寻找练成这门武功的诀窍？”凌一色说：“有捷径的话，也不算无上神功了。但是，三年之内，我宫必须有人能练成此功，否则麻烦不小。”

楚飞燕奇道：“有这等事？”她素知泰壹宫高手众多、武学宏博，他们不找别人麻烦别人便万幸了，谁又能找他们麻烦？中土武林二十三年前打败泰壹宫，不过倚多为胜，殊无光彩可言，若让他们去跨海征讨泰壹宫他们也不敢。

凌一色道：“上次我爹和大君在宫中聚会，我也在旁，仓颉洞主路仙筝突然来访。说有个女人找上他，露了几手功夫，高得不可思议，据他推断，那便是白结缡本人……”

楚飞燕闻言失笑道：“哪有这话？白结缡若活到今天，已是一百五六十岁的人了，就算不死，也该老得走不动了吧？”凌一色说：“可是这路仙筝素来不说假话，他没来由哄大君干什么？古云彭祖八百岁，一个人活个一两百岁也未非全无可能。”

楚飞燕仍是不信，问：“那她说什么来着？”凌一色说：“那女人说，她隐居一百多年，练成了一门神功，想把离恨天欠她的债讨回来。离恨天大君虽逝，她心犹不甘，要把这账算在泰壹宫后人身上……”

楚飞燕道：“不对，寂灭天大君不就是她的曾孙吗？她找自己子孙麻烦做甚？”凌一色说：“她连生身之父都杀，对付自己子孙算什么？她与寂灭天大君又没见过面，能有什么感情？”楚飞燕说：“就算如此，那‘三年之内’又是什么意思？”

凌一色说：“那女人说她隔世为人，很多东西都看淡了，但最气不过的便是离恨天大君抛弃了她，她要毁了泰壹宫，以雪此恨，但念在是自己血脉分上，给泰壹宫三年时间准备。如果三年之内我宫有人练得成血海独狂功，便可与她一战，否则泰壹宫必教她踏平了。”

楚飞燕摇头道：“这也太离奇了吧？我看要么是那女人装神弄鬼，要么是路仙筝编造事实，别有图谋。”凌一色说：“大君和我爹也不甚信，但言之凿凿，也不得不查证一下。中土武林关于白结缡的下落传言甚多，大君和我爹商议后，决定一边寻找那女人，一边派人到中土调查，若能证实白结缡已死，那个什么女人就必然是假冒的了。我心里念着你，便主动请缨。大君嘉许我有勇气，把这个任务交付于我。”

楚飞燕道：“所以你便打算从周家入手？他们虽是武林太史，也不见得便知道白结缡的真实下落。”凌一色道：“周家一来因为周究际死于白结缡之手，二来作为武林太史也有责任查明这一悬案，一百多年来都在查证此事，据说周雪鲛在这方面颇有所获。”楚飞燕想了想道：“那咱们去看看再说，不过你也别随意伤人。”凌一色撇嘴道：“知道啦！真婆妈。”

来到广信府治上饶县，楚、凌两人先寻客店歇脚，让王守恨去替兴楼窥探。凌一色在楼上往窗外望了一会，道：“燕姐姐，你看见那刚过去的车马么？”楚飞燕看了看，道：“怎么了？”凌一色道：“看那制式及从者装束，是真定五经明家的人马。我看那车里的，多半是明四瞎子。”

楚飞燕道：“明四小姐？”明四小姐乃明惟厥之女，自幼双目失明，但敏而好学，在明家后辈之中，论文论武，都是首屈一指的人才，穷理格致功、五经正义掌的功夫尤其精纯，为人更是庄严弘毅，在武林中极受尊敬，有“女中颜子”之誉。她闺名叫画眉，自幼立志效法圣人，以天下为己任，曾在至圣先师像前立誓道：“礼乐未遍，太平未现，画眉矢志不嫁。”一时传为佳话。

凌一色说：“明四瞎子会不会是侦知我们行踪，在此等着我们？你说我打不打得过她？”楚飞燕说：“去年有一位西域林伽教的高手来到中原，出言诋毁五经，便是被明四小姐一掌击杀。我又没见过她，怎说得准？”凌一色说：“五经正义掌我也见过，又有什么了不起？我用破孔刀、刺孟剑、乱宗拳、绝古掌，都能送她回老家！再退一步，即使我拿她不下，不是还有你吗？两个对付她一个，还胜不了？她也大不了你我几岁，谅能厉害到哪？”

楚飞燕道：“你又来了，上次你杀明三，就很不妥。她好好一个世家小姐，又没做过什么歹事，怎可便杀？”凌一色说：“道不同不相容，我不杀她杀谁？”

正说间，王守恨回报道：“替兴楼正在治丧，说是周夫人殁了。”凌一色道：“是明惟厥的胞妹么？”王守恨点头。凌一色道：“她好像不是很老啊，怎么死得恁地快？怎么死的？”王守恨说：“听说是急火攻心死了。”

凌一色说：“急火攻心？上次周家自己的人把周雪鲛抓走，周藏简的老婆又死得这么蹊跷，看来他们内部问题不小啊。如此最好，看我给他火上浇油。”

正在这时，忽闻一声梆子响，一个尖如刺的声音叫道：“狗眼神君法驾来临！”

楚飞燕等一齐望去，却见街上三五十人簇拥着一只滑竿，上坐着一个身披大红海氅的老头，头戴冲天冠，手里捏根铁尺，神情好不得意。这老货却长个什么模样？眉似八刀，眼似日月，鼻似玄田，口似牛一。后面两个汉子擎一对绣旗，旗上道：

新人封口，神君口水吞天下

后辈吃屁，老爷屁眼看人间

楚飞燕道："果然是狗眼神君！"

原来狗眼神君是中土武林中大名鼎鼎的人物，乃全威门掌门、毅严堂主，江湖上无人不知。他从小便跟着隔壁的大无赖做滥放刁、吓唬邻里，惹起公愤，被赶出乡去。后来又跟着一个叫吴修持的大神棍装神弄鬼，诈骗钱财，一日因见疯狗抢屎，站着观看，被那疯狗咬了一口，鬼使神差，竟有了一身内力，从此日夜钻研疯狗撕咬之法，妙悟神功，非同小可。

狗眼神君有四大神功，震古烁今，第一是狗嘴象牙功，第二是狗眼看人大法，第三是圈子神拳，第四是含屎喷人功。狗眼神君管教弟子很有一套，他的弟子若自创了一招半式，便要说是师父创的，做了好事，也是师父做的，若不这般，立时便死于圈子神拳之下。他最憎恨的是江湖上新出道的人，其弟子每人各持一根大棒，见了新人便打，新人若有背景还罢，若无背景来历，轻则打残，重则打死扔进粪坑之中。他那狗眼看人大法之下，也不知多少新人惨遭其害。

凌一色忽生一计，道："燕姐姐，你看我耍这呆鸟。"向楼下招手道："狗眼神君！"轻轻跃下楼来，狗眼神君的随从见了，都喝道："新人，打！"攘拳奋棒便要打将过来。凌一色高声道："狗眼神君，辈分最高！狗眼神君，资格最老！"

众随从道："你以为恭维神君几句，便能免去款打么？"凌一色又道："狗眼神君的狗眼看人大法，威震天下，哪个新人后辈，当得神君你一狗眼？有理无理，全威门就是理，狗眼神君面前，哪有新人说话余地？"

众随从纷纷拍手。狗眼神君"嘿"了一声道："那神君爷爷的狗嘴象牙功呢？"

凌一色说："神君的狗嘴象牙功，嚼钢珠如丸子，啃铁板似豆腐，无论什么东西，进了神君嘴，别想好好地出来。"

狗眼神君微微点头，道："那圈子神拳又如何？"凌一色比划道："圈子神拳，圈内有圈，圈里也是死，圈外也是死。"狗眼神君呵呵一笑："不料你这小小新人，也能说出圈子神拳的真义。那神君的含屎喷人功又有甚玄妙过人之处？”凌一色道：“含屎喷人功，管他是谁，先喷他一身屎，他都臭了，怎么跟神君争竞？”

狗眼神君睃了她一眼，捋须道：“你这种辈分低微的新人，一文不值、狗屁不如，本该就地正法。本神君念你口乖，饶你小命。须知神君与你讲话，是你祖上积的福气，本来成名三十年以下的后辈，都没有和神君说话的资格！你回头告诉别的新人，江湖是论资排辈之所，你们只应卑躬屈膝、低头夹尾，不要想在神君前面作大，只要神君爷爷在，什么新人也休想出头。”

楚飞燕亦已下来，听到这话，暗笑道：“好一只倚老卖老的毛王八！”凌一色向她使了个眼色，道：“狗眼神君，我有一件要紧之事，特来报知与你。”狗眼神君道：“你有什么话说？”凌一色道：“我打听到，周藏简他女儿周雪鲛作史书，说了你无数坏话。”

狗眼神君脸色一变，凌一色此语恰恰戳中了他的痛处。他在毅严堂唯我独尊，自认为必当流芳百世，此番来到广信，就是希望太史周家给他立传颂德，好教武林千载传扬。狗眼神君道：“你这话是真是假？她说神君怎么来着？”凌一色道：“我若说了，你必生气。”狗眼神君说：“你只管说来。”

凌一色说：“我看到几句是：‘案狗眼神君者，质本愚人，出身屠户……’”众随从勃然大怒，狗眼神君脸色也黑了，他对外自称大儒朱文公之后，其实他父祖都是杀猪的，只是嫌不好听，不愿人提罢了。凌一色又道：“少年无行，尝受杖责……”狗眼神君自幼胡作非为，因偷窥大姑娘洗澡，被官府抓住，打了一顿板子，此系他平生大辱，一向遮盖，最恨人提。狗眼神君心道：“这丫头知道什么，定是太史周家搜罗我的丑闻，污蔑神君。”心中已信了四五成，怕凌一色再说出什么来，打断道：“你自何处见这些来？”

凌一色道：“在榻上。”狗眼神君奇道：“榻上？”凌一色说：“是啊，那个周雪鲛原先和我来往甚密……”狗眼神君见她神色忸怩，道：“甚密？你们是磨镜吧？”凌一色说：“总之……就是那回事啦！后来她看上个男人，就不跟我好了，我气不过，想请神君教训她一下。”楚飞燕一旁听着，哪里忍得住笑。

狗眼神君看了楚飞燕一眼，见她眉目胜画，英姿绝俗，分明是个扮了男装的绝色少女，问道：“这也是你的伴？”凌一色道：“对啊！你觉得我们般配不？”看着楚飞燕，媚生生地笑了。楚飞燕哭笑不得，横了她一眼。

狗眼神君又多信了几分，道：“神君去周家问问，你们两个都跟来对质。若敢欺骗神君，哼哼！”深运一口气，大袖拂出，把他一个弟子弄得跪在地上，脸色发青，口中叫道：“神君四万八千岁，世上没有能比神君更老的人了！”这也是他的得意功夫，叫做倚老卖老功，功力随着年龄增长，据说此功一出，年纪比他小的都要跪地求饶，若能活个一万岁，便有王八仙人附体，后辈新人谁敢不怕。楚飞燕、凌一色心中暗笑。

狗眼神君耀武扬威，往替兴楼而去。楚飞燕知道凌一色是要挑拨两边乱斗，好浑水摸鱼，也便跟去了。凌一色胸有成竹，神情自若。王守恨等暗随其后。来到替兴楼前，只见高楼森然，一道朱红大门紧闭着，六个人守着门口，面无表情，尽皆戴孝。门前一副对联道：

一字贬褒，腑脏肝胆存胸臆

千秋兴替，江湖潮汐有波澜

狗眼神君也纳闷了：“难道周家怕神君上门问罪，都吓死了？”那守门人抬头来看，只见一个老儿坐在滑竿上，好一副尊容！有《临江仙》一首为证：

满口钢牙能碎铁，浑身好股狂臊。一双狗眼不相饶，问新人后辈，谁敢发牢骚？毅严堂中称第一，全威门把声标。喷人有道甚高超。神君真圣哲，茅厕也英豪！

守门人道：“周太史有令，不见外客。”狗眼神君的弟子道：“放屁！这是全威门掌门，谁敢不敬！快叫周藏简出来。”守门人冷冷道：“速去，不准在此逗留。”

狗眼神君怒火中烧，瞪眼怪笑道：“久闻太史周家盛名，今日倒要看看是否名副其实。”走下滑竿，往大门迈去。守门人伸臂来挡，不知怎地，身子向旁边飞出，“砰”的一声，大门已被撞开。狗眼神君仰天冷笑一声，进门而去。

楚飞燕、凌一色随之而入，却见厅中尽结白幡，设着灵堂，点了许多银烛，一个腰悬判官笔的老者端坐在右首，对面坐着一微胖老儒，老少二十余人两旁侍立，无不衣冠楚楚。却有一个男人捋起衣袖，口衔短刀，按着一个跪在地上的女郎，那女郎面朝门口，上身袒着，微微颤抖，肌肤雪白，纤腰约约，姿容非俗，看上去也就二十岁左右。见人闯入，那女郎先“啊”的一声叫将起来，下意识想去掩胸口，但双手被反剪在背后，根本动不了。她身前放着一个盆子，不知是用来做什么的。

陡然生变，厅中之人莫不变色。那腰悬判官笔的老者立即解下长袍，罩在那女郎身上，厉声问：“何人敢闯替兴楼？”

狗眼神君本是要来生事的，但见此情形，一时更摸不着脑袋，不及反应。厅中人盯着他们，神情愤怒之余，又带惶恐。楚飞燕见那女郎脸色苍白，又这副模样，忍不住上前想问个究竟。厅中人喝道：“别过来！”楚飞燕问：“这位姑娘，你怎么了？”

那老者朝那女郎横眼望去。那女郎淡定地点了点头，笑了笑，道：“这位扮男装的女侠，请你们退出去，阿鲛要被剜心了，不想惊吓到你们。”

楚飞燕几乎不敢相信自己的耳朵，惊道：“你……你是雪鲛小姐？他们要剜你的心？你们这些人是什么来历？这般大胆！她父亲是替兴楼主，母亲是明家家主的亲妹妹，你们霸占替兴楼，还敢剜雪鲛小姐的心，不怕明家找你晦气么？”凌一色、狗眼神君也觉得不可思议。

那老者面黑如泥，道：“是我要剜她的心，怎么了？”楚飞燕怒道：“你这凶徒是谁？”那老者冷笑一声：“周藏简！”楚飞燕愣了：“什么？”

那女郎道：“这位女侠，是这样的，我大逆不道，气死生母，本来按表姐的意思，是要把我千刀万剐，锉骨扬灰的，后来改判剜心，已经很宽大了。此事与你无关，请你们从速离去，阿鲛不想连累旁人。衣衫不整，不便行礼，还请恕罪。”她说这些话时，语调竟平静至极。

楚飞燕问：“你表姐是谁?”周雪鲛说：“是明四小姐。”楚飞燕怒道：“岂有此理，你年纪轻轻，犯了什么罪，又要千刀万剐，又要挖心的?”

这时那微胖老儒才起身道：“这周雪鲛犯了十桩大罪，怎么没罪?”楚飞燕问：“不知是哪十大罪状?”那老儒懒懒道：“十大罪状，一曰欺瞒天地，二曰侮渎祖宗，三曰不孝父母，四曰诋议正史，五曰勾结妖人，六曰通情资敌，七曰巧言令色，八曰骄奢淫逸，九曰口出狂言，十曰怙恶不悛。”

楚飞燕闻之失笑，道：“我想请教一下雪鲛小姐，你是怎么欺瞒天地的?”周雪鲛道：“阿鲛年幼识浅，女侠还是请教宿儒的好。”楚飞燕点头道：“不错，这位宿儒怎么称呼?”周雪鲛道：“他是明夫子的门生，颜弥厚老前辈，号载德先生。”这颜弥厚也是中土武林中大有名望之人，据说他的正心诚意功甚是了得。

狗眼神君仰头打了个哈哈，道：“既没我事，本神君先走了。”他虽然狂妄，也不敢招惹武林领袖明家，明家处置犯人，自己误闯进来，已过失不小，若再逗留，只恐还会惹祸上身。颜弥厚喝道：“谁也别想走！颜某奉命监刑，尔等横来扰乱，罪责非轻！速速跪下交代：为何闯入替兴楼，与周逆是什么关系?”

替兴楼的部属尽在附近，闻主楼有警，立即出动，将狗眼神君弟子赶散，布成春秋判官阵，围堵在外，一个领头的问道：“请问家主，是否要将恶客拿下?”周藏简道：“在外面守着，无我命令，不要放人出去。”他女儿赤身裸体，虽是要杀的，也不愿教太多人看见。

楚飞燕“嘿嘿”一笑，向凌一色使了个眼色，便去摸背上霜刀。颜弥厚喝道：“尔欲何为？胆敢抗拒么?”他恭谨侍奉明惟厥多年，近年又随明四小姐办事，深得明家信任，在武林中地位尊崇，一般的武林中人若能得他提携，立时便可青云直上，便是名门大派的掌门高手，在他面前也不敢有丝毫僭越。他见对方知道他的来头，竟无半分敬畏，早已有气。

忽然间灵堂前银烛乱摇，悬于壁上的白幡哗啦啦往下掉，光影晃动之间，那按着周雪鲛的男子向后便倒，手足不住抽搐。众人看时，那男子印堂处见嵌着一根鱼骨粗细的银针，针尾闪着诡异的绿光，显有剧毒。周藏简怒道："狗眼神君，你伤我部属，是何道理！"

狗眼神君也有些纳闷，这人看情状的确是中了自己的独门暗器——缝里看人针，但自己明明没有出手，毒针怎么会到了对方身上？尚未想清楚，忽然被人从背后推了一把，扎脚不住，便向周藏简冲去。周雪鲛惊道："父亲小心！"周藏简见他来势汹汹，久闻这神君邪术骇人，不敢怠慢，判官笔出手点他要穴。狗眼神君正要收势，周藏简铁笔来得好快，不及相避，自然生出反应，一口叼住判官笔的笔尖，内力运处，一声锐响，判官笔碎为数段，周藏简倒腾腾退了几步远。狗眼神君用的是他的成名绝技狗嘴象牙功，此功一成，咬铁如泥，堪称举世牙上功夫之魁首。

正在这时，楚飞燕、凌一色如两道疾电掠出，从两人身旁闪过，楚飞燕一把挟过周雪鲛，顺手勾断了绑她双臂的麻绳，却闻得"啊哇"一声惨叫，颜弥厚右脸鲜血迸出，一只耳朵已被凌一色削下。原来凌一色眼明手快，早把狗眼神君的贴身暗器偷了出来，打幡摇烛、飞针伤人，都是一瞬之事，之后又与楚飞燕合力将狗眼神君推出。她们身手极快，众人竟没能反应过来。

狗眼神君之前一直没将这两个"新人"放在眼里，此刻终于省悟，怒道："死杂——"凌一色道："周藏简，你听到没？神君骂你死杂种，你这给明家抹屁股的畜生。"长剑挥舞，早已向门前夺路。

颜弥厚大嚷道："全给我杀了！"众人各挺兵刃，一拥而上，将楚、凌二人连同狗眼神君都围住垓心。

狗眼神君一时哪里说得清楚？见对方一齐来并他，不及多想，立时使出他那威震天下的绝技——狗眼看人大法，头颈转动，两眼翻白。周藏简忙道："小心狗眼！"狗眼神君白眼睃了一圈，厅中人除楚、凌、周三女外，个个头晕眼花、内息大乱。原来他的狗眼看人大法是一门极厉害的邪术，别人目光与他的狗眼一相对，便要六神无主，内息紊乱，十成功夫去掉六七成，沦为待宰羔羊。那楚飞燕、凌一色怎么又不受影响？那是因为泰壹宫武学恰恰是狗眼看人大法的克星。当年离恨天大君不为世俗所容，不知遭受了多少冷眼讥讽，整个世道都不能使他屈服，传下了以狂自任的教旨，狗眼神君的狗眼只能欺负不知骨气为何物的凡夫俗子，又怎能伤得了傲世拔俗的魔道传人？至于周雪鲛，她已置生死于度外，更不在乎这区区狗眼。

狗眼神君见众人痛苦，也得意起来："叫你招惹神君！"不禁捋须想："三大世家其实也没那么了不起，只是借着祖上虚名而已，我这狗眼看人大法，明惟厥、苏见独、僧病本也未必能破。"

狗眼神君正得意间，忽然肩头被人一拍，只感全身软绵绵的，已无半点劲道，吃了一惊，转身看时，又是一骇，道："你是苏……"

只见厅中已多了一个方额隆颧的青衫老者，淡然道："我是苏坐忘。"

周藏简一见那老者之面，陡然若逢救星，忙道："快，快拜见苏先生。"他内息尚乱，说话甚是吃力。颜弥厚等也都来见礼。

楚飞燕见来人约摸六旬，头插荆簪，脸色红润，长髯低垂，隐然有些神仙气象，原来就是镇宁无为苏家的第二号人物"齐同物我"苏坐忘。苏家家主"与寥天一"苏见独在三大家主中年纪最大，近年隐居修仙，不视俗务，江湖中人连他的踪迹也找不到，他的儿子苏坐忘便成了实际上的家主。

苏坐忘环视四周，目光最后落在周雪鲛身上。周雪鲛福了一福，道："参见苏伯伯。"苏坐忘道："听说你把你母亲活活气死了，有这事么？若有什么冤屈处，苏某自会给你做主。"

颜弥厚道："苏先生明鉴，这周雪鲛宣扬异端邪说，妄图推翻正史，罪通于天，人神共愤，万万饶她不得。"苏坐忘瞟了他一眼，道："周侄女，你自己说。"

周藏简咳了一声，道："孽畜，你说罢！"周雪鲛苦笑道："阿鲛若说了，对中土武林不利的。”

周藏简面色难看至极，道：“你去年便以考证史实为名，捏造事实，为异端贼子辩解，诽谤三大世家，父母责打过你，你尚不知悔改，今年继续私修不法之书，编造先贤隐事，将手稿收藏于白马寺中。事情败露，擒你回来，你还敢出言顶撞，把你母亲也气死了，该不该剐？”周雪鲛道：“是我言辞不慎，累母亲逝世，要我抵命，我也甘服。但阿鲛从来没捏造史实，只是三大世家不愿承认而已。”周藏简大怒：“孽畜还敢应口！”

狗眼神君正想悄悄溜走，苏坐忘更不回看，一指点出，便封了他穴道。苏坐忘更不理会狗眼神君，道：“周楼主、颜先生，周家侄女既已认罪，苏某也没什么好说。判了什么刑？斩首？绞首？”颜弥厚道：“本拟凌迟，减等为剜心。”苏坐忘道：“这是明夫子判决的么？”周雪鲛说：“是表姐判的。”

苏坐忘微微一怔：“你表姐？明四小姐么？记得你们感情不错啊？”周雪鲛说：“私交再好，也抵不过春秋大义啊。表姐是要做女中圣贤的，我一个异端，岂能以私废公。”明家最痛恨异端邪说，自从二十三年前大战泰壹宫之后，对异端防范更严，泰壹宫魔道自然是异端之首，楚飞燕与泰壹宫的渊源若是暴露，明家非抓她去碎尸万段不可。周雪鲛虽不信魔道，但她著书揭露了明家隐讳，当然也是罪大恶极、非死不可的。

苏坐忘道：“周小姐是太史周家之女，非常人可比，按规矩应由明夫子亲自判决。”周雪鲛道：“表姐拟我凌迟，减为剜心，若由大舅判的话，有苏先生求情，也许可以减为枭首。但阿鲛觉得还是剜心好。”苏坐忘问：“为什么？”周雪鲛道：“父亲知道的。”周藏简气道：“你看这孽畜，你以为我不知道你？你想自比比干，是也不是？”周雪鲛说：“比干是大贤，阿鲛怎敢比？只不过阿鲛反正已经是要死了，倒不如迟早施刑痛快些，阿鲛不恨任何人，这个世道的局太深了，治史早知今日事，荒唐何必笑荒唐。”

楚飞燕自见周雪鲛第一面，便觉得这姑娘自有一般清雅气象，如幽谷芳兰，殊非凡品，遂挺身道：“周楼主，我敢问你一句，你们周家是做什么的?”周藏简正色道:“究天人之际,通古今之变,成一家之言,原终察始,为后世镜。”楚飞燕道:“史为世镜是不错,可是这镜的背后呢?如果明家有错,你们的史书会不会写进去?”周藏简怒道:“明家道承圣人,如日月自明、山岳自高,怎么可能会有错?”

凌一色哈哈笑道:“燕姐姐,你看这些狗壁虱,脸皮神功练得好!他们周家就是明家的走狗,什么春秋史法、一字褒贬,还不是全看明家的意?奴才修史,敢说主人坏话?”

她此论一出,全场惊怒,苏坐忘也神色微变。周雪鲛却道:“这位妹妹议论也太偏颇,为尊者讳也许是我周家一失,但若无我周家正史,武林中千百年来兴衰成败之纪凭谁去问?明家执掌武林这么多代,虽有过失,但稳定人心、张纲行教,也是功大于过的。”凌一色一口水吐在她脸上:“就是你们这些提笔杆的畜生、修齐治平的贱狗,弄得中土人个个迂腐不通、无知崇古,写成家谱尊数姓,文章字字害人间!”

颜弥厚老脸早已气绿,喝道:“逆竖,你端的是谁?”凌一色大笑道:“掀翻血海七千丈,恨碎江山四百州。矫矫英雄狂极处,双悬日月也同仇!魔家是泰壹宫娲皇崖芍药公主,专杀你们这些狗才的。”话音未落,剑至人到,寒刃生光,射入颜弥厚两眼之中,颜弥厚急一低头,一阵剧痛,左耳又被利剑削去。

苏坐忘从旁晃至,凌一色翻腕一剑,刺向苏坐忘肋下,便要透体而入。不料剑就像刺向一团幻影,连自己全身也空空荡荡,根本无从发力。她这口剑乃七种贵金混合炼造,出自娲皇崖巧匠之手,凌灭鼎素来不用兵刃,把这剑给了女儿,名叫“蔷薇刺”,便是十层铁甲、一等一的硬气功,也教她一剑贯穿了,但明明已与苏坐忘肌肤相接,就是透不进去。暗叫不好:“小看了这老儿,想不到无为苏家的至人无己功如此厉害!”这至人无己功创自苏家第二代家主苏梦蝶,练至化境时,无物无我,无内无外,无可无不可,与天地万物合为一体,天地便是己身,己身即是天地。苏坐忘在这神功上的造诣虽未达到这种地步,也决非凌一色足以破解。

凌一色急翻身飘开,忽觉脑后一凉,千万根发丝簌簌飘去,一头长发几乎成了短发。原来苏坐忘以官天府物刀法拂其脑后，此刀法不用真刀真剑，以气为刀，据说练到深处连气也不用，直接以神为刀，纲维两仪，包藏宇宙，天地万物乃至敌人自身都是己之兵刃。苏坐忘清心寡欲，非万不得已不杀人，否则这一下凌一色便身首异处了。

楚飞燕见势不好，抢至前面，喝道："看刀！"霜刀出鞘，声如天外龙鸣。陡然之间，满厅霜寒，一地月影，好像顷刻间换了世界。众人唯见一个长身玉立的男装女郎踏在月浪之中，与其说是她乘月而来，不如说她就是天心之白月。众人生平第一次觉得白月离己如是之近，真不知此景是在天上还是人间。

周雪鲛微笑赞道："清如新月，其俊过之，洁若冬霜，其傲过之，女中嵇中散，人间白月，非尘俗物也！"楚飞燕想："'清'、'俊'、'洁'三字还罢了，这个'傲'字，真得我心！"当即报以一笑。

苏坐忘也震惊不已："为什么我一面对这长刀的光芒，竟然会暗生畏惧？"他久练至人无己功，庶几已达"迅雷破山、风振海而不惊"的大境界，但面对眼前此人、此刀、此景，也不由得自惭形秽，怔然问："这是什么刀？"

楚飞燕把手中那束月光略晃一晃，朗声道："刀为狂士骨，月是哲人魂！"她一字一顿，敲入众人耳膜，直透胸腑。

原来她这白月天霜刀，乃千万年来绝无仅有之神物。当年离恨天大君逝世前，用绝世神功熔炼了一块落在独行岛喝天峰上的天降月银，铸就这柄白月天霜刀，此刀蕴狂士之气魄，承哲人之傲骨，那些无心无性的凡兵凡铁岂可及其万一？世上任何神兵宝甲、护体神功，也挡不住白月天霜刀之一击，光是这刀身发出的异光，便有震魂寒魄、克制高手内功的大威力。苏坐忘至人无己、官天府物的境界虽高，也不过是继承前人之学，而且也没达到祖先的高度，如何能与独创学派的狂哲相比？在霜刀前面，苏坐忘早已黯然失色。周藏简等也被这异光射得好不难受，连一句话都说不出来。

楚飞燕平时甚少使用霜刀，但见了苏坐忘的武功，便知若不拔刀，自己、一色和周雪鲛没一个能活着离去。她和一色练的是泰壹宫武功，不受霜刀异光影响。霜刀气势太强，一出鞘便慑住了全场，一时间无人敢上前动手 。

这时楼上有人大叫道："藏书阁起火了!"周藏简大惊失色，那藏书阁中存放着他周家数百年来收集的珍贵书籍史料，一旦被焚，损失无可估量，别的什么也都不管了，急上楼去。楚飞燕与凌一色对望一眼，拉上周雪鲛往外夺路，霜刀到处，莫不辟易，春秋判官阵浑如败絮，二人突围而去。苏坐忘也不追赶。

楚、凌二人出了替兴楼，早有王守恨等来接应道："因见公主被困，吾等放火引开敌人。"凌一色点头道："王先生，亏得你们了。走罢!"一众急奔而去。

众人远离替兴楼数十里后，见无人追来，凌一色道："停下！进那边树林里去。"楚飞燕取了自己的替换衣服与周雪鲛，道："周小姐，你先穿上，休嫌寒碜。"周雪鲛接了衣服，道："刚才这位妹妹自称芍药公主，不知女侠怎么称呼?"楚飞燕道了姓名，周雪鲛点头道："原来是白月天霜，阿鲛也曾闻你名，想不到阿鲛性命，倒要泰壹宫人来救。"

凌一色横了她一眼，道："我们救你小命，你也不跪下谢恩么?"周雪鲛说："阿鲛只跪父母师长，不过燕姑娘这表人物，我平生从没见过，跪一跪她也无妨。"楚飞燕忙扶住道："不要这一套！我们泰壹宫人以狂自任，也不喜欢卑躬屈膝之人，就算见了大君也是不拜的。"周雪鲛道："这是你们泰壹宫好处，但你们不好的地方也很多。"凌一色骂道："这狗壁虱！才得了性命，又来指摘救命恩人了!"

楚飞燕笑道："我妹子脾气不好，你莫怪她。"周雪鲛一笑道："阿鲛理会得。芍药公主，你心高志锐，花中隐后，然气宇褊狭，太过执着，譬如杀人剑，伤人亦自损，终非令姊之比。"

泰壹宫人绝大多数骨子里都非常自负，认为中土人虚伪庸俗，没有与他们交往的资格，像楚飞燕这样肯和中土人交朋友的只是特例而已。凌一色对中土人的成见极深，见楚飞燕对周雪鲛好，更是犯恼，便想一掌将这个“狗壁虱”击毙，但一来有事要问她，二来碍着楚飞燕的面子，强忍不发，道：“我且问你，一百三十年前孤眠白结缡失踪，她去哪了？”

周雪鲛道：“这是武林中一个未解之谜，我虽然调查过，并无确证。”凌一色看她神情不似作伪，想了想又问：“你到底揭露了什么东西，明家非杀你不可？”

周雪鲛道：“我始终是中土武林的人，这事若让你们知道，对中土武林很是不利，恕我无可奉告。你若说我忘恩，打死我好了。”凌一色想：“她临刑那么淡定，杀不痛剐不痒的，对她用刑也不管用，燕姐姐又护着她，得慢慢对付才行。”遂道：“我带你回我们娲皇崖，你肯不肯？”周雪鲛犹豫半刻，道：“阿鲛也无处可去，随你好啦。”

楚飞燕问：“一色，真回娲皇崖？”凌一色道：“白结缡的下落，他们中土武林一百多年都查不清，再查下去多半也无结果，她出身太史周家，知道的事肯定不少，带她回去也不失为一件功劳。”

众人往泉州方向而行，泰壹宫人来往中土，多经泉州港口。一路上凌一色对周雪鲛百般刁难，全赖楚飞燕维护，周雪鲛也不介怀。楚飞燕自换回了女装竹屐本来行头，她原来的竹屐失在钓鱼城上，这双是路上新买的。

十二月中旬，进了福建境内，找了客店投宿，凌一色说：“福建省是四谛僧家老巢所在，须谨慎些。”命王守恨去打探消息。自与楚飞燕在一个盆里洗了脚，唤周雪鲛道：“你过来。”周雪鲛上前问：“怎么了？”凌一色一脚把盆子挑起，一盆洗脚水往周雪鲛倾去，淋了她一身，凌一色哈哈大笑起来。

楚飞燕皱眉道：“你这算怎么回事？快给雪鲛道歉。”凌一色板起脸道：“雪鲛雪鲛，叫得这么亲热！她又不是你相好，干吗帮着她欺负我！”

周雪鲛抹了把脸，道：“芍药公主，阿鲛与燕姑娘同岁，论年纪也比你大，你年轻气盛，我也不想和你争竞。但中土人也是人，有血有肉，你这种偏激性情，对你和燕姑娘都没好处。”凌一色道：“你有什么本事与我争竞？你这种世家小姐，文也不行，武也不行，除了梳头照镜还会什么?”

楚飞燕道:“话不可说得太过,我看雪鲛小姐读的书比你我多百倍不止。”凌一色道:“读书多有个屁用?中土的书不是教人做奴才的便是教人想办法把别人变成奴才的,这些破书,有不如无,真正的好书,谅这些蠹虫也读不懂。那些满纸伪善的臭书给我作草纸都不配呢。”想了想,又对周雪鲛说:“喂,听说你是才女,能应声作诗,比当年曹子建还厉害,有这事么?”

周雪鲛道:“我等江湖儿女,怎敢比拟文苑大家?拿我来比陈思王,真是吓杀阿鲛了。”

凌一色道:“我出个题目,你敢接么?”周雪鲛说:“我反正是不成的,芍药公主一定要考我,请命题便是。”凌一色道:“你就以‘饮洗足水有感’为题,作一首七言,作不出重罚你。”周雪鲛应声吟道:

阿鲛性不耽杯盏,孽海人难避是非。
远客飘摇忧父病,高门纷攘感身微。
春秋史法心防乱,圣哲贞风运叹稀。
感谢凌卿相照拂,甘泉美酿勿相违。

楚飞燕拍手称好。凌一色道:“也不见如何高明法,离题话太多,只是押了韵,俗套得很。”周雪鲛道:“我本就不会,芍药公主处罚便是。”凌一色笑道:“好哇,我罚你脱得光光的,绕着客店走一百圈。”

周雪鲛摇头道:“这个我做不来。”凌一色说:“你又不是没给人看过!”周雪鲛被她触及痛处,心里一酸,黯然道:“阿鲛虽死不从。”

楚飞燕心中大不是味,灵机一动,道:“周小姐,按泰壹宫的规矩,你可以与一色比试一样功夫,只要你赢了,她便不得逼你。”

凌一色道:“不错,有这说法,你有什么擅长的功夫,划下道来便是。”周雪鲛说:“我虽也会武,自知不敌芍药公主。”楚飞燕说:“兵刃拳脚、软功硬功、轻身暗器,你便没一样专长的?要不,你们联诗也行啊。”

凌一色说:“联诗就联诗,我怕她个屁?”楚飞燕道:“你行吗?”凌一色说:“不就是五七言,有什么难了,她诌得我便诌不得?”

# 第六回　莲花道场

周雪鲛道："那请燕姑娘起个头。"楚飞燕想了想，说："以现事起句：'新交逢故友'，可使得么？"周雪鲛点了点头，说："我僭先了。"随口接道：

吟诗对远人。携掌噙风泪，

凌一色说："一上来便流泪，真小家子气。"自联道：

扬衣撇树尘。雄谈吞八表，

周雪鲛说："芍药公主果然抱负非凡，但动静也太大了。"凌一色说："我喜欢，你管得了？"周雪鲛联道：

极望仰三辰。紫缦霞城帐，

凌一色联道：

黄云月浪津。湘君孤怨念，

周雪鲛道："这句不好，调变得太快了，少了铺衬。"也联道：

洛女淡娇嗔。楚调高唐散，

凌一色联道：

唐妃马嵬辛。极天尊太一，

周雪鲛说："芍药公主提到贵宫了，但这句有凑数之嫌，接得不好。"凌一色说："你懂个屁！"周雪鲛也不辩驳，联道：

万兽礼麒麟。梦断思驰骤，

凌一色接道：

苔缠屐滑频。风狂飙猛志，

周雪鲛联道：

夜冷念伤民。世乱鼎将沸，

凌一色联道：

心殇路已湮。仇怀安可尽，

周雪鲛摇头道："芍药公主，你辞中怨念如是之重，可有什么解不了的心结么？"凌一色不答。周雪鲛又联道：

寂魄最无垠。苦恨铃须解，

凌一色色变，一脚将那洗脚盆踏得片片儿碎，道："你什么意思？"周雪鲛道："我听说你们泰壹宫人愤世嫉俗，以世为仇，失于偏激，其实……"凌一色喝道："住口！"自联道：

迂辞吾不遵。焚冰融雪女，

周雪鲛一愕，笑道："竟要来烧我了么？"因接道：

割肉报花邻。脉脉怜芍秀，

凌一色眉一跳，用手打了周雪鲛两个大耳刮子，说："我也赠你一句：啪啪打鲛唇！"

楚飞燕忙将两人分开，道："好好地联诗，你怎么打人？"凌一色恨恨道："叵耐这厮无礼，句句讽我，我打的就是她这张贱嘴！"楚飞燕说："人家一片好心，你想'融'了人家，人家还'割肉'报你，你也该学学人家这气度。"凌一色说："她虚情假意，哪有什么好心了？中土读书人都是这样的，她不是要'割肉'吗？好，我便割她的肉！"拔出蔷薇刺，便向周雪鲛砍去。

楚飞燕道："使不得！"左手一伸，两指拈在蔷薇刺侧面上，顺势一推，同时右手反拿凌一色手腕。她们自幼一同长大，对彼此武功路数都熟极，楚飞燕以这手法夺她的剑，本来决无不成之理，这只要内劲一吐，凌一色手中长剑非"哐啷"落地不可。但她们分别数年，凌一色又得了她父亲娲皇崖主的传授，与之前大不相同，楚飞燕这一拿被她以诡异手法化开，长剑仍向周雪鲛而去。楚飞燕变招也快，一勾一带，把蔷薇刺夹手夺了过来，但凌一色出剑劲急，在她臂上划出了长长一道口子。凌一色惊叫一声，欲收势已来不及，见楚飞燕伤口血涌，忙撕下衣襟给她止血包扎，幸未伤及筋骨。凌一色道："燕姐姐，我……"已带哭腔。

楚飞燕笑了笑，伸臂抱住她纤腰，道："傻丫头！"突然想到："我这几年纵横四方，从未受过伤，不料头遭竟伤在一色手里。"

凌一色哽咽道："我见你老袒护她，倒跟我生分了，才……急的。"楚飞燕拍着她的背道："傻心思！"又正色道："一色，我当雪鲛小姐是朋友，赏她的才华，敬她的气度，维护她是为人之义，你我一起长大，姐妹同体，无分彼此，你犯错与我犯错无异。你若害了她，我也罪孽非小。我阿燕一生中，最敬的是师父，最亲爱的是你。你若还不晓得我用心时，我宁可往自己身上多刺几剑。"

凌一色把头埋进楚飞燕胸前，哭了好一会，道："燕姐姐，我听你的。"楚飞燕笑道："好妹子！"凌一色拭着泪道："陪我洗个澡好吗？"

楚飞燕道："陪你？"凌一色道："以前在康回庄，我们不是一块洗澡的吗？"楚飞燕说："是你小时不喜欢洗澡，我才拉着你一起洗的，后来你大了些，也要拉我来陪。"回味孩提趣事，不禁莞尔。

凌一色道："咱们从小一起洗澡，还害什么羞？"楚飞燕脸一红，道："别说了，叫人笑话。"

凌一色破涕为笑，却对周雪鲛说："我们去洗浴，气死你！"周雪鲛嫣然一笑："你们姐妹俩的事，与我有什么关系？"

凌一色一时语塞，瞪了一眼，把周雪鲛穴道点上，挽着楚飞燕去了。客店内本有浴室，二人解衣共浴，想起小时候的温馨时光，双双心神荡漾。凌一色边给楚飞燕擦背边道："燕姐姐，我这辈子跟定你啦，等大事办完，灭了三教，我随你天南地北去，'天地合，乃敢与君绝'。"

楚飞燕咂舌道："打嘴小妮子！开玩笑也有个度啦，我又不是男人。"凌一色笑道："你虽不是男人，但什么男人比得上你？"

楚飞燕与她说笑惯了，也不在意，又问："你说要灭了三教？这是寂灭天大君的意思？"凌一色说："不是大君的意思，是我的意思。我有一个志向，要把这虚伪透顶的肮脏世道与欺世误人的伪善学说彻底铲除。这些狗壁虱，千百年来活在铁笼之中，奴性入了骨髓，反把敢于反抗的、给他们找出路的人视为仇寇，我恨透了他们。”

楚飞燕心中一惊，方知这个义妹志向如此之大。沉吟半晌，道：“一色，我问你，离恨天大君的本领如何？”

凌一色道：“还用问吗？离恨天大君之能，宇内无对，他一无师父，二无奇遇，全凭超人才智，通悟至玄，一身武功全出于自创，谁人及得？我若有他一成的修为，早已无敌于当世，便天下英雄联手也不惧。”楚飞燕道：“离恨天大君那么大的本领，几乎可说是天下事无不可为了，他为什么不把反对他、嘲笑他的人全部杀光呢？然后称霸武林，甚至连皇帝也做了，岂不没人敢反对他了？”

凌一色说：“称霸武林算什么，做皇帝又算什么，世俗权势只能使世俗蠢虫趋之若鹜，岂哲人狂士所屑顾？离恨天大君一生愤世嫉俗，他仇恨的不是个别人，而是整个伪人得势、真人失路的世道。他既这么主张，便要以身作则，若他也汲汲于权势，又与俗人有何区别？那就算他本事再大千倍，又怎么值得我凌一色敬重？”

楚飞燕道：“不错，他是不屑，魔君傲世，风骨如斯！但说深一层，更是他看得远、看得透，他的著作《毒》中有一段话：‘夫俗人趋利而聚群，惜生而顺势，聚群则为群所驱，顺势则为势所御，虽欲自脱，不复可得也，举世皆瞽，则明目者不敢言所见；举世皆聋，则耳聪者不敢辩所闻。千年以降，人习于此，众障既成，不可救矣。虽强裁力抑，亦不过抑毒于腑，其害愈烈。’离恨天大君知道要根本改变人心是不可能的，就算你把某种世俗事物强行消灭，也只会适得其反，引起更激烈的反弹。只要人的本性不变，任何被消灭的东西都会改头换面地重现。”

凌一色道：“可是我咽不下这口气。我们泰壹宫人为什么会被那些狗壁虱视为异端？是因为我们离经叛道，不信他们那一套。他们自己当惯了奴才，却看不得别人活在囚笼外。既然这世道已黑白倒颠，还留之何用？燕姐姐，你也在中土闯荡了几年，扪心自问，你觉得中土好还是泰壹宫好？”

楚飞燕在康回庄长大，她初来中土不久，便觉得这里尔虞我诈、人心隔山，泰壹宫人狂逸放诞，凡事率性而为，自然心口如一，而中土人却像立于危楼之下，战战兢兢，如履薄冰，谦恭时近乎谄媚，与其说出于礼，不如说出于惧，让她很看不惯。但若说要为此仇恨整个俗世，她又觉得并无必要。想了想，回身看着凌一色道："其实咱们自由自在便好了，别人的事也管不了那么多。"

凌一色不悦流于形色："我是魔道传人，与世俗不共戴天。我泰壹宫人的恨，我要这世道千倍万倍地偿还。"

忽闻一个冷冰冰的声音道："说得好!"声音似近似远，不知是从什么地方发出的。楚飞燕道："谁?"急穿衣出去看，不见有异。

凌一色也穿好衣服出来，楚飞燕见她神情严峻，问："一色，怎么了？你认识这人?"凌一色说："多半是我们泰壹宫的人，不然不会叫好。可别是……"楚飞燕问："是谁?"凌一色摇了摇头，道："算了，我也拿不准。"

楚飞燕提声道："北海沧溟飞冷月，关山铁日扫云楼!"这两句话出自离恨天的诗作，若是泰壹宫人听到，便会回答"惊风吹冷英雄血，再恨人间二百秋"，两边便可会合。她声音传出，却无人回应。正纳闷间，却见王守恨脸色沉黑，两眼发直，踉踉跄跄过来，说："公主，我……"一跤摔倒。楚飞燕马上扶住，问："王先生，出什么事了?"

王守恨勉力抬头，迸出一句话来："狗、狗畜生!"喷出一口鲜血，昏厥过去。凌一色一探他脉搏，道："他中毒了，燕姐姐，看你的。"楚飞燕道："扶他进去，我来解毒。"

楚飞燕练过维斗神功，此功是离恨天六十三大神通之一，最善克毒。除了天下毒物排名第一的"无尽虚"，什么剧毒邪祟也不能侵体。若别人中毒着邪，只要中的不是毒物中排名前三的"无尽虚"、"人心瘴"、"世情毒"，都可以维斗神功助彼驱除。维斗神功修炼法门本不甚难，但对修炼者资质要求极高，而且离恨天大君传下的武功典籍中有些地方也语焉不详，一百三十年来，多少才智超卓之士竟无一练成。风狂雪武功胜于徒儿不啻十倍，他自己也没练成。而楚飞燕只半日功夫便练成了，风狂雪深赞她天赋异禀。她运起维斗神功，很快给王守恨解了毒。

王守恨醒来长舒一口气，道："多谢姑娘！"楚飞燕问："王先生，谁伤了你？"王守恨道："是狗眼神君。"凌一色问："这老畜生一直跟着我们？"王守恨道："不像。他们当道打人，我实在看不下去，上前喝止，那狗眼神君便率众来围攻我，一时没提防那厮暗器，着了他手。"

凌一色怒道："中土武林的杂碎！燕姐姐，咱们报仇去。"楚飞燕想："我这几年行走江湖，听人说起这狗眼神君的事，真是劣迹斑斑，上次观他言行，也是嚣顽败德之徒，江湖传闻不曾冤枉了他，除了此害也好。"遂道："那便去找这厮要个说法！"凌一色说："可别教姓周的走了，带她一道去。"回房拉上周雪鲛，与王守恨等同去报仇。

王守恨在前引路，走出十来里，遥遥望见一道清涧上架着座石桥，桥边有人聚集，王守恨道："便是那里了！"赶过去，只见一个"老而不"坐在滑竿上，一副指点江山的姿态，桥栏上绑着五个男女，被折磨得不成人形，那老货还指挥众人往他们身上泼屎泼尿，施虐者正是狗眼神君及其弟子。原来当时狗眼神君受凌一色挑唆，误闯替兴楼，被苏坐忘制住，他本意只是向周家讨个说法，并不想得罪明家，更不想与魔宫异端扯上关系，费了好大工夫，才把事情解释清楚，还被颜弥厚、周藏简痛责一番，只好赌咒发誓，承诺捐献一半家产建书院义舍，并每年到真定学一个月三《礼》，才姑免其罪，以观后效。中土武林人士犯有过失，自有本门掌门头领处置，若是掌门有过，也有三大世家处罚。苏家无为而治，一般让下面自行解决，因此中土武林的道家门派日子相对好过。佛家门派掌门首领犯错，僧家多使之避位忏悔，重者逐出佛门。明家行事方正，督下甚严，像这种没收家产、责令习经的处罚，尚属于"教"，若"教"了还不"善"，便是要"诛"的了。当然，若是信奉异端，与"天地纲常"作对，那连"教"这一环也可省去。尽管如此，江湖中还是争斗不息、阴谋层出，一般门派只要不犯浑去招惹三大世家，或不知死活地去质疑"古圣先贤之道"，还是不难在江湖中立足的。

这狗眼神君吃了大亏，忍气吞声，憋着一肚闷火，便四处寻事泄愤。来到此间，抓住几个江湖新人，一查问没什么势要背景，立时毒打之。楚飞燕见了，大怒道：“老猪狗！”狗眼神君的弟子听了，嚷道：“你这厮骂谁？”楚飞燕道：“我骂你这毅严堂的老狗！还有你们这些泼男女、狗奴才、给狗舔腚的狗！江湖全教你们这些仗势欺人、不学有术、占人道路的杂种祸害了，又来害世道！”狗眼神君认出两人，也怒道：“两个斩头鬼，糊弄神君，还敢来送死！”把手一挥，众弟子各提大棒，便向她们扑去。

楚飞燕一脚将地上一块什么东西踢起，一声闷响，砸在一个狗脸跟班脑门上，那狗才脑浆四溅，活像打翻豆腐铺，仆地不活了。众人看时，却是一截砖头，正好将去建茅坑。凌一色笑道：“好！砖打毅严堂野狗！”狗眼神君气得两片嘴唇乱开乱合，骂道：“乳臭未干，别嚣张了，教你知道老前辈的厉害！”白眼一翻，便使出他的看家本领——狗眼看人大法来。楚飞燕道：“翻什么死鱼眼！看本姑娘的！”一声龙吟，霜刀出鞘，右足拈了，斜斜指出，正是素足刀法的架势。

狗眼神君翻了几下白眼，奈何不了对方，已经心惊，待霜刀异光射入眼来，只寒得他内息大乱，暗道不好，又见楚飞燕姿势奇特，从未见过，更是惊疑，勉强上前斗了几招，楚飞燕素足刀法神出鬼没，一口霜刀与身体融而为一，如广雪降霜，玉龙舞雪，光屑满地，足影飘鸿，没几招，便杀得狗眼神君三魂七魄如风中铃铛，荡个没完没了。凌一色手绰蔷薇刺，早把一二十个狗弟子杀翻在地，余的都走了，却叫道：“燕姐姐，别忙杀狗，我来慢慢炮制他。”上前夹击。狗眼神君手忙脚乱，大叫一声：“小贼，看神君的含屎喷人功！”鼓腮便喷。楚、凌二女久闻含屎喷人功厉害，侧身相避，谁知狗眼神君只是虚张一口，无屎可喷，吐了口痰，拔腿便走。

楚飞燕道：“老狗，走哪里去！”横空飞跃，早拦在狗眼神君之前。狗眼神君又往回跑，凌一色长剑寒光闪闪，向他指去。狗眼神君冷汗直冒，勉强笑道：“好汉，无仇无怨，我也老了，各让条路罢？”楚飞燕道：“呸！你还有脸说老！骨气都叫狗吃了？”

狗眼神君眼神闪烁，道：“你们是泰壹宫的人？我弃暗投明，加入你们如何?”凌一色道:“呸!泰壹宫中,没有你这等欺软怕硬的贱狗。”狗眼神君只想拖延,又道:“你们二打一,又有兵刃,有本事收了兵器,一对一地公平比划。”

王守恨上前道:“公主,我来收拾此獠,休教他说嘴。”凌一色知他伤在狗眼神君手下,急思雪恨,又知他武功本不输与对方,再打一次,必有把握,遂道:“王先生,交给你了。”楚飞燕也收了刀,让出空当给他们决斗。

狗眼神君再无借口,只得硬着头皮迎战。王守恨一心报仇,全身解数都使出来,越战越勇。楚飞燕回头去看被狗眼神君折磨的那几个人,均已气绝。却见周雪鲛一旁立着叹气,问:“雪鲛怎么了?”周雪鲛摇了摇头,道:“我……我觉得这世界太残酷了。”楚飞燕抱住她安慰道:“你是世家小姐,过去受人尊重,江湖凶杀之事可能还见得少。我知道你是很勇敢的。”周雪鲛说:“我不是怕,死人我也见过,我只是觉得这个成王败寇、恃强凌弱的江湖太悲哀。”楚飞燕说:“我宰了这老狗给你压惊?”周雪鲛道:“问题不在一两个人身上。要从本源上找,秩序已经陈腐,陷入疯狂的人只会越来越多。”

凌一色见她们说话,嚷了起来:“干吗搭理那姓周的?我也要抱抱。”楚飞燕道:“真拿你没办法。来,抱一抱我的好妹子一色。”过去将她揽入怀里。那边厢“哎哟”一声,却是王守恨一掌击中狗眼神君左臂,打得那老狗惨号起来。

却闻得一个苍老声音森然道:“无知小辈,扬威耀武,也不看看在谁跟前。”楚飞燕循声望去,却见两条人影并肩飘至,稳稳落在王守恨与狗眼神君之间,各出一掌,便将他们荡出数丈之外。却是两个缁衣老僧,一个头大身短,棕红面皮,双眉倒剔,如金刚怒目,一个头小身长,面色蜡黄,眼角低垂,也凛然生威,各披着一串长长的红木串珠,腰间挎口戒刀。观其服色气度,绝非等闲僧侣。

狗眼神君回望一眼,心道:“梵网宗两大首座怎么到了这里?”也顾不上那么多,借此空当便逃。那大头僧冷冷道:“神君往哪里去?”狗眼神君边走边道："两位大师，那两个婆娘是魔宫的妖女，你快将她们拿下。"头也不回地遁了。

二僧眼皮微抬，打量着楚、凌二女，他们素知狗眼神君并非良善，对他的话也不甚信。凌一色素来讨厌僧道，没好气道："贼秃，看什么看？看瞎你的狗眼！"那黄面僧开声道："你们两个是谁？为何会与狗眼神君争斗？可是极乐和尚派你们来的么？"

周雪鲛上前福道："参见心舍、心戒两位大师。"二僧见了她，脸色登和，也还礼道："周小姐好。"周雪鲛又道："这两位是我朋友，那个……白天霜、白芍药姑娘。"二僧笑道："刚才没见到小姐，只道是极乐和尚同党生事，原来是周小姐朋友，那自不妨。衲子僧心舍、僧心戒见礼。"

楚飞燕想："原来他们便是梵网宗两大高手，看样子雪鲛与他们交情不错。"原来四谛僧家内部分为许多宗派，现任家主僧病本是见性宗的，此宗源于西来和尚僧菩提，成于一代高僧僧无树，重定慧顿悟，是目前影响最大的一支。梵网宗侧重持戒，也是一个甚有影响的宗派。僧心舍、僧心戒是梵网宗首领，佛学武学修为均深，在中土武林中，也算是一代宗匠。周雪鲛被判定为异端之事，他们尚未知晓。

周雪鲛道："刚才听两位大师提到极乐和尚，难道那'杀人佛祖'又重出江湖了么？"僧心舍点着大头道："正是！佛门不幸，降生妖孽，也是劫数。"

凌一色心中一动："难道僧家内部生变？那什么极乐和尚又是谁？我且不动声色，看个究竟再说。"僧心戒问："周小姐何以至此？极乐和尚的爪牙近来频频出没，小姐和贵友都得小心，要不与贫僧同行也可，有个照应。"周雪鲛自幼读书，经史子集无所不窥，也曾与当世高僧谈论佛学，僧心舍、僧心戒都算得是她忘年之交。

周雪鲛道："不敢打搅。极乐和尚竟如此猖獗，不知病本大师知否？"僧心戒道："老僧千里赶回福建，便是奉了病本师兄法帖来援。极乐和尚的杀人证道功已练至化境，纠合了一大班番邦高手，要与病本师兄比武论道。"

周雪鲛叹道："杀人证道功第一层要饮一人之血，第二层要饮四人之血，第三层十六人，第四层六十四人，练到化境，得伤多少人命？当年泰壹宫杀的都是武林人士，未曾伤过一个不会武功之人，兼且是中土武人先动的手。这极乐和尚却以屠杀平民为乐，其残忍暴戾真是令人发指。"僧心舍道："这些年他在番邦活动，也不知造下多少恶业。"僧心戒道："但说到可恨，还是泰壹魔宫更加可恨，极乐和尚再凶桀，也未尝公然诋毁佛祖，杀人至多就是杀一辈子，异端魔道才是流毒无穷。"

凌一色听着，心里恨出火来："原来在你们这些蠢材眼中，'异端魔道'比叫你去死还可怕！一百三十年前离恨天大君便说你们愚顽成性、无药可救，我看你们活着与死也没什么区别，干脆归西去罢。"楚飞燕见她捏紧蔷薇刺，往前一步，把手背在身后挥了挥，让她不可轻举妄动，道："雪鲛，咱们还要赶路呢。"周雪鲛会意道："二位大师，阿鲛走了。"二僧合十道："小姐保重。"

凌一色忽道："燕姐姐，你看那！"往楚飞燕背后一指。楚飞燕回头望去，凌一色猛然把她手中霜刀拨出，蔷薇刺同时前指，脚上明珠晶光一闪，动如发机，直取二僧而去。二僧本道她是周雪鲛朋友，戒心去了大半，待反应过来时，已被霜刀异光罩住。僧心戒素善"西天引渡"功夫，双手拨引兵刃暗器，万试万灵，便是四方八面同时有千百支飞矢射来，也教他于一瞬之间尽数拨开。他一见刀光剑芒，自然生出反应，左手"锵"的一声把蔷薇刺拨得飞出十余丈外，直没入地，右手去拨霜刀时，内息一岔，出手差了数分，霜刀悄无声息地卸下了他一条右臂，去势毫不受阻，将僧心戒拦腰裁为两段。周雪鲛惊叫一声，望地软倒。

僧心舍一掌凌空拍出，凌一色侧跃避开，全身一震，胸中气血翻腾，又将手中霜刀一晃。僧心舍头一晕，立知此刀大有玄机，不敢再战，向周雪鲛道："周小姐，你——"抢了僧心戒半截身躯，急急而走。楚飞燕道："一色！"凌一色霜刀已脱手飞出，挟着风声，射向僧心舍后背。僧心舍只感到背后一道寒气追来，欲相避时，内息又岔，霜刀何等神异，他虽背对霜刀，还是受了刀光克制。楚飞燕凌空斜飞而至，长腿一伸，用腿弯把霜刀夹住，道："一色够了！"凌一色好生扫兴，长笑一声，道："回头告诉秃驴们，泰壹宫芍药公主凌一色便是你们的魔星！你不容我们的道，我也不容你们的法！"

楚飞燕道："一色，你这是陷雪鲛于不义！"周雪鲛坐在地上摇头道："算了，阿鲛本想避免争端，但……罢罢，反正在中土武林眼里，我早就和你们是一伙了。"凌一色冷笑道："那秃贼是自找死。谁叫他骂我们来着？我泰壹宫人是白受他气的么？"一脚把僧心戒半截尸首踢下涧去，自去将蔷薇刺收回，又向周雪鲛道："你叫我白芍药，这名字不错，嘿嘿！"

楚飞燕深知中土武林与泰壹宫仇恨之深，也不能全怪一色，事已至此，多说无用，遂问："雪鲛，刚才你说的极乐和尚是怎么回事？"周雪鲛说："那僧极乐本也是一位佛门大德，辈分极高，然而性格偏执了些，一心成佛，欲速不达，误入魔瘴，于是开创了'杀人禅'一派。"楚飞燕道："杀人禅？"周雪鲛说："他曲解佛经，说杀人乃消业之道，竟强逼别人信佛，不信便是罪业，罪业便要杀，只有以血供佛，才能消业。当时中土武林正与你们泰壹宫交战，无暇管他，他便倒行逆施，不知害了多少无辜性命。灭异谷大战后，病本大师回头收拾他，明、苏两家也来支援，他自知难敌，逃亡出海，从此下落不明。若还在世上，已有一百多岁了。佛门正道对他都很不齿。"

楚飞燕说："一色，你听听，又是一个强迫别人奉己所信的。"凌一色听她话中有规劝之意，嘴一撇道："他们中土自古只会窝里斗，又不见我泰壹宫一百三十年来出过什么内乱。俗人怎能与狂士相比？狗壁虱响头叩尽，难到灵山，泰壹宫人我自为天，生而自立，他们先把脊梁挺直了再说吧。"

周雪鲛黯然神伤，望涧水拜了三拜，道："阿鲛对不起大师。"楚飞燕说："这事是我们做得不好，大和尚若真四大皆空，不会怪你的。"凌一色道："他是前生作了业，今生注定死于我手，我给他消业，他还要感谢我呢!”

王守恨道:“那和尚逃去,定引大队人马来,不如速去。”凌一色挥手道:“走。”周雪鲛低着头跟去。楚飞燕安慰她道:“没事的,别想太多了。”

当夜众人在野外露宿。夜深人静,星月明朗,唯闻微微风声,周雪鲛暗自起身,悄悄走开,拽开脚步便走。月色下行了二三十里,忽闻背后一个声音冷冷道:“你走哪里去?”周雪鲛回头一看,见是凌一色、楚飞燕。楚飞燕道:“雪鲛,你不愿跟我们去娲皇崖,可以直说,何必黑夜不辞而别?”

周雪鲛道:“燕姑娘恕罪,阿鲛听说僧极乐回来要与病本大师为难,放心不下,想去观照禅院看看情况。怕芍药公主不允,只得先行一步。”凌一色道:“瞒谁呢!他们僧家内乱,关你甚事?再说你自己就是有罪之身,逃刑在外,你会蠢到去送死?”

楚飞燕问:“雪鲛,你和观照禅院很熟么?”周雪鲛道:“病本大师与我交情匪浅,他老人家对阿鲛关爱有加,就算冒险,我也不能不顾观照禅院安危。”凌一色道:“好会说!你武功好高么?你去了便能对付得了僧极乐?”

楚飞燕与周雪鲛这些天相处下来,知她至情至性,不会作假,遂道:“雪鲛,我相信你。但你此去太过危险,若被明家人马拿去,不是耍处。我不知道还罢,我既知道,断不会教你犯险。你且跟我们回去再说。”

周雪鲛点了点头,问:“怎么不见王先生他们?”凌一色“哼”了一声,道:“谁知道你有没有什么圈套,我当然要留着人马在后面,若中了你的毒计,也有后援。”

这时半空中传来一个庄严而苍老的声音道:“虚空真假琉璃净,能将垢土化西方。见性真如长在我,灵山不向心外求。”又一个声音长笑道:“极乐西天无接引,血盆地狱现如来。抓起屠刀究竟觉,杀人成佛上灵山。”两个声音虽有前后之分,但前一个声音说到“琉璃净”时,后一个声音已开始说“极乐西天”,两个声音都清清楚楚、顿挫分明,谁也不能将对方压下去，譬如两座等重大钟同撞，于万籁俱寂中陡然发出，只震得群山环响，回音不绝，其中夹杂着无数飞鸟惊起扑翅之声，末了又是一个声音道：“叛徒僧极乐，我佛以慈悲渡世，你‘杀人成佛’，是何道理？邪魔外道，犹敢谈禅？今番见性、会三、一界、梵网、涤垢、深密诸宗会聚莲花谷内，便是要铲除你这业障，你还敢公然现身，难道连‘因果报应’四字也不信了么？”声音浑厚洪亮，又是一位高手。

周雪鲛道：“病本大师定是在那里！”楚飞燕与凌一色对望一眼，均感此事太凑巧，但那声音分明从甚远之处传出，中间虽有山峦阻隔，仍真真切切地传入耳膜，仿佛发声者便在左近，其内力之深蕴充沛可想而知，断非等闲高手可办到。楚飞燕未曾见过僧病本，一直想会会这位中土武林屈指可数的大宗师，看看是否真有其实，听了那声音，好奇好事之心又起，遂道：“一色，看看去？”凌一色想：“我来中土一趟，没查到白结缡结局，只带一个周雪鲛回去，功劳有限，若能趁僧家内乱，一举将这些臭光头收拾了，回去也给娲皇崖长脸。”遂道：“去会会他！”

却又闻得那边传来声音道：“尔等妄分宗派，枉自参修，肢解佛义，皆未悟我佛真意。本尊通解三藏，得佛心印，杀人禅法，至高至明，是大慈悲法、大解脱法、大光明法，尔等悉当改宗服膺。”

三女寻将过去，盘过两处山脚，其间还不住听闻那些人辩论之声，却望见一圈亮光，果有两三百人在一个山谷中聚集，分做两边，外围都燃着篝火。周雪鲛道：“那是病本大师！”凌一色打了她一巴掌：“别吵！”楚飞燕看时，却见两边都端坐在地上，西边的人更多些，为首一个老僧身披大红袈裟，敞开僧袍，比余僧足足高出一个头有余，左手抓着一根锡杖，杖头烁着红光。东边为首的是一个枯槁瘦黑的老僧，粗布僧衣，脚踏麻鞋。二僧相距七八丈，手中各执定一根又粗又长的铁链，铁链的一头连着一口偌大的铜鼎，看上去总有七八百斤，放在两人中间，两人口中辩论佛义，那铜鼎却不住地摇晃颤动，看样子双方是通过这方式来比拼功力。

三女隐身草木中窥视，楚飞燕见东边清一色的都是光头和尚，而西边众人装束千奇百怪，连剃光头的都没几个，大半看上去不像汉人，便知他们是僧极乐一伙了。那铜鼎有时微微向一边移去，随即又被拉回，似乎一时半会还决不出胜负。至于他们的辩论，楚飞燕感觉西边的和尚语势咄咄逼人，东边的从容沉稳、不卑不亢，但内容都空洞乏味得很，也不关心。

看了一会，西边那高和尚大喝一声，手肘一振，铜鼎陡然向上跳起，高和尚手中铁链随之一送，那铜鼎打着转向东边老僧横推而去，西边众人高声喝起彩来。那枯瘦老僧却纹丝不动，手中依旧持定铁链，口诵佛号，那铜鼎越去越疾，离他身前不到半丈之时，突然一声巨响，一座巨鼎四分五裂，两根铁链都断成十六七截，四散飞出。其中一截远远抛出一条弧线，往凌一色头顶上落去，凌一色随手拨开。

场上之人不是四谛僧家前辈能人，便是僧极乐从异域番邦纠合的邪派高手，无不眼明耳利，凌一色动作虽小，立时便有人觉察，纷然道："谁在哪里躲着？""何方高人，可现身否？"

凌一色霍然跃出，道："泰壹宫芍药公主在此！"此言一出，东边众僧皆为震动，而西边番人大多未见识过泰壹宫厉害，只道是什么寻常帮派，也不放在心上，见跳出一个明艳少女来，倒是一喜。僧极乐及少数知道底细的心都顿时悬起，不知泰壹宫人何以在此出现。那枯瘦老僧皱眉道："极乐和尚与魔宫通气了么？"凌一色"呸"地一声："凭他也配？"

楚飞燕、周雪鲛随之现身。周雪鲛遥遥拜道："大师，一向可好？"那枯瘦老僧道："是周小姐？"僧心舍越众而出，在他耳边说了几句，那老僧一言不发，向周雪鲛望去，目光中隐含疑惑之色。

周雪鲛说："病本大师，其中曲折，容后细禀……"僧极乐抬眼问："你们是魔宫的人？不干你事，快自去罢！"他养颜有术，虽已年过百龄，还是红光满面，并无多少皱纹，转过身来，却见他肚皮上文着一个笑口弥勒，在火光辉映中显得甚是诡异可怖。

楚飞燕一想起周雪鲛所说此人恶迹，又见他这副尊容，更觉反胃，问道："你便是号称'杀人佛祖'的僧极乐？"众番人纷纷道："极乐尊者，三界大师，在世活佛，掌管未来。"楚飞燕、凌一色皆道："呸！呸呸呸！"僧极乐微微笑道："几位美人，本尊争的是僧家法统，无意与你们魔宫为敌，中土的事，你们还是少管的好。"

东边一个白眉老僧道："杀人禅与魔道异端如出一辙，都是害人邪说，悉应除去！"楚飞燕问："大和尚是谁？"白眉老僧道："会三宗僧显实！"楚飞燕道："原来是显实大师，我告诉你，像这老和尚做的事，我是绝对不会做的。"僧显实道："你是魔道中人，自然为自己辩解。"楚飞燕说："有什么好辩的？什么道很重要么？关键要看自己怎么做。"

有些番人瞧着楚、凌、周三女美貌，一个清高绝俗，一个明艳无俦，一个素雅难方，真是各有各的风姿，各有各的出色，实在难分轩轾，平生所见番女哪能及得万一，早已痴痴出神，不免歪心大动，七嘴八舌地说起番语来。楚飞燕、凌一色虽听不懂，谅来也不会是什么好话，更是气愤。东边众僧有不少认得周雪鲛的，之前听僧心舍说她投靠了泰壹宫，害死僧心戒，还未尽信，今番见她果然与泰壹宫人混在一起，愤然之余，更是惋惜。僧病本徐徐转头，目光再次落在她身上，道："周小姐，以山僧对你的了解，你断非不良之人。"

周雪鲛道："阿鲛已是周家弃女，这两位姑娘也与替兴楼无关，一应罪责只在阿鲛身上，与家父无涉。心戒大师之死，阿鲛也痛心不已，但恕阿鲛直言，追根溯源，若非三大世家不容异学，又怎会有双方之间的血海深仇？说到杀人害人，中土人死于内斗的比泰壹宫杀的不知多了多少倍，这数千年历史便如极乐尊者的神功——杀人证道，所证之'道'未必真有那么美好，只是它们在斗争中获胜而已。什么时候这世道的运转才能不靠人血去推动？阿鲛治史每念及此，唯流泪叹息耳。"

楚飞燕不由得向她脸上望去，只见她二十来岁的眸子中写着百千年的悲怆，心中一凛，终于明白这位世家小姐为什么要反抗。寻思道："离恨天大君要出走，雪鲛要揭露，难道这世道真是这么悲哀可怕吗？个人处于大潮之中，确也十分无奈，就算你武功通天，最多也是自保，很难改变他人的想法。什么阵法都没有这世道之阵厉害，这东西，看不见，摸不透，却左右着每一个人。到底怎样才能改变这局面？也难搞得很。”凌一色冷笑道：“你们俗世什么都有，因为什么都是血做的，除了一样东西，就是自立！这东西，血做不来！只有狂人才配享有。”

僧极乐处心积虑，想在有生之年一夺家主之位，成为万人景仰的武林领袖、在世活佛，花了十几年功夫，收拢番邦异人以为已用，又狂练杀人证道功，自忖已足以一举制胜，故重返中土来争法统。刚才一番较量，没占到僧病本便宜，已感失望，又见泰壹宫人突然现身，虽只是几个女子，也不得不防。但事情反正做了出来，自己同党一点甜头都还没捞到，哪有半途而废之理？现下己方人多，若等僧病本援军来到，更是不利。遂合掌道：“梵天中尊，帝释在位，真如佛光，普照十方！”这是他约定的一齐动手的暗号，众党羽得闻，齐声怪吼，尽皆跃起，如饿狼般向对面扑去。僧病本睁目道：“先去内魔，再伏外道，僧家衲子护法！”

有二三十个番人却不去攻击众僧，都奔楚、凌、周三女而来。僧极乐的杀人禅本就是强词夺理、破绽百出之说，除了他自己，谁会真心信奉了，若非好利好色，谁肯与他卖命，美色在前，哪有不动心的，僧极乐也喝止不住。

凌一色道：“狗强盗无礼，动手罢！”楚飞燕抽出霜刀，塞进周雪鲛手里，道：“好好护身！”周雪鲛忙道：“那你呢？”楚飞燕一笑道：“周小姐，让你看看阿燕的本事！”飞身而起，一跃数丈，双足分向两个番人后心踢去。

两三百人分做大小两个战场，在夜幕下厮杀。僧极乐自知与僧病本一时半会也分不出胜负，并不向他挑战，教四五个最得力的死党将他缠住，自去挑较弱的对手来打，反正己方人多，就算一个换一个，还是大占优势，到最后自可合力围杀僧病本。他年过百旬，若按辈分算僧病本等都是他晚辈，谁强谁弱他清楚得很。

那边围攻楚飞燕她们的番人皆非庸手，内中还有几个西域邪教的首脑教长，在其地盘呼风唤雨，鲜逢敌手，受僧极乐蛊惑来中土生事，也自以为必能纵横捭阖，金钱美女唾手可得。不料一见那霜刀异光，莫名其妙地便大生怯意，一身不自在，便有十分本事，也去了六七成。凌一色边打边道：“燕姐姐，我姐妹联手杀绝这些狗贼，天下扬名！”楚飞燕道：“别大意！”手指疾点，施展凌空击穴的功夫在一个使铁蛇的胡人眉心戳出一个血洞，复一脚将身后一个番僧手中鹰爪钢抓踢得反插进他肚子。

周雪鲛身子一软，栽倒在地。霜刀异光对她损害照样甚大，勉力支撑，已坚持不住。楚飞燕好生自责：“怎么忘了这个？”连发数招，逼开向周雪鲛扑去的几个敌人，把霜刀收入鞘中，扶起周雪鲛道：“一色，先突围罢！”凌一色道：“这狗壁虱真累事！”脚尖珠光闪烁，长剑贴地一剪，将一名敌人胫骨斩断，那人甚是凶悍，身子虽然摔倒，手中铁杖仍往她头上砸去，凌一色侧身避开，铁杖在她脚边打出一个深坑，尘土飞扬。

这边厢正斗得火热，忽然四面齐噪，闻得奏乐之声，又有大队人马合拢，转眼便将激斗之人围在中间，火把耀天，里外数重密密匝匝，看样子少说也来了千人。正斗之人见陡然生变，都住了手，复分开两边立定，楚、凌、周三女不属任何一边，自站在一处。周雪鲛抬头往来人望了一眼，微微一惊，呼道：“是表姐！”

只见对面来人中一个端庄女郎面孔朝南，世家小姐打扮，一身装束大方得体，在众人中甚为显眼。她神情俨然，丽而不妖，然双瞳无光，是个失明之人。一见这模样，不消多问，便是大名鼎鼎的“女中颜回”明四小姐了。

楚飞燕久闻明四小姐之名，也知武林中人对她敬若神明，但想她一个年轻女子，也不大自己几岁，多半是凭借家声，未必真有什么出类拔萃之处。此时亲睹其仪态，却感这女子儒雅之中有一种不怒自威的气度，教人不敢逼视，又想：“武林中礼法森严莫过于明家，女子极少担当外务，这明四小姐却拥有甚大权力，若不是天纵奇才、能人所不能，便是内有蹊跷了。”凌一色则“哼”了一声：“什么狗东西！”

只听得明四小姐开声道：“十三经大阵！”

# 第七回　羲和浴日

她此言一落，那千余人立刻分列换行，转瞬之间，已布成一十三个阵形。这十三经大阵乃明家镇家之宝，其威名之显赫、声势之磅礴，于中土阵法中排行第一。明四小姐所处阵势布成八卦之形，正是群阵之首的“易”阵。这十三经大阵奥妙无穷，不谙其道者绝难寻得破解之法，而谙其道者又往往对之太过敬畏，亦破不得它。楚飞燕只见对方东一丛西一簇的，内中似有无限玄机，倒也气势不凡。

凌一色道：“没什么了不起，离恨天大君六十三大神通中有一门‘覆古神功’，不费吹灰之力便能破了这个屁阵。”话是如此，但楚、凌二女的功力，与离恨天岂能同日而言。

僧病本合十道：“阿弥陀佛！明四小姐，山僧恭候久矣。”明画眉欠身道：“画眉来迟，大师恕罪。”又道：“极乐妖僧，你逆天而行，还不束手伏法么?”

僧极乐怪笑一声，把掌朝下一虚按，“波”的一声响，地上多了一个深坑，盘腿坐下，道：“老和尚纵横宇海，未尝闻明四小姐名字。三大世家，鼎足而立，明家有何资格来管我？明夫子呢？叫他自来与我说话!”

明画眉身边一人道：“咄！三教儒为首，明家怎么管你不得？老妖僧，汝多行不义，祸乱中州，残民以逞，天理难容，若教你幸逃及身之戮，更以何法教天下?”声音稚气未脱，却是一个尚未加冠的童子，众人见他少年老成，竟敢当面斥责僧极乐，都微微诧异，又看他衣着非俗，一表人才，像位世家公子，看来多半也是明家亲族，说不定还是明惟厥的儿孙。

明画眉微微颔首道："六弟说得不错，也不枉父母师长教诲。须谨记我明家行事，遵天命、执大义，是万万不容差失的。"那童子道："四姐之言，牢记于心。"明画眉道："那好，你去向那妖僧挑战罢。"

她此言一出，楚飞燕等一时都懵了，僧极乐在中土武林中绝对算得顶儿尖儿的厉害角色，之前出手，便是丝毫不会武功之人也看得出他能耐非凡，这童子能有多大年纪，僧极乐吹一口气只怕也把他吹倒了，如何谈得上"挑战"二字？明画眉这不是叫亲弟去送死吗？难道他们明家武功当真如此高深莫测，连一个学过三招两式的黄口孺子也能击败当世绝顶高手？

那童子果真依言越众而出，道："妖孽，吾来也！"僧极乐及其党羽一愕，继而纷纷捧腹大笑。明画眉却一本正经地说："'德威唯畏，德明唯明'，先正尔罪，再领尔刑。妖僧极乐，狂诞不经，悖逆伦理，荼毒生灵。罪无可恕，万死犹轻，即行处死，天理无情！"僧极乐纵声狂笑，往前站定，道："迂腐书生，笑杀我也！"

明画眉喝道："杀！"手一挥，十三阵之中的"春秋"三阵人马都从身边取出火铳来，弹药早已装填好，一时俱发。顷时，响声乱作，硝烟四散，僧极乐脸色惨变，说偈道："三千世界烦恼尽，血光满地大……快哉……"这个中土武林绝顶高手、佛门败类就这样被火铳打死在莲花谷内，往生极乐去也。

僧极乐党羽也被这一顿乱铳打得死伤狼藉，未死的都哀号起来。僧病本低头道："阿弥陀佛！"东首众僧齐诵佛号，退至一旁。明画眉又一挥手，一顿乱铳，把僧极乐党羽杀得一个不留。

垓心处只剩下楚、凌、周三女。明、僧两家在场的一流高手精英不下百人，更有僧病本这种修为造诣在她们数倍以上的大宗师，一旦合围，三女已是插翅难逃，更何况对方还有无情的火铳？三女形势之劣，已是无以复加。这火铳队是明家在灭异谷一战之后秘密组建的，为的就是防范魔宫卷土重来。凌一色心中懊悔："是我好胜争强，连累了燕姐姐，若早早走人，哪有这事?”她最是强项，明知必死，也浑无惧色，向楚飞燕望去，楚飞燕微微一笑，握定了她手掌，道：“一色，能与你同日而亡，平生快事莫过于此。”

凌一色心头一酸，又是伤惜，又是兴奋，腔血如沸，道：“我们泰壹宫人不敬天地鬼神，对幽冥之事嗤之以鼻，若真有地狱，我们下去再闹他个天翻地覆。”又看了周雪鲛一眼，微感歉疚，道：“狗壁虱，连累你了。”周雪鲛笑道：“本来就是你们救了我，说什么连累不连累?”

凌一色毅然道：“我不受辱。”楚飞燕心中一痛，低声道：“我给你们一刀。”对方刚才不乱铳将她们击毙，无非是想生擒，落到明家手里，受万千屈辱不说，最后死也死不利落，有什么意思，不如自我了断痛快。

明画眉淡淡道：“将这两个魔道异端、这个史家叛逆拿下，凌迟处死，乱臣贼子，决不待时，只在此间施刑，以正纲纪，传檄天下。”

楚飞燕正摸刀柄，猛然间双耳一震，却是僧病本喝道：“慢!”

僧病本身为中土武林三大领袖之一，内功何等精湛，这一喝之威，立时镇住全场，却道：“明四小姐，山僧还不清楚周小姐犯了什么罪过，就算有罪，周小姐是山僧小友，这两位姑娘也似非怙恶之辈，正所谓一阐提人亦有佛性，佛门广大，山僧或可点化她们改邪归正。不教而诛，亦有违圣人之训。”

明画眉道：“罪有可恕有不可恕，少正卯作乱，圣人诛之，异端贼子岂可赦乎? 我虽系巾帼，继承不了千秋道统，也自幼立志剪除凶逆，捍卫纲常，澄清四海，重现舜日尧天。”想了想，又道：“我奉父命镇压异端，若不将彼等尽行夷灭，于家为不忠，于父为不孝，于兄为不悌，古人大义灭亲，周雪鲛虽是我表妹，亦不足愍。”微一踌躇，又道：“雪鲛，你犯下十大罪状，自绝于世，不是表姐心狠。就算我亲妹子做了异端，我也决不容情。”周雪鲛微笑道：“多谢表姐向我表明心迹，阿鲛不怪你。”

凌一色高声道：“明四瞎子!”明画眉长眉一轩，道：“逆贼欲乞命么？”凌一色说：“告诉你这假道学，你兄长明三狗子的头，是我砍下来的，你敢下场与我较量较量么？你有火铳，算我们倒运，他日我爹亲临，把你们这些狗壁虱一个个千刀万剐，连你列祖列宗的臭骨也从坟里挖出来，四书五经一股脑儿灭尽，绝了你那道统，废了你那万古纲常，叫你这狗东西祸害人间！”

明画眉道：“那便教你死而无怨。”飘然出阵。

凌一色见她竟肯下场，倒也出乎意料，想：“我可别白送名声与她才好。”遂道：“燕姐姐，不用你帮手，看我宰了这盲婆。”对方已掌控全局，多添一人与战毫无用处，不过引来对方火铳射杀而已。凌一色长笑一声道：“血海茫茫恨未休，娲皇公主誓心头。波涛万里狂魂在，杀汝明家草不留！”手一扬，蔷薇刺远远掷出，空着双手，蔑笑上前。

明画眉道：“无知匪类！”双掌一翻，已经攻至，正是五经正义掌功夫。凌一色见她行动迅捷竟远在常人之上，心道：“这家伙真是瞎子？不管了，毙了再说。”双掌翻飞，却是对攻之势。

两人动手之前，都有些低估对方，数招一过，凌一色便想：“这瞎子可比她哥哥厉害多了！”明画眉则想：“这逆贼年纪轻轻，倒也不简单，无怪乎魔宫如此猖獗。”未分胜负，忽然一阵歌声传来。

那歌声清晰起来，却唱道：“中土专门和稀泥，三家就是狗东西。无边血海魔君怒，四百军州尽儿啼！”声音奇冷无比，不知从何处发出。僧显实道：“谁在叫唤？”

却听得一声冰冷长笑道：“三家联合，骗子分赃，糊弄世人，凭火铳取胜，亏你有这厚脸，教你见识冰海玉人功！”众人正惊疑间，只见月光下一朵紫云掠出，逝如闪电，云中倏然一股怪雾喷出，漫得极快，已将“春秋”三阵中的“公羊”阵罩住。众人只感身陷冰窟，奇寒彻骨，好像一时间变了天地，一排排地都打起寒战来。

满场之人心下栗然，不知来了什么怪物，众铳手未得明画眉号令，不敢擅自发铳，那紫云贴地掠出，又是一股寒雾，掩住了“穀梁”阵，穿入垓心，明画眉早已退后，那紫云卷住凌一色、周雪鲛，又往人多处直撞过去。

楚飞燕叫道："放下她们！"飞步追去，一把抓住那紫云一角，只感如抓到一块坚冰，自然释手。凌一色把脚往外伸，楚飞燕连忙抓住。那紫云笑道："好轻功！魔家也教你追上了。"去势丝毫不缓，从人丛中横穿而过，火铳手手忙脚乱，又恐伤了自己人，那紫云所向披靡，忽被一股柔和劲力阻了一阻，却是僧病本合十立于面前。那紫云迎头一口寒雾喷去，僧病本喝道："咄！"枯瘦如柴的身躯凭空升起，已呈古铜之色，寒雾未及其身，便消散得无踪无影。那紫云喝了声彩："十方道场功！果然有两下子。"携着三女，远远飘出，化作一抹紫痕消逝在已经微亮的夜幕之下。

僧病本亦不追赶，众人呆呆伫立，神情又是惊异，又有些惨然。原来被那寒雾喷中的人，已经成了一座座僵硬可怖的冰雕。众人颜面丢了还在其次，更忧的是敌人如此凶狠，日后还不知会有多少麻烦。僧病本缓缓吐出一个字来："劫！"

明画眉皱眉不语，也不知是否想到了应敌之策。

那紫云携着三女，轻飘飘地出了二三十里，方将他们放下，拍着凌一色肩膀道："大侄女，若非魔家，今日你可险得很啊！"

凌一色被拉了一路，身上冷气涔涔，睃了那人一眼，道："我凌一色是魔道传人，不屑于掩饰真实心思。你害死我母亲，我绝不会原谅你。你要杀我，趁早动手好了。"

周雪鲛心下一凛："芍药公主也真倔强，却不知她和这个人到底是什么关系。"楚飞燕刚才从那人武功中已猜到其来历，此时与之相对，见那人身材颀长，裹着一袭笼纱闭月海纹紫袍，神如冰，肌似雪，一双凤眼中寒意凛凛，浑身上下隐然透着森森冷气，心下更加了然："原来是她，想不到这么年轻！"遂道："哲人长矣无心老，谁擅千秋万古名？"那女人傲然道："飘若惊鸿来世上，洛神艳目已如冰！"楚飞燕道："果然是洛神阁主，我是风庄主的徒弟阿燕。"

那女人对凌一色说："魔家不杀泰壹宫人，你恨魔家，魔家在乎么？你想报仇，凌冷玉等着你来杀！你若有本事杀了你姑姑，算你英雄好汉。”她语调虽冷，这话却甚是响亮，泰壹宫人虽一言一行不肯作伪，是非爱恨都是脸上明写、嘴里明说、手上明来。周雪鲛听着心想：“狂狷耿介，看来他们魔宫人士多是这般，这种人中土武林中委实缺乏，也很难在中土立足。但他们的学说以反世恨世为本，性格越是耿直坚执，做事便越不留余地，现在他们还能有所不为，日后仇恨越来越深，就难说得很。”

凌一色“哼”了一声，也不再说。那女人又向楚飞燕道：“你认识魔家？是风狂雪告诉你的？他怎么说魔家？”风狂雪乃泰壹宫现下第一号高手，任狂高傲，不喜言语，这女人倒也真想知道风狂雪对她的看法。

楚飞燕直言道：“师父提到阁下时，就一个字。”那女人眉头微抬：“哪一个字？”楚飞燕学着风狂雪的腔调说：“嘿！”那女人神色微变，继而大笑道：“嘿！”又问：“那你知道魔家哪些事？”

楚飞燕道：“你是凌崖主的堂妹、一色的姑姑，你叫洛神阁主凌冷玉，听说你一向在极南冰川中练功，别的我也不深知。”凌冷玉道：“那你不知道一色的母亲是魔家害死的？”楚飞燕见凌一色愤恨溢于形色，心想：“怎么一色没跟我说过？”遂道：“我只知道一色的妈妈过世得早，你为什么要害死人家？”

凌一色把下唇咬得紧紧的，良久方道：“燕姐姐，我也是回娲皇崖后才知道，我小时不知，我……”瞪着凌冷玉道：“这个女人，原先是我爹青梅竹马的老情人，他们本来都要成亲了，洞房之夜，她却自己跑了出去，撇下我爹一个，我爹……之后他们分了手，我爹认识了我娘，和我娘好了，又与她有什么关系？我娘生下我不久，她却跑回来把我娘骗到偏僻之所，她……她居然扒光了我娘的衣服，叫我娘出丑……我娘回去后气不过，不久便……这……这事瞒了我十几年哪！我也要扒了她衣服，我、我杀了她！”说到此处，双眼已红。

楚飞燕、周雪鲛黯然不语，虽欲劝解，一时也不知当如何说。凌冷玉冷冷道：“你要脱魔家衣服，行啊，咱们一起脱，谁先穿回谁是孬种。你想要魔家性命，得看你有无这个能耐！魔家对你没兴趣，你且一边去！”却看着楚飞燕道：“你叫什么来着？”楚飞燕见她气焰嚣张，欺负一色，又不记得自己的名字，心中有气，更不应她。

凌冷玉冷笑一声：“好哇，你偷了白月天霜刀出来，长辈问你话，还不老实回答？”楚飞燕一怔，坦言道：“不错，这刀是我偷的。”凌冷玉道：“你干吗要偷？”楚飞燕说：“师父发脾气把我赶出来，我一时气不过，便把刀偷走了。”离恨天大君逝世之后，白月天霜刀自然传给了怀仇天大君，后来怀仇天大君一次酒酣之际，顺手把霜刀赠给了一位好友。那好友事后省悟过来，也提出归还，怀仇天大君大笑道：“泰壹宫人岂有食言之理？”坚不肯收。那位好友便是康回庄的先辈，从此神刀遂归康回庄所有。其实泰壹宫高手素来不用兵刃，霜刀放在庄中也无用处。但楚飞燕事后想来，总觉得当时太过冲动，愧对恩师。此番提起，又是悸然，道：“要不我把刀给你，你去还与我师父好了。”

凌冷玉双眼盯着她，神情带着几分怪异，蓦然一笑，楚飞燕被她看得心里发毛，问：“你笑什么？”凌冷玉笑道：“你和一色洗澡的时候，魔家便跟着你们啦。你这姑娘有意思得很，了不起哪！”楚飞燕省悟：“原来在客栈听我们讲话的就是她。”

凌冷玉把楚飞燕端详了好一会，眼波微漾，赞道：“妹子，你好美！”楚飞燕不料这个寒霜般的女人竟说出这么一句话来，愣着摆了摆手。凌冷玉又道：“魔家若年轻二十几岁，多半便追求你了。这可不是说笑。”泰壹宫人多行惊世骇俗之事，并不排斥同性情爱，楚飞燕虽有些意外，也不甚在意，道：“谢了，本姑娘可对你没兴趣。”又抱了抱拳道：“前辈救命之恩，阿燕永记。没别事的话，我们先走了。”她既然知道对方是一色仇人，谨慎起见，不想与之同行。

凌冷玉打了个哈哈，道：“风狂雪的徒弟便这么没出豁？魔家好歹救了你们三条性命，你就这么一走了之么？”楚飞燕想她这话也在理，说：“那你有什么吩咐我去办的？”凌冷玉笑着说：“只怕有些为难。”楚飞燕道：“你且说是什么事。”她想对方既然是泰壹宫前辈，也不会叫她去做什么下三滥之事，大不了艰难些，自己出些力气报答她也便是了。凌冷玉道：“好！你把裤子脱了，让魔家摸摸你的屁股！”

楚飞燕变色道："我看你是宫中高手，叫你一声前辈，你不要欺人太甚才好！阿燕是个顶天立地的女子，一分一毫也苟且不得！你敢小看我么？"手已按住刀柄。她性情刚烈，自知武功与对方差得太远，若对方真的欲行不轨，大不了往自己脖子勒上一刀。

凌一色道："姑姑！你可别忘了，你的冰海玉人功来之不易。"原来凌一色之父娲皇崖主凌灭鼎与凌冷玉是堂兄妹之亲，自幼耳鬓厮磨，相印于心，本来已定鸳侣，不料洞房之夜，凌冷玉畏惧房事，逃了出去，怎么都不愿成亲，父母宠爱女儿，也便由她，经历了这般尴尬，两人都心冷了，于是分手，凌冷玉仍是处子。凌灭鼎年青英俊，文武才器当时便颇不低，暗中垂青他的姑娘实在不少，但都知他与凌冷玉是天生一对，也不便插足其间，及知悉他们分手，不免都有些想法。当时泰壹宫第三代大君溟滓天的女儿也钟情于凌灭鼎，搬到娲皇崖住了一年多，陪他读书练武，最终感动了凌灭鼎，两人结合生了凌一色。凌冷玉也不声张，心头暗恼。她相貌出众，与堂兄分手之后，常被宫内年青子弟属意，她脾气不好，对追求者又打又骂，追求者满腔热情，却被她骂得连猪狗也不如，休道泰壹宫人个个性高，便是乡间寻常男子，也受不了这等侮辱，即使不打还她，也免不了回骂几句"泼妇"、"卖剩橘"、"做定老处女了"、"魔家要你是怜贫恤老"之类。凌冷玉越想越气，迁怒于凌灭鼎新妻，回到娲皇崖，趁凌灭鼎不在，把他夫人重重羞辱一番，气得她抱恨郁郁病亡。凌冷玉称心如意，一个人去极南冰川中练冰海玉人功了。那冰海玉人功是泰壹宫上代一位女性高手所创，必须以处子之身到极南冰川中赤身裸体修炼，凌冷玉孤身练功十几年，将原来只有十二层的冰海玉人功练到了一十四层。她功成回来之后，溟滓天大君已经逝世，寂灭天大君不计前嫌，任命她为洛神阁阁主。她内功精纯，虽已年过四旬，看样子与二十岁出头无异。练这冰海玉人功，最要紧的是守身，倘若失了身子，将无以压制体内寒阴之气，冻成一具僵尸。

凌冷玉冷瞟了她一眼，道："你姑姑不用你小妮子指点。"对楚飞燕道："心肝妹子，你莫怕，都随魔家过来 。"向周雪鲛一指，"你也跟着走一趟。"

三女不知吉凶，也只得随去。来到一间石屋前，天色已朗，凌冷玉问：“大侄女，你为什么来中土？”凌一色道：“你能找到我，肯定知道内情，何必明知故问！”凌冷玉道：“爽快！那魔家问你，可记得‘北海沧溟飞冷月，关山铁月扫云楼。惊风吹冷英雄血，再恨人间二百秋’、‘独据紫微挥恨血，尘寰一片莽苍苍。千秋回首提肝胆，万古无人似我狂’这几句话么？”

凌一色道：“这是离恨天大君的两首诗，谁不记得？”泰壹宫人雄视尘寰，视古圣先贤如竖子、山河神明如草芥，独敬创宫大君，对他的文章言论无不熟稔于胸。凌一色见对方竟拿如此显浅之事来问，明摆着看她不起，更是窝火。

凌冷玉说：“这两首诗中，都有‘恨’、‘血’二字，我泰壹宫魔道学说中也有‘恨海’、‘血海’之论，你知道么？”凌一色大声道：“怎么不知？幽渊恨海无生灭，魔主高吟谁与伦？血海浮沉尊离恨，大君寂天统诸神！”

凌冷玉“嗯”了一声：“恨海生魔道，群神礼大君。哲人魂不灭，望绝古今云！我泰壹宫的魔道，生于恨海之中，是对数千年人心丑谬的逆反，无论什么学说，什么这个道那个道，在我们面前都如草芥一般。”

周雪鲛一旁听着，也不言语。凌一色却有自豪之色。凌冷玉问楚飞燕：“你说说，何谓血海？”楚飞燕说：“血海指俗世。按离恨天大君的学说，人这种东西如果独立生长，很难存活下去，就算存活下去也与野兽无异，但若合群而居，又会受到种种势力、传统、明规暗则的约束，俗世之人，一识事便被管教这不能做、那不能犯，长此以往，都养成了根深蒂固的奴性。奴性有两种表现，一是甘于臣服，给强大于己的人做奴才，二是自己做了奴才，却认为世人都应该与自己一样做奴才，不做奴才是不可思议的。那些帝王将相同样也有奴性，他们臣服于权力、形势、传统、欲望，照样也是世俗法则的奴才，遇到比他更有势力的一样腿软。奴性与虚伪互为表里，一世之人皆为奴仆，那把持世人命运的法则教条哪有不虚伪之理？数千年来，人智日长，人心日伪，人们打着各种旗号，相互利用，相互残杀，成王败寇，黑白颠倒，少数当权者代表了‘天命’、‘大道’，无知庸众顶礼膜拜、盲听盲从，循环往复，无可救药，性命握于人手，魂魄不得自由，虽具人形，实乃两足禽兽。”

凌冷玉道：“大致不错。那何谓恨海？”楚飞燕说：“恨海指哲人情怀。世俗人处于血海之中，却像木头一样，浑然不省，你砍它削它，却不会反抗，岂不是傻得很吗？好不容易有哲人出来吁天警世，但哲人的观点又太超前了，俗人根本不懂，就算勉强听懂了，也没有反抗的胆子，反而怪责哲人，往他身上泼脏水。哲人心骨，岂同凡俗，也必然不愿妥协，如果他违心而行，便与伪人无异，也不配做哲人了。因此真正的哲人，一生都会在对抗中度过，甚至是以一人之力对抗整个世界。因哲称狂，因狂成恨，抱恨长眠是他的归宿。”说到这里，不知为何，一种悲怆的预感电闪而过。

凌一色道：“燕姐姐说得不错，世俗恨我们，我们也恨它，恨绝这些主宰世道的狗东西。”楚飞燕道：“一色，我可不是哲人啊。”凌一色说：“我们继承魔道，是哲人的传人弟子，也应效法离恨天大君。”

凌冷玉微微一笑，看着周雪鲛道：“妞儿，你觉得我们的学说怎样？”周雪鲛道：“‘冠盖满京华，斯人独憔悴’，你们有你们的愤恨与痛苦。但有破无立，为害愈剧，一味孤狂，于事无补。说到底，你们对世人求全责备，什么都看不惯，把自己寄托在仇恨上，物极必反，最终会有被仇恨吞噬的一天。”凌一色道：“放什么狗屁！我们立狂性，立傲骨，怎么有破无立？破为立之本，中庸道不过是奴才的借口而已。你再叫嚷，我缝上你的狗嘴！”周雪鲛正色道：“阿鲛岂惧死乎？若非你们相救，阿鲛已是孤魂野鬼，燕姑娘把阿鲛当朋友，一路照顾我来，我若不竭诚直言，才是人面兽心。”

凌冷玉道：“好了，都别吵闹。恨海的含义你们知道了，可是你们听说过恨海重生大法么？”楚飞燕、凌一色茫然摇首。凌一色看了看周雪鲛，道：“你不是读书多吗，你听过没？”周雪鲛道：“我听过这名堂，也不多知。”

凌冷玉轻蔑一笑："你们这些后生妮子能知事，魔家这些老人的门还有人上么？羲和浴日，恨海重生，孤眠白结缡说不定便要在'天荒地老'中重生了。"

她此言一出，楚飞燕、凌一色均一头雾水。周雪鲛却道："凌阁主，你说的莫不是羲和浴日国、天荒地老泉么？"凌冷玉道："还是你有见识。正好省了魔家唇舌，你给她们讲讲罢。"

周雪鲛道："《大荒南经》有云：'东南海之外，甘水之间，有羲和之国，有女子名曰羲和，方日浴于甘渊'，羲和便是日神，是帝俊的妻子，那只是虚无缥缈的传说而已。千年之前，武林霸主商帝秦听信方士之言，说什么羲和国中有神泉，名曰天荒地老，饮者可长生，派人出海去寻，又哪有什么结果了。"

中土武林唯明、苏、僧三家马首是瞻，然而三大世家也不是一开始便主盟武林的。千年之前，中土武林经历了一个大变革时期，那时最显赫的世家是商家。商家出过一个雄才大略的家主，叫做商帝秦，他以霸道混一江湖，以刑法管治武林，大搜别派武功典籍而焚之，明、苏两家的书也被烧了不少。商帝秦生前所向无敌，但随着他一命呜呼，商家不久便衰落了，之后苏、明两家先后崛起，僧家东传，数百年间经历无数明暗斗争、妥协借鉴，最终谁也替代不了谁，默认了彼此存在之意义，遂确立了三家共治武林之局面。虽然还有些人对此不满，也影响不了大局。

楚飞燕听罢道："这些什么鬼地方多半子虚乌有，就算有罢，又与白结缡有什么关系？难道白结缡与这个已经衰落千年的世家有什么关系吗？"凌冷玉道："白结缡与商家不见得有什么关系，但你说羲和浴日国、天荒地老泉没有，就是不懂装懂了。实际上这地方不但有，魔家还亲自到过呢。"

凌一色问："你到过？"心想这泼妇连极南冰川都能去，说不定所言不虚。凌冷玉道："魔家骗你干吗？魔家见你来中土一趟，什么也查不出来，丢我凌家的脸，还险些把魔家的心肝燕姑娘也送了，实在看不下去，才来提点你一下，要验证白结缡下落，就非到羲和浴日国、天荒地老泉不可。你不信也算了。”

楚飞燕一掌电击而出：“谁是你的心肝——”尚未劈到对方身上，只感到一股森严寒气逆着自己掌力去势逼入自己体内，血脉为之一僵，不由得打了个寒战。她不愿示弱，立即运功相抗，谁知一运真力，立时浑身发起抖来。凌冷玉笑道：“心肝勿怕！”往她小腿轻轻一拍，楚飞燕才缓过劲来，倒抽一口气，面带愠色瞪了她一眼，对这冷女人的功力也不得不佩服。

周雪鲛道：“阿鲛是外人，本不该问，但凌阁主既留我在此，想必也不忌讳，恕我无礼，难道阁下在羲和浴日国、天荒地老泉见过白结缡本人么？”周家百年以来一直在查考这桩武林悬案，她本人也曾致力于此，迄无结论，故忍不住有此一问。

凌冷玉道：“她的真身嘛，魔家也没见过，但她的尸体，确是在那地方不假。如果那恨海重生大法当真有效，准确来说，她现在应该是个活死人。”

三女问：“活死人？”“恨海重生大法？”心道这事可越来越耸人听闻了。楚飞燕道：“难道她离奇失踪，便是被人打下天荒地老泉去了么？”凌冷玉说：“打下？除了离恨天大君，普天下有谁赢得了她一招半式？便是大地震，也未必能把人家震下去呢。”楚飞燕道：“我想会不会是她和离恨天大君意见不合，起了争执，就……也许是我猜错了。”

凌冷玉问：“心肝，你有过情人么？”楚飞燕一怔，摇了摇头。凌冷玉道：“你没有过情爱经历，会这么想也怪不得你。离恨天大君是个狂人，狂人也是至情至性的，白结缡虽然绝不是什么好人，但毕竟夫妻一场，离恨天大君怎么会轻易伤她？”楚飞燕说：“我和一色聊到他们的事，都想不通他俩一个哲人、一个暴君，心性志向完全不同的人，为什么会走到一起。”

凌冷玉道：“当时离恨天大君致力救世，而在他看来，救世最根本的是改造人心，但改变世人的本性，又比打遍天下无敌手难了千百万倍，离恨天大君自知也渺茫得很。而当世最凶戾残忍之人，便是孤眠白结缡了，他决定再尝试一次，亲自来感化对方，若连白结缡这样的人也能变成贞直哲士，就能证明救世还是有希望的。而白结缡也一心想驯服这个一生中最难以逾越的高山，证明自己无所不能，两人各怀心事，结为夫妇。后来白结缡恶行虽有所收敛，但本性难移，对哲思冥想也没任何兴趣，离恨天大君亦因此事饱受攻讦，使他对世道彻底失望，转而反世，开创了我泰壹宫。白结缡更感寂寥落寞，深叹世事无味，放弃权势携子出走。他们起初没有什么真感情，但毕竟在一起过，又生了儿子，要说一点也不念着对方，那也不然。苍茫山上那一别，并非他们之间故事的终结。"

凌一色问："你是说他们后来还见过面么?"凌冷玉道："当然，但也就一次了。白结缡带了儿子，四处浪迹，不愿再留在中土，浮舟到海外，竟让她找到了传说中的羲和浴日国，只是那里并没有什么女神，人也都死绝了，只剩下些遗迹，白结缡不愿再走，就此定居。多年之后，有船经过，白结缡截住船只想抢些日用之物，却正好截住了离恨天大君弟子的船。白结缡见对方武功与离恨天大君有些相似，心下起疑，将船上之人制住逼问，方知离恨天大君创立泰壹宫之事。她儿子——也就是后来的怀仇天大君见了，吵着要见父亲，白结缡初时大发雷霆，想把一船之人杀光，但转念一想儿子越来越大，跟着自己也无甚前途，便对离恨天大君的弟子说：'你回头让他来见亲生骨肉。'离恨天大君得讯，念及旧情，前来看望，提出接她母子两人回泰壹宫。白结缡道：'苍茫山上你何等决绝，今日虽一时情动要我跟你回去，终究也难以相处，你嫌我俗，我又何必再俗给你看? 孤眠白氏一生不甘人下，我连武林至尊都不做，倒去你那破海岛上给你当魔后，倒乐意?'"

凌一色道："如此说来，这女人还是有点骨气的嘛，比我想象的要好。"楚飞燕、周雪鲛默然无语，均感这个女人身上有太多教人猜想不透之处。

凌冷玉接着说："离恨天大君又问她还有什么要求，白结缡道：

‘你的儿子，我教养了这么多年，你也该尽些人父之责，你带他回去罢。我不想再与你见面，等我恨海重生的那天，再来算清咱们的总账。’离恨天大君知道她一直练一门叫恨海重生大法的神功，但就算让她练成了，仍然无法与自己抗衡，也不大在意，笑道：‘魔家等着你！’登船而去。

“离恨天大君归途上回思：‘结缡把儿子托付与我，却说‘恨海重生’再相见，难道另有深意么？’一思之下，猛然省悟，立即返回，只见天荒地老泉的泉口已被大石盖住。离恨天大君情知不好，揭开大石，下泉探看，白结缡已自沉泉底气绝。”

楚、凌、周三女尽皆愕然，问：“她为什么要自杀？”凌冷玉道：“她自知只要离恨天大君在世，自己永远也赢他不得，但不做天下第一、不报复离恨天大君，她又着实不甘。其实恨海重生大法她早就练成了，她用的是大法中最高层的玄功——先死后生、恨海续命之术。一个人武功再高，终究不能万寿无疆，但世间还有一种无穷无尽的力量，那便是仇恨。恨海重生大法便是利用仇恨使自己躯体重生的神功，便是筋骨尽断、八脉俱废之人，亦可自行复原。她貌似气绝，其实是在泉底作不生不死的抱恨之眠，到一百多年后，就会重生苏醒。那时候离恨天大君怎么都逝世了，像他们这样的武学天才，几千年也未必能再出一个，那时还有谁是她的对手？她便能扫平泰壹宫，为己出气。”

三女面面相觑，只感此事太过离奇，但与离恨、孤眠两人的秉性又相当符合。周雪鲛道：“恕阿鲛问一句，白结缡既自沉泉底，大石又是谁给盖上的？难道那里还有别人吗？还有，据阿鲛所知，贵宫离恨天魔君年纪比白结缡大，白结缡怎么知道她没对方活得久？又何必急于自沉？若这恨海重生大法真有这么神奇，岂不是有不死的人了？”楚飞燕点头道：“不错，还有，那泉里难道没个鱼虾蟹鳖，她就不怕鱼把她身子吃了？”

凌冷玉道：“真是少说几句都不行。你道人家孤眠白结缡的功夫跟你们一个样么？她有一门搬运巨物的‘潜移默化’神功，只要事先将大石搬至泉边，自己下泉，运功移动大石盖住泉口，有什么难了？至于第二个问题，这恨海续命之术，风险极大，中年时用成数要高些，她此时不用，难道到七老八十才用？若她活到八十岁离恨天大君还在世呢？这种逆天之术，能成功一次就不错了，哪能用了一次又一次。那天荒地老泉实乃一口毒泉，剧毒无比，活物进去无法生还，却有使尸身不腐之奇效，正是最佳的藏身之所。她自身功力，足以与奇毒相抗。”

凌一色道：“我从没听说过这些事，你又是怎么知道的？”凌冷玉道：“离恨天大君本想设法将白结缡救醒，但转念一想，她性情刚毅，既苦心孤诣要以这种方式和自己斗到底，倒不如成全她的苦志，遂上水把大石盖了回去，吩咐弟子不可泄露内情，以免后人得知去设法毁坏白结缡肉身，也算是给她一次机会。这段秘闻，隔了一百多年，更没几个人知道了。直到白结缡复活的传闻传出之后，才有个知情人到洛神阁来，跟魔家说了这段往事。”

楚飞燕问：“那人是谁？”凌冷玉道：“是轩辕谷的谷主辛畸墨，当年追求魔家的男人委实不少，都被魔家一顿打骂走了，他也来献过殷勤，魔家照例相待，他打不还手，骂不还口，倒与别个有些不同。他说这段秘闻是他翻查祖父遗文时发现的，他祖父就是当年被白结缡劫船的弟子之一，他约魔家同去查证。魔家见到了那大石封堵的泉口，听说泉有剧毒，没下去看个究竟。”

楚飞燕、凌一色小时候便听过轩辕谷，知道谷主姓辛，也是泰壹宫的一个分支，但轩辕谷离泰壹宫本址极远，谷主每隔六七年才来觐见大君一次，与宫中余人联系也甚少。凌一色道：“你们既知此节，为何不去报告大君呢？”凌冷玉说：“辛畸墨说他会亲自回宫一趟，至于要下泉验证真假，就非找风狂雪的徒弟不可，这可不就找到了么？心肝，这便看你的维斗神功了。”

楚飞燕想了想道：“若真用得着我，我出点力也没什么，只是这辛谷主消息好灵通，连我这么一个后辈的事也知道。”

# 第八回　海中隐者

凌一色叫了起来：“不成！鬼知道那泉下有什么东西，又鬼知道维斗神功是否真个抗得了泉水之毒？倘若误了我姐姐性命，谁来负责？”凌冷玉道：“休道你们姐妹情深，便是魔家也舍不得她犯险，但谁叫就她会维斗神功呢？这样好了，若她有个好歹，魔家也立即跳进泉里去陪她便是。”凌一色道：“你陪有什么用？若是燕姐姐出了什么差池，自有我与她同生共死，你算哪根葱？”

楚飞燕好生感动，道：“一色，不必说了，这事关乎我师门安危，我义不容辞。凌阁主，咱们什么时候出发？”凌冷玉点头笑道：“果然爽利！魔家没看错你，是好心肝儿！还磨蹭什么，这便走罢！”

凌一色道：“慢着！”凌冷玉摸了摸自己眉角：“大侄女有何话说？”凌一色道：“姑姑，你我立个约如何？”凌冷玉问：“什么约？”楚飞燕见两人目光中渐渐锋芒大炽，轻摇凌一色手掌，凌一色浑然不顾，接着道：“你害死我母，本来我非杀你不可。但你毕竟是魔道中人，又救我燕姐姐性命，如果你肯跪下认错，那就一笔勾销罢！”凌冷玉仰首大笑，一间小小石屋中陡然劲风大作，石屑泥尘簌簌而下。凌冷玉笑道：“凭你这点能耐，便想叫洛神阁主凌冷玉下跪么？就算大君亲至，也只能杀了凌冷玉，叫魔家下跪可万万不能。”

楚飞燕劝道：“一色，泰壹宫人从来不跪的，何况怎么说，她都是你姑姑。”凌一色咬牙道：“那好，你认错也便了。”凌冷玉道：“凭你小辈一句话，便要魔家低头忏悔，也真是好笑之极。就算你日后武功大成，大不了将你姑姑杀了，魔家根本没错，认你娘个鬼！”

凌一色两颊胀硬，耳后微微抽搐，道：“既如此，十年之后，咱们来一战罢。”凌冷玉说：“十年太短，二十年如何？”凌一色低吼道：“十年够了！”凌冷玉微微一笑：“那便依你十年，这十年内，谁若敢伤你一根寒毛，魔家教他骨肉为冰。”两人击掌为誓。

周雪鲛一旁暗想：“她们行事真无丝毫掩饰，也胆大到了极点，中土武林人士哪敢这样做？但他们的学说也太极端了。”又看了楚飞燕一眼，想：“燕姑娘有泰壹宫人之傲骨，而无泰壹宫人之反世，对人又是一片赤诚，越与她相处，越感可信可赖，更是不可再得。然而像她这样的人，生于这等悲凉末世，岂有不被大潮淹没之理。除非……除非她自身就是那个破局者，那个挽狂澜于既倒之人。”

凌冷玉瞟了她一眼，问：“妞儿，你怎么回事？不想跟魔家去吗？”周雪鲛道：“哦，我是无家可归的人，你们都不见外，我当然也跟着去了。”凌冷玉道：“那就好，魔家相你这丫头斯斯文文的，对你有些好感，你跟着魔家，不怕中土武林找你麻烦。”忽然伸手往她脸上摸了一把，哈哈一笑，道：“都跟着来！”

凌冷玉引三人上路，时为岁末，是冬奇寒，虽闽粤之地，寒情亦颇为严峻，官家囤粮，豪强苛剥，百姓冻馁死者比比皆是。四人行了数日，但见满目疮痍，周雪鲛恻然叹道：“哲人不入世，安知世人艰？世人不入哲，安知哲人苦？江湖凶险，干戈孰息？世道维艰，出路孰明？阿鲛没有当哲人的本事，只盼后世有识者追根溯源，为苍生发一先鸣。”凌一色冷冷道：“这些人是有些可怜，但更多的是可恨！谁叫他们寄望于帝王将相神仙菩萨，反把畜生当好人！俗流所覆皆贼也，委曲求全、折腰乞命之辈没资格谈论希望，你们所谓的受害者也就是帮凶而已！便是一窝蝼蚁，也没你们活得糊涂呢！”

楚飞燕心下沉吟，也不言语。一个瘦骨嶙峋的婆子抱着个半死不活的婴儿靠上来讨食，楚飞燕取些干粮碎银与了她。旁边的贫民见了，一哄而上把那婆子推翻，乱抢了银子干粮，又来缠楚飞燕要。那婆子叫起撞天屈来。楚飞燕赶散众人，骂了几句。周雪鲛说："他们也是穷得没办法了，世道如此，不是一两个人行侠仗义能改变的。时运不改，尽是枉然。"

正说间，来了一伙官差，都提着长枪短棒，叱道："你们这些刁民，怎敢到处流窜，有碍观瞻？快归家去，休得乱闯！"贫民道："归家哪有饭吃？都是饿死。"官差道："放你娘的屁！当今天子圣明、四海升平，哪会饿死人？都是尔等懒惰之故。"那贫婆子挣扎起来，抬头看了看，叫道："老天！这不是吴六么？连我也不认得了？"那官差也有些尴尬，说："干娘休怪！咱家也是吃碗官家饭，奉命行事而已。"

这时一骑白马扬尘而至，马上一个少年白衣翩翩，背口长剑，勒住马道："万死强贼！只会欺负良民！"挥鞭打去，一打一个准，只打得众官差满地找牙。楚飞燕正要问时，却见那少年一剑劈出，把那官差吴六的头砍了下来。周雪鲛摇头道："这位英雄，他也只是混口饭吃，你教训过也罢了，何必如此呢？"

那少年哈哈大笑道："少爷初出江湖，自要除暴安良，多杀恶人，方好成名。"把人头系在马颈上，往马肚子踢了一脚，如飞也似去了。众贫民并官差早忙不迭跑了。

凌一色笑道："看这东西得意！未入江湖，先学会沽名钓誉。我去追他回来，羞辱一番取乐。"楚飞燕说："不必了！我这几年也杀人不少，虽说杀的都是奸恶之徒，但雪鲛说得很对，杀人行侠并不是根本之法。"凌一色说："这世道，不是你杀我就是我杀你，世间人少畜生多，杀几个打什么紧？我矫矫奇行的燕姐姐怎么也迂腐起来？"凌冷玉一脸漠然，若无其事。

四人又走了一程，却见路旁棺材铺边数十人手持大棒，围定一人乱打，打的正是刚才那少年。那少年浑身鲜血淋漓，马早不知到哪里去了。楚飞燕怒道："以多欺少，算什么？"要上去救，凌冷玉拦住道："理他做甚！"无片时，那少年被打死在棺材铺边。

路边转出一个老儿来，骑着那少年的白马，身披一领新海氅，下巴扬得高高的，却是狗眼神君，长笑道："新人后辈，也想学人成名！江湖是你这种毫无背景的后生小子混的？但使神君爷爷在，新人个个进棺材。”又问：“今年拢共打死多少新人了？”一个狗弟子道：“今年总共捕获新人三百六十五个，背景深厚饶去者二十七个，有背景但不深打残者四十六个，无背景打死者二百八十九个，逸去逃过一死者两个，神君特赦者一个。”狗眼神君颔首笑道：“打得好，打得好，打出了我全威门的威风。”

狗眼神君正得意间，忽闻一个清脆女声叱道：“又是你这老狗！世间怎会有你这种渣滓！不要走，吃本姑娘一刀！”转头一望，见到楚飞燕、凌一色，心下一凉，如当头淋下半桶雪水，欲要走时，又恐失威，猛一咬牙道：“小贼婆，休得无礼，教你见识神君爷爷的狗嘴象牙功！”

凌冷玉往旁边一让，说：“去吧，让魔家瞧瞧你的身手。”楚飞燕义愤填膺，更不啰嗦，竹屐一撇，霜刀已拈在足尖，身如电发，空中回翔，弹开狗眼神君激射出来的三枚缝里看人针，霜刀一闪，将四个狗弟子分做八段，朝狗眼神君颈畔削来，只吓得这老狗魂飞万里、动弹不得！

楚飞燕眼看一刀便能把狗眼神君的头颅切下来，忽然狗眼神君的身子远远弹出，撞穿墙壁，落入棺材铺里。却是凌冷玉于千钧一发之际，隔空一掌，将狗眼神君推开了。楚飞燕怒道：“你救他干吗？”凌冷玉面带嘲色：“你刚才说杀人行侠不是根本之法，怎么这会又要杀人？”

楚飞燕微微一怔，道：“到底什么是根本之法，我现在也不知道。但恶行有可恕有不可恕，这狗眼神君怙恶不悛，不杀了他，岂非纵容为恶？中土武林不能清除丑类，我便代劳。”

凌冷玉冷笑道：“善善恶恶，还不是人们一句话？虚幻之辞，骗骗蠢人而已。魔家只是想教你个乖，想杀人就杀，想不杀便不杀，我泰壹宫狂人行事，没那么多臭虚文，至于这老东西嘛，魔家留他一命，让他祸害中土武林有何不好？”

楚飞燕说：“善恶是无绝对，但狂人无法无天，是率性，是抗争，是对扭曲人心的世俗法则的蔑视，并非内心全无操守！你对魔道的理解还没我深呢！”收了刀，对狗眼神君及其弟子道：“都给本姑娘跪下！

发个毒誓来，再也不得为非作歹、残害江湖新人，否则我一刀一个，教你们断根绝种！"

狗眼神君先前还能抵挡一会素足刀法，今日因先存了怯意，又值得楚飞燕盛怒之下出招更加神捷莫测，竟一招也抵抗不住，一张老脸早已吓紫，凌冷玉那一掌虽没用冰力，也推得他直打寒战，看了看对方，见楚飞燕神威凛凛，凌一色面带蔑笑，凌冷玉双目严若冰海，更是深不可测。掂量之下，还是性命要紧，没奈何，只得爬出来跪道："本神君今后必定礼待青年才俊，再也不敢论资排辈、倚老卖老了，如敢再犯，教我死于粪窖之中，遗臭万年。"众随从也纷纷赌咒发誓。楚飞燕穿了竹屐，往狗眼神君脸上啐了一口，道："滚！"

众狗才如逢大赦，抱头鼠窜去了。凌冷玉说："心肝，你这路以足代手的刀法很不错嘛，是你自创的？魔家跟你学好么？"楚飞燕板着脸，也不应她。凌冷玉笑道："真是个傲气的小心肝。"凌一色道："燕姐姐，别理这泼妇。"周雪鲛微微一笑。

四人一路来到海边，已是半夜，楚飞燕与凌一色点起篝火，相拥假寐。周雪鲛无心入眠，望着大海，但见月映银沙，暗波抱陆，心念忽生："正所谓十里不同风，百里不同俗，不知海外之民与中土人士有何不同？天地茫茫，上下四方，却不知到底什么才是人的本来面目？纵然人心能博大如海，又焉知宇宙不是囚笼？"

凌冷玉立在一块高高的鹰嘴石上，双目紧闭，呼出一口冷气，似乎在等候什么，又像是在回想。好一会儿，忽开声幽幽长吟道：

> 地不我载兮，天不我知！雪为我神兮，冰为我肌。危行如坠兮，孤行如尸。我肠既碎兮，我心愈痴。万丈雪峰兮，上有悬丝。千寻冰海兮，冷月孰遗？恨目极望兮，长路多歧。娲皇失偶兮，胡配伏羲？我泣我歌兮，我顾我思。情不可盈兮，爱不可持！

她平时一副冰冷腔调，吟到动情处时，喉腔渐而婉转，冰冷之中也挟着几分凄热，忽然披散了头发，举手从自己眼皮上抹过。楚飞燕、周雪鲛听着吟声，均想："这怪女人也有这般痴处。"凌一色则想："这老处女八成是思春了。哼，好在她没嫁成，不然哪有我来着?”想到这里，不禁有些暗呼侥幸。

凌冷玉长吟既罢，回首向凌一色看了一眼，凌一色只不睬她。凌冷玉又对着大海呜呜长啸起来，这次却无甚节奏，生硬难听至极，她内力何等充沛深厚，海边又无障碍，声罩十数里之遥。凌一色被她吵得心烦意乱，叫道：“别嚷嚷了，也不知道多难听!”可是凌冷玉的啸声将她的声音完全罩住，这句话根本送不出去。楚飞燕想：“这人无事乱叫，只怕是疯了!”拉上凌、周二女，悄悄退后。

凌冷玉止啸回头道：“怕啥?以为魔家会吃了你们吗?”嘿嘿一笑。周雪鲛道：“凌阁主，好功夫啊。”凌冷玉道：“这个值得什么，想当年离恨天大君，一身神功全部出于自创，凌绝万古，独上苍茫山创立魔道，那才是英雄盖世伟丈夫。我泰壹宫学说推翻前古，断绝俗流，我宫武学是魔道的外化，你们这些自甘堕落的中土蝼蚁懂得什么!”

周雪鲛正色道：“凌阁主此言差矣!人有七情六欲，又怎能完全与世俗撇清关系?矫枉过正，终不可久。儒道释三家学说，创自大贤大哲，只是沦为统治之术，不免蒙埃沾尘，若能高瞻远瞩、去浊归清，焉知不能重焕生机?‘周虽旧邦，其命继新’，阿鲛相信世间还会有新贤出，撕开万里浮云，唱破古今迷局，更塑不同于三教、魔道之新学，这片土地，终会有觉醒的一天。”

凌一色冷冷一笑：“儒家奴颜婢骨，释老回避现实，说来说去不过在世俗法则内打滚，自己屁股都抹不干净，谈什么大哲大贤了?时潮挟众必吃人，显学独尊必虚伪，世俗人都是说一套做一套，便有哲人出来，也会被你们害死的。”

楚飞燕听着她们一来一去地辩论，心中只觉得好笑：“真是一对冤家，吵来吵去谁又赢了?”忽然又想：“雪鲛虽然身负背叛中土武林之罪名，但她的想法还是更倾向于中土之学，一色则是纯粹的魔道信徒，她们生长在不同地方，立场不一样也最正常不过，那我呢?我算哪一派的?”她一向率性而为，不大把别人的看法放在心上，这几年来做的奇事义举无虑百数，但都是觉得“应该”、“喜欢”或“有趣”便去做了，极少依据某一固定的立场或教条去行事。寻思道：“中土那些学说，我不大懂也不信，就它们现下的信徒那副德性来看，委实不敢恭维，我看着就腻。离恨天大君的教旨对我胃口的地方很多，只是恨世似乎有点过头了。哲人也是人，是人就会有错，就算一种学说再完美，也没有权力强迫别人非信服不可啊。其实观点不同可以好好说，何必彼此仇视，动辄要杀要剐呢？”想起自己姐妹之前险些死在明画眉之手，心下不豫：“就算本姑娘是泰壹宫的人，也用不着千刀万剐吧？只看阵营，不分好歹，一竿子打死，异端异端，不跟你站队便是异端？真是无良！”

天色眼看将朗，凌冷玉又对着海面一通长啸。凌一色给她吵得好不耐烦，又骂道：“叫叫叫叫叫，叫春吗？老大不羞的！”凌冷玉道：“就你话多，叫大鲸鱼来吃你！”凌一色道：“你这般叫法，活鱼都被你叫成咸鱼啦！”气得转过身去，双手捂耳，但全无效用。

凌冷玉直啸了一顿饭工夫，戛然而止。周雪鲛望着晨光初落的海面，吐了吐舌，叫道：“真……真的有大鲸鱼。”楚飞燕、凌一色回身望去，远远见到海波两边排开，一个巨大的黑影浮在水下，如同一座流动的岛礁。那东西一声闷吭，激得海水狂溅，原来是一条小山般的黑鲸，头上长了一个偌大的独角，看上去甚是狰狞。

凌冷玉唤道：“阿冰！”那黑鲸竖起巨尾，在水面拍来拍去。楚飞燕奇道：“这、这大家伙认识你？”凌冷玉道：“来接我们的。愣着干吗？脱衣服上路啊！”楚飞燕啐道：“你有病啊？去便去，脱什么衣服？”

凌冷玉道：“敢情你没游过泳？路远着呢，你以为能不湿身？”一边说着，一边早把紫袍和鞋袜脱了下来，见三女还不动手，催道：“还矜持什么？魔家在极南冰川中练功，一丝不挂，又有什么？魔家不会欺负你们的。”楚飞燕、凌一色想：“披着湿衣也难受。”遂把外衣和双履脱了。周雪鲛嘴唇紧闭，只是不动。凌一色道：“真是臭摆架子活受罪，由她好了。”

四人走入水中，凌冷玉道：“阿冰，带魔家和三个侄女去羲和浴日国，有劳啦。”那巨鲸只把尾来摇，也不知有没有听懂。四人上了鲸背，巨鲸立即游动，它身大体沉，看上去甚是笨重，游得却丝毫不慢，更兼力大无穷，一个破水，海涛激荡，四人立时全身皆湿。周雪鲛一个喷嚏打了出来，才道："我……我水性不好。"楚飞燕说："别怕，就当在陆地一样，我看着你。"

凌一色问："这大尾巴畜生真认得路？大海茫茫，不是耍的。"凌冷玉道："你说它不认得路？阿冰的本事可比你大多了，魔家去极南冰川，一来一往，都是靠它。这次来中土，魔家让它在这海域等，你看看，一召便来。"周雪鲛道："书中通灵鸟兽多矣，如此神异的鲸鱼，我还是第一次见。"

凌一色说："这有什么，你们中土有一种畜生，比它通灵多了。"周雪鲛问："不知是什么畜生？"凌一色说："说起那畜生，当真罕见，又会作诗联句，又会写史书，还假斯文得很，下海也穿鞋，真是个古怪的畜生。"周雪鲛莞尔一笑，也不在意。

楚飞燕摇了摇头，想："幸亏雪鲛脾气好，不然一天到晚至少有十七八场架打。"忽然发现凌冷玉把手搭在自己肩膀上，连忙挪开，道："干什么？"凌冷玉眯眯笑道："心肝，你身材真好。"楚飞燕道："关你屁事，不准碰我。"凌冷玉说："咱们亲近些有什么不好？"楚飞燕道："本姑娘不是好欺负的，你再敢这样，本姑娘一刀把你的手剁下来，你也有睡着的时候！"凌一色道："就是，为老不尊！"凌冷玉笑了笑，道："长辈跟你开开玩笑，何必这么认真。"

四人浮沉于汪洋大海之中，一晃数日，凌冷玉在海上漂惯了的，以她功力，刀尖可卧，海底可眠，自没什么，楚飞燕等初时尚感新鲜，没两天，海途中诸般苦处接踵而至，方知难耐。且不论海天无际、千里无人之空寂无聊，全身湿透也只是小事，更要命的是海上并无淡水，凌冷玉神功特异，舀起海水便喝，浑不当一回事，三女学她的样子，叫苦不堪，凌冷玉见了便笑。闲中无事，凌冷玉也说起极南冰川中的诸般奇闻，像什么千丈冰山、黑白怪鹅、极夜极昼，三女听着也权当解闷。只是对此行吉凶，实在心中无底，若这大尾巴鱼并非真个识路，只是四处乱撞，说不好这辈子都要在海上漂流了。此时处境真乃"前不见古人，后不见来者”，幸亏习武之人，坚忍豁达，虽然不免担忧，总不至于“独怆然而涕下”。又过几日，渐渐习惯，照吃照睡，内功照练，心里也想通了：“就算在这大洋中过了一生，又打什么紧？倒少些世俗烟瘴。”四人在海中相互扶持，凌一色一向讨厌周雪鲛，这几日下来关系也缓和了些。

这天风和日丽，三女在鲸背上生啖海鱼，唱歌作乐，凌一色唱的是离恨天所作的《魔君吟》，楚飞燕随便唱了个小调，便推周雪鲛。周雪鲛想了想道：“我作过一首《怀兮曲》，只是无丝竹伴乐。”凌一色道：“你好麻烦，这么多讲究，便不要唱了。”周雪鲛道：“芍药公主说得是，我凑合唱罢。”方唱得两句，忽然海上传来歌声。

三女一时吃惊不小，想不到这茫茫瀚海之中竟然还有别个。四处望去，一时不见人影，却闻得那歌声甚是苍老，悠悠唱道：“相忘江湖不可题，百年风雨太凄凄。蹉跎岁月描虎狗，转眼成败判云泥。世里求名空槁木，山中学道有灵犀。寥天寂独谁能一，自是逍遥万物齐。”天空海阔，视野何等平旷，那吟唱之人却杳无踪影，若非天上神道、海底仙灵，便是发声于极远之处，总之是非常了不起的角色。

凌冷玉微微色变，问道：“听说中土武林三大领袖中的苏见独隐居在外，不在江湖中露头已久，有这事么？”周雪鲛道：“不错，自从灭异谷一战后，苏老家主便深居简出，没几年便修仙去了，一直未归，听苏坐忘先生说，他以前每年会传一次信回镇宁府撄宁小苑，说若三年不来信，便是已登仙而去，家主之位便由坐忘先生继承，现在已有三年多没传信了，江湖上也有各种猜疑，坐忘先生坚持要再等三年。”

凌一色道：“这老头来了？没这么巧吧？”凌冷玉道：“你没听他唱‘寥天寂独谁能一’？苏见独不就号‘与寥天一’吗？何况当今世上，更有几人有这等功力，能把声音传得这般远？哼，教魔家撞上了，倒得会会。”凌一色说：“我劝你还是避让的好，我在广信跟他儿子交过手，苏家的至人无己功、官天府物刀法虽不怎地，却比你厉害些。”

凌冷玉随手一拂，一大片海水凝为冰块，匀匀称称地呈四方之形，道："大侄女，你不用激，怕事的也不是洛神阁主凌冷玉了。"长笑一声，道："掀翻血海七千丈，恨碎江山四百州！"这一十四字，既是泰壹宫人平生豪情恨意所寄，也是中土武林的梦魇，当年灭异谷大战，泰壹宫人以寡击众，中土英雄血肉横飞，直战至黄昏日落，最后一位泰壹宫高手立于绝壁之上，便以"遗恨铭"功夫，用掌力在坚石上生生印出了这十四个字，大笑三声，这才投崖而死。虽然中土武林事后将文字铲去，回想当初惊心动魄之处，均心有余悸。然凌冷玉此言出口，甚久不见回应。

楚飞燕道："他是修仙的人，可能已无心江湖争斗，不会现身了。"凌一色说："哼，中土不但有假道学，还有这等假隐士。若真的至人无己了，还唱什么道歌？'道可道，非常道'，越是吹自己得了道的，越是没得道，你看看，我对道家的理解都比他深，苏家怎不请我去当家主？不过道家学说也就那样，只会故弄玄虚。"

周雪鲛微微一笑："至人无己是一种境界，与天地一体而去乎内外之分，并非什么都不能做。什么都不做，便是木头了。"凌一色道："他们不是说齐同万物吗，齐物便是万物无别，那我说他与木头一样也没错啊。"周雪鲛说："若真是无己至人，你说他与木头一样他也不会见怪的，别说木头了，屎溺之中亦有道在，但在他那里是与万物齐一，而在你那里纯粹是抬杠讥讽，这境界就差得远了。"凌一色道："呸，你又怎么知道我是抬杠讥讽，说不定我的'道'比他的还高呢？就算是抬杠讥讽又怎么了，我这叫'抬杠道'、'讥讽道'，凭什么只有他的是'道'？"

周雪鲛道："好吧，我不跟你争，辩论本身也没用的。"凌一色说："怎么没用了？我觉得有用得很。"周雪鲛说："你辩赢我，可能只是你口齿伶俐，不见得你说的便对，反过来也一样。世上的是非善恶，从来便是相对的，人也只能活在相对之中。"凌一色道："又瞎扯了，是就是，不是就不是，怎么相对了？周藏简是你老子，难道相对地说，他便不是你老子了吗？"周雪鲛说："如果过一百年、一千年，后人回过头看，谁能肯定我一定是谁的女儿？就算现在，谁又敢说，我真的有过一个父亲，真的在这世上活过？焉知这一切不是一场大梦呢？”

凌一色一怔，一时答不上来。楚飞燕道：“周小姐，我问一句，如果是非善恶都是相对的，那人还为什么要活？”周雪鲛说：“我也经常想这问题。人的一生，都被这个问题困扰着，大圣大贤、凡夫俗子，概莫能外，除非是傻子白痴，那又另当别论。禽兽无是非，所以为禽兽。人有是非，所以为人。人的本性也许差不多，但具体到每个人是千差万别的，是非善恶也没有真正统一过，只是某些是非或许认同的人多些，或许为当权者所认可，因而把别的是非掩盖了而已。这些是非只是被压抑，只要人性还存在，便不会完全消失。比方说，你们泰壹宫认可同性情爱，这在中土绝不是什么好事，但龙阳断袖分桃之事古已有之，至今也未绝迹，再过几世几代，会不会被普遍认可呢？这很难说。足见无论多少光明堂正的东西都好，想把其对立面完全灭绝，都是不可能的，何况其光明堂正亦不过一时之光明堂正，形势若变就未必光明堂正了。”

楚飞燕道：“这么说来，人们信仰某种东西，不也傻得很吗？”周雪鲛道：“那也不然。正因为人们都活在相对之中，为了给自己一个活下去的理由，往往都要在心中确立一个绝对的本原，或者称指引。儒之圣、道之仙、释之佛，你们泰壹宫的魔道、恨海、狂性，乃至庸人眼里的权、钱、色、命，皆属此类。不能只执一端，也不能无一端可执。但是人习于此，又难免是己所是，非己所非，乃至以己之是非强加他人之上了。世事就这么无奈地循环着。”

楚飞燕默然半晌，道：“我觉得做人还是要真，各行其道，少去伤害别人就好，人首先属于自己，又不是他人的工具。”周雪鲛说：“也就你们泰壹宫的狂人敢说这句话，中土人连命都要交与君父呢！为什么人们向往逍遥？只因身上太多枷锁，时、运、形、势，哪一样不能教人窒息？你们泰壹宫说世俗人虚伪，但世俗人若不在夹缝中偷生，你们离恨天大君的祖先都活不下来。你们敢狂能狂，何尝又不是自恃有武功防身？”

凌一色道：“强词夺理！中土武人也有武功防身，怎么又尽出奴才？”周雪鲛道：“武功只是实力的一部分，背后还有很多无形的东西，你们泰壹宫是狂人离恨天一己之力建立的世界，远居海外，总共也没多少人，你们能撑一百三十年，已算得是个奇迹，恕阿鲛直言，不看好你们的前景，愤世嫉俗到了极点，不回归，必沉沦，逃也逃不掉的。”

凌冷玉凝神提防那位高手，无心听她们说话，忽然大吼一声：“出来！”三女心神一震，还以为是苏见独已经现身，四处望去，不见有人，疑惑地望着凌冷玉。凌冷玉徐徐道：“看来真是不在了。”三女方知她是在试探，但见不到闻名遐迩的“与寥天一”，都有些失望。

楚飞燕道：“话说回来，这苏老先生为什么要归隐？难道真想做神仙不成？”周雪鲛道：“修道人厌倦世事，也不足怪，至于是否另有内情，就非我所知了。”凌冷玉插嘴道：“心肝，如果你也厌倦世事，魔家便和你做伴，一起到极南冰川中隐居去。”楚飞燕啐道：“我才二十来岁，厌倦什么世事？那种鬼地方，谁乐意去？你这老姑婆自己隐个够吧。”

凌冷玉笑道：“你还别笑魔家，你们三个小妮子，一样嫁不出去。”凌一色道：“男人都三心二意，有什么好了？再说世上有谁配得起我燕姐姐？”周雪鲛说：“燕姑娘乃人间白月，气象天成，降生斯世，已是辱没，凡人怎敢痴心妄想？”凌冷玉道：“就是，魔家眼里有过几人，一见到她就打心里喜欢，做女人做得这般出色，若给了臭男人，那真叫暴殄天物。”

楚飞燕看看一色，看看雪鲛，又看看凌冷玉，哭笑不得：“你们都这么想啊？”三人一同点头。楚飞燕道：“可恶！三个串通了欺负我，我不能与你们干休。”猛然一下，将凌一色和周雪鲛扑翻在水里，又来推凌冷玉，凌冷玉假意跌倒，突然想起什么，甜甜地叫了声：“心肝！”四人大笑一场，凌一色紧紧搂住楚飞燕的脖子，道：“好姐姐，饶了我罢！”独角鲸阿冰的背脊喷出水柱来，紫日缓缓沉入寂寥无垠的碧海之中。

# 第九回　古人复现

海阔天空，四人在大洋之中不知不觉已过了一个多月，四人内功高明，相互照应，虽然旅途辛苦，也百病未生。这天方晓，凌冷玉推醒三女道："懒丫头，到了！"三女蒙眬中睁眼一看，只见前方一座岛屿，丛丛莽莽，蛮雾萦绕，丘陵耸峙，鸟翔其上，看上去有方圆数十里去处，却并无想象中的雄奇壮观。楚飞燕有些失望，问："就这里？不会认错了吧？"凌冷玉道："错不了，快下去。"

四人上岸，凌冷玉拍了拍鲸鱼头上的巨角，道："阿冰辛苦了，在附近等魔家。"巨鲸大尾一甩，掉头去了。

岛上碎花满地，幽草蔓生，荒凉中也自有一股馥郁鲜香之气。楚、凌、周三女在海水中浸得一身咸味，闻到这股气息，精神顿为一振。楚飞燕问："我们往哪里走？"凌冷玉沉声道："有动静。"只听得沙沙风响，半空中一声长鸣，一个黑影横掠而出，却是一只极大的鸷鹰，双翅亮开有两丈来宽，电眼金喙，张开钢爪，往凌冷玉头顶抓去。凌冷玉道："孽畜！"双目寒光大放，更不避让，一口寒雾喷去。老鹰见势不好，"呱"的一声，急振翅向天，已来不及，在半空中化为冰雕，坠落在长草里。

凌冷玉纳闷道："魔家上次来时，不曾见此间有如此猛鸟。"当先而走，楚飞燕等跟了上去。尚未走入山中，却见一株参天古木上一大片树皮被刮去，上面刻道：

地老天荒处，人生恨未酣。血尘三万里，幽女丧狂男。日母情难续，魔君志弗耽。往来皆袖手，相逢两不憾。枯心眠瀚海，毒气卷山岚。冥泉寂灭冷，后世岂能参。

楚飞燕看了问：“你上次来，有这些字么？”凌冷玉道：“看这痕迹，是新写上去不久的。”她上次来岛之时，曾检搜全岛，此树高大显眼，若有这么多文字，按理不会注意不到。把手放上去抚了抚，道：“是以掌力印上去的。”武林高手以硬功指力在木石之上刻字，也不算何等稀奇罕见之事，能者不少，但要以无形无质的掌力印出文字来，那就难得多了。泰壹宫中练“遗恨铭”的高手，只需把手掌放在木石坚物之上，运转神通，释手之时，上面已有了文字图形，这以内力侵蚀坚物表面的神功，分寸拿捏极难，一不小心便把“一”印成了“二”、“玉”印成了“王”，其深妙精奥岂是手指硬刻的粗笨功夫可比。这树上六十个字横平竖直，分毫无错，且字体娟秀，功力之深可想而知。

周雪鲛默默读了几遍，道：“看这人的口吻，幽怨自负兼而有之，不是等闲人物，难道……难道孤眠白结缡真的死而复生了么？”此时脑后飕飕阴风不住吹过，四人心情都有些绷紧起来。凌一色忽然叫道：“那边来的是什么人？”

楚飞燕等一齐望去，只见对面山上一个衣古衣冠之人骑着一匹青牛，颇有些仙人之风，踽踽独行而下。四人料不到荒岛之中竟有这般人物，一愣之下，迎了上去，凌冷玉问：“来者何人？”那人淡淡扫了她们一眼，也不理会，自驱牛而行。凌冷玉怒道：“问你话，做甚不答？”上前一记冰掌劈出。她冰海玉人功已练到一十四层，体内便有一十四层冰力，这掌力发出，遍野草木都打了个哆嗦。

老者头也不回，对着掌力来路一指点出。他这一指虽只一招，实则隐含了千招万招，功力精深玄奥，正是“一生二，二生三，三生万物”的境界，凌冷玉的冰掌黯然无功。凌冷玉“噫”的一声，道：“你是谁？怎么会道法自然功？”

老者微微一笑，一手指天，一手指地，说了一句话，跨牛而去。凌冷玉立定不赶。

凌一色道：“燕姐姐你听见么？那老家伙竟说他是苏犹龙！”苏犹

龙是镇宁无为苏家首任家主，开创道法自然功，传说他最后成仙而去，是个深不可测的人物，明家的始祖明德予也向他请教过武功。但他已是千年以前的古人了，难道世间真有长生不老不成？凌冷玉道：“骗人把戏，休受他引诱，只在这里观望，看他怎地！”

四人留神提备，过了小半个时辰，却听到奏乐之声，三十多个穿着古时衣冠之人按部就班，拥着一辆驷马之车从刚才那山边转将出来，那车马制式也极是复古。楚飞燕觉得此乐声古雅，与时调大是不同，问：“他们奏些什么？”周雪鲛听了一会，道：“是《文王操》，我家藏有古谱，只是没几人会奏了。”又见车上端坐着一位古士大夫模样的老人，相貌清奇，神情俨然。

周雪鲛疑道：“这难道是武林大圣明德予和他门下三十六子？”千年之前，上乘武学还是世家垄断之物，明德予提倡“有教无类”，将上乘武学广传天下，遂使武道大行。他收过弟子两千，佼佼者有三十六子，各有建树。明德予开创内圣外王功，一生奔走四方，劝说江湖人士克己复礼，推行先王之道，然终不得志，后世明家大兴，他也被尊为中土武林大圣，血食至今。

凌冷玉道：“清明未到，哪有这么多死鬼从地底爬出来！”一脚踢起一块拳头大小的石块，往那车子飞去。然那石块正在半空中飞，忽似碰到了什么无形的屏障，陡然堕地，好像难抗天命、俯首称臣一般。凌冷玉疑道：“内圣外王功？”那班人却已调转车马去了。

楚飞燕道：“这些家伙假份古人，想吓唬谁？”凌冷玉想了想道：“武功可是假扮不来的，难道是明家后人？也不对，明家最重宗法，怎敢亵渎自己祖宗？”凌一色说：“追过去看看？”凌冷玉略一犹豫，道：“跟魔家来。”

四人往山里前进，沿着车辙脚印追踪，转过一道山梁，却又没了踪迹。四人好生纳闷，又向前小心探索，却见一座冈子上高高坐着一个老僧，庄严宝相，盘膝闭目，好似西域来者。凌冷玉喝道：“你又是哪个？”老僧缓缓答道：“凡所有相，皆是虚妄。”看他扮相，似是武林中尽人皆知的僧家始祖僧竺法。凌冷玉说：“你先现出本相再说！”正要追上冈子去，那胡僧又不见了。

四人继续前探，又见一个面目黧黑的老者穿着粗布衣服，在果树下坐地。凌冷玉正没好气，更不搭话，上前便打。老者变色道："勿动干戈！"凌冷玉连使二十九招杀手，老者全取守势，尽数化解，却不反击一招。凌冷玉喝道："这是失传千年以上的非攻手法，你是甚人？"老者道："吾乃宋爱兼。"凌冷玉道："送你见鬼！"一口寒雾喷去，老者飘身走了。

凌一色赶上来问："宋爱兼是谁？"周雪鲛道："是个古人。千年前有一个姓宋的武林世家，创始人即宋爱兼，他们推崇亲士尚贤、修身节用，专门调解武林纠纷，止息干戈，也曾显赫一时，后来逐渐衰落，早已断嗣绝迹，被人遗忘了。"楚飞燕问："雪鲛，你见闻广博，知道这些人是怎么回事么？"周雪鲛说："我从没来过这地方，也没见过这些人，难道这岛上流行复古？"

四人探入此岛深处，忽闻有人放声大笑，其声如豺。四人循声找去，却见两株高度相差无几的大树间摆了一张金龙交椅，上坐着一个身穿天子衮服之人，旁边好些人俯伏在地，都道："家主万岁万万岁。"看这副不可一世的模样，竟像是曾独尊武林的商帝秦。

凌冷玉早已窝了一肚子火，指着身穿天子衮服之人道："借古人撑场面，算什么英雄好汉？你再不亮真身，魔家教你作古！"那人笑道："我商家混一武林，千世万世而为尊。"凌冷玉道："尊你妈！"便要抢上，那人忽把衮服冠冕一撇，将脸一抹，喝道："恨海生魔道，群神礼大君！"

凌冷玉不禁一惊，她出世之时，离恨天早已逝世，但眼前这人相貌装束，便与画像上的离恨天大君一般。凌一色、楚飞燕也为之一愣。凌冷玉猛然一掌拍出，将一棵大树拦腰打断，怒道："你竟敢冒充离恨天大君！他老人家骨灰早撒在孤坟岛上，世界上只有一个离恨天，谅你这等鬼鬼祟祟、藏头露尾的小人，也配学他的样子？你敢露一手血海独狂功么？"

那“离恨天”仰天大笑，道：“凌阁主，少安勿躁!”又把脸一抹，现出真容，却是个两颊微陷的男子，眉心文了个倒“人”字，目光尖锐，微蕴得色。

凌冷玉怒容未敛，道：“辛齮墨，你好没出息！身为泰壹宫人，假扮离恨天大君算什么回事？刚才那些古人都是你假扮的?”那人微微颔首。

楚飞燕、凌一色得知他便是轩辕谷主辛齮墨，鄙视立生。泰壹宫人尚真恶伪，对冒名顶替之行径深恶痛绝，更无假扮别派人物之理。辛齮墨此举与泰壹宫作风实是大相径庭，也大大有损他的身份。二女不禁想到：“难道这辛齮墨不忿凌冷玉当年拒绝他求爱，特地安排这一切来戏耍她?”

辛齮墨道：“凌阁主请了，楚姑娘、凌大小姐、周小姐也远来辛苦，魔家恭候久矣。久闻康回庄风庄主高足、娲皇崖凌大小姐是我宫后辈出类拔萃的人才，今日一见，果然风采非凡。”三女想：“他竟然连我们都知道，消息倒也灵通。”凌冷玉道：“废话少说，你到底想干什么?”她方才与辛齮墨动手，知他功力绝不在己之下，又不知从哪里学来许多中土武功，此地好生诡异，对方必定还有其他布置，虽是自己宫中之人，也非得小心不可。

辛齮墨抚掌道：“好!”屏退众人，道：“四位来时，可见到树上文字么?”凌冷玉说：“是‘地老天荒’什么的？见到了，你写的?”

辛齮墨摇头道：“不然。魔家自上次与阁主别后，自去宫中禀报大君，不料大君不在，倒是见到了令兄凌崖主，将事情告知，料想阁主必会重返此地，又赶回等候，那树上已多了那些文字。魔家搜遍全岛，不见有人，想必留字之人已经离岛。”

凌冷玉道：“那你干吗装神弄鬼，吓唬魔家?”辛齮墨道：“魔家在轩辕谷内，钻研一径运使天下武学之法，小有心得，一时兴起，开开玩笑，试试自家深浅，别无他意，阁主休怪。”

凌冷玉厉声道：“我泰壹宫武功无敌天下，你钻研别人的东西做什么？你不要自家身价，也休折了我泰壹宫的名头!”辛齮墨道：“凌阁主说的也是，是魔家一时想偏了，下不为例。”凌冷玉“嗯”了一声：“这还差不多。你说大君不在宫里?”

辛崎墨道：“凌阁主只怕还不知，我泰壹宫一百三十年来最大的危机，就在眼下。”神情凝重，显得甚有忧色。楚飞燕等听他说得严峻，都不敢怠慢，严视静听。凌冷玉道：“你指什么?”心道若是指白结缡的事，自己已经知道，而对方说她“只怕还不知”，自然是另有所指。

辛崎墨说：“寂灭天大君要放弃魔道。”凌冷玉说：“你说什么?”辛崎墨又重复了一次。凌冷玉、凌一色神色已经大变。凌冷玉道：“休得信口开河，魔道乃我泰壹宫立身之本，寂灭天大君是离恨天大君曾孙，怎么会背叛魔道学说?”辛崎墨道：“不是魔家造谣，大君为这件事，已经与宫中首脑闹翻了，若非你堂兄凌崖主抛下狠话来，只怕他便要改弦更张了呢。”

凌冷玉将信将疑，道：“他为什么要这么做?”辛崎墨说：“大君一直就很有雄心，想做番轰天动地的大事业，心肠太热了，前几年他去了一趟中土，觉得中土人本身就很艰难，我宫以世为仇失于偏激，也缺乏对世人的怜悯，应该找出世间罪恶的根源，一味任狂恨世并不可取。这次他不能力排众议，大是沮丧，独自一个散心去了。”

楚飞燕心中一震：“想不到大君竟是这般看法。”暗自沉思。凌一色却道：“我不信大君会这么糊涂！世间罪恶的根源是什么？就是那些狗壁虱鄙陋本性自甘堕落。如果不是这世道太混账，离恨天大君当年用得着远迁海外么？世俗法则就是把人变奴才，奴才再变鬼，尔虞我诈，唯利是图，无物不毒，无人不伪，我泰壹宫人行必任狂，言必由自，狂人与俗人是势不两立的。泰壹宫人纵然粉身碎骨，也不能向这些恶心东西低头妥协!”辛崎墨说：“凌大小姐说的也是大伙的心声。一百三十年了，我泰壹宫人坚守魔道，没出过一个奴颜婢骨之徒，试问有哪个学派做得到？因此恨世的宗旨是万万不能改变的。但如果大君一意孤行，不听劝阻呢?”

凌冷玉冷冷抛出一句：“那就废了他!”凌一色接口道：“狂人风骨

岂容忘却？根本宗旨岂能改变？更何况我宫学说创自狂哲，比世间一切学派加起来还高出千倍万倍！咱们和中土武林争什么？争的就是这个‘道’字！”攥着拳头，目光坚决至极。

楚飞燕心中又是一震，暗暗喃念：“争的就是这个‘道’字、争的就是这个‘道’字……”不由得又想：“道是什么？世间真的有‘道’？‘道’便是唯一的？中土武林仇视异端，泰壹宫人痛恨俗世，只要认定对方是邪恶的、落后的、腐朽的，便横加屠戮，杀之唯恐不尽，灭之唯恐不绝，又何尝不是先入为主，以己之意志凌驾他人之上呢？”想到这里，无数个“道”字盘旋脑际，竟已汗流浃背。

周雪鲛出身史家，更深知其中利害，想：“道义之争与利益之争往往混为一体，但泰壹宫与中土武林天各一方，谈不上有甚利益瓜葛，双方结下不解之仇，完全是信仰道义上的对立。而极端的道义之争甚至比极端的利益之争更可怕，后者对是非本身不甚重视，争的是现实的好处，也同样会因利益而暂时收敛和解；而前者争的是虚幻之物，是人心构造出来的东西，双方都咬定自己信奉的是无上至理，容不得丝毫怀疑挑战，反而更加狂热和无所顾忌。”不禁对离恨天有些佩服：“以这狂徒的武功，若要报复世俗，有谁制止得了。但他只是选择离开，境界又高了一层。其实反世俗应该是反对世俗对活人的摧残异化，超离以血祭血、以荒谬对抗荒谬的循环，而非简单地恨世道、反三教。洛神阁主、芍药公主她们的见解比离恨天还差得远，可见能真正理解哲人的信徒是很少的。”

辛畸墨道：“凌阁主这么说，难道不怕大君怪罪么？”凌冷玉说：“他信奉魔道，才敬他是大君，他背叛魔道，那大便也不是了！若真如你所说，魔家一口气喷死他。”

辛畸墨喝彩道：“好！不愧是洛神阁主！”从衣袖中取出一封书信来，说：“凌崖主托魔家转呈阁下。”凌冷玉道：“魔家与他已多年不相来往，他有甚信与魔家？”接了一看，见信封上写着“冷妹亲启”四个字，眉头微蹙，叫楚飞燕等退后，拆信读了，随手揉碎，道：“魔家知道了，自有分数。现在先到天荒地老泉去。”

辛崎墨微微一笑，道："那也不急。"向周雪鲛道："周小姐，听说你治史揭露明家隐讳，乃遭迫害，不知是什么天大秘密，如此紧要？"周雪鲛淡然道："阿鲛是知道一些内情，中土武林诚然也有不是之处，但阿鲛再怎么说都是中土武林教养大的，这事恕我不能多说。"她发现了中土武林中一个惊天动地的大秘密，此事影响实在太深，牵涉实在太广，实在不敢直接公之于众，但要违心隐瞒，又做不到，反复思量之后，决定将真相秘密记载下来，藏诸名山，以期后世，却被人发现，险致杀身之祸。

辛崎墨道："你不肯说，那也随你。周小姐，你还记得这东西么？"又自怀中取出一件物事，轻轻弹出，周雪鲛抄过来一看，却是一根玉石小笔，甚是精致，惊道："家叔今在何处？"楚飞燕等见她心神激荡，均感诧异。

辛崎墨呵呵笑道："令叔周焚书先生，与魔家算是老朋友了，当年他与小姐一样，因开罪明家而出逃，奔走海外，流落到轩辕谷来，与魔家一见如故。"顿了一顿，又敛容道："可惜他逃亡途中，受了极重内伤，未能痊愈，已于三年前逝世了，遗体依我宫做派，火化撒入海中。"

周雪鲛心下愀然，定了定神，道："谢你照顾家叔。"辛崎墨道："令叔在魔家谷中留下不少遗著，其中有一部《武林源流新考》、一部《百年辨》、一部《史痛》，你既来了，回头让人带你去轩辕谷取罢。"周雪鲛道："深感恩德。"收好玉石小笔，也不多说。楚飞燕想："雪鲛她叔父的事我没听说过，不知又是怎生得罪了明家？"看她神色，似乎不愿深谈此事，也不便过问。

凌冷玉已甚不耐烦，道："快快走罢！"辛崎墨点了点头，更不带部属，五人同行，穿山越岭，七迂八拐，来到一处鹰嘴悬崖之下，却见一块形如卧虎的巨石靠在悬崖边上，苔痕满布。辛崎墨道："泉口便在这大石之下，白结缡究竟是死是活，下去一看便知。"

楚飞燕道："这石头看上去怕不下两三千斤，我可没本事搬动。"辛崎墨道："泉下毒水瘴气据说厉害无比，便是令人闻风丧胆的'世情毒’，魔家不敢妄自将石头搬移。凌阁主，你我合力将这玩意弄开。”凌冷玉想：“魔家若怕这毒气，也教小辈小觑了。”遂道：“好！小辈都闪开些。”与辛崎墨一左一右，各自凝神运气，同时出掌，拍在那巨石之上，掌势看上去甚是绵弱，落在石上也不闻半点响声。楚飞燕从旁看去，见辛崎墨目光乍收乍放，凌冷玉面笼寒霜，用的显然是极高明的功夫，只是一时还看不出奥妙。若只是数十斤石头，便周雪鲛也可以轻易掷开，但这巨石实在太大，就没有那么好对付了。

两人一掌或快或慢，各往巨石上击了五七掌，收掌而立，蓦地里一声巨响，那巨石便如被炸药炸开一般，中分为六七瓣，四下弹出，猛然间一道不紫不绿的怪雾从下冒出。

凌冷玉、辛崎墨头脑一木，情知不好，立时飘出数丈以外，脚跟未及着地，便“啊哇”一声大呕起来。凌一色、周雪鲛双眼一黑，望后便倒。楚飞燕连忙将他们扶至远处，运维斗神功施救，回头一望，那毒雾尚在那边萦绕不散，诡异无伦。

凌冷玉恨恨道：“果然是‘世情毒’！哼哼，好、好东西。”辛崎墨急于运功抗毒，苦笑摇头道：“小、小看它了。”

楚飞燕正忙于运功给凌一色、周雪鲛解毒，道：“你们两个前辈高手，自己扛一会罢！我救了她们再来助你。”她的维斗神功是绝大多数剧毒的克星，但这“世情毒”排名天下第三，她虽能保证自身不为其毒所害，对拯救他人却毫无把握，催了几次功力，不曾见效，心神越发乱了。这剧毒发作好快，凌冷玉、辛崎墨勉力与抗，也支撑不住，不多时便双双晕厥。

凌一色、周雪鲛于这转眼之间，脸上已无半点血色，手足渐渐冰冷，楚飞燕只急得冷汗淋漓如雨，心底一阵虚凉，只想：“若救不了一色，我也不活。”她心神大乱，也忘了呼救，但即便辛崎墨的部属过来帮忙，又有什么办法应付这等局面？楚飞燕捏着二人掌心，一个劲地狂催内力，却如石沉大海一般，这样下去，不消多时，自己也是力竭而死，心道：“我和一色同日而亡，也算不幸中的万幸，只是连累了雪鲛小姐。”正绝望间，闻得风声有异，一个冷峻声音道：“想救她们，你得会恨海重生大法。”

楚飞燕一惊四望，不见有人，再回头时，不禁怔然，只见一株合抱参天的大树巅上晃着一条人影，轻飘飘地踩在横伸而出的细枝之上，身子大半悬空，一袭白袍衣带当风，两只手镯金光闪闪，目光深然，神情冷傲，似笑非笑，不颦不怒，满头长发空中乱舞，看上去二十七八岁，是个螓首蛾眉的女子。楚飞燕疑道："你是谁？"

白袍女子淡淡瞥了她一眼，道："你这废物，救个人都恁地费劲，离恨天的脸也给你们这些不中用的后辈丢光了。我告诉你，世上没有什么能比仇恨再强大，只要你满怀仇恨，去恨俗世中的一切，还怕救不了这几个小废物？"她语调并不高昂，却自有一种威严，仿佛代表了天地间最高的意旨，谁也不许逆她而行。

楚飞燕听她话中似有生机，一时间也顾不上这到底是何方神圣，道："你帮帮我们好不好？"白袍女子蔑笑道："蠢材！贱货！笨东西！哪个有能耐有骨气的要人帮的？真是一堆又废又贱的烂泥，扶也扶不上壁，笑死人了。看来你师父也是个蠢东西，只会吃饭！"

楚飞燕被她劈头一番大骂，连她师父也遭了殃，又见凌一色、周雪鲛危在旦夕，这女人却只说风凉话，足见不是什么好东西，不由得傲气陡生，火气陡起，昂首骂道："你才是狗东西、贱货！滚远点，谁要你帮了？"白袍女子双目向她瞟来："你再骂一句？"

楚飞燕与她目光一对，不知为何，全身一震，只感对方双目如同两个深不可测的黑洞，隐隐生出吸力，像要把自己吸进去一般，这种感觉平生从未有过。但她素来无所畏惧，反正豁出去了，更不肯低头，道："你这不明道理、幸灾乐祸的贼婆，别吓唬本姑娘了！"她一面说话，一面内力继续往凌、周二女体内输去。

白袍女子冷笑一声，从衣袍中伸出五根葱管般的手指来，凌空一抓。她身在树巅，与楚飞燕的位置相距甚远，楚飞燕怎么也料不到她竟会在原地发招相攻，只感喉头一紧，便像被一只无形的铁手捏住了一般，身子不由自主地悬空升起，向白袍女子飘去。白袍女子足尖轻颤，从树顶飞下，半空中一把将她捞住，轻轻拍了她两记耳光，两人齐齐落地。

楚飞燕脸色煞白，与这女人脸庞相距不够两尺，再次四目相对，只感面对着一个冰山中深藏的火窟，无以名状，无以言说，想起方才情景，一口冷气倒抽入腹，方知对方有鬼神难测之神通，远出当世武学高人所能抵达之境，猛然惊觉，道：“你、你是孤眠白结缡？”

白袍女子不置可否，问：“你学不学恨海重生大法？”楚飞燕想：“她杀我不费吹灰之力，不论她是什么人、有什么目的，火烧眉毛，先救了一色她们再说。”遂道：“若能救人，我学。”

白袍女子说：“你有什么刻骨仇恨之人？”楚飞燕一怔，摇了摇头。白袍女子道：“放屁！举世皆仇，四海皆恨，你也是江湖女子，怎会没有仇人？”楚飞燕说：“我又不是斤斤计较之人，恨我的人也不少，但现在还没谁值得我恨的。”白袍女子道：“那你最憎恨什么事？”楚飞燕想了想，说：“我最恨那些结党营私、强迫他人服从自己、狗眼看人、欺软怕硬的行径。”白袍女子道：“有仇恨的事，那也使得，但你要学恨海重生大法，这点仇恨还不够，你必须仇恨世俗，矢志反世，才能学我的大法。”

楚飞燕道：“为什么学你的武功就得恨世反世？”白袍女子道：“你是泰壹宫的人，不恨世反世怎么行？”楚飞燕急于救人，正要答应，突然一个激灵，道：“你不是白结缡！恨世是离恨天的学说宗旨，白结缡怎么会要求我去恨世？你不是她，你端的是谁？”

白袍女子“哼”了一声，也不回答，一指点中了她的昏睡穴，楚飞燕只感天旋地转，晕了过去。

却不知过了多久，楚飞燕感觉有人捏她人中，悠悠醒转，只见四周昏黑，身边坐着三个人，却是凌一色、周雪鲛、凌冷玉。三人见她醒来，尽皆欢喜，道：“燕姐姐醒了！”“燕姑娘！”“心肝，心疼死魔家了。”楚飞燕一把把凌一色抱住，确是一个有血有肉的温软身子，心中大石方落，道：“一色，你没死，大家都没死，这太好了。”喜极而泣。

四人身处山上，已不在毒泉附近。

凌一色亲了亲她脸颊，道："燕姐姐，是你救了大家。"楚飞燕奇道："我？"凌一色说："你不记得了？你给我们三个和辛龄墨解了毒，自己运功过度，晕了过去。这不是好了么？"楚飞燕忙道："不对，不对，是那个女人……那个女人呢？"

凌冷玉问："什么那个女人？"楚飞燕兀自有些迷糊，努力回想前事，复述了一遍。凌一色道："哪有这等事？我明明记得是你救了我，没什么别的人啊？"凌冷玉、周雪鲛也说不曾见。楚飞燕急道："不会的，我又不曾睡着，怎么会做梦？你们信我，真有一个武功好高的女人来过。"

凌冷玉想了想道："你说那女人凌空一抓，你身子便悬空了？"楚飞燕点头。凌冷玉沉吟道："听起来，像是白结缡的'控魂无物手'啊，难道这女人真的重出江湖了？"她虽然自大，也自知武功万万不能与一百三十年前横行天下的武林女帝相比，想到白结缡或许就在这岛上，不无惮忌，遂道："也只有小心些，现在天黑了，等天亮再去看看罢。"楚飞燕问："辛龄墨呢？"凌冷玉道："和他部属在一起。"又低头道："你们也得小心他，魔家看这人也有些古怪。"

楚飞燕之前觉得这凌冷玉行为古怪、出言不逊，对她一直深怀戒备，但这么多天相处下来，她虽然嘴上爱讨便宜，却真没有什么不规矩的举动，倒十分维护自己，不禁感激，说："凌前辈，多谢你了。"凌冷玉冷冷一笑："魔家只道你还怕魔家吃了你呢。"楚飞燕想："这人其实也不错，为什么偏要这般怪异？嗯，泰壹宫人多奇行，本来就是这样的。"她从未有过男女情爱经历，当然理解不了凌冷玉的心境。

凌冷玉又道："此间事一完，魔家得去一趟娲皇崖。"凌一色变色道："你去找我爹？不准你去！"凌冷玉道："坏丫头，怕魔家做了你后母？这是公事，你爹来信要魔家去的。"凌一色说："我不信，除非你带上我，我要看紧你，不准你对我爹抛媚眼儿。"凌冷玉笑道："本来就准备带你的。但燕姑娘不能同去，你们姐妹只怕要分离一段时间了。"

楚飞燕问："为什么我不能去？"凌一色也说："我们要在一起。"

凌冷玉说："首先，她是康回庄弃徒，未得其师许可，岂能重踏泰壹宫之土？其次嘛，魔家练这冰海玉人功，最重要的是守身，这克制情欲嘛，毕竟是很难的，每年有七日难关，最受煎熬，往年魔家也能熬过去，算起来这日期也将近了。魔家对你没什么兴趣，对你姐姐却有兴趣得很，她这么一个清水芙蓉的大美人留在身边，就怕届时一个把持不住，嘿嘿，对大家都没好处。"楚飞燕听她语气似乎不假，道："那么一色留下来陪我也罢。"凌冷玉道："那也不行，他爹说了，若遇到她便带她回去。"

凌一色只得道："燕姐姐，我只能尽快来接你了。"楚飞燕点头道："大家都小心些。"她们商议停当，一夜无事。

天亮之后，四人又会同辛崎墨重赴毒泉，凌冷玉等只在远处观望，楚飞燕独自下去，一个多时辰，不见上来，凌一色急得都哭了。凌冷玉道："她能抗毒，怕什么？魔家之前说过，若她上不来，魔家赔条命与她罢了。"凌一色直跺脚道："你怎么赔？你怎么赔？"周雪鲛出言安慰，被凌一色一个大耳刮子扇开。

又过了小半个时辰，方见一个身影湿漉漉地从水中爬出，坐在泉边喘了好几大口气，向凌一色等打个手势，道："我没事。"抖了抖身上毒水，方过来道："下面很深，漆黑一片，我每个角落都搜遍了，不曾有什么死人。"凌冷玉问："你可都摸仔细了？莫非下面还有什么秘门暗道？"楚飞燕摊手道："四处敲遍，什么都没有。"

众人都是一肚疑惑，想："就算这泉水无法真正保全肉身，总该有骨殖剩下吧？难道白结缡真的复生而出了？还是消息不准，她根本没在这里自沉？"不得其解，也只好作罢。

# 第十回　狂狡倒戟

辛崎墨等散去之后，楚飞燕见周雪鲛望着自己，似欲有言，问："雪鲛怎么了？"周雪鲛咳了一声，道："燕姑娘，请借一步。"凌一色说："有什么话只这里说，休想瞒我耳目！"凌冷玉也道："就是，又不是私会情人，借什么步！"

周雪鲛说："那阿鲛直说了。"忽然双膝一曲跪倒，道："燕姑娘——"楚飞燕惊道："雪鲛，你做什么？"凌一色、凌冷玉也大是讶异。

周雪鲛正色道："燕姑娘，阿鲛且问你，什么是侠？"楚飞燕被她突然这么一问，有点摸不着脑袋，随口道："除暴安良、扶困助弱，便是侠了。"周雪鲛摇头道："那只是匹夫之侠。任你武功再高，又救得几个人？你杀掉一个恶人，你一走又冒出十个八个，你又怎么杀得那么多？"楚飞燕说："世人本来就有善有恶，恶人是永远杀不尽的。"

周雪鲛说："所以说问题得从根本入手，要抑恶扬善，就必须有相应的学说，深入人心，为善的人才会多起来，才能抑制恶人作恶的条件。"楚飞燕说："话是如此，内中复杂得很，你起来再说好么？"

周雪鲛抬头道："那敢问燕姑娘，当今世上有哪种学说，能予世人希望？"楚飞燕想了想道："魔道是反世之学，高扬狂性，否定世俗，并不以救世为目的，中土三教的教义我了解甚浅，但我在中土行走几年，总觉得中土人世故圆滑、城府甚深、言行保守、迷信权威，他们好像生活在一个笼子里，战战兢兢，一方面唯恐碰壁，另一方面又指望别人碰壁。这些问题，三教好像没有解决吧？"

周雪鲛叹道："燕姑娘说得切中肯綮。中土这地方，有太多根本的祸患，一直没有除去，有很多普遍的观念，便是造成世道现状的根源之一。三教流被天下已久，而世人之苦尚如是之深，再不反思，便是有耳如聋、有目如盲了。中土之学，出发点未始不善，其言论也不是没有道理，但实效并不与理想相符。且不论当今号称信奉三教者多系吹竽南郭，就学派本身而言，也是日渐僵化，'六经注我'、'我注六经'，来来去去还是旧的一套，然而千百年逝如流水，就算是大贤大圣之言，也会有失效之时，何况他们本身也只是凡人，不过是因为他们的学派在斗争中胜利而被奉于堂庙而已，至圣先师不见得天不生他便万古长如夜，佛祖也不见得天上地下唯他独尊。"

周雪鲛这些话若在中土说，绝对是大逆不道，却与泰壹宫反旧学的作风不谋而合，凌冷玉、凌一色听了也不反驳。周雪鲛又道："其实……三教同归一径连，王霸二道每相牵，外儒内法神功练，统治中原百万年。"她说这四句话时，分外郑重。楚飞燕不解其意，问："你说什么?"

周雪鲛犹豫了一会，摇了摇头，道："算了！这个你日后自知。燕姑娘，你侠义心肠，应该体会得到苍生之苦，如今举世处于迷途之中，大多数人沉默无知，少数人又装聋作哑，正是最可怕的时候，长此以往，总有一天，这个江湖、这个世道会彻底疯狂，人人迷失方向，自相残杀，所有的理想和道义都失去效力，到那时，人间便是地狱，所有的一切，中土武林与泰壹宫、你、我、芍药公主，以及其余的人，都会在大崩溃中沉沦幻灭。"

周雪鲛这一番话，字字恳切，只说得楚飞燕心中雷震，肃然起敬，扶起她道："你再说，你再说。"周雪鲛道："宇宙万象，其谁究之？往来成轨，其谁因之？无极大道，其谁论之？救世伟业，其谁开之？非立心立极之人不可。立心立极，唯哲人哉！以武功救人，匹夫之侠也；以学说救世，哲人之侠也。燕姑娘，你有泰壹宫人之独行不群，而无泰壹宫人之骄跋恨世，阿鲛阅尽武林故史，无尔之俦，望燕姑娘作哲人之侠，则千秋史简之上，与日月争辉可也！”

她此言一出，莫说楚飞燕了，连凌一色、凌冷玉也吓了一跳，楚飞燕天赋再高，胆量再大，行事再奇，再能人所不能，也自知就武功这一项，尚远远称不上独步当世，至于文才学问，更无过人之处，周雪鲛竟说她“与日月争辉可也”，这顶大帽子她如何承受得来？楚飞燕吃惊之余，见周雪鲛目光中满含着殷殷期许之意，更感羞愧，拉着她手，一时不知该说什么，良久方道：“雪鲛，你读这么多书，都算不上哲人，阿燕只粗通文墨，又如何做得哲人之侠呢？”

周雪鲛说：“夫哲人者，必有哲人之心、哲人之学、哲人之行，三者之中，以心为首。鸿儒易得，狂士难求，嵇叔夜所以冠绝七贤者，心气高也。燕姑娘，你光明磊落、傲骨铮铮，不但率性而为，而且你的性合于道义，只此一桩，这便出于万人之上。武功未成、境界未深、见识未广，都可以日后弥补，以你奇才，何愁不能突飞猛进？而你这人间白月的气质，谁也模仿不来。你自己也说过：‘刀为狂士骨，月是哲人魂’，世上又不是没有过哲人，为什么别人可以你便不可以？阿鲛没有你的天纵神勇，性情也柔弱了些，虽有捐躯殉道之心，却无匡时救世之才，自知及你不上。想必是苍天不弃世人，降下你这位无双无对的奇女子，如果你当阿鲛是朋友，请你于旧学之外自开天地，另立新章，唤醒沉默麻木之世人，那你便是侠之至者、哲人之王。”言罢又拜。

凌冷玉呵呵笑道：“心肝，她还真看得起你啊！”楚飞燕正要答话，凌一色忽冷冷道：“燕姐姐，我是魔道传人，不会接受别的任何学说。我讨厌中土人，救世是绝对不可行的，你若答应了她，便权当没我这妹子。”

楚飞燕顷时语塞。周雪鲛长叹一声，站起身道：“她是你妹子，我始终是外人，疏不间亲，也罢。”却对凌一色道：“芍药公主，阿鲛知道你很讨厌我，但阿鲛从来没有怨过你，对吧？”凌一色道：“你敢怨？我一掌劈死你！”

周雪鲛说：“我言止于此，辛谷主答应我让我去轩辕谷整理家叔遗著，芍药公主和凌阁主肯放行么？”凌冷玉说：“那是你的事，你爱去便去好了。”

众人搜遍全岛，始终不见那神秘女人，虽然心中存了无数疑窦，也无法验证。凌冷玉、凌一色乘鲸赴娲皇崖，辛崎墨自有船只停泊在岛边，只是楚飞燕她们来时从岛的另一面登岸，没看到而已，周雪鲛登上他们的船也去了。楚飞燕与她们依依惜别，望着浩瀚大海，心道：“就这样剩下我一个了么？”回想周雪鲛的话，几度陷入沉思。在岛上继续找那女人，哪有半点踪影，也真有些怀疑只是自己南柯一梦。她喜欢热闹，在岛上百无聊赖，不知还要熬多久，烦恼起来：“本姑娘这是惹谁了，好端端的要在这里受罪。”

寂寞恨日长，楚飞燕在岛上待了半个月，倒似过了几年一般，但娲皇崖路途遥远，凌一色肯定没这么快回来接她。这晚她在树下睡觉，半夜里风雨大作，狂雷一个接着一个，如千军万马擂鼓攻战，又像皇天后土发怒。楚飞燕骂了一句：“这鬼天不公不正，又不见它把世道弄好了，倒来打搅本姑娘睡觉，也是个仗势欺人的东西。”找了个山洞，继续睡去了。

暴雨直下至翌日午后方止，楚飞燕出来透气，忽然想到：“这场雨下得如此厉害，海潮必涨，或有鱼虾螃蟹给冲上岸来，何不去捡些来吃，也省得下海捕捉。”兴致勃勃赶往海边，却见一人背脊朝天躺在沙滩上，头发散乱，全身湿透，似乎是个女子。楚飞燕吃了一惊：“可别是一色、雪鲛才好！”但身形衣服又不像，唤了几声，那人一动不动，哪里应她。

楚飞燕上前把她扶起，心中一动：“怎么这么眼熟？”舀点海水抹去她面上泥沙一看，更一惊不小：“这不是明四小姐么？”探她胸口，尚有心跳。想起上次自己、一色、雪鲛险些被这女人活剐，气上心来，往她脸上掐了一把，骂道：“你这狠毒女人，想杀本姑娘，叫你也有今日！我把你扔回海里，给海龙王讲‘德威唯畏，德明唯明’去。”明画眉浑无动静。

楚飞燕正要将她提起掷出，心念一动：“她全无反抗之力，我杀了她又算什么英雄？这等没出豁之事我可不做。但此人深恨泰壹宫，我若救了她，说不定后患无穷。”犹豫了一会，见明画眉气息渐渐微弱，又想：“她年纪轻轻，这样死掉实在可惜，我若不施援手，日后回想起来心里也不好受。”想到这里，把明画眉身子放正，左手按她胸前，右手贴其后背，潜运维斗神功，一股内力传入对方体内。明画眉身子一颤，吐出几大口海水来，随之苏醒，悠悠道：“好头痛！”感觉有人在自己旁边，惊道：“你是谁？”

楚飞燕不愿报名，只说：“你现在感觉怎样？”明画眉道：“不对！我听过你的声音，你到底是谁？”楚飞燕只得说了姓名。明画眉惊怒道：“楚飞燕？逆贼无礼，速纳命来！”一掌向她胸口打去。她掌法精奇，出手迅捷，但元气未复，软弱无力，被楚飞燕顺势抓过，一把放倒。明画眉早知不敌，愤然说：“皇天不佑，教尔等异端猖獗，也是时运之厄、正道之哀！画眉既入汝手，杀剐从便，决不皱眉。”

楚飞燕说：“你这人真好笑，我救了你，怎么会还杀你？若我要害你，早把你扔回海里去了。”明画眉道：“道不同不相为谋，尔等异端妖人，无君无父，等同禽兽，安有良知？定要严刑拷掠将我折磨。”楚飞燕想：“这人真是不识好歹，我吓她一吓，看她怎地。”遂“嘿嘿”冷笑几声，道：“不错，我要放狗来咬你，剐光你身上的肉，折磨你七七四十九天，这才要了你的性命。”

明画眉冷哼一声，回身朝着大海的方向拜道：“列祖列宗听禀，不肖子孙画眉受辱于奸人毒手，贻羞家门，万死莫赎。望祖宗庇佑，父亲统率志士，永殄妖邪，使千秋道统，万世勿绝！”伏地不起。楚飞燕只觉好笑：“我打的是你，又不是打你祖宗，你怎么拜起他们来？”明画眉说：“身体发肤受诸父母，毁伤即系不孝，我身为明家儿女，不能把你们这些祸乱纲纪、妖言惑众的狂徒尽行夷灭，为世人除害，便愧对天地祖宗。”

楚飞燕见她一派虔诚，忽然想到：“这姑娘也不比我大几岁，其固执与一色却有一比。”遂问：“明四小姐，在你看来，天地间最大的道是什么道？最大的法是什么法？”明画眉毫不犹豫：“当然是夫子之道、儒家之法。”楚飞燕又问：“道佛二教也与儒家不同，你们怎么不把苏、僧二家当异端灭了呢？”明画眉说：“佛道二氏萤火耳，夫子之道日月也。只是方今末世，人心不古，夫子之道深微，二氏之说浅陋，而愚夫愚妇信之耳，日后天下大治，圣德周流，还是要尽归于儒的。时下二氏也不敢公然逆天，与吾儒争尊，故姑且置之。”

楚飞燕听明白了：“原来他们未尝不想一家独尊，只是碍于现实而已。”明画眉又道：“你们泰壹宫就不同了，你们流窜海隅，不遵王化，仇恨中土，诋毁先圣，万恶不赦，罪不容诛！”楚飞燕说：“我可没恨过你们中土。”明画眉说：“谁信你的话？你嘴上不恨，心里恨，嘴上不反，心里反！就算你不恨不反，只要你不遵纲常、不顺天命、不敬先圣，便该死罪。”楚飞燕点头道：“离恨天在一百三十年前便说过一句话：‘头颅千万血，吞悲积汗青，诗书噬白骨，天理灭人情’，我以前还体会不深。原来你们的‘天命’是假‘天’之名要人的‘命’，你们的‘中庸’是这么个‘中’法的。我真不知你们中土人，是怎么在这么一部流血吃人史中走过来的。”

楚飞燕把明画眉安置到山洞中，取食与她吃了。问及她何以会被海水冲到这岛上，明画眉压根不搭理。楚飞燕又问：“那会有人来接应你吗？”明画眉摇了摇头。

楚飞燕道：“明四小姐，这岛上就我们两个人，我直说罢，你如果真那么讨厌我，无法与我相处，自行离去便是，我阿燕从不爱看人脸色。若你肯暂时放下成见，我想法子帮你回中土。”明画眉默然良久，才问：“你有什么办法帮我？”楚飞燕说：“我也没把握，至多我给你做只木筏，一路送你回中土便了。”明画眉说：“万里大洋，非小江河可比，没大海船都回不去。”楚飞燕说：“那也是。那你在这里等候，一色迟早会来接我的。”

明画眉变色道：“凌一色？她是我杀兄仇人，我非报此仇不可。”楚飞燕想此事多说无益，道：“你且休息一会，别乱走动，岛上有毒泉。”自出洞去了。

楚飞燕见过明画眉出手，知她武功了得，较己不遑多让，也不得不防，霜刀更不敢离身。明画眉本就不苟言笑，两边相互警惕，一连数日无话可说。到了第五日，楚飞燕用凌空掌打下海鸟来烤吃，见明画眉悄然站在一旁，撕下半只抛与她。明画眉点了点头，也不言语。

当天晚上，楚飞燕听得山洞那边有些动静，却是明画眉在大喊大叫，侧耳听去，叫的全是一些错杂文言，一会儿“大学之道”、“乾以易知”，一会儿又“事本抑末”、“公私相背”，也不知到底想表达什么。楚飞燕正觉好笑，忽又闻得那边叫道：“三教同归一径连，王霸二道每相牵，外儒内法神功练，统治中原百万年！”

楚飞燕心中一动：“这不是雪鲛对我说的那四句古里古怪的话吗？怎么明四小姐也知道？雪鲛……明家……难道这里面隐藏着什么玄机不成？‘外儒内法神功练，统治中原百万年’，难道有一门叫‘外儒内法功’的神功，只要练成了，便能天下无敌？不对啊，明家最高深的武功是内圣外王功，哪有什么‘外儒内法功’了？但雪鲛和明画眉都这么说，绝不会是空穴来风。”再听之时，却一点动静也没有了。

楚飞燕过去窥视，却见明画眉伏在洞口处，地上星星点点尽是鲜血，似是练功出了岔子、走火入魔之状。楚飞燕想：“只怕是想赚我近身，暗算于我？”但又不忍不管，想：“我提防着点，她便有心暗算我也不怕。”上前先捏住她脉门，探其内息，果真一团紊乱，若无外力疏导，决计支撑不了一个时辰。楚飞燕便助她导气归元，她不懂明家内功，而泰壹宫武学又与明家相去甚远，稍有不慎，反送了对方性命，只得殚精毕力，处处小心，直照护至破晓时分，才将明画眉救转回来。自己也力倦神疲，支撑不住，一头倒下，靠着明画眉背脊睡着了。

楚飞燕醒来之际。闻得一阵香味，却见明画眉守在洞口，搭了个架子烤鱼。楚飞燕道：“明四小姐，你——”明画眉道：“逆贼，你吃不？”楚飞燕一愣，肚子确也饿了，过去便吃，问：“你好了？”明画眉说：“我昨夜练功出错，险致大患，你一再救我，不怕我日后杀你么？”楚飞燕道：“你要杀我，刚才已动手了。”

明画眉道：“你救我性命，是不是想卖恩，好让我明家剿灭魔宫时饶你一命？”楚飞燕道：“你当我什么人？谁怕你们了？只是见死不救的事，我做不出来。”明画眉默然半晌，问：“你今年几岁了？”楚飞燕盘腿坐着，嚼着鱼肉道：“快二十二啦！”

明画眉道：“你父母也是泰壹宫逆党么？”楚飞燕说：“我没父母。”明画眉问：“那你是怎么加入魔宫的？”楚飞燕说：“我是师父收养大的，但师父又不要我了。”

明画眉“嗯”了一声，道：“逆贼，反正无事，我给你讲经如何？”楚飞燕奇道：“你要我听你讲解经书？你想教化我吗？”明画眉道：“你不肯就算了。”楚飞燕想：“横竖闲着也是闲着，听她讲讲也不打紧。”遂道：“那你便说来听听罢。”

明画眉当日便给她《周易》，明家世传经学，虽一书僮下役亦能流诵十三经，更遑论有“女中颜子”之称的明四小姐了，虽无经书在手，也讲得一字不漏。但《易》学深奥，明画眉照本宣科，楚飞燕听得着实乏味，昏昏欲睡。

次日讲解《尚书》，明画眉“曰若稽古”、孔疏郑注地一大通讲下去，讲到日落西山，还没将一篇《尧典》讲完。楚飞燕听来听去，也不过是给帝尧歌功颂德之辞，心道：“什么大尧大舜，这些人也不知是不是真的有过，就算有，也不过一个部族首领，可能做过几件好事而已，说到底还是当权者，已经死了几千年，用得着整天挂在嘴边吗？这些书看看便是，也用得着一字一句地去训诂，耗费心力？若是真对这些有兴趣的，钻研深些也罢了，又用得去让大家都去学吗？真不知中土人是怎么想的。”

又是一天清早，明画眉道：“今日先将《尧典》讲完，再讲《皋陶谟》……”楚飞燕忙道：“别，别了，你已讲了两天，也辛苦啦，今天就算了罢。”明画眉知她毫无兴趣，“嗯”了一声，也不再说。

楚飞燕见她又板起脸来一声不作，想：“这四小姐大不了我几岁，容色端丽，行事却这么方正古板，没劲死了。难道她真是铁石做的不成？我试她一试。”遂道：“明四小姐，我听说你在夫子像前立过誓，要把我们这些人一个个抓起来千刀万剐、斩尽杀绝，不然就不嫁人，对吗?”明画眉道：“不止你们，凡是非圣不法、蛊惑人心的异端邪说，我都是要灭绝的。”楚飞燕说：“这么说来，我们是永远也做不成朋友的啦?”明画眉道：“鸟兽不可与同群，人和豺狼怎能交友?”

楚飞燕笑道：“那你是否愿意和我这只豺狼一起去游泳呢?”明画眉皱眉道：“什么？和你去游泳，别做梦了。”楚飞燕已拉住她手道：“一起去玩玩打什么紧?”拖了便走。明画眉不料她如此热情，心道：“这逆贼还真没把我当仇人看。”犹豫了一会，一声不发，竟跟她去了。

真定五经明家家训最严，明画眉自幼便读经修礼，后来学习武功，从未敢有丝毫怠慢。明惟厥事务繁多，无暇亲自训女，她的经学由族中长房宿儒指导，武功则是由生母韩夫人亲传，她深受礼教熏陶，未到十岁即俨如成人，何尝与人游戏。与年龄相近的女子一起戏水，还是破天荒第一次。两人在海中玩了将近一个时辰，楚飞燕见明画眉渐渐能放得开，也替她高兴。正玩得开心，忽然一角帆影映入眼帘，大喜过望，连忙向明画眉道：“有船来了！有船来了!”

明画眉问：“是什么船？船上的帆是什么颜色的?”楚飞燕说：“挺大的，是红色的帆。”明画眉道：“咱们一起放声长啸，引那船过来。”楚飞燕说：“不错!”两人一同高声清啸，直彻云霄，好一阵，那船似乎听到了，掉头朝这边而来。楚飞燕喜道：“来啦！来，咱们击掌相贺!”明画眉道：“好!”两人击了三掌，楚飞燕转身向那船迎去，忽然全身一震，后心要穴已被点中，后颈又吃了一手刀，痛入骨髓。

楚飞燕暗叫一声：“不好！还是中了这瞎子的圈套。”回身飞起一脚，踢中明画眉小腹，但要穴中招，这一记裂石脚已使不上力度，明画眉身子只晃了晃，双手一振，又点了她几处穴道。楚飞燕动弹不得，好生懊丧，怒道：“我本不该救你这瞎子!”明画眉甩手打了她一耳光，道：“逆贼，叫你不读《左传》，你这叫‘失礼违命，宜其为禽也’。”楚飞燕道：“我呸！你们这些自称读圣贤书的，害起人来真有一套！赶紧杀了姑娘。”明画眉道：“你以为能轻易杀了你了事么？我要把你擒回中土，教你身受万人唾骂，这才将你凌迟碎剐，锉骨扬灰，让你在人间痕迹不留。”

明画眉收了她的霜刀，等到那船靠岛，船上走下人来，却有苏坐忘、颜弥厚。楚飞燕这才明白，明画眉之前说没人来接应全是骗人之辞。原来中土武林要召开大会商议对付泰壹宫之策，需要苏见独出面，而苏见独隐居多年不出，有人说他在某个海岛上修仙，苏坐忘、明画眉便过来寻找。明画眉的坐船遭风暴沉没，她给冲到这个岛上，苏坐忘等现在才找到这里。

明画眉大致说了原委，对楚飞燕两番救命一节也不隐讳，道：“她虽于我有恩，但异端不可宽宥。”众人齐颂明四小姐仁义智勇，唯苏坐忘默然无语。颜弥厚双耳被凌一色割去，戴着一顶遮颊高冠，道：“明四小姐吉人天相，万喜万幸，这妖女意图加害小姐，何不将她就地正法？”明画眉说：“把她锁在桅杆上，押回真定，在武林大会上碎尸万段，让世人看看异端的下场。”颜弥厚道：“小姐高见，待我先挑了她脚筋，穿了她琵琶骨，教她无法逃走。”明画眉想了想说：“算了，路上也别太折磨她。”颜弥厚等颂道：“四小姐真乃仁义胸怀，这妖女到死也会感激四小姐的恩德。”楚飞燕只冷笑不语。

众人用铁链把楚飞燕吊在桅杆上，起航回归中土。楚飞燕身上重穴被点，动弹不得，心道：“等我穴道解了，便挣开铁链逃走。”可是明画眉让人每隔两个时辰便补点她穴道，根本没有解的机会。她自己运气冲穴，总是功亏一篑。一连被吊了三天，休说饭了，水也没进过一滴。

这天风和日丽，明画眉等人在下面宴乐，美酒、餐具、乐器系船上本备，食料自有捞上来的新鲜海鱼。他们明家饮宴，自有一番体统，与江湖上粗俗豪杰大是不同。酒过三巡，明画眉起座作文，作了赞颂其父明惟厥的一篇四六，颜弥厚等一致称好。苏坐忘也即兴吟了一首，大旨是说儒道互证的。之后众人行起酒令来，酒令的内容均出自十三经。苏坐忘说了《易经》中的一句话。楚飞燕在上面看着，恨不得平吞了他们。

将近终宴，苏坐忘忽道：“上面那姑娘几天没吃过东西了，放她下来吃些也罢。”明画眉点了点头。

楚飞燕给放下来后，明画眉说：“喂她吃饱，再吊上去。”楚飞燕哪有好气：“我吃肥了，好让你多剐几刀吗？”明画眉淡淡道：“肥也是一剐，瘦也是一剐。”

苏坐忘见楚飞燕浑无畏色，给吊了三日不吃不喝，神容委顿，但冷傲英气不减，自己有个女儿也与她年岁相仿，却无她这等勇气。心中不忍，道：“四小姐，这姑娘在岛上没害过你吧？”颜弥厚说：“她当然想加害，只是害不成而已。”明画眉道：“放肆！哪轮到你说话？退下！”又淡淡道：“她对我还不错。这不过是异端逆贼的无耻手段，想以此诱我同情，也太小看我明家的气节了。”

苏坐忘说：“既然这姑娘未曾冒犯四小姐，亦不曾有其他重大恶行，那便是其罪未彰。她是魔宫人收养的，不做异端又能做什么？似乎情有可原。”明画眉道：“情有可原，罪无可恕。”

苏坐忘皱眉道：“那刑罚也太重了些。依苏某之见，一刀斩决也罢了。”明画眉：“此等妖人不用重典，何以灭绝异端邪说？”苏坐忘道：“仁者爱人，恶如四凶，尧舜亦不过流之耳。”明画眉道：“如今又非尧舜之世，这等无法无天、目无君父的异端贼子，算什么人！”两指使劲，将手中酒杯捏了个粉碎。

苏坐忘脸色沉凝，尚未回答，楚飞燕忽然大叫一声，腾空跃起，身上铁链镣铐一齐挣断，身如飞隼，从众人头顶飞过，向颜弥厚扑去。谁也料不到她数日滴水未进，竟还能自行冲开重穴、崩断铁链，颜弥厚正提着楚飞燕的霜刀把玩，见她突然凌空飞扑而下，与之目光一对，只见双方眼中恨意狂灼，有如火炉中升腾的烈焰，只吓得瘫软在地，双腿筛糠也似抖将起来。

楚飞燕夹手将霜刀夺过，飙地拔将出来，只一撩，把船上桅杆砍倒。明画眉的部属慌忙取火铳时，她已飞身跳入海中，天色正黑，海水暗压压的，一个人影没入里面，片刻便已无迹可寻。

颜弥厚扶着倒下的桅杆叫道：“快，快追啊！”明画眉挥手道：“算了！苏先生要包庇她，我有什么办法？”苏坐忘道：“明四小姐说哪里话来？人可不是苏某放的。”明画眉说：“虽不是苏先生所放，但苏先生的武功，众所周知，胜于此女数倍，若有心阻拦，总是办得到的。”

苏坐忘方才若要留人，只需使出“尻轮神马掌”或“得鱼忘筌指”中的一招，楚飞燕便万万不能这般轻易逃脱，就算他自己无心伤人，只需阻得一阻，楚飞燕不是立丧火铳之下，便是被众人合围擒拿。只是一来存了恻隐之心，二为不满明画眉无礼，因而端坐不动。既被点破，不愿多言，起身道：“少陪了。”自入舱去。

楚飞燕跃入海中，一口气往下深潜，见无人追来，才慢慢往远处游去。她被吊了三天，精神体力俱尽，刚才也不知哪来的力量，竟能逃脱虎口，连她自己也不曾存望。但是大洋茫茫，“积水不可极”，纵使免遭千刀之厄，又怎生逃脱水狱之灾？楚飞燕也无他计，只得仰游水面，若是侥幸碰到岛礁，还可活命，否则什么时候力尽而亡也便罢了。她水性甚高，顺手抓到鱼虾便生嚼活吃，也可支撑久些。

如此撑到天明，何曾得见什么岛礁陆地？正望着天空烦恼，忽然来了一头大海豹，恶狠狠地望她腿上便咬。楚飞燕急忙收脚，顺势跨在海豹背上，两腿一紧，海豹甚是肥胖，她这一夹出了狠力，挤得海豹身上肥肉好似海绵一般收缩。海豹痛极，要回头咬她，又咬不中，奋力甩尾挣扎，头颈又被楚飞燕一把扣住，便有蛮牛般的力气，也不济事了，恐惧地回望着她。楚飞燕见它憨态有趣，道：“你老老实实的，就不杀你。”往它头上轻轻拍了拍。海豹虽听不懂她讲什么，但禽兽也与人一般，多是欺软怕硬的，知道对方厉害，只得任由摆布。楚飞燕见海豹不再反抗，忽生一念：“凌冷玉可以乘鲸渡海，我也可以骑这家伙回去。”但这海豹无论如何也没有独角鲸阿冰通灵，而且海途遥远，她这念头终究渺茫。

楚飞燕骑着海豹游了半日，忽然想到：“当年本姑娘躺在一个小小摇篮里，历海波而不沉，说不定真是福星高照、命不该绝。却不知一色到哪里了？她回头若找不到我，必然着急。”极望天际，唱起歌来，忽然见到什么，吃了一惊，还道是自己眼花了，揉了揉眼睛再看，不由得叫出声来。

只见淡白浮云之下，飞着两只似鹰似鹫的大鸟，一只浑身金羽，一只通体火红，金鸟背上坐着一个青衫怪客，看不清面目。楚飞燕从来没见过有人能坐着鸟儿在天空上飞，一时又是惊讶，又是好奇，便冲那人呐喊招手。

青衫客也见到了她，突然身形一晃，从鸟背上直跃而下，楚飞燕惊得大叫道："啊！这……"大鸟高翔天上，去海面甚远，虽说下面不是实地，他这么跳法也是凶多吉少。楚飞燕想："这人若非有仙法神术，便是疯了！"

世上无论什么东西从高处坠下，都是越坠越快，断无空中减速之理。青衫怪客初坠之时势头甚猛，如同离弦之箭，过了一会，竟然渐渐平缓下来，只见他双手向两边伸开，仿佛撑着一把无形的大伞，好像他不是一个人，而是一团棉花、一根羽毛，轻若无物，更无所挂碍。青衫客的内功修为，已到了神而明之、与物俱化之境，不须凝神而自守一，正是武学中不可思议的乘六气以游无穷之大修为、大造诣。坠到半空之时，金鸟悠然横掠出来，空中一个对接，怪客又稳稳坐在鸟背之上，这一下眩目至极，楚飞燕拍掌叫好。一人一鸟直飞至离海面十余丈处，青衫怪客再度跃起。平平降落，端立在海波之上，水仅没到脚踝，却是一个龙形鹤骨、须发尽白的老者，双目神光隐隐，嘴角似笑非笑。

楚飞燕愕然道："你、你便是'与寥天一'苏见独老爷子么?"她见对方相貌与苏坐忘有五分相似，武功又如此高明，立时想到。

青衫老者不置可否，道："世事吾忘之久矣，南华有言：'无为名尸'，又何必问？小妹妹，你缘何在此?"楚飞燕听了这话，越发肯定是苏见独来了，想："虽说他淡忘世事，但中土武林与泰壹宫毕竟是仇敌，还是小心些好。"遂道："我被仇人绑架了，好不容易逃了出来，却在这大洋里转，没法子回家去啦。"她这话也是实情，未曾作假。

青衫老者淡然一笑，神色温和，道："老夫归隐多年，你们这年轻一辈的英杰才俊，我是不认识了，江湖恩怨，老夫已无兴趣，但与小妹妹海上相逢，也是天意，也罢，老夫送你回中土，若你的仇人再来与你为难，你只说是撄宁小苑的故交。”楚飞燕道：“多谢老先生关照，只是你怎生送我回……中土?”

青衫老者向天上两只大鸟一招手，二鸟齐齐飞下，它们在天边仿佛一团金云、一团火云，近看起来，周身无一根杂毛，昂首振翅，势若飞马，目光犹如冷电，显然是不可多得之灵禽神物。青衫老者指那火鸟道：“老夫教它送你一程罢。”

楚飞燕之前见他乘鸟安稳如舟，甚是好玩，但要将自己性命交与这么一只畜生，毕竟放心不下，低声道：“这——”老者道：“你莫先存惧心，只当骑马一样，它们跟随老夫多年，从未出过半点差错，武林中成名人物办事，也没它们牢靠，若论辈分，它们还在很多江湖耆宿之上呢。”

楚飞燕骑的那海豹见了两只大鸟，只把头缩得低低的，显得十分害怕。两鸟挺胸盘旋，只不飞下，似乎自视甚高。楚飞燕寻思：“我现在倒也不想回中土，但总不成说要去娲皇崖、泰壹宫吧，横竖困在大洋中也不是路，有机会脱身总胜于无。”遂道：“老先生，你的鸟儿能听我的话吗?”老者道：“老夫吩咐，它如何不听?”对火鸟道：“你送这女孩回中土，顺便回家见一见吾儿。”火鸟扇了两下翅膀，点了点头。老者道：“好了，你上去罢。”

火鸟低空盘旋，离海面三丈有余，楚飞燕想：“这老人有心试我轻功。”以这高度，她要一跃而上，原也不难，但那大鸟看上去这般神气，若不容她上背，立即高高振翅飞去，那就没趣得很了。心中略一盘算，脚尖往海豹背上轻轻一蹬，身子已拔高四丈，往火鸟头顶拍出一掌，火鸟被掌风一带，却也不惧，反身展翅扫出。楚飞燕一个翻身，右脚脚掌早踏住鸟背，左脚还没上去，那火鸟猛然向前一冲，楚飞燕身子一颤，自然生出反应，双脚连续踏出，一连七步，都踏在鸟背之上，到第八步时，双手已抱住鸟颈，跟着两腿一夹，把鸟身牢牢挟住。

青衫老者呵呵笑道：“好俊的轻功！真乃后生可畏。”古书上以“走及奔马”、“手接飞鸟”形容人之身轻足捷，江湖中能做到这样的轻功高手也不是没有，但要空中迈步，就算对一等一的名家高手来说都是极大难题。楚飞燕第一脚踏在鸟背时，尚未踏稳，火鸟便振翅急飞而出，此时她身子实已悬空，换了别人，早已直坠入海，她竟能借着一踏之余力急追，七次纵跃，追上受惊疾飞之灵鸟，应变之速、脚步之快，结合得天衣无缝，虽不可说是凌虚飞行，却也相差无几。这几下匪夷所思，真乃光电不足以形其捷，若非她天生异禀，再怎么勤奋也断做不来。便是她自己要照板再做一次，也未必办得到。青衫老者一生之中见了无数高手，对神奇诡幻的武功已见惯不怪，但见了楚飞燕这等身手，顿时为之心旷神怡。

楚飞燕抱拳笑道："老爷子，谢啦!"青衫老者点头道："去罢!"火鸟振翅长鸣，击入云霄。

楚飞燕身在空中，乍惊乍喜，心道："师父给我起了'飞燕'之名，想不到这回我真的飞了。"火鸟扇开双翅，又快又稳，不数日，飞越万里重洋，回到了神州大陆。她去年末乘鲸出海，此时重返中土，已是三月上旬。

楚飞燕乘着火鸟从天而降，落在海边，六七个渔民正在晒网，见了此景，还道是神仙菩萨，吓得俯伏在地，磕头如捣蒜，口中语无伦次地乱颂乱求。楚飞燕嘻嘻一笑，与火鸟道别，展开轻功，独自离去。

楚飞燕这番死里逃生，经历之险，平生未阅，回想起来，真有恍如隔世之感。想起明画眉之行径，又想起周雪鲛对自己说的那番话，轻叹一声："雪鲛要我做哲人，救这个世道，可是哲人若没实力，也是让人杀了啊。"又想："我和雪鲛相识不久，虽说我救过她性命，但她竟对我如此见重，乃至把天下的命运系在我一人身上，好生教我羞愧。"把周雪鲛的话从头到尾默念了几次，虽很想做点什么，却觉得其事太繁，其局太深，自己一个人无论如何也解决不了，好生头痛，找了客店落脚，躺在床上，又陷入沉思。忽地飙然刮起一阵恶风，把她像纸鸢般吹得飞了起来，腾云驾雾也似，直上天际。

那怪风把她远远吹了出去，忽然消散，楚飞燕提着霜刀赤足而行，只感脚下无物，不知是什么空虚之所，但若说是虚空，偏又有无数声音四面八方围着她叫唤，也有说文言的，也有道白话的，也有操汉音的，也有唤些不知什么胡语番言的，楚飞燕好生纳闷。走了一会，又见前方烟尘滚滚，千军万马浴血厮杀，却不使刀枪剑戟、弓弩火铳，每人手里都绰着一杆大笔，只把墨汁往对方身上涂去，口里振振有词："我道至高！""尔等皆贼子也。""非黑非白，非正则邪，不从吾教，即系异端。""世唯一道，天唯一理，囊括古今，尔不能择。"

那些军队见她来到，都鸣金休战，左方的喝道："你是哪一派的？"右方的道："你服从谁？你听谁的话？"楚飞燕答道："我没有派。我自成一派，可以吗？"两边听了都大怒道："你自成一派，就是与我们争夺正统，趁你未成气候，赶紧灭了。"遂都擂鼓来围攻她。楚飞燕只得抽出霜刀，使开素足刀法夺路，当者莫不披靡，但敌人越打越多，驱之不去，到后来竟跑出许多老人、妇女、小孩来，都往她身上泼墨，楚飞燕不忍对之下刀，那些人围住了她，不停口地咒骂，每人的表情都是一样：惊恐、麻木、恼怒、狐疑、冷漠。楚飞燕哭笑不得，忽生心死之感。

忽然云端飞下一个人来，脚踏日月，傲目横睨，长笑道："千秋回首提肝胆，万古无人似我狂！离恨天在此，世俗鼠辈安敢胡为？"众人听了，心惊胆战，抱头而走。那人拉起楚飞燕道："好孩子！你也见了，庸众无知，世人可鄙，你应该信仰魔道，与世为仇。"楚飞燕想了一会，说："我还是觉得没有必要。"那人大怒，断喝一声，楚飞燕被他喝声震得飘飘荡荡，飞出十万九千里外，抬头一看，却见万仞高一座大山，云遮雾绕，不知是什么去处。

楚飞燕自言道："什么山恁地高法？"却见一个老人唱着歌从山上下来，却唱道：

> 长啸一声天外天，古来万事尽倒颠。拍栏客惜吴钩短，沐冠人道楚猴贤。王公赏色春犹暖，幽人怀愤日如煎。欲学逍遥忘物我，物我又把债来牵。横流沧海难由己，千钧枷锁系胸前。红尘落处皆苦海，谁言无事即神仙。

楚飞燕听了，好生感慨。那老人又唱道：

谁言无事即神仙，恨海无涯苦无边。桑田变幻皆寂独，欢悲世局永绵绵。神州往事多沉陆，中原霸主自衔鞭。孔孟儒宗称名教，商韩法术尚谋权。识破人心常假伪，效颦俗子学狂狷。伪狂未改奴才骨，真狂志气满坤乾。

楚飞燕心中一震，那老人笑了笑，又道：

真狂志气满坤乾，推开前古胆力坚。扫尽浮云扬人道，破除异化谱新篇。长驱岂步他人武，正源立吾即太玄。胸藏宇海情如月，覆照尘寰水三千。世间俗物不须言，寂寞方知道义全。哲人傲立苍茫里，侠心高举再开天！

楚飞燕又惊又喜，叫道："好一个'哲人傲立苍茫里，侠心高举再开天！'敢问老丈大名？"那老人笑道："我叫木山子。"楚飞燕又问："这是什么去处？"老人遥指道："此乃苍茫山也！"楚飞燕吃了一惊："这便是苍茫山？"老人说："不错，红尘世界，都在这苍茫山脚下，但人们每不自知，多少年了，不复见有心肝人来此，堪悲可叹！"

楚飞燕心中一动，道："老丈，我有事请教，何为世间正道？如何救天下苍生？"老人大笑道："非唯其道，亦赖其人，与道同体，哲人不王。"楚飞燕不解，道："求老丈指教。"老人道："我教无用，要你自悟。你若有心，日后自验。"大笑而去。楚飞燕道："老丈留步——"哪里还见人影？正纳闷着，忽然间天崩地坼，那高山当头压将下来，楚飞燕回想那老者的话，忽然一股豪情从脚底涌上天灵，大步迎将上去，两手把那山扶住，又见日月星辰从山巅纷纷滚坠而下，又用膝盖抵住山根，伸手去接，忽然想到："我什么时候有这么大的力气？"猛然醒转，眼前影影灯光摇曳，原来是大梦一场。

# 第十一回　岳阳论世

楚飞燕一梦醒来，回忆梦中情景，托腮自言道："好生奇怪！"笑了笑，也不多想。

她本打算回到中土，便到泉州找船出海，再与凌一色会合，不料途中被中土武林人马截住，杀翻数十人脱身，来到泉州，又值官家海禁，诸船不能出海，中土武林人马又追得紧，只得又折返向西。她有无坚不摧的霜刀、罕绝当世的轻功、神幻莫测的刀法，在中土除了三大世家的前辈宗师外，谁也奈何她不得。她穿州过府，去向不定，如此周旋了两三个月，也不曾吃了什么亏。

这天是五月廿九，楚飞燕来到岳阳地界，岳阳乃文人雅士萃集之地，文教殷盛，楚飞燕来不久，便听人说岳阳楼上名士聚会，热闹非凡。楚飞燕想："今世读书人虚有其表的多，有心肝的极少，名士名士，哪有这么多名士了？"忽然想起去年会过的庄道甲先生，想："要像他那样，才算读书人中的好汉。"又想："我早就听人说这座古楼如何有名法，反正顺路，去看看也好。"

来到那里，登楼一看，虽说不是浪得虚名，但也没想象中那么雄伟壮观，心道："自古文人多大话，果然不假。"待见到那蜚声天下的《岳阳楼记》古刻，读了一会，笑道："这个人文笔是好的，志向也不小，但也迂腐不通，他说'先天下之忧而忧，后天下之乐而乐'，但他又没指出世人忧乐的根源，光有与天下同忧乐之心，亦不过与时潮亦步亦趋，又有什么用？讲了等于没讲，大炮打天空，响是响了，又能怎地？”

忽闻身后一个声音喝彩道：“讲得好！”楚飞燕回头一望，只见一位头缠黑蟒抹额的中年男子，倚栏而坐，剑眉入鬓，目光深邃，既有英雄之气，又有狂士之风，对之印象甚好，遂笑道：“我只是随口一说，不料被兄台听去。”

那男子道：“姑娘说范希文不懂世人忧乐之源，那我斗胆请教，世人为何而忧，为何而乐？世人之忧，以何为大？世人之乐，以何为先？”

楚飞燕被他一问，一句也答不上来。那男子又问：“如欲救世，当行何法？当立何道？当兴何物？当废何物？当用何人？当退何人？”楚飞燕更是语塞，只得老实说：“我不知道，你有高见吗？”

那男子微微一笑，指着那古刻道：“范希文这个人嘛，史书上说他‘每感激论天下事，奋不顾身，一时士大夫矫厉风节，自仲淹倡之’，在士大夫之中也算号人物了。但他推行庆历新政，也不过劳碌一场而已。儒家推崇三皇五帝、先王之治，不过是一种借古自高的偶像崇拜而已，伏羲黄帝未必是真人，尧舜禹的时代也不过是初脱野蛮，诸事未兴，人口尚不及今之一大邑，有什么值得效法？孔丘小儿奔走天下，一事无成，譬如丧家之犬，倒教出一班日夜发帝王师梦的徒子徒孙，其实帝王家不过利用他的学说来愚弄大众，哪会真心为世人着想了？靠士大夫来救世，不过是一群自陷泥潭之人，想拉别人出去，结果双双深陷其中不能自拔。”

旁边的人听他大议千古是非，怕惹祸上身，纷纷色变而走。楚飞燕却越听越佩服，道：“你再说，你再说。”

男子问：“姑娘，你看中土皇帝如何？”楚飞燕说：“狗贼而已。”男子说：“准确说是民贼。如果换个皇帝，换个朝代呢？”楚飞燕说：“一丘之貉，狗改不了吃屎。狗皇帝有什么本事，凭什么要别人给他当奴才，他和我对打试试？我打他一千个。”

男子笑道：“那如果你当皇帝呢？”楚飞燕愕道：“我？我不想当，也不会当。”男子问：“如果硬要你当，你怎么治理天下？”楚飞燕想了想，说：“非要我当，我便把坏人都抓起来，该杀的杀，该流放的流放，任命好人做大官，那就行了吧？”

男子摇头道：“那还是政出私门。你要杀谁便杀谁，要用谁便用谁，又和现在的独夫民贼有什么区别？举天下以奉一人，公平何在？中土人数千年来受了无穷之苦，治世仅得果腹，做个安稳奴才，一到乱世，流血万里，积尸如山，龙庭天子换名姓，兴亡依旧苦苍生！夫天下之大害，莫甚于君权，君权独尊则政出私门，政出私门则不公，不公则乱，这问题不解决，望天、望地、望菩萨、望明君、望清官、望侠客，又有什么用了？中土百姓披了千百年枷锁，不思改变，反给那些君君臣臣的谬陋之说做帮凶，与被人卖了还帮人数钱有什么区别？要改变这个世道，首先就要废除君权，不能再有皇帝。”

楚飞燕用心听着，见他义形于色，其痛心疾首之久可想而知，不由得衷心感佩道：“说得有理。但没了皇帝，怎么治理天下呢？”

那男子凝视着她，神情中竟有些感激，正色道：“世人平等，返权于民，以法治国，天下为公。”

楚飞燕凛然一震，细细琢磨这十六个字，越想越觉得有理，又忆起周雪鲛在荒岛上对自己所说的话，心中陡然一明：“莫非这位先生是来给我指路的么？”向那男子抱拳道：“先生明见万里，阿燕钦服！”泰壹宫人以狂自任，没有跪拜之礼，抱拳已是对对方最大的尊重，就算见了大君也是这般。

那男子道：“一孔之见，哪值得姑娘如此见重？你我既然投缘，下楼去饮几杯，共商救世大计如何？”神情极是期盼，倒像唯恐她借故推托。

楚飞燕道：“正要向先生请教。”那男子大喜，挽了她手下楼，二人进了酒家，那男子又滔滔宏论起来，如何更张改制，如何立法施治，如何申定民权，如何济危恤弱，他胸中甚有学问，纵谈古今，慷慨而言，楚飞燕听得入了神，酒食不曾动得一筷。那男子中气极足，一口气谈了三四个时辰，万里长江才说了个开头，已经日薄西山，酒肆也要关门了，才忆起不曾进食，二人相视一笑，付账起身而去。

那男子似乎也知己寥寥，难得有人肯听，喜不自胜，又拉着她在路边讲了大半个时辰。他讲的大多数楚飞燕都压根没有想过，但她聪明过人，举一反三，也听懂了六七成，有时也说些自己的见解，虽然与那男子相比还甚为幼稚，但偶尔也对他有所启发，那男子更喜，与她细细磋商。最后楚飞燕道："先生讲的颇为惊世骇俗，让我回头好好想想行吗？我见识有限，一时记不了许多。"

那男子一拍脑袋，笑道："说了大半天，还没请问姑娘芳名。"楚飞燕说："我叫楚飞燕，先生高姓大名？"男子道："我叫田蔑知。姑娘，看你像是武林人士，为何来此？"

楚飞燕说："江湖儿女，浪迹天涯。田先生呢？"田蔑知道："失意之人，四处看看世情。"楚飞燕笑道："一时失意，不足介怀。"田蔑知道："个人失意，不算什么，然而天下苍生创病甚深，我之前僻处一隅，不知中土百姓忧乐，思之甚愧。大丈夫当为民立极，改革世道，使天下为公、四海大同，可恨我孤身一人，纵然本事通天，又怎能掀翻千古囚笼、破百世迷局？"言罢长嗟，大生落寞之情。

楚飞燕想："这人抱负极大，见解又处处破除陈识，只怕曲高和寡，然而雪鲛所说的以学说救世的哲人，不正是这样吗？他的主张有些似乎过于高远，并非时人可以接受，但这拳拳救世之心，足为我师！"遂道："田先生，我虽没有你那么高深的学问，但你有用得着我的地方，刀山火海，决不推辞。"

田蔑知惊喜交集，看了她好一会，道："我一生未遇知音，自以为千年之后方有人知我，不期得见斯人于今世！"又仰天振臂道："苍生有救！时运有望！苍生有救！时运有望！"

楚飞燕见他如痴似狂，道："先生，你——"田蔑知一把抓住她双臂道："好姑娘，你我一见如故，便结为兄妹，如何？"

楚飞燕当然应允，两人都不信天地鬼神，执手相称一声"大哥"、"贤妹"，便订下了金兰之契。田蔑知狂喜之下，在街上狂奔起来，竟像顽童一般。楚飞燕也替他高兴。

田蔑知又拉了她的手，道："贤妹，救世如此大事，光靠我们二人，还是不行啊。贤妹是江湖中人，可物色得有志之士否？”楚飞燕想了好一会，说：“中土尊奉三教，不会有人支持大哥的主张。而且中土武林中人专注江湖争斗，俗气得很，没心思去救世的。”田蔑知好生失望。

楚飞燕说：“咱们慢慢物色，总会有的。”田蔑知道：“便有一两个，也不济事啊。”楚飞燕想了想，说：“大哥，武林中曾有一位叫离恨天大君的奇人，他写过很多著作。你何不将你这些主张写下来，找人刊印了广为传播，以邀同道？”

田蔑知抚掌道：“我也有些论稿。”从随身包裹中取出几本手稿来，说：“这里有数十万言，系愚兄近年心血所寄。”楚飞燕道：“好啊！找个地方，好好读读。”两人又找了间客店，进房点了灯，楚飞燕读那手稿，篇名有《原乱》、《公治》、《新民》、《崇法》、《兴商》、《选贤》等，一时也读不了那么多。又看下去，还有批判前人旧学的篇章，如《儒罪》、《道佛之失》、《破理学论》等。翻到后面，却见一篇名唤《魔道指误》。田蔑知忙掩了道：“这篇愚兄尚未完成，不必看了。”

楚飞燕心中生疑：“泰壹宫的魔道学说并未在中土流播，中土武林中人也不甚知，大哥如何知道？若不知道，又如何能‘指误’了？”遂问：“大哥，你也是江湖中人？你知道泰壹宫？”田蔑知道：“不瞒贤妹，愚兄是学过些防身武功，也知道一些江湖上的事，但愚兄有些难处，日后再跟贤妹说罢。”楚飞燕再三探问，田蔑知只是说：“恐怕连累贤妹。”楚飞燕见他如此，想来有其苦衷，也便暂时不提了。楚飞燕也把自己近年的见闻感受向义兄倾吐，田蔑知道：“贤妹如此奇人奇行，日后成就不可限量，只是一人之侠不足以匡正人心，要想有更大作为，还得志存高远。行侠仗义，儆恶除奸固然必要，但只有建立合乎公利之制度，才能从根本上遏制恶行。”楚飞燕说：“我有一个朋友，与大哥的见解也有类似之处。”遂说了周雪鲛的事。田蔑知点头道：“有机会你给我引见。”

楚飞燕又道：“大哥，这些天我听你讲了这么多，有一种感觉，不知道对不对。”田蔑知说：“贤妹直说无妨。”楚飞燕说：“大哥的思路，总的来说，是破旧立新，改革政制，还权于民，天下为公，这些的确都是对的。但我觉得大哥还是把事情看得过于简单。且不论这些在当下是否可行，就算这些都做到，天下就太平了吗？世人就得救了吗？任何制度说到底只是一种分利手段而已，远远没利益、欲望来得永恒，同样也会因利益、欲望而变异。只要人的本性不变，就算走出一个怪圈，还有更多的怪圈。阿燕就怕后世有人会打着这些旗号，干起谋取私利的勾当来。”

田蔑知闭目沉吟，把手指在案前划来划去，半晌乃道：“贤妹说的不假。人心险恶，学派变异，沦为教条空壳的事也不是没有，后人要曲解、利用我的学说，我也管不了。人的本性，的确是很难改变的，但愚兄还是对人世怀有希望，贤妹可知是为什么？”楚飞燕说：“因为世事总体上是在进步的？”田蔑知道：“那倒不见得。所谓的进步退步，其实只是人们居于各自立场、各自认识的一种评判，本身就被视野局限了，绝对的进步退步是不存在的，这不足以使愚兄对人世怀有希望。愚兄所说的希望，在于世间还有一样东西，那便是信仰。”

楚飞燕说：“那也靠不住啊。世间的信徒不知凡几，何曾净化了世界？中土武林与泰壹宫的刻骨仇恨，害死这么多人，不是因信仰的偏执而造成的吗？我看有这东西有时比没更可怕。”田蔑知道：“所以愚兄说的是希望，而不是必然。就好比一个重病将死之人，延医施药未必能救，但若啥都不做，那就必死无疑。咱们朝这条路走，这一代不成，还有下一代，总有一天，可以结束黎民百姓被愚弄、被奴役的日子。”

楚飞燕为其真诚所动，点了点头。两人又谈了一会，听到楼下好生吵闹，一个尖嗓门声音好熟。田蔑知见她神色有异，问：“贤妹怎么了？”楚飞燕说：“好像是我朋友来了，大哥少歇，容我下去看看。”

楚飞燕下楼一看，只见满地狼藉，一个尖嘴猴腮的老头与一个小孩正在指东打西地揍人，正是她的中土朋友孙外公、孙爷爷祖孙。那长臂老猿躺在地上一动不动，似是害了病。孙外公悍名素著不必言，孙爷爷虽然年幼，也深得乃祖之风，二人一齐发作，只打得客店中人满地找牙。

楚飞燕喝道："住手！怎么到这里打起人来？"孙氏祖孙骂道："操你——"回头见是楚飞燕，一时错愕，骂余人道："你们祖宗奶奶在此，孙子们还不都滚出去！"那客店中十数人都被打得鼻青脸肿，哪敢理论，都连滚带爬出去了。

楚飞燕上前一看，见那老猿双目半闭，一脸炭黑，皮毛全无光泽，口里半天不喘气，忙问："猿老哥怎么了？"孙爷爷道："猿爷爷中了贼厮鸟的毒针，好不了啦，我们本道让他临死前吃顿好的，叵耐这狗眼看猴的店主不肯招待！正待教他一店粉碎，你怎么也在这里？"

楚飞燕说："休管我了，你们别再捣乱，我来救猿老哥性命。"孙爷爷双眼一亮，道："你快救，你快救！你救得我猿爷爷活转时，我叫你老爹。"猿猴身体与人最为相似，天下毒物虽五花八门，绝大多数都不出维斗神功之掌控，楚飞燕试着用给人解毒的方法施救，竟也好使。那老猿本系通灵神兽，体质远胜于人，不然何以中毒甚深而至今未死？不多时，便又生龙活虎一般，望着她作起揖来。

孙外公喜道："好姑娘，我亲爹也没你这般好法，哪家好货生出你这好姑娘来？"眼角迸出老泪，乍哭乍笑，爷孙俩与那老猿抱作一团。楚飞燕问："是谁伤了猿老哥？"孙外公咬牙道："还不是狗眼神君那啃大粪的畜生！"

原来孙氏祖孙四处闲逛，误入全威门地界。那狗眼神君虽经楚飞燕教训，死性不改，反而愈发嚣张起来，不但加倍地残害良善，坑蒙拐骗之事更做了无数。他老娘出门被猪拱了，吓出病来，至今未好，每日进补花销甚大，狗眼神君虽有钱，却舍不得从自己身上出，便把他的著作《毅严堂集》印了许多册，强逼路人高价购买，若不买，拳脚立加。有几人指摘他的大作，被他乱棒打死，尸骨喂与狗吃。孙氏祖孙经过，也被强迫买书，孙爷爷大怒，往他那书上撒了泡尿，遂被狗眼神君追杀，那老猿中了两根缝里看人针。那狗眼神君的儿子也不是什么好东西，孙氏祖孙亲眼见他强抢了两个民女，当街宣淫，全不知廉耻为何物。

孙外公越说越气，一拳击在客店的柜台上，塌去半边，酒水倾了满地。楚飞燕怒道："除恶不尽，必有祸殃！早知如此，上次在福建我便不饶他了。孙老兄，猿老哥，你们放心，我这便去宰了那老狗，为江湖除害！"孙爷爷拍手叫道："好！好！好！打狗除害，马上便去！"楚飞燕说："你们等一下，我跟我大哥说说。"

田蔑知已走下楼道："贤妹，我听得多时了。救世固然要从根本入手，但也要一步步做，能救千千万万人最好，若一时做不到，能救一个是一个。你只管去，不必顾虑。"

楚飞燕由衷感激，问："大哥，你会在这里等我么?"田蔑知说："愚兄行踪也不定，你我志同道合，纵天南地北，亦相印于心，你铭记救世二字，胜于愚兄在你身边。愚兄盼你上究宇宙生化之理，下察人间成败之运，立道立说，使新学之光普照宇内，天下苍生得以自由！"

楚飞燕与这位义兄相识不过数日，却亦师亦友，心神相契，这种志同道合之大乐，她一生之中鲜有体验。分别之际，热血上涌，纵有千言万语也不知如何说起，强抑泪水，抱拳道："大哥珍重！"长啸而去。

狗眼神君的老巢就在百里之外，三人一猿立即赶往。孙外公是中土武林有名的轻功好手，背了其孙，流星飞步便走，那老猿更是轻捷如飞，一纵一跃便是数丈之远。楚飞燕使开绝顶轻功，天上飞鸟、地上神驹亦不足形容其神捷，更远远超在那老猿之前，三人一猿皆怀嗔怒，义愤填膺，恨不得一步跨至，百里之地顷时而尽，那毅严堂的地标已入眼帘。

毅严堂附近有个市镇，看上去甚是萧条。三人一猿来到镇上，却见居民大多神情委顿，或窃窃私语，脸有恨色。楚飞燕开声道："众乡亲，不要烦恼，我是打抱不平的人，你们是否遇到什么难处?"众人望了望她，或惊或疑，不敢搭话。楚飞燕又道："你们休要顾虑，是不是毅严堂的恶狗欺负你们？我最恨这种不知事理、欺软怕硬的东西，此行就是来扫除狗患的。"

众人见她英风凛凛，气定神闲，背后那口长刀非俗，便信了两三分。一个老成持重之人低声道："女侠，他们凶狠得紧，你……"楚飞燕两指一拈，捏过霜刀，更不出鞘，往旁一劈，一块压街石分做两半，竟没发出半点声音，复侧身一拔，在一块压街石上插出了五个深洞，放下石头，五根玉笋般的手指分毫无损。众乡亲惊得合不拢嘴，你看我，我望你，一个个都跪下道："求女侠做主！"

楚飞燕连忙叫他们起来，道："众乡亲有话便说，不过你们要记住，世人本应平等，不要再随便跪拜他人了。"一个老者道："女侠，听小老儿说，全威门那些狗娘养的泼才，全无天理！三天两日便来我们这里滋扰，谁也禁治他不得，这些年来，能逃的都逃了，只剩我们这些走不动的在此间等死。昨天他们又来勒索，哪有钱打发他？"他说到这里，气喘吁吁，余人都不住点头，纷声赞同："那贼驴子就会哗众取宠！""害群之马，横行霸道，真是连畜生都不如，雷公何不打死那些祸害？""无才无德，狗屁不通，只会投机取巧，这种臭王八也能成名，真是恶心死我也。""天长地久有时尽，狗眼看人不能饶！""狗子狗孙都是贼，贼眉贼眼贼心肝！"

一个瘸腿文士扶着拐杖上前道："前些天狗眼神君的弟子强迫我朗诵他师父的著作，我读错一个字，他们便把我的腿打折了。"又取出狗眼神君的一本大作来。楚飞燕取来一看，见头一篇是《毅严堂颂》：

> 神君尊者，狗眼是名。山不在高，有狗则灵。江湖独霸，全威必赢。新人胆碎，后辈魂惊。毅严堂里，独占风评。世人缄口，唯我能鸣。论资排辈，谁敢不听。狗眼看你，胜似刀兵。谁敢不服，立犯灾星。杀你全家，绝不留情！
>
> 宇宙伟人乾坤大圣狗眼神君作
>
> 猪年狗月

楚飞燕又好气又好笑，给孙外公看，孙外公一把扯碎："这脸皮厚得没屄了！"百姓群情激愤，都在咒骂控诉，只是不敢高声。楚飞燕说："众街坊听我说，狗眼神君的狗头我取定了，你们先回家去，不要随处走动。"众百姓千恩万谢，又喜又忧，散去不提。

当晚狗眼神君府上大摆筵席，摆了几十桌招待狐朋狗友。席上其乐融融，都歌颂狗眼神君威德。一个老太婆穿得好不华贵，坐在正中，正是狗眼神君的老娘，垂着脑袋恹恹欲睡，活像一只哈巴狗。有客人送上一个牌匾，上书“老者为尊，灭尽新人”八个大字，狗眼神君见了哈哈大笑。

忽然门外知客来报告道：“恭喜神君，贺喜神君，僧病本大师来访。”狗眼神君正在饮酒，听到此言，连忙把酒杯放下。僧病本乃武林三大领袖之一，地位高出他不知凡几，他从来没想过对方会屈尊降临，不知是喜是忧，连忙率众出迎，却见门前立着六个穿粗布僧衣的和尚，有老有少，当先一个形如枯木，脸上皱纹纵横，知客道：“这位便是病本大师。”狗眼神君没见过僧病本，想：“这老和尚其貌不扬，放在人堆里毫不起眼，怎能做到家主之位？”一时怕弄错了，并未下拜。

这时后面一个叫时处生的宾客朝那老和尚拜道：“病本大师，您老人家……安好！”这个时处生是狗眼神君的死党，帮着狗眼神君诈骗钱财，害得无数人倾家荡产，被僧家抓住惩戒了一番，僧病本对之开导，他保证誓不再犯，其实照样为非作歹。狗眼神君见状，连忙率众下拜。

僧病本平和道：“诸位请起。”狗眼神君只感无形之中有股柔和力度托住他身子，竟不由得他思索，便自然而然地站了起来，惊讶地看着眼前这个老和尚，心生敬畏：“我本道三大家主也不过和我一样，只是被捧得高而已，真实功夫未必强我太多，不料如此天差地远。”方知自己实系井底之蛙，额边渗出汗来，问：“大师有何见教？”

僧病本道：“闻汝多伤无辜，大违我佛慈悲之义，方今武林合力，抵御魔宫，非汝生事之时。山僧路经此地，特来正告于汝，多造业端，于汝无益。真定明夫子亦颇闻汝恶行，姑念外患方重，用人之际，姑宽汝罪，汝若不早收屠刀，必将加刑于汝。”

狗眼神君捏了一把冷汗，道：“小可实无滥杀无辜，望明夫子、病本大师详查，勿误听小人之言。”僧病本道：“咄！真假虚实，汝心自知，巧言令色，罪孽更重。”狗眼神君不敢再辩，只得唯唯称是。

僧病本还要训责他几句，忽然胸腹间剧痛起来，身子一晃。以他武功境界之高，便是被千斤大石相撞，也能岿然不动，此时竟立足不稳，不是被武功更胜于他之人攻击，便是中了剧毒。僧家的十方道场功若练到了极致，比如僧家之祖僧竺法那样的境界，也能万毒不侵，断不在楚飞燕的维斗神功之下。但那种境界只有大圣大哲方能达到，僧病本虽为一代高僧，在佛学上还谈不上有甚超越前人的创见，离圣哲还差了很远，因此有些剧毒还不能抵抗。

众僧忙将僧病本扶住，怒道："狗眼神君，你竟敢暗算大师？"狗眼神君慌了神，虽然他不曾下毒，但僧病本若死在他家门前，日后不知会有多少麻烦事上身。

僧病本摆了摆手，道："不关他事。我看出来了，是'龙虎斗'之毒，谅他也配制不了，不是魔宫暗算，便是僧极乐党羽报复。这毒我能解，只是要花点工夫。找个僻静去处罢。"在众僧搀扶之下离去。

狗眼神君暗叫晦气，回去继续吃喝。将近宴终，忽然那知客又来报道："神君，隔壁镇送礼来了！"狗眼神君问："礼多礼少？"知客道："有一大柜。"狗眼神君心道："这些穷鬼这次倒挺孝顺。"吩咐抬上来，几个弟子慌忙去帮手，将一个大柜子抬了进去，却见那柜子披红挂绿，上书"年年有今日，岁岁有今朝"十个大字，狗眼神君见了也喜，在众宾客颂声之中，吩咐打开来看。

他话音方落，只听得一声怪响，柜顶破碎，蹦出一个小孩来，一桶什么东西劈头往狗眼神君泼去。狗眼神君一闪，那东西淋了他老娘一身，原来全是泔水臭尿，顿时只教他老娘宛如水沟狗屎——又湿又臭。

狗眼神君的六七个儿孙大怒而起，便来拿那小孩。忽然柜门又"砰"的一声碎开，扑出一只长臂红毛的大马猴来，两臂一包，四脚齐夹，早扑翻一个狗子，一口咬在他脖子上，那狗子喉头溅出血来，狗命一时了账，他曾当街凌辱民女，今番罪责难逃，只吓得旁边那狗孙僵如腊鸭。孙外公又从柜子里蹦了出来，手中擂浆棍早起，只一棍打得那狗孙脑袋开花，一似关公脸上堆豆腐——又白又红。这狗孙年纪虽小，却自幼跟着他父祖为非作歹，祸害乡郊，曾因索要玩物不成，倚仗他祖父势要，害死五条人命，今番也见阎王。

狗眼神君看见一下子打死了他两个儿孙，只气得三尸暴跳、五内出火、七窍生烟，酒也醒了八分，大叫一声，攒拳赶来。众弟子、宾客也来助阵。孙氏祖孙并那老猿撞破窗户而走。狗眼神君追将出来，却闻一声怒叱："狗贼哪里走！"狗眼神君看时，只见漫天月色之下，立着一个绝色女郎，刀如霜，足如雪，秀目圆睁。狗眼神君只吓得魂飞魄散，慌忙望街尾而走。楚飞燕提刀便追。众弟子、宾客见神君逃窜，早散去了一半。

狗眼神君亡命逃进街尾一个菜园子中，忽然立定，仰天大笑："死丫头，你中计了！"楚飞燕说："省口气吧！"便要拔刀。狗眼神君道："有种不用兵刃，空手对敌才算好汉。"楚飞燕说："好！"把霜刀插回鞘中，抛与了孙爷爷。

狗眼神君见有些心腹死党赶到，心下更定，大吼一声，一招"狗仗人势"，便朝楚飞燕打来，拳头未到，风声先作，孙外公、孙爷爷被他拳风一带，站立不稳，险些摔了出去，互望一眼，想不到这老狗忽然如此厉害。余人各自退开，让出空当让他们交手。

楚飞燕与他拆了几招，被他拳风压得气息微窒，心中大异："怎么这老贼功力好像突然高了数倍？"不敢怠慢，小心应对。却瞥见菜园中一个大粪窖，臭气冲天，心道："难道这里有什么玄机不成？"她猜得不错，原来狗眼神君久练含屎喷人功，在这功夫上的造诣已登峰造极，到了"口中无屎，心中有屎"之境界，一接近这粪窖，便如吃了春药一般，变得凶猛无比，力大无穷。

狗眼神君大占上风，狞笑道："臭娘们，知道老夫厉害了吧？"抖擞威风，使出平生绝学圈子神拳。楚飞燕只感对方拳势如一个接一个的圈子，圈内有圈，圈圈相扣，织成一张铺天盖地的力网，只往自己身上罩去，无论往何处闪避，都逃不出圈子的包围。那圈子圈外生斥力，圈内生吸力，直教人眼花缭乱，莫测其奥。楚飞燕不无焦急："我一时托大，小看了这老狗，若是用霜刀对付他，哪有这么麻烦？"此时她要去取霜刀，也来得及，却大违前言，便胜了也毫不光彩。

孙外公、孙爷爷见楚飞燕全凭轻功自保，少有还击，都心急如焚，欲待上前相助，怎奈对方人手更多，看上去有六七个是好手，若是群战，形势只怕更加不利。狗眼神君的死党尽皆欢呼雀跃，好像在街上捡到钱一般。

# 第十二回 恨海孤坟

两人转眼已斗到百招以上，狗眼神君稳占上风，狂笑道：“老子天下第一，尔等全家粉碎！”孙爷爷气得直拍大腿。忽见楚飞燕路数一变，双腿疯狂扫出，狗眼神君便连连后退，窘迫至极。狗眼神君的死党神色立变，孙外公也不明所以，喃喃道：“这、这可怪了！”原来楚飞燕想起当初苏坐忘在替兴楼中一招便制服狗眼神君，苏家的至人无己功她没练过，但她自小受魔道影响，虽未曾接受恨世宗旨，任狂蔑俗、傲世独立的魔道精神却在她骨子里烙印至深，她寻思道：“无己对付得你，那我著己到极点也能破了你这圈子。”她这一路腿法，应念自创，任意挥洒，如哲人狂吟，雄视八极，俯仰太玄，自为神祇，一切世俗圈子俱不足道。狗眼神君的圈子困得住汲汲于名利的凡夫俗子，又怎能禁锢得了心高于天的奇雄狂士？只三招两式，便把狗眼神君毕生所恃的神拳破得支离破碎。

孙爷爷拍手大叫起来：“好！”只见楚飞燕一脚飞踢，踹在狗眼神君的胸口，踢得他飞出四五丈外，四脚朝天，就像一只半死不活的老鳖，已断了数根肋骨。

楚飞燕赶上去，一脚踏住狗眼神君的胸膛，啐道：“你这狗眼看人的直娘贼！本姑娘孤身一人，纵横江湖，钓鱼城上，哪个不知我名？也未曾自居权威。你不过狗命长了点，又行了几年狗屎运，便敢欺凌江湖上新出道的才俊？这世道，便是教你这等嫉贤妒能、结党营私的畜生坏了。本姑娘已饶你一次，你还怙恶不悛、变本加厉！你这种东西窃居上位，叫好人如何能有所作为，又如何教世人心服？不杀你，何以谢天下？本姑娘这便送你入黄泉，与后世狗眼看人的畜生学样！”孙爷爷道：“燕姑娘接刀！”把刀抛了过去，楚飞燕就空中拔出，霜光一闪，剜出了两只狗眼，复一脚，将狗眼神君踢进了粪窖之中。狗眼神君大叫一声：“啊呀！”登时气绝。正是：霜刀仗义除老狗，粪窖无辜葬畜生！试问狗孙和狗子，还敢狗眼看人无？

狗眼神君的几个儿子想上来救爹，被孙外公、孙爷爷杀翻在地。其余死党见势不好，早不知逃到哪去了。楚飞燕适才恶战，精力大损，身子一软，坐倒在地。孙外公道：“不杀这狗贼阖家满门，如何消得我这口鸟气！”孙爷爷道：“猿爷爷，你照顾燕姑娘，我们除害去也！”

孙外公、孙爷爷杀奔毅严堂去，迎面逢着几个狗弟子，被二人三下五除二都杀了，夺了两口刀，二人冲进堂里，宾客尚有未散去的，被爷孙俩排头一味价杀了。狗子狗孙、狗妻狗妾被杀得一个不留。那狗娘叫道：“二郎神救我！”被孙爷爷手起刀落，砍下头来。只杀得个阿弥陀佛、呜呼哀哉！孙爷爷大笑道：“这才消我心头之恨！”

隔壁镇上百姓听见杀声，有些便忍不住出来观望，孙爷爷大叫道：“毅严堂狗贼都死了！”众百姓听说杀了狗眼神君全家，人心大快，道：“杀得好，不曾错杀了，这些东西不杀，便是祸害好人，你们不杀，我们也要杀。”一个老婆子颤巍巍地走上前，指着那狗娘尸体骂道：“看你家这些狼心狗肺货色，叫你作威作福，一双狗眼欺负人，今番还不是死也！”孙爷爷当即让人去取狗眼神君财宝，救济良民。那狗眼神君家族平日无所不为，家中金宝如山，搬到天光还未搬完一半。

众百姓又欢呼着去请楚飞燕，楚飞燕道：“我阿燕打抱不平，杀了这无良老狗，但此等匪徒宵小实多，我虽有心为世道清瘴、为江湖除害，却无三头六臂，只能一步步做了。今日我一把火烧了这害人虐物的毅严堂，与后世做榜样，但愿日后男女老少相互尊重，再也没有这种不仁不义、无知无耻的畜生！”众百姓皆大欢喜，烧了毅严堂。楚飞燕又道：“从今以后，还有谁搞毅严堂害人的，先问过我阿燕这口霜刀！”众百姓挥泪将三人送出十里之外，方才作别。立碑一座，上刻“灭绝全威，扫除狗眼”八字，以志此事。

三人走出数里，孙外公忽正色道：“姐儿，听说你是泰壹宫弟子，是也不是？”楚飞燕略一迟疑，点了点头。孙外公道：“好，你也不用多说，老头子相信你是好人，你便是了，别的都是废话，我只信我这双鸟眼。”孙爷爷道：“我也一样！”楚飞燕心中感激：“中土武林中人知道我是泰壹宫传人后，都视我如仇寇，难得这爷孙俩如此真心，这样的朋友可不多了。”不愿连累他们，与二人道别。

她回头去找田蔑知，客店掌柜说他已退房去了。楚飞燕怅然不已，又孤身浪迹了大半月，来到一个小镇上，打了几角酒吃，忽听到有人叫道：“燕姐姐，燕姐姐！”

楚飞燕奇道：“是谁叫我？”差点以为是凌一色，但声音又不像。却见一个穿红衣的小女孩口中叫唤，追着一个穿黑衣的小女孩，从她跟前跑过，原来是两个小孩在捉迷藏。一个穿着粗布衣服的妇人迈着小脚，追出来喊道：“阿燕、阿花，别闹啦，快回家去。”两个小女孩笑道：“不家去！不家去！”那妇人立定哭了起来。街坊邻里见了都摇头叹息。

楚飞燕想必有内情，过去问那妇人：“大嫂，你哭什么？”那妇人哭诉道，她丈夫殁了，公婆有病，正打算把两个女儿卖了，女儿还不知道，买家不久便要来了。楚飞燕心下颇不是味，一摸身边，银两恰巧用光了，只得嘱那妇人道：“你先别卖女，我去给你弄点钱来。”这小镇上无甚富户，楚飞燕去外路夺得些银子来，回头找那母女三人，已找不到了。访到她家，见两个瘦骨嶙峋的老人正在炕上苟延残喘，家徒四壁，缸中无米，连锅也卖了。楚飞燕默然无语，留下银两而去。

楚飞燕没帮到那母女三人，半天闷闷不乐，渐渐想到：“却不知我的生身父母是不是也因家贫，才将我遗弃？为什么世间富者连亘，贫无立锥？为什么一部分人要喝另一部分人的血？人间疾苦如是之深，何日方是尽头？”她有生以来，第一次感到世人的命运是如此紧密相连。

日薄西山，楚飞燕尚在想今日之事，背后一个人叫道：“燕姑娘，果然是你！”楚飞燕回头一看，却是王守恨。两人都甚为惊喜，楚飞燕忙问：“王先生，你何以在此出现？一色来了么？”王守恨道：“当时王某与燕姑娘、芍药公主失散，一直寻找不着，只得回娲皇崖报告凌崖主，回到娲皇崖不久，芍药公主与凌阁主也到了，凌崖主、凌阁主自有事相议，芍药公主说燕姑娘留在羲和浴日国，凌崖主已派船去接了，却又命我到中土寻找大君，不期遇着阁下，燕姑娘何以在此？”

楚飞燕简略说了前事，又问：“你说来中土找大君，可找到了没有？”心想要在中土这么大的地方找一个人，那可麻烦得很。王守恨笑道：“说来也巧，王某早上刚与大君会合。燕姑娘既在，便随我去见见大君如何？”

楚飞燕没去过泰壹宫本址，不认识寂灭天大君，乍一听大君便在左近，惊喜之余，也有些忐忑，问：“大君会见我么？”泰壹宫人以狂为荣，性情怪僻者甚多，寂灭天身为泰壹宫首领，却不知他是否会轻易接见后辈。王守恨道：“燕姑娘乃风庄主高足、我泰壹宫小一辈中出类拔萃的人才，大君早已知闻，岂有不见之理？姑娘休要多心，只管随王某去，大君对待宫中兄弟，向来是诚恳爱护的。”

楚飞燕跟了过去，两人来到一处水亭边，四下无人，王守恨道：“不对，大君明明在这里看书的，却上哪里去了？”等了一会，不见回来，四下寻找，忽然半空中一声长啸，一个中年男子、一个布衣老僧倏然横空飞至，在空中对了一掌，双双落在亭子之上。

楚飞燕、王守恨一齐叫出声来，一个叫的是“大哥”，一个叫的是“大君”。那中年男子微微笑道：“病本老和尚，你我比武论道，是谁赢了？”那老僧神色淡然，平静地说：“武功是大魔头高，然出家人本志，在于慈悲救世，武力高低，殊不足论。”那男子道：“慈悲救世四字，你也休提，士大夫救不了世，和尚道士一样救不了。中土这千秋大局，岂是敲经念佛便能念出活路？没有根本改革，何以救苍生？”

老僧缓缓摇头，道：“好痴儿！汝根非根，汝本非本，根在苦海，本在人心，汝徒知逆时强变，以利一时，又安知世间万象皆空，到头俱是虚幻？苟能觉悟，即心是佛，又何须多生是非，劳动大众？未得觉悟，身沦业海，改革外物何用？汝所谓改革政制，与宇宙轮回、四谛因证相比，又算得什么？目光短浅，见解狭隘，度不得众生，成不了正果。”言罢又摇了摇头。

中年男子道：“我关心的是活人在现世中的命运，神神鬼鬼的东西我不信也不管，按你们的教义，世人受苦是因果业报，但在我看来，是少数人统治多数人的恶果，不将这东西颠倒过来，何以恢复世人尊严？”那老僧道：“虽然你与别的魔头有所不同，但偏激肤浅，却与他们一般。你们认为这个世道是黑暗混乱的，便将它一概抹倒，却不知苦海西方，相反相成，十方世界，恒河沙数，你抹得倒、冲得破么？夫高低贵贱，悉从因果，皈依悟道，得大解脱，方是真正的众生平等，若依你之见，把一些人赶下去，一些人扶上来，却不以佛法加以匡正，不过以力造势，肆人六欲而已，少数人会作恶，多数人便不会作恶么？”

中年男子道：“匡正人心，当以新学，不依旧法！咱们各行其道罢。”那老僧也不再说，拂袖而去。

楚飞燕听得入了神，深受启发，暗自沉吟：“他们的观点针锋相对，一个主张革新，一个主张顺应，前者重制度，后者重精神，说得都各成其理。革故立新固然必要，但若无约束规引，势必群盲乱舞，天下大乱，若加以约束，又要借助实力，则约束者本身成为权威，又恐集权于一身，将天下命运放在一个骰盅内去赌。而且他们好像还是把自己的‘道’、‘学’、‘法’奉得太高，太绝对了，就算你的东西真的很高很正，便可以压倒一切、笼罩一切吗？便可以由你一人一派去决定全天下、每一个人的命运吗？怎样才算得是对世人的尊重？首先还是要把选择权还给每一个活生生的人。古今真的不能存乎一体？观点不同便得你死我活？不行，这样绝对行不通。”

正在这般想着，忽感有人拍她肩膀，温声道：“贤妹怎么了？”楚飞燕回过头来，见到那人冷峻中包裹温柔的目光，暗骂自己：“‘田蔑知’倒过来念便是‘寂灭天’啊，怎么这都想不到，真是笨死了。”一时也不知该怎么说才好。

寂灭天握住她手掌道：“贤妹，我能有你这样的好妹子，不枉此生。”

楚飞燕与他四目相对，他手掌的温热传入自己的皮肤，愈发体会到他的一腔至诚，心道：“我本道大哥是一位怀才不遇的中土奇男子，原来便是寂灭天大君。身为泰壹宫人的首领，本可在海外逍遥自在，过神仙日子，却甘受亲朋部属指摘，来中土为于他无恩无义的世人寻求出路，这等襟怀，试问天下有谁能比？离恨天大君弃救世而恨世，我大哥却弃恨世而救世，既是一场轮回，也是新的希望。”对他的敬仰又添了几分，道：“大君兄长，我阿燕有你这样的义兄，虽死犹荣。”

寂灭天放声大笑，把她的手举向天空，道：“万里风云携手会，笑看血海百千寻！中土人爱说‘皇天后土，可表寸心’，然你我之情谊，这不长眼睛、昏庸混沌的天地哪配来评判！贤妹，待你我二人掀翻这赃天贼地，扫空这万古阴云，将被颠倒的一切都倒转回来，方显你我英雄本色。”

楚飞燕心潮鼎沸，紧握着寂灭天的手，深感人生在世，能有此境，虽死何憾？夜幕已降，满天星月明辉，银河一道，万般璀璨，人间俗物怎能相比？但愿此身长如月，幽眠梦里照尘寰。

楚飞燕既知他是大君，便把自己这几个月来的经历一五一十地告诉了他，特别提到了那荒岛上的离奇经历。寂灭天听罢道：“贤妹说孤岛中有个神秘女人，这事很怪，咱们慢慢查究。还有你说辛谷主会使中土武林的武功？”楚飞燕说：“我也不太懂，不知道到底是不是。大哥，我觉得这个人很古怪，你小心点。”寂灭天说：“我泰壹宫人行事如日月经天，讲的是坦诚相待，不必多心，回头我问他一问。”

楚飞燕“嗯”了一声，又问：“大哥怎么会和僧病本那老和尚斗了起来？”寂灭天道：“我在亭子里看书，这老僧不知怎么会知道我身份，过来对我说：‘佛魔高下，可一论否？’我便与他一边论道，一边比武。这老和尚学问是有的，只是还是他僧家的那一套旧东西，迂腐保守得很，骨子里畏惧变革。”楚飞燕想了想，道：“大哥，我虽然支持你的改革大计，但刚才听了你们的辩论，有些新的想法。”

寂灭天听了大喜，道："贤妹有甚创见，愚兄洗耳恭听。"楚飞燕说："我觉得新学旧学，都只是对世事的一种解释，不存在绝对的谁高谁下，只是在特定时期谁更适用而已。而所谓的适用与否，取决于大势，又往往蔽于功利，未见本原。如果以强力推介所谓新学，又焉知不是另立专权？今世诸多学派，先入为主的东西都太多，把某些观点奉为神圣，连别人丝毫质疑反对都不许，那无论其形式是新是旧，都只是一种异化人心的外部权威而已，那只能说是死人之学、教旨之学，还算不上活人之学、自由之学、人道之学。"

寂灭天敛容而听，道："那依贤妹之见，便不需要变革了么？"楚飞燕道："变革当然是要的，但简单的破旧立新，还解决不了问题。变革的最终目的，不应是让一种名义上的新学去占据一切，世人不应是旧学的工具，也不应是新学的奴才，应该创造一种环境，让每个人都能率性而为，而无需担心因信获谴、因言获罪。"

寂灭天沉吟半刻，点头道："贤妹说的不错，但当权者不会将掌中之物拱手相让，要打破迷局，也非倚仗强力不可。世人有真睡的也有装睡的，鸣钟虽然会吵到一些可能真正需要睡眠之人，但总要有人为天下先。纠枉不过正，不足以纠枉。"

楚飞燕道："我还是觉得，异化不但存在于旧学，也存在于新学之中，甚至人心本身，就有自我异化的倾向，光靠制度改革根本遏制不了。唯一能对抗这倾向的，也许只有离恨天大君主张的狂心傲骨了。"

寂灭天惊讶地看看楚飞燕，大笑三声。楚飞燕道："大哥，我说错了么？"寂灭天笑道："对得很，对得很，贤妹进步如此之速，真乃学无先后，能者为师，愚兄甚慰。"楚飞燕倒有些不好意思，吐了吐舌头。

寂灭天道："我这番独自来中土，凌崖主他们都很是焦急，愚兄准备明日便回去，与他们再好好说说，贤妹便跟我一道回去如何？"楚飞燕道："听大哥的。"

三人跋山涉水，穿州过府，来到泉州港口。其时海禁尚严，民船哪敢载客，三人便夺了条官船，驶到长恨岛，已有泰壹宫的大海船在等候。船长是个结实胖子，抱拳道：“恨海生魔道，群神礼大君，哲人魂不灭，望绝古今云！属下水青先听遣。”寂灭天道：“水先生辛苦了，宫里没别事吧?”水青先道：“一切如常，只是大家都惦念着大君。”

寂灭天见那船大帆高，问：“怎么这船与往日的不同?”水青先道：“好教大君得知，故船陈旧，不堪风浪，凌崖主命人打造了这艘新船，号曰‘无风’，与大君乘坐。”寂灭天说：“凌崖主有心了。”上了船，但见家生齐备，水手精壮，又赞了几句。

楚飞燕好久没坐过海船，心中欢喜，不多时便与水手混熟了。泰壹宫路途遥远，一个来回少说也要在海上打熬数月时光。好在船上人多热闹，又有寂灭天在旁，倒也不闷。过了逢劫湾，航行于大洋之中，接连多日，并无大事。

这天楚飞燕倚在船边吹风，见寂灭天在船头出神，过去问：“大哥怎么了?”寂灭天说：“我在想我曾祖父当年离开中土，远涉重洋之事。贤妹，你说他当年为何放弃救世?”楚飞燕说：“世人不理解他，他又宁折不曲，一番好心换来无情嘲讽，叫他怎能不对世道绝望?”

寂灭天叹道：“我曾祖父才智太高，为人太傲，将哲人与俗人截然对立，未必可取。没有彻底的改革，这个世道还不知要吞掉多少人。贤妹，你我二人定要竭尽全力，将苍生拔出苦海。我们泰壹宫人，终有一天还要迁回中土去的。”

楚飞燕想：“只怕他人不似大哥所想。”欲言又止，笑了笑，不知为何，心中隐隐有些不安。

船上水手此时欢叫起来，原来捞到一条极大的白鱼，活蹦乱跳，当即杀食，全船共飨。此鱼肉质鲜美，楚飞燕吃得连连叫好。

忽然一个水手大叫起来：“海龙来了!”向东边一指。众人纷纷望去，只见几十丈外海涛滚得甚高，如一条巨龙闹波，正向这边推来。众人见了，都道是海漩之类，亦不惊怪。

另一个水手道：“兀那是什么声音?”众人也听到一种怪声，一时却不知是何物所发，一个老水手脸色骤变，叫道：“是鲸鸣！鲸群要来了!”众人一听是鲸群，更不放在心上。老水手急道：“鲸鸣声有异！

快把船驶开！”

那怪潮来得飞快，鲸鱼蓝黑色的背脊若隐若现，如同一座座流动的暗礁，从中喷出的水柱有数十道之多，竟大多是数万斤乃至十几万斤重的巨鲸。如此壮观的鲸群，就连那在船上过了大半辈子的老水手也是头回见到。

那鲸群直如着魔一般，朝着海船冲来。众水手慌忙转舵，那鲸群在后面紧追不舍。一头大鲸鱼追了上来，猛然一头撞在船尾上，海船虽然坚大，也为之一震。那老水手叫道："敢情是这些大尾巴怪发情了，快快走罢！”

水青先道："放弩射它！”船上本有巨弩，当即移来对着鲸群，数名水手将弩拉开，竹竿也似的长箭“嗖”的一声破风射出，没入一头鲸鱼背脊。但与此同时，不知从哪里又冒出数十头巨鲸，两下里包抄过来，竟如事先预谋好的 一般。

寂灭天见此情形，往船头一立，振声长啸，势若万龙齐吟。众水手见他用神功震慑鲸群，忙不迭捂耳，各自运功，唯恐被震裂内脏。只听得啸声不紧不慢，散入云霄，盖过了海上一切声响。那鲸群不知来了什么东西，疑是自己克星，掉头退去。

寂灭天啸声亦止，笑道："这些鱼儿倒也大弄！”众水手被他啸声震得不消生受，但见鲸群退去，也大大松了一口气。楚飞燕笑赞道："大君神功，一至于斯！”

忽然海面上飞速浮来一个黑点，黑点之上好像还有个什么东西。楚飞燕远远见到，叫道："是凌冷玉！”众人望去，只见一头小山般的黑色独角鲸推着波浪，背上立着一个女子。那女子一掌发出，“波”的一声，打得一条长鲸痛得乱滚，喝道："怕事畜生，攻回去！”说着撮唇长鸣。那鲸群听到鸣声，如着魔咒，又掉头来攻海船。船上慌忙投叉发弩，鼓噪惊吓鲸群。

寂灭天高声道："凌阁主，你意欲何为?”凌冷玉冷冷道："大君，你背叛魔道，同情中土，魔家这是代离恨天大君清理门户！”

那海船被巨鲸撞了好几下，剧摇起来，凌冷玉驱动独角鲸，冲向船侧。这独角鲸块头比别的巨鲸还大了一倍有余，那独角又极尖锐，若吃它一下，只怕船不翻也要被撞出个大窟窿。

寂灭天见势已危，只能收起善罢之念，喝道："冷姑，我用立极功了，你小心点!"一步跨出，双手往上一提，一股高楼般的气浪在海中拔起，震得狂澜逐天乱滚，这是他自创的神功，与泰壹宫祖传武学颇多不同。凌冷玉双目冰光大现，一口寒雾喷出，双掌前推。二力交会，一声巨响，寂灭天身躯一震，凌冷玉一屁股坐倒在鲸背上，面如纸白，冷冷道："大君，你厉害!"

寂灭天凛然道："冷姑，你长年极地练功，与我并无深交，但你兄长凌崖主是我至交挚友。你向我发难，出于路线之争，我不怪你，但你也该好好考虑我宫的前途。"

凌冷玉冷笑一声："你是大君，你让魔家考虑我宫前途？该考虑的那个是你！一百三十一年来的恨世宗旨好好的，你竟要改变它，你对不起祖宗，冷了大伙的心！狂人不走回头路，你敢改弦更张，魔家便决不认你做头儿。"撮唇长鸣，指挥鲸群离去。

寂灭天深叹一口气，望空怅然。鲸群卷起的汹涛虽然平伏，众人心底的波澜却难以平息。

水青先禀告道："大君，船被鲸鱼撞了，虽勉强行得，却不安全，得找个地方停泊，修整好才好上路。"寂灭天问："大洋茫茫，何处可以停泊?"水青先说："大君怎么忘了？自此南去不远，有座孤坟岛，正堪停泊。"寂灭天说："那便去那里罢。"

楚飞燕问："大哥，这孤坟岛不是离恨天大君逝世的地方吗?"寂灭天道："不错，我曾祖父最后的日子，是在这岛上度过的。"那岛屿孤悬海中，中心凸起，形似坟茔，离恨天发现了这小岛，命名为孤坟。到他晚年自知大限将至之时，便来到这岛上，炼成白月天霜刀，狂吟而逝。离恨天逝世后，遗体火化，骨灰撒入海中，泰壹宫人"生作狂人，死归恨海"，从不保留骨灰，更不置墓地之类。

船将至岛，万古第一狂人今在何处？武功盖世，哲人达道，到头来都只是一场往事。地老天荒，有什么能永恒不变？天有天的法，人有人的路。楚飞燕遥望孤岛上方缥缈的烟云，怀想前人，心道：“不论离恨天大君的学说是否偏激，就凭他一生冥想追求终极真实的执着，把世俗的虚伪和血腥彻底揭露的深刻、‘万古无人似我狂’的气魄，就可以把整个世界踏在脚下。这种无所畏惧，莫能夺其本色的狂人精神，若能与救世情怀再结合一下，就最好不过了。”

众人下船上岛，寂灭天望空一抱拳道：“曾祖大君，你创立魔道，重开天地，武功才智，古今无匹，曾孙远远不及。我泰壹宫乃哲人之国、狂人之乡，后代子孙狂心傲骨，直道而行，一百三十一年来，从来没有钩心斗角的内斗，没有心口不一的败类，就这点而言，任何学派也比不上我泰壹宫！你当年仇恨世俗，对世人绝望，我知道不是你不关怀世人，而是你念之深、责之切，你希望重铸世人的本性，让他们自觉地认知和反抗世间的荒谬。你对世人的要求太高了，先觉者毕竟是极少数，不是每个人都有那种境界的，只有通过彻底的改革破立，才能一步步地把世人从深渊中拉上来。这是我认定的道路，你的未竟之业，便交给曾孙好了。”

他说到这里，却见水青先、王守恨分立两边，脸上尽是悲愤之色。寂灭天发觉不对，问：“两位怎么了？”

水青先脖子涨得通红，高声道：“大君！你好糊涂！创宫大君的教旨推行了这么多年，大家都认可，不能因你一言而放弃！且不论中土武林与我泰壹宫的血海深仇，就中土人与泰壹宫人的作风而论，也是万万不能相容的。中土那边，不符合权门需要的便是异端、乱臣贼子，你一个异端跑到那里去，武功再高，至多也不过自保，断不能有所作为。俗人鼠目寸光，胸无大志，你跟他们讲大道理根本没用，要他们跟你，只能利诱，利诱便是伪人所为，便违背了狂人气节，便是自甘下贱。你好好想想，这样做值得么？”王守恨一旁听着，频频点头。

寂灭天自然深知其中利害，水青先这番话虽不留情面，理却不糙，且代表了绝大多数泰壹宫人的看法。寂灭天看着水、王两人愤慨的面孔，道：“水先生，你说的不无道理，这个世道沉沦已久，人们都习惯于服从世俗法则，要实现崇高的目标，往往不得不向现实妥协，做一些违心之事，妥协得多了，崇高也被消解了，史上很多学派的衰落就在于此。这些我都知道，但是……”

这时一个声音生生截断了他的话：“没有但是！要么反世作狂士，要么顺世做奴才，没有第三条路，你若想回到俗世之中，便不配做泰壹宫人。”

寂灭天、楚飞燕一同望去，只见面前多了十男一女，其中一个眉心文着个上下倒过来写的“人”字，却是辛齮墨，那女子明艳无俦，玉足外露，脚趾上两颗大明珠泛着晶光，见了楚飞燕，两人都是一愣，便扑过来相拥，叫道：“燕姐姐！”“一色！”双双热泪盈眶。

寂灭天却与对面一个身披蛇皮外褂的男子四目对峙，那男子气宇轩昂，眼眶甚深，鼻梁笔直，身上有一股劲松般的气势，眼神与凌一色怀心事时如出一辙。楚飞燕第一眼见到他，便感熟悉，问凌一色道：“是你爹？”凌一色道：“是啊！你怎么会和大君在一起？大君变了，你不要和他做一道。”

寂灭天开口道：“鼎兄，你何以在此？”那男子道：“今日宫中多位首脑毕集，要问大君一句，大君到底是魔道的领袖还是叛徒？”十人眼光齐齐聚在寂灭天身上，大有相逼之意。

楚飞燕立时明白，他们是事先谋划好了，在此发难，王守恨、水青先均与其谋。寂灭天知道自己若不改志，他们便要废了自己，遂道：“凌崖主，这个大君我不做了，让与你罢。”

他这等态度，凌灭鼎等也不是没考虑到，只是不料他表态得如此果决，均为之一怔。凌灭鼎道：“大君，你也太小看凌灭鼎了！你道魔家向你发难，是为争大君之位？魔家可以搁下话来，永世不做大君。魔家为的是离恨天大君的教旨，还有我泰壹宫人不可侵犯的尊严！救世完全是徒劳而荒谬的，你不要再错下去了。”

寂灭天就此事已和他辩论多次，谁也说服不了谁，再作口舌之争，料也无用，遂道：“凌崖主，我介绍一个人给你认识。贤妹，你过来。”

楚飞燕应了一声。凌一色奇道："他叫你什么？"楚飞燕道："我过去一下。"走上前道："凌崖主，你好，我是一色的义姐、风庄主的徒弟阿燕。"凌灭鼎瞟了她一眼，道："是么？"寂灭天握住她的手，道："鼎兄，你曾说今世无人会支持我的主张，我在岳阳楼上认识这位贤妹，她与我志同道合，可见中土还是有觉醒之人的。"

凌灭鼎说："她是康回庄弟子，怎能算中土人？"楚飞燕说："我是孤儿，也不知道父母是哪里人。"凌灭鼎道："你受教于泰壹宫人，自然也是泰壹宫人，还有什么好说的？你支持哪一边？"凌一色抢着说："当然是支持我们了。"楚飞燕徐徐摇头，道："不，我支持大君兄长。"

凌一色的表情瞬间僵住，好像被人从身后点了重穴。楚飞燕歉然道："一色，我……望你理解。"凌一色目光沉滞，惨惨笑道："我理解，我理解！"上前"啪"的一声，抽了楚飞燕右脸一记大耳光，还要再抽左脸时，胸中一痛，一转身，两只木屐往天上甩去，飞身跃入大洋之中。

凌灭鼎知道女儿水性甚佳，但脾气更倔，自己很多时候也叫不动她，遂道："那个什么燕，还不拉一色上来？魔家教你粉身碎骨！"楚飞燕哪等他说，早已像劲弩一样穿入波底。寂灭天一言不发，也潜入水中。凌灭鼎一愣，跟着下去。众水手见大君和凌崖主都下去了，纷纷入水捞人。忽然有人叫道："在那边！"只见海面波开浪裂，楚飞燕挟着凌一色从水中鹰腾而出，将她轻轻放下，往地上吐了一口鲜血。

凌一色神色惨然，道："你为何如此？你何必如此？"楚飞燕搂住她腰哭道："一色，你要撕碎我的心么？"原来凌一色笃信魔道，恨世俗入骨，听说楚飞燕支持救世，又气又痛，伤心欲绝，只往海底潜去，想淹死了事。楚飞燕追过去要拉她上来，凌一色哪肯，两人缠斗起来。她们都是一流武功，楚飞燕虽强些，急切也制不住义妹，遂拼着受她一脚，拿住她穴道，拉了上来。

场上大多数都是魔道信徒，都认为凌一色是而楚飞燕非，但见她们姐妹闹成这样，都有些不忍。凌灭鼎严声道："一色，你是魔道传人，她这种迎合中土世俗的断脊蠢材，也不配做你朋友，你们割袍断义罢！"

他这样说女儿，双目却看着寂灭天。

凌一色哽咽不答。楚飞燕抬头道：“凌崖主，我和一色姐妹同体，生死与共，她和我一同长大，相互扶持，你照顾过她几年？要我们割袍断义，你没资格！”

凌灭鼎煞然变色，他把凌一色寄养在康回庄十几年，的确没尽到做父亲的责任，楚飞燕这么说也不曾冤枉了他。但他素来高傲，怎肯在一个后辈面前认短？喝道：“滚开罢！”把袖一拂，一股铁墙般的劲风扫出，却避开了女儿，将楚飞燕生生推入海中。

寂灭天变色道：“鼎兄，我义妹不曾说错，你这算怎么回事？”凌灭鼎傲然道：“大君想赐教么？”他此言一出，辛龄墨等九人都踏前一步，逼视着寂灭天。王守恨高声道：“大君，你若不在这离恨天大君撒骨之地立誓永不改变我宫教旨、永不背叛魔道、永不同情中土，也休怪大家无礼了！若非世俗虚伪埋没真性，我泰壹宫何至于远居海外？狂人傲立天地间，哪有给庸奴洗地、自取其辱的道理？”众水手起初不知凌灭鼎等宫中首脑的谋划，但听说大君要放弃魔道，自然都站到了凌灭鼎这一边。

寂灭天素知凌灭鼎武功与己只在伯仲之间，其余九大高手无不是宫中精英，这十人联手已可无敌于天下，要想制住他们，除非离恨天、白结缡复生。就算他制服了十人，众水手决不肯再为己开船，万里重洋，又能去哪里了？环视一圈，目光落在一个高如竹竿的瘦子身上，道：“路洞主，你说白结缡重生，威胁要灭亡我宫，是真有其事还是你编造的？”

那瘦子便是仓颉洞主路仙筝了。路仙筝道：“不瞒大君，这是凌崖主的意思。他见你想法越来越偏，便想让你好好练血海独狂功，少想乱七八糟的事，走回正路上来，但你执迷不悟，只能得罪你了。其实根本没有什么白结缡复活，我们这么做，也是迫不得已。”

楚飞燕从海里上来，听到这话，问道：“凌崖主，若说白结缡复生是你编出来的，那你为什么还让一色去中土调查？”凌灭鼎道：“一色当时也不知，她自己请缨要去，大君也应允了，魔家心想她是娲皇崖传人，也该历练历练，便让她去了中土。”

楚飞燕想：“既说白结缡复生是假的，那我在天荒地老泉边遇到的那个女人又是怎么回事？她为什么又说要传我恨海重生大法？难道真是一个怪梦么？”想起此事，更是糊涂，隐隐有些头痛。

辛龉墨咳了一声，道：“凌崖主，也听魔家一言。既然大君刚才也表示愿意退位，那么吾等也不必过于相逼。依魔家之见，大君退出我宫，各行各路，也便是了。”凌灭鼎道：“若是别个，这样处置也未尝不可，但魔道首领不信魔道，我泰壹宫根基如何巩固？”

寂灭天道：“那依鼎兄之见，应如何了结？”凌灭鼎道：“大君，你我相交数十年，今日之事，魔家何尝不心痛如割？但在魔道尊严面前，私交只得让位，若大君不肯悔改，你我决一死战，同归于尽，若大君杀了魔家，自有别人顶上，若魔家杀了大君，立即自刎相谢。”说着把外褂一脱，准备动手。

楚飞燕急道：“一色，你快劝劝你爹。”凌一色哭道：“你叫我怎么劝？你叫我怎么劝？连你都不与我同心，为什么你不信魔道，去信别的学说？你叫我怎么劝？”

寂灭天后退两步，道：“鼎兄，何必如此？我自行了断，你放过我义妹行么？”凌灭鼎道：“她无足轻重。总之，大君一死，灭鼎必亡，孤坟岛上，你我同殁。凌灭鼎是铁铮铮的男儿，今日之事全是为维护魔道，魔家可不能教后世无知小儿说魔家存了私心！你我虽无兄弟之盟，大君却以兄弟待凌某，魔家也不能辜负交谊。”

路仙箏问：“大君、凌崖主，还有一事，若你们真有个好歹，谁继承大君之位？”凌灭鼎道：“大君不是有妻有儿吗？我泰壹宫又不学中土那一套搞株连，自然由大君之子继位，更有何议？不过你们要好生扶持，别让他误入歧途。”寂灭天道：“不！为什么一定要我家的人当大君？改革当由我始，我死之后，你们公推一位新大君便了，总之我的儿子不能再袭此位。”

辛龉墨道：“大君倒也坦诚，凌崖主以为如何？”凌灭鼎想：“听一色说，这辛崎墨不无蹊跷，也要防着点。”遂道：“大君不喜欢世袭，这是不同流俗的做法，也符合我泰壹宫作风，魔家自然是同意的。但有一条，我等推翻大君，是为捍卫祖师大君的教旨，不为私利，因此推举新大君，只在后辈子侄中选，什么崖主、庄主、洞主、阁主、谷主，是一律不能参选的。”

路仙筝点头道：“此议甚好，路某也是此意。”余人亦皆赞同。辛崎墨最后一个点头：“如此也好。”

楚飞燕心中急如油煎，却不知如何是好，忽闻通通擂鼓之声，雄昂高亢，震天彻地，又有无限慷慨悲肃隐含其中，仿佛当年秦赵决战长平。楚飞燕一闻此声，惊得呆了，发足往海中奔去。

只见一叶小舟穿波而来，远看上面是一团白影，待其漂近，白影渐渐清晰，却是一个长身男子，左足一下下拍在船舷上。他这样随意脚踏，竟能发出擂鼓之声，而声音又如此强劲，便数十条关西大汉同敲大鼓也万万做不到，神功之强，几足与鬼神相敌，岂止是激荡风云而已。

楚飞燕就水中望船头抱拳过顶，喊道：“师父，你——”已经说不出声。

# 第十三回 异化神功

那轻舟冲开海面，白衣人走下船来，用眼尾睄了睄楚飞燕，道："阿燕来了?"他生性沉默寡言，这一声"阿燕"已表明仍认这个徒弟。

楚飞燕大声道："师父!"那白衣人微一颔首，向寂灭天、凌灭鼎等望去，冷然道："大君，你不该!"

楚飞燕本盼师父到来，局势能得到调解，不料师父一出口便是责难之语，顿时心又冷了半边，向众人望了一眼，见人人面上尽是同仇敌忾之色，心中更苦，哭骂道："你们！离恨天大君已经死了这么多年，你们只知道死抱他的教旨，断绝后人选择之门，你们、你们这样做，又算得什么英雄豪杰?"

路仙筝厉声道："你这女子好不糊涂，每个学派都有一个根本宗旨，魔道的宗旨便是反世恨世，这宗旨无比正确，岂能动摇?"楚飞燕道："宗旨是死的，人是活的！是人选择学说，不是学说统治人！死人的教旨会僵化、会失效，就算不失效，也只是前人的某些想法而已，纸面上的东西有限得很！死人抓住活人，这和中土又有什么区别?"

与凌灭鼎同来的两个面色蜡黄之人道："风庄主，你看看你高徒，说的都是些什么话!"这两人是孪生兄弟，一随父姓，一随母姓，兄名嵇端，弟名元交止，分别是泰壹宫旗下祝融峰正、副山主。二人心意相通，齐声说出这句话来。

风狂雪更不理会二人，向楚飞燕招了招手。楚飞燕上前道："师父，这……"风狂雪道："你讲讲。"楚飞燕问："要……要我讲什么?"风狂雪道："讲你的经历、看法。"楚飞燕想："这些人都坚信魔道，几十年来养成的习惯，单凭我三言两语，是说服不了他们的。"但无论如何也要争取一下，遂抹了眼泪，向众人一抱拳，说起自己的出身，在中土几年的见闻感受，与寂灭天结交的经过，对魔道、对中土、对世运的心得展望等。她口齿伶俐，一腔真诚，一口气说了大半个时辰。凌灭鼎等大是不以为然，冷冷看着，不时哂笑。凌一色只是摇头。

寂灭天挥手道："贤妹，不必说了！你的心意，我已尽知。此乃教旨之争，你没必要给我陪葬。"凌灭鼎道："那个叫阿燕的，也许你真的有心改变世道，但你根本还不懂俗世的本性！什么东西放到世俗之中，慢慢地都会变味，因为那些俗人已经习惯在虚伪中沉沦下去了！在俗世之中，什么这道那道都只是虚名，没有实力啥也做不了，不过是变着法子虚伪而已。"

凌一色上前道："燕姐姐，为什么我们以魔自居？是因为我们不屑于与那些自称为人的家伙为伍。我希望你和大君都能回归魔道，世俗是你的敌人，泰壹宫才是你的家。"说到此处，泪水又潸然而下。

嵇端、元交止两人一向脾气暴躁，见磨磨蹭蹭半日还没个了局，早已憋了一肚子气，喝道："哪有什么好说的？这姓楚的女人啰啰嗦嗦，扰人视听，不教训一下，不知还有多少臭屁放出来！"也不见他们怎么移步抬腿，便已双双欺至，各出一掌，向楚飞燕抓去。楚飞燕后跃避开。两人本道抓一个后辈，例无不中之理，不料楚飞燕身法轻巧，这一抓竟无效用，勃然大怒："好丫头！"大袖一振，四掌齐发，八股力度从掌心疾吐而出，雄如城墙，急似弓弩，将楚飞燕退避方向尽数封死。泰壹宫两大高手合力何等厉害，楚飞燕气息一窒，身子刚刚跃起，双腿一沉，复跌落在地。

寂灭天眼见势危，飞身截上，八股奇劲中的六股正中其身，却见嵇端、元交止两人身子已高高飞起，半空中翻了个筋斗，倒摔出去。风狂雪冷哼一声："魔家徒弟，轮不到你们来管教！"一抖袍袖，巍然而立。原来他甫见两人出掌，便抓住他们背心，随手抛出。

楚飞燕惊道：“大哥，没伤着么？”寂灭天淡淡一笑，摆了摆手：“没事。”又竖起拇指赞道：“风庄主好手段，果然是泰壹宫第一高手！”

凌灭鼎逼前一步，严声道：“风先生，你这是要出手帮助大君么？”心道即使风狂雪有异志，己方十大高手对付对面三人，还是绰绰有余，也不惧他。

风狂雪冷笑一声，回头凝视着楚飞燕，道：“你可知当初魔家赶你出庄，是为什么？”楚飞燕一呆，她对师父逐已一事一向不解，师父虽然简傲寡言，却绝非不明事理之人，当时她因犯了一点小错被逐，起因可以说是微不足道，却不知师父何以那么生气。

风狂雪眉头微微一抬，道：“你不服，对不？”楚飞燕憋着气，直言道：“师父，没有你，便没有阿燕今日，但这一节我的确是想不通。”

风狂雪道：“亏你聪明！魔家观你心志，终非魔道中人，不如早早打发出去。”楚飞燕闻言一震，恍然大悟：“师父早就看出我的为人不适合信仰魔道，便让我出去自己闯荡，这样我便是个弃徒，无论走什么道路，都与泰壹宫没太大关系，宫中长辈也不会太为难我。否则今天我的下场便与大哥一个模样。”又想：“以师父的本事，怎会让我轻易偷了霜刀离去？他只是故作不知，让我把刀拿去防身。”胸中疑云一时尽释，方知师父爱己之深，心里一酸，好生惭愧。

风狂雪不好言辞，极少向人表露心迹，他一生未婚，收养这个徒弟初心半是怜悯，半是好奇，而楚飞燕冰雪聪明，更得他喜爱，心中视与亲女无异。后来发现她为人行事满是热情，不是反世恨俗之人物，若要严加管教，一来未必有用，二来他也懒得啰里啰嗦说道理，又想徒儿天赋绝高，留在庄中成就也就和自己差不多，就算青出于蓝也强不多去，岂不辜负了大好材料，不如让她到外面历练，说不定更有可为。他极是自负，虽是好心，也不屑于在小辈面前多费唇舌表露，因此借故发火，赶走徒儿。风狂雪见楚飞燕神情，知她已明白自己真意，也不费话，向寂灭天道：“大君，魔家是魔道信徒，绝不同意你的所为。但你一直很看重风某，魔家两不相帮。”更不与余人搭话，轻身一跃，登上他来时的小舟，穿波而去。

楚飞燕望着他渐行渐远的背影，高声道："师父，你的大恩，阿燕血中铭记！"海风侵面，怅然不已。

凌灭鼎咳了一声，道："大君，该咱们见个分晓了。"寂灭天道："那又何必？大丈夫死则死耳，岂有连累他人之理？只恨我大志未酬，于世无补，苍生创病，不知何时而平。"昂首向天，闭目道："你们动手罢。"

楚飞燕大呼："不可！"要抢上去，被两名高手挡住去路。凌灭鼎双手微颤，道："大君，你我同日而亡。"便要上前下手，突然想到什么，向凌一色望了一眼，嘴角一动。凌一色道："父亲，他已经不是我们一边的了，你为他而死，不值得。"凌灭鼎长叹一声，道："换了你，你会怎么做？"

凌一色心神一震，不敢便向楚飞燕望去，心道："我该怎么做？我该怎么做？这、我……不！可是？我该如何是好？"心中乱如七国混战，浑身骨节中渗出阵阵凉意。那边楚飞燕却哭道："一色，跟你爹说，一起活，一起活啊！"

辛崎墨站在一旁，忽开声道："凌崖主，你若心软了，咱们慢慢商量如何？"凌灭鼎瞪了他一眼，道："辛谷主看不起魔家么？"辛崎墨道："这可不敢。"

凌灭鼎道："凌灭鼎说的话，从来没有收回去的，辛谷主休相激了！"深吸一口气，正要动手，忽闻海上鲸鸣之声，却是凌冷玉乘鲸来到。

凌冷玉坐在独角鲸阿冰背上，其余鲸鱼却不知到哪里去了。鲸鱼所至之外，黯然一片波红，众人均察觉有些不对。凌灭鼎高声道："冷妹，你怎么了？"

凌冷玉披发跣足，走上岸来，神色苍白，一个踉跄，颓然跌倒。她武功何等高强，今日在海上一记穿心冰掌，连巨鲸也难以抵受，以她修为，就算站着不动任人棒击锤打，也无站立不稳之理。看样子，不是中毒，便是受了极重内伤。众人均知有变，一时气氛更为凝重。凌灭鼎、寂灭天忙上前探看，寂灭天道：“冷姑，是我震伤了你么？”

凌冷玉道：“不关你事！”强撑身子，欲要立起，又向后摔倒，剧咳起来。凌灭鼎道：“你别乱动，我给你护元。”一掌贴住她后心，真气源源往她体内输去。凌冷玉道：“没……没用的，魔家练的冰力，你……你们男人调伏不了，反……反而有害。”凌灭鼎一惊，只得收手。

寂灭天问：“是谁打了你？”凌冷玉道：“是明惟厥。”

她此言一出，众人皆惊。明惟厥乃中土武林三大领袖之首，武功比凌冷玉高也不足怪，只是他身在中土，怎会到大洋之中伤人？凌灭鼎道：“你说清楚。”凌冷玉道：“中土武林的狗崽子摸过来了，有……有十只大船，阿冰、阿冰也让他们的大炮打伤了。”

众人更是心疑，议论纷纷。中土武林与泰壹宫相隔万里，连泰壹宫人在哪里都不知道，焉能渡海相征？何况海途凶险，风云难测，越洋攻伐，风险极大，人来得少不过送死，若人来得多，一旦迷路或遭遇风暴，岂不全军覆没，尸骨不得还乡？没有十成胜算，谁也不敢做这等事，就算敢来，又怎么知道泰壹宫精英在此间聚首？这事按情理本说不通，但凌冷玉所受之伤，又分毫不假。

寂灭天忙问：“冷姑，你怎么和他们相遇的？”凌冷玉道：“魔家……要死了，不想……多说……心肝，心肝！你过来一下。”

楚飞燕见她的目光投向自己，虽不解其意，还是过去道：“凌阁主，你叫我？”凌冷玉一声惨笑，吐出一口鲜血来，胸前地上尽是血迹，却抓住楚飞燕手道：“心肝，魔家对你怎样？”楚飞燕感她手上绵弱无力，知她伤重，不忍推开其手，接口道：“你对我还不错，你好好养伤，别多说话。”潜运维斗神功，尝试给她疗伤，被她体内冰力一反噬，冻得半边身子不住哆嗦，牙关交战，说不出话来。

寂灭天立出一掌按在楚飞燕肩膀上，道：“贤妹，你继续帮凌阁主，我和凌崖主给你护身。”凌灭鼎不说什么，亦出一掌按在楚飞燕另一肩上，楚飞燕顿感全身暖洋洋的，真气充盈，寒意尽消。

凌冷玉又笑了笑，道：“心肝，你心肠真好，怪不得魔家第一眼见到你，便打心眼里喜欢。”剧咳一声，道：“心肝，让魔家亲你一口，好不好?”

楚飞燕愕然道:“这——”凌冷玉幽幽道:“其实,魔家早就想亲亲你啦。冰海玉人,冰海玉人,魔家活了四十多岁,很多时候,都不知自己在干什么……你这么年轻、漂亮,魔家羡慕得很……”凌灭鼎道:“冷妹,过去的事,你休提罢!这么多年来,你我都不容易。”

凌冷玉目光越来越迷离,一张本来晶光湛然的脸上渐现萎色,道:“鼎哥,魔家当年逃婚,便做了一辈子老处女,还害你没了老婆,你女儿怨魔家一世……你说当初……这……”凌灭鼎黯然道:“冷妹,别说了。”凌冷玉摇了摇头,道:“鼎哥,魔家以前也不是没有后悔过,但与你重逢之后,便再也不后悔了。魔家觉得,你还真比不上燕姑娘小心肝。”凌灭鼎讶道:“什么?”楚飞燕也越听越是糊涂。

凌冷玉继续说:“当时魔家与她们几个女孩子同行,闲极无聊,便对她风言风语,若换了别人,早吓跑啦,她却一点也不怕,还照顾着两个小妹子,这份担当,可真教人佩服,这样的人,才值得托付终生。鼎哥,你差得远了,差得远了。”

楚飞燕当时与这么一个武功远胜于己又性情怪僻之人同行,对方又经常言语戏谑,说心里一点不怕,那也不然,但正事在身,一色、雪鲛又在旁,总不能拔腿便跑。凌冷玉若说疯话,她便不理,若想动手动脚,便厉色呵斥,凌冷玉见她不可亵犯,也不为太甚,甚至渐渐尊敬起这个后辈来。楚飞燕想起这些,有些尴尬,道:“凌前辈,我不知道你为什么爱拿我开玩笑,但你救过我和一色,我是尊重你的,有什么事,等你伤好,大家坐下来明明白白地说好了。”

海中独角鲸阿冰悲鸣一声,身子一侧,向海底沉去,海水一片紫红,尽是它伤口中流出来的血。凌冷玉大叫道:“阿冰!”她长年孤居极地,唯有这独角鲸陪伴,十几二十年下来不离不弃,便她父母兄弟也无这般亲近,它这一死,洛神阁主的半条性命也便去了。楚飞燕、凌一色想起阿冰的好处,更是黯然神伤。

这时众水手又叫道:“有船来了!”楚飞燕等远远望去,只见海上八九处帆影摇曳，均是向孤坟岛而来。寂灭天道："多半是中土武林人马，准备迎敌罢！"凌灭鼎道："冷妹，看魔家给你报仇。"众人虽知中土武林有备而来，但本宫高手众多，敌人来得再多也不足惧。

楚飞燕急道："不可轻敌！他们有火器的！"她在莲花谷被火铳队包围，险些丧命，此事岂能忘却，中土武林既大举而来，必然置有大量装备火器。凌冷玉接口道："不错，他们有大炮、火铳。"众人久居海外，鲜与外人交往，大多没见识过火器威力，心道便有几门炮又算什么，也不甚在意。

来船逼近得甚快，船上旌旗猎猎，中间一艘大船上高悬君子旗，大书一个"明"字，看来便是明惟厥的座船了。众人摩拳擦掌，只待放手大杀。蓦地里"轰隆"一声巨响，却似半空中一道狂雷，摇山撼石，在人群中炸开了花。凌灭鼎道："分开些，别都聚在一块！"接连又是几声巨响，对面船上一炮接一炮地打了过来，泰壹宫人纷纷趋避。敌船稳步合拢，船上军乐历历可闻。

寂灭天道："退入山中，等他们登岸再近战，大炮便无用了！"辛龋墨道："此乃离恨天大君埋骨之处，一合未交便退，岂不堕了我泰壹宫威名？大炮及远不及近，咱们一口气杀上船去，剁了明惟厥，杀得中土鼠辈片甲无存！"

寂灭天背弃魔道，伤了众人之心，众人便不愿听他吩咐，听了辛龋墨之言，血勇陡增，四位高手大吼一声，便向对面船上冲去。当年泰壹宫高手横行中土，如入无人之境，这四位也是一身神通、当世罕见，哪把什么三大世家、中土武林放在心上，心道："凌冷玉落单受伤，值得什么？中土人只会倚多为胜，只要多几人一齐上去，岂有不狂风扫叶之理？"迈开双腿，踏浪疾奔，踢起四条水龙，如履平地。

楚飞燕叫道："不要——"对面船上铳声已响，可怜这几位高手数十年功夫，练得一副刀枪不入的钢筋铁骨，也挡不住火器无情，中弹堕入海中。众人方知厉害，不得不收起轻蔑之心。

凌灭鼎道："入山罢！"扶起凌冷玉便行。众人各怀悲愤，往山中退去。中土武林船只靠岛，立即分为两拨，一拨留守船上，余人继续挺进。

泰壹宫人登山据险，凌灭鼎道："大君，敌人火铳厉害，不与他们啰嗦了，待彼靠近，我宫高手一起发啸，将来敌震得五内俱碎而死。"寂灭天道："这样一来，我宫兄弟岂不一样遭殃？还有冷姑，她伤成这样，如何受得住你我一震？"凌灭鼎心想也是，遂道："那么用'永恨长仇掌'罢。"

永恨长仇掌乃离恨天大君六十三大神通之一，乃攻远人、取强敌之神技。比方说，一名高手掌力能及七丈，另一名能及八丈，两人同时发掌，最多也不过能及八丈之内，但若使用永恨长仇掌神功，两人合力，能及一十五丈，如此累加，最多可合六人之力，及数十丈之远，敌人连近身尚不可得，自然大占先机。天下掌法攻敌之远，莫过于此，可谓百万军中取上将之绝妙法门。用之对付火铳手，自是最好不过。

寂灭天看了众人一眼，方才火铳之下丧了四位顶尖高手，风狂雪不在，凌冷玉受伤，算上自己，宫中在场顶尖人物还有七位，也足够了，遂道："这掌法纯以恨世为根基，我心志既变，这功夫便不灵了，鼎兄，看你们的。"辛踦墨道："魔家没练成这功夫，一旁压阵罢。"凌灭鼎也不管他，当即与其余四位高手商议如何出手。

不料那边中土武林人马来到山下，便不再上。一个声音飘上来道："大魔头，潜首山中，是何道理？这一场是非因果，便不想了断了么？"其声苍老沉稳，不失威严，却是僧病本的口调。

凌一色愤怒，高声道："吠什么？狗壁虱，有胆量来，没胆量放下火器，堂堂正正地决一胜负？魔家早晚把你们斩尽杀绝，也赏你个'善哉善哉'！"她虽然抬高语调，声音之响亮及远却远远不及僧病本了。

山下一个女声道："父亲、母亲，这妖女便是杀害三哥的仇人，叫做芍药公主凌一色。"听声音是明四小姐。楚飞燕想："她父母都来了，明惟厥来毫不足怪，可是她母亲来这里干什么？"明惟厥正妻姓韩，出身士族，一向只在家相夫教子，从不过问武林事务。楚飞燕问："一色，你了解这个韩夫人的事么？"凌一色哀然道："你让我静静，我现在不想跟你说话。”

却又闻得山下一个声音凛然道：“老夫真定明某，魔魁何在？”寂灭天道：“寂灭天在此！素闻汝‘善始善终’，可敢上山一论古今得失、世事终始？”

山下那声音道：“病本大师、苏先生，魔枭欲欺中土无人，区区匪穴，何足相难吾等，试看天下大道，竟是谁高！”四条身影如飞也似，直上山来，转眼已至山腰，却见其中一个青衫老者，一个缁衣老僧，便是苏坐忘、僧病本，正中一位方冠长衫之士，后面还跟着一个妇人。山下中土武林人马肃然而立，瞻望着四人背影。

这一下倒是尽出泰壹宫人意料，中土武林人多势众，更有火器之威，已经占尽上风，何必多此一举？四人上山，反而寡不敌众，若是失手，岂不贻羞天下？明惟厥领袖中土武林数十年，决非轻佻莽撞之徒，难道连这么简单的道理也不懂么？那四人来得极快，双方相距已不过十余丈，彼此面孔都瞧得清清楚楚。那方冠儒士长髯抹腹，脸色微红，目如朗星，气定神闲，一如传闻中之庄严威穆。那妇人则眉清目秀，淡施粉黛，头绾金钗，看上去四十岁左右年纪。楚飞燕见她眉眼神态与明四小姐甚是相似，心想：“以明惟厥的年纪，他夫人总也有五六十岁了，不想却是这样一个中年贵妇！从这驻颜功夫来看，她内功断然不低。”又想：“也许她不是韩夫人。”苏坐忘、僧病本两边分立，神色亦一如平常。

凌灭鼎道：“既已来到，何不上前？”那边的妇人先开口道：“素闻泰壹宫以狂自任，有古接舆之风，何以兵刃未交，辄逃之夭夭，有如丧家之犬？难道当年灭异谷一战之后，便一蹶不振了么？若离恨天魔魂不灭，见到后代子孙如此不肖，他会不会觉得海外小丑终究还是不敌中土英雄？”她娓娓道来，语调不温不火。

楚飞燕想：“这妇人好厉害！”泰壹宫人最是狂傲负气，哪经得起她一激，寂灭天、凌灭鼎等齐齐跃出。那妇人道：“好！哪一位是寂灭天大君？”

寂灭天道：“我是。”那妇人点了点头，又问：“谁是娲皇崖凌崖主？”凌灭鼎应道：“中土庸才，有什么话说？”那妇人道：“原来是两位。听说寂灭天大君与部属不和，不知还号令得动这些妖魔鬼怪么？”凌灭鼎道：“我泰壹宫的事，用不着你们这些豸虫来过问！”

王守恨低声对楚飞燕说：“你用霜刀。”楚飞燕明白他是要借霜刀异光，克制敌人功力，凌灭鼎等再出手杀之，轻而易举。只要杀了明惟厥、苏坐忘、僧病本，来敌自然土崩瓦解。如此取胜，不过借助离恨天余威，谈不上如何光彩，但形势危急，也不失为一上策。正要拔刀，不料身子一麻，五脏六腑如翻转过来了一般，霜刀已被人夹手夺去。

这一下奇变陡生，众人均未反应，霜刀已落入辛龋墨之手。凌一色叫道：“你！”忙将楚飞燕扶住。

辛龋墨手捉霜刀，跃出圈子，微微笑道：“大君、凌崖主、众位，听辛某一言如何？”凌灭鼎喝道：“你做什么？”辛龋墨道：“依辛某看，大君之位，寂灭天继续担任固然不妥，传与后辈，更是无稽，还是让有资历有本事的宫中元老来做的好。”

若在中土武林，此类夺权颠覆之事可谓再平常不过，但泰壹宫人均是狂直之性，最看不起世俗权谋，一百三十一年来从未有过此等变乱，众人心中一震，方知他觊觎大君之位，一时间竟觉不可思议。寂灭天道：“辛谷主，哲人行事，敢作敢为，狂人一生，直道而行，你想当大君，大可明说，只要大家都信服你，便让你做了又何妨？‘刀为狂士骨，月是哲人魂’，凭你所作所为，也配持白月天霜刀？你还是泰壹宫人不是？”愤怒之余，更是痛心。

辛龋墨冷冷一笑：“寂灭天，不是你自己犯浑，竟想率领大伙管闲事，辛某也不会打这主意了。说到底，我泰壹宫人自从离恨天开始，就没有一个晓事的！练得一身惊世骇俗的武功，若是用对地方，休说称霸武林，便万国皇帝也做遍了，却跑到海外来愤世，做狂人，不也傻得很么？一百三十一年了，人也换了好几代，却一直活在幻想之中，拿学说当饭吃，什么魔道，什么恨海、血海，什么狂心傲骨，哪一样有半点实用了？故弄玄虚，作茧自缚！”他这般说着，神色越来越轻佻，只气得一干泰壹宫人肝胆欲裂。

路仙筝须发戟指，指着辛崎墨骂道：“好一个无耻忘本的狗贼！狂狷乃真人境界，傲骨是哲士脊梁，我泰壹宫人就是受不了世俗浊气，方于海外称魔，世俗人汲汲于名利，到头来不是自取其辱？那些世俗所谓实用之物，不过误人之迷药，囚人之枷锁耳，岂我泰壹宫人所屑？”辛崎墨一脸嘲色，向着明惟厥等道：“你们也看看，这些人肚子里装的都是什么啊！凡是标榜‘举世皆浊而我独清’的，不是落魄失意无处排遣的废物，便是像他们这样自命不凡的傻瓜！人心本虚伪，何处有真原？人若不是有伎俩有手段，也早就被猛兽吃光，被老天爷整死了。人就是世，人心就是天下，你们这些号称傲世独立的又‘独’在哪里？世间一切学说，说好听点是哲思宏论，说难听点，招鬼之幡、虚幻之辞而已！只不过有本事的人会利用这些东西，玩得没本事的人团团转。世上哪有那么纯粹的东西？说救世的，救了自己吗？说反世的，反了自己没有？学说若役于利益，便只是诛心笔杀人刀，若不役于利益，就是一些无法验证的白日梦话！这世道，理想与现实同样可怕肮脏！只有大傻瓜，才会信奉它们。”他一边说着，一边把霜刀摸来擦去。

凌灭鼎峻然道：“辛崎墨，魔家问你，中土武林这些鼠辈是你引过来的么？”他这么说着，右手却背在后面对寂灭天等打手势。辛崎墨早有防备，冷笑一声，道：“凌崖主，你不需如此，你的武功能耐，辛某尽知，想杀了辛某，只怕也没那么容易。中土武林大队人马就在山下，逼急了辛某，也只是个玉石俱焚而已。”凌灭鼎道：“你到底想怎么样？”

辛崎墨从怀中取出一个红盖玉瓶道：“以诸位的见识，想必知道天下第一毒之名。”凌灭鼎道：“天下毒物，以‘无尽虚’居首，‘人心瘴’犹不能及，你不会说这里面便是吧？”辛崎墨道：“然也，若是辛某一失手，揭开这瓶盖，这附近的活物，没一个能够生还。除非你们神通广大，能像大鹏那样一去九万里，离得远远的，否则还是小心为上的好。”

泰壹宫人对他已极为鄙视，见他竟有威胁之意，更是气不打一处来，纷纷厉声呵斥。凌冷玉气息虽衰，也瞪起眼来骂道："魔家早该知道你是个无肝无肺的蟊贼！真是比世俗还世俗，比中土还中土！我泰壹宫怎么有你这种丢人现眼的东西？"她这话说出了泰壹宫人心声，众人一片叫好。

喝彩声中却夹着凌一色的哭声："燕姐姐不行了！"寂灭天大惊，回头一看，却见楚飞燕面如死灰，连忙抢上施救。他刚才见楚飞燕神色犹可，似无大碍，又愤于辛龁墨所为，一心防备敌人，不承想辛龁墨手段阴毒，义妹这一下已受了重伤。

那边明惟厥严声道："辛先生，你顺应天意，助吾芟夷匪类，箕子去商，堪为表率。若能枭寂灭、凌魔等大小匪酋之首，必当功书竹帛，高誉可驰万里。"

辛龁墨道："明夫子，你也休说这些全无实际的东西，你们中土那一套，辛某早领教过了，大家彼此彼此。君子殉名，小人殉利，哲士殉道，狂人殉气，殉来殉去也只是个呜呼哀哉而已。辛某只关心我能得到什么！学派之争、道德之辩，那一套全收起来罢。从今以后，中土武林也好，泰壹宫也罢，都得奉我一人为主！哪一个不服的，今日便叫他立时了账。"

他态度之嚣、口气之大，全场人听了个个都不以为然，连苏坐忘、僧病本也相视一笑，摇了摇头。中土武林与泰壹宫中最顶尖的人物，十有八九都在这里，他有什么惊天动地的本领，竟敢自信能以一人之力压制全场？纵然这话是从他轩辕谷主口中说出，也太不自量力了。就算他手中瓶子真是装有无人能抗之剧毒，大不了大家一起完蛋，对他自己又有什么好处。

辛龁墨见众人一片冷嘲之色，"嘿嘿"冷笑几声，道："你们敢看轻辛某的能耐么？告诉你们这些废物，你们会什么武功，辛某通通都会，而且使得比你们还好，我这种森罗万象、真正道通天下之人，难道不比你们这些半桶水废物高明得多？"

他此言一出，众人更觉好笑。世间武学多端，功法何止万数，一个人武功再高、见识再博，也断无无所不知、无所不会之理。更何况不同武功各有依据，绝世武功尤其如此，非魔道中人练不了血海独狂功，内圣外王、至人无己、十方道场等神功也必须以对相应学说的领悟为根基，便是大智大慧之人，也断无可能贯通融会这么多学问，他竟说出此等大话，已经不能说是狂妄，简直可说是恬不知耻了。再说就算他真能做到这地步，也不见得别人就要服从于他。

却不料这辛崎墨看似糊涂，实则算盘早已打好。他野心勃勃，一心想吞并泰壹宫与中土武林，甚至夺取江山，威凌万国。为此他苦心孤诣，练了几门极厉害的邪术，自信与当世任何人单打独斗均稳操胜券，故意这般作大，只为诱使众人与他一对一决胜，他所练邪术，遇强愈强，一经发动，内力有如无涯孽海，源源不绝，便车轮大战也无足惧哉。对方都是一等一的高手，自视极高，谅也不会一拥而上，何况要泰壹宫与三大世家联合对付他一个，更是全无可能。

寂灭天忙于照看楚飞燕伤势，无暇理他。凌灭鼎道：“那魔家便看看，你的女希补天手是否比魔家高明。”辛崎墨道：“凌崖主要试手么？以一敌一，魔家谁也不惧。”凌灭鼎怒道：“以一对一，魔家若输了半式给你，立时自杀，凌家从此不言‘武’字。”

辛崎墨道：“好！”两人正要动手，楚飞燕忽睁眼坐起道：“恶贼，还我刀来！”飞身跃出，直取辛崎墨。众人均是微微一惊，寂灭天正在给她疗伤调息，不料她瞬息之间便已复原，心道：“贤妹天赋秀异，我早知之，想不到她体质也异于常人。”众人见了楚飞燕的身手，知她是后辈人物中不可多得的英才，但辛崎墨是泰壹宫中与凌冷玉等齐名的高手，双方差距悬殊，正面交锋，辛崎墨要取她性命也就是数招的事而已，不料她说上便上，竟似不把对方放在心里。然楚飞燕今日连遭大变，连平生最亲的义妹也鄙弃了自己，顿感前路茫茫，不知所向，竟起了轻生之念。

辛崎墨心中亦颇诧讶：“她明明已中了我的‘弃道神指’，怎么一转眼又生龙活虎起来？这女子有多大能耐，怎能当得住辛某一击？”他本意是要令楚飞燕重伤而不死，以分寂灭天之心，此时见楚飞燕攻来，倒也不急于将她击杀，心道："正好借这傻妞，显示魔家手段！"微微一笑，一股无形无色的刀气发出，楚飞燕听得风声微响，急闪身时，大半只袖子已被撕去。

苏坐忘双目一直："你怎么会我苏家的官天府物刀法？"辛龋墨放声大笑，既而敛容正色，念道："阿弥陀佛！"双掌合十，肌肤变金，身躯冉冉升起，竟像极了僧家的十方道场功，此时天色已昏，他那身金色显得更为扎眼。

僧病本淡笑一声："十方威仪，源于佛法，装金砌粉，又何足论？"但对辛龋墨竟能变金身这点也是不得其解。

楚飞燕还想攻上，早被寂灭天、凌一色一齐抱住，拉了回去。楚飞燕喝道："姓辛的恶贼，霜刀还我！"凌一色摇头道："别、别过去了，你打不过他的，你死了，我怎么活？"寂灭天道："贤妹勿忧，让我来罢。"但一时也看不出对方门路。

原来辛龋墨所用的是乃一门极歹毒的邪术，叫做异化神功，此功以羊头大法和利我真气为根基，练成之后，可以借助世间任何武功之形式，也算得应用无穷，但归根究底，不过是羊头大法和利我真气作怪而已。但正因为似是而非，反而比所冒充的武功来得便利，有时甚至气势更盛，威力更强。比方说，辛龋墨与跟他功力相仿的高手一对一交锋，全盘模仿对方的武功，至少也能占到八九成胜面，因为人家施展平生绝学，必然精诚专注，大耗真元，而他只是做做样子，来来去去全是羊头大法、利我真气，真元损耗反小，何况这异化神功险毒之处还不止于此。别人的内力真气无论何等浑厚，终有尽时，而利我真气一经催动，膨胀极快，几乎可说是耗之不尽，用之不竭。辛龋墨自忖当今世上武功胜已者本就寥寥无几，若用异化神功，更是无敌于天下，因而有恃无恐。

寂灭天正要上前动手，楚飞燕又叫道："恶贼，你有本事，敢拔出霜刀看一看么？"辛龋墨想："拔不拔刀，又有什么干系？这傻妞真是气疯了。"正要冷笑，忽然手中霜刀嗡然作响，辛龋墨一惊，不由自主地往外一抽，五尺长刀方抽出一尺，一道其灿压银、其冷胜电的神光从中射出，辛螭墨“哇”的一声大叫，眼角流出两道血泉来，霜刀异光已将他双眼射瞎。

泰壹宫人一时愕然，却见辛螭墨面目狰狞，嘴角不停抽搐，喉咙中含糊不清地发出古怪叫声，又像叫骂，又像在笑他自己，在清淡的月光下显得分外可怖。原来辛螭墨修习的异化神功，其根本乃是虚伪权诈，与泰壹宫人的以狂自任、以傲为骨的理念背道而驰，离恨天大君生前最恨的便是此等行径，他精诚所制的白月天霜刀又岂容妖孽猖獗？辛螭墨若不是先前练过泰壹宫武功，充其量功力被霜刀异光克制，不至于立有性命之虞，但他先有泰壹宫武学根底又去练异化邪术，那就是自作孽不可活了，与霜刀神光一触，立时原形毕露。

辛螭墨手舞足蹈，忽左忽右地跳来跳去，摇摇欲倒，众泰壹宫人解恨之余，又想他本是一代高手、宫中杰出人物，只因鬼迷心窍，竟至如此收场，虽说是自作自受，但泰壹宫竟也出了这种货色，或许真是大不如前了。众人心底一片悲凉，黯然注视，辛螭墨声嘶力竭的呼喊散入云霄，有如孤狼死前的戾啸。

# 第十四回　外儒内法

那与明惟厥同来的妇人淡淡道："你归位罢。"手指微动，一股劲力弹出，辛龄墨前胸后背立时穿了一个血洞。那妇人不等他倒地，立即从衣袖中抖出一根软索，套住霜刀刀柄，顺势把刀身再送入鞘内，随手一甩，夺了过来。这几下迅极疾极，泰壹宫高手虽立生反应，出手去夺，却已慢了一步，霜刀落入那妇人手里。

寂灭天大喝一声："留下霜刀！"两手一抬，立极功使出。对面明惟厥长髯一振，迈前半步，双掌一封，正是五经正义掌中的一招"明王慎德，四夷咸宾"。两人所使均是自家真才实学，劲风震处，周围数棵大树齐刷刷拦腰而折。两人身子岿然不动，均想对方果然非同小可，尚在自己预料之上。

那妇人道："大魔头，平定内乱，竟赖一刀，汝魔宫真无人哉！"随手一扔，把霜刀丢到山下去了。泰壹宫人见状，更是个个愤慨。

凌灭鼎道："对付尔等，哪用得着白月天霜刀了？你们是要一起来呢，还是一对一公平决斗？"明惟厥抚髯道："天色已晚，明日再战。"凌灭鼎道："就这样办。"明惟厥道："夫人，走罢。"四人下山而去。

辛龄墨僵仆在地，已经气绝身亡。凌灭鼎道："轩辕谷主辛龄墨勾结外敌，背叛吾宫，既死勿论，将他尸首烧化了罢！"路仙筝咬牙道："便宜了这厮。"却见那红盖玉瓶落在地上，道："他说这里面有毒物，也不知是真是假，让他下辈子再拿来吓人罢！"一脚将玉瓶踢到远处。

楚飞燕心情沉重，收了霜刀，看了凌一色一眼，忽然又想起什么，向一旁躺着的凌冷玉道："我继续给你治伤罢。"凌冷玉摇了摇头，道："别费力啦。心肝，你怎么会想到用霜刀对付那姓辛的？"楚飞燕道："我当时只是想分他的心，也不知道会这样。"过去看她伤势。

凌灭鼎忙靠过来，问："冷妹，你感觉怎样？"凌冷玉气若游丝，道："魔家……魔家压不住体内冰力了……好冷……好难受……鼎哥，给魔家个痛快罢，魔家不要变成冰雕。"凌灭鼎捉住她的手，道："冷妹，你不会有事的。你别丧气，撑一撑，撑一撑啊！"寂灭天、路仙筝等也来帮忙。

凌一色神情怆然，步履沉重地挨进来道："你我还有十年之约，你别死啊。"凌冷玉兮兮苦笑道："魔家打不过那明老贼，伤成这样，你一定看不起魔家。"

凌一色道："你……"咳了一声，又道："姑姑，你害死我母亲，我是恨你入骨的，但我更恨那些蛆虫狗壁虱。你现在肯给我娘认罪了么？"凌冷玉笑道："魔家横竖要死了，哪有许多婆妈？溟滓天、寂灭天两代大君都没令魔家认错，何况你？"说到这里，又对寂灭天道："大君，魔家害死你妹子，你不但不加罪，反而推心置腹，委以重任，魔家很佩服你的襟怀，因此还叫你一声大君。但你背叛离恨天大君的教旨，你这是给全宫兄弟掘坟，是万万不可原谅的。"

寂灭天长叹一声："凌阁主，在你们心中，魔道教旨大于一切，泰壹宫走到这一步，也是注定的。"他忧世极深，忧泰壹宫亦极深，只是宫中兄弟都不支持他的改革主张，也只能无可奈何。

凌灭鼎默然良久，面笼阴云，眉头微微抽搐，显然内心也在辗转煎熬，终于道："大君，等退了来敌，你和你义妹去中土，干你们的事去罢。但有一条，终生不要再回泰壹宫了，泰壹宫人永远不会与世俗合流。"

寂灭天大喜，与楚飞燕相视一眼，两人均感欣慰，道："多谢凌崖主成全！"路仙筝、嵇端、元交止、王守恨、水青先等虽然不满，但经此风波，要再逼死大君，也确实狠不下心来，心想："你们救世，我们照旧反世恨世，老死不相往来，也便是了。”

凌一色呆呆道：“这么说，我和燕姐姐也不能见面么？”一记万钧重锤同时敲在两人心上，她们从小一起长大，亲密无间，其情之重，其谊之厚，便血亲姐妹也万万不及，想不到长大之后竟要因信仰对立而分道扬镳。

楚飞燕绝望地说：“一色，你说世上是人重要还是道重要？你我的情谊，还抵不过这道的沟壑么？”凌一色道：“人即是道，道即是人！你我的道是决不相容的。同道方有人情，异途即为仇寇，我凌一色是魔道信徒，我们是恨种，是异端，也是世俗的仇敌，我们的魂魄存在于无边恨海之中。燕姐姐，你应该知道，我仇视那些现存的世俗法则，仇恨大洋那边吃人的世道，狗壁虱必须为他们对哲人所犯的罪孽付出代价。”

楚飞燕长叹一声，摇首道：“罢了！想不到我阿燕，既不见容于中土武林，也不见容于泰壹宫。”寂灭天道：“贤妹，你和我去中土，想办法推翻君权，革故鼎新，等天下太平，功成身退，你们姐妹再团聚吧。”

楚飞燕望着满天星斗，黯然问：“大哥，真有那么一天么？”

寂灭天自然也深知其中难处：“深宫禁院诛杀昏君、百万军中来去自如，这些事在常人看来无法想象，但我要去做也不十分为难。然而要使天下苍生真正摆脱对威权的依赖，不是杀几个皇帝、打几场胜仗就能解决的，休说十几二十年，便是千世万世也不见得能办到。”见月光从楚、凌二女脸上扫过，照见两人泪痕如画，又想：“贤妹正当妙龄，跟我走这条路，也太为难她。为了后世未知的光明而牺牲现世人的幸福，究竟又应不应该？”想到这里，内心也不无矛盾，拍了拍楚飞燕肩膀，一时也不知该说什么。

当夜众人都无心言语，更哪里睡得着。半夜之后，忽然风起，接着一片火光冲天，映得众人满眼红透。泰壹宫人情知有变，骂道：“这些狗杂种倒放起火来！”漫山都是草木，中土武林中人以火箭纷纷向山上射去，火势蔓延极快。寂灭天想了一想，道：“鼎兄，你看如何？”凌灭鼎起身道：“杀！”寂灭天道：“好！贤妹，你留下照料凌阁主，咱们一齐杀下山去，与中土武林一决高低!”泰壹宫人齐声喊道：“独据紫微挥恨血，尘寰一片莽苍苍。千秋回首提肝胆，万古无人似我狂!”心潮激奋，喜如赴宴，杀奔山下而去。

中土武林人马在三大世家率领之下，早已经严阵以待，按照门派来历、武功高低，各领司职，或执火铳，或持弓弩，或扣暗器，或使长兵，或当先以临敌，或断后而设伏，示生门，封死路，奇奇正正，虚虚实实，布下了天罗地网。中土武林精英毕集于此，更无一个庸手，虽说是江湖草莽，也雄于十万大军。只待泰壹宫人突围，便如瓮中捉鳖，手到擒来。不料泰壹宫高手长啸而下，声震长云，中土武人十有八九便想起当年的灭异谷恶战，有的竟吓得武器落地。

寂灭天、凌灭鼎当先冲下，掌风开路，排开火墙，冒焰而出，中土武人哪里料到他们专挑火多处突围，猝不及防，火铳队急忙赶去截杀，夜黑风大又打不准，弓弩射去，泰壹宫高手哪在意这些。

楚飞燕留在山上照看凌冷玉，凌一色也不肯走，三人找个高地栖身，大火一时尚烧不过来，但四处热气烘逼，楚、凌二女都已满身大汗。凌冷玉却叫道：“好、好，这火放得好，好心肝，大侄女，快帮魔家运功。”原来她正愁无以压制体内冰力，这热气正好帮了她的大忙。楚飞燕会意，立即动手。凌一色虽与她有仇，但此时同舟共济，不容犹豫，也出手相助。火势渐渐围拢，焰腾数人之高，楚飞燕、凌一色的掌力不足以将其扑灭，又不知寂灭天、凌灭鼎他们情况如何，唯闻火铳不时乱响，杀声惨叫飞入耳际，其凶险慑人之处，更不亚于眼前烈焰。

只听到杀声稍稍平息，凌冷玉一双寒目忽然晶光大现，坐起身来，几口寒雾喷出，立时将数处火阵扑灭。楚飞燕喜道：“你好了?”凌冷玉咳了几声，道：“还是走不动。”楚飞燕道：“我背着你，咱们看看去。”遂将凌冷玉背起。凌冷玉以寒雾开路，凌一色一旁掩护，三人小心下山，但见火光下无数人影晃来晃去，一时也不知寂灭天、凌灭鼎他们在什么地方。

楚飞燕下得山来，眼前寒星一闪，却是一口冷森森的长剑疾刺而来。楚飞燕侧身让过，怒目盼去，火影中见到一个云冠道士，认得是青城派的铁叶道人。那铁叶道人也认出她来，情知不敌，虚晃一剑，飞步去了。

楚飞燕也不追赶，却听得有人骂道："逆贼!"却见一个女子手中提着自己的霜刀，正是明画眉，口中骂道："逆贼楚飞燕，今日教你明正典刑!"楚飞燕想："这下奇了，她怎么知道是我？这女人真是瞎子吗?"明画眉只在那边千逆贼万逆贼地骂。凌一色回骂道："四瞎子，你这立十万牌坊的，魔家教你全家粉碎!"明画眉道："楚飞燕、凌一色这两个妖孽，不男不女，玷辱风化，败坏人伦，真乃两足禽兽哉!"

以她"女中颜回"的声价，如此不顾身份地叫骂，已经大失体统，显然是要诱敌。凌一色虽知此节，还是按捺不住，径奔明画眉而去。楚飞燕道："别上当!"凌一色道："我宰了这臭瞎子!"反去得愈快了。楚飞燕背着凌冷玉，腾出一只手想把她拉回来，却被几个中土武人挡住了去路。

凌一色追上明画眉，斗了数招，明画眉往后飘开，一声锐响，凌一色后背被火铳击中。却是颜弥厚埋伏在后，伺机击之。楚飞燕大叫道："一色!"凌一色一头重重栽倒在地，被明画眉一把抓住腰胯，提起来远远扔进海里。

楚飞燕大悲，僵立在地，浑然失了知觉，天地万物一时间都与己无关。对面一个中土武人正要一刀往她面门剁去，见她突然这副模样，稍一迟疑，被凌冷玉一口寒雾喷死。凌冷玉往楚飞燕耳朵轻轻一咬，楚飞燕回过神来，猛一咬牙，飞身跃起，一脚将一个中土武人手中长枪踢飞，那枪打着旋儿，往明画眉激射而去。

明画眉侧让一步，把手往枪杆上一拍，一柄白蜡杆长枪断为两截。楚飞燕又把一面圆盾掷将过来。明画眉正要出掌将盾击落，不料那盾中途打了个转，去势陡然加疾，"当"的一声，撞在颜弥厚胸口。饶是颜弥厚练了正心诚意功，又内裹了钢甲，这一下也经受不住，立时晕死在地。

楚飞燕也不再管明画眉，叫着凌一色名字，便往海边冲去。忽然听到长啸之声，似从天上传来，抬头望去，却一人身在半空之中，居高临下，发掌往地上击去，他身子急坠，掌力挟着下坠之力剧吐，更是凌厉不可当，正是她义兄寂灭天，只是他何以会从那么高的地方坠下，就不得而知了。楚飞燕也来不及细想，急叫道："大哥小心！"

这一下高空直坠，声势何等骇人，众人见着的都忘了厮杀，屏住呼吸观看。寂灭天的正下方站着"善始善终"明惟厥，须发飘舞，一双朗目睁得欲裂，昂首挺胸，两臂张开，一张雄如长城、伟似宫殿、深于渊岳、重若泰山的无形气网在头顶上方罩定，以明家名震海内的内圣外王功绝学对抗寂灭天的立极神功。泰壹宫第四代大君与中土武林第一领袖，已经在生死相决。

楚飞燕不敢眨眼，心里默盼大哥获胜。寂灭天下坠途中为气网所阻，身子竟然头下脚上地悬浮在半空之中，既不能上，也不能下。周围千百张嘴巴都张得大大的，合不拢来。寂灭天长笑一声："内圣外王，有名无实，数千年来，哪个'内圣'的能'外王'，又有哪个'外王'的是'内圣'的了？欺世罔谈，可以休矣！"双掌化拳，一股气浪平地拔起，明惟厥的气网被冲得粉碎。明惟厥一张脸涨成血色，全身剧颤，寂灭天双拳往他头顶击落。

正在此时，一条身影鬼魅般横掠而来，往明惟厥身上一贴，便像一个鬼影附在木人身上一般，寂灭天拳头与明惟厥头顶一触，便像堕入了一个无形无底的洞穴，纵有翻天覆地的力量，也全然无法施展，接着洞穴中便有无数条套索抛出，把他全身绞住，四下里一扯，寂灭天全身剧痛，一腔豪气黯然消散得无影无踪，如断线风筝般软软飘出，倒地鲜血长喷，道："好……想不到中土武林还有这么一手，韩夫人，你和商帝秦是什么关系？你的抱法处势功是怎么来的？"

明惟厥背后那身影走出来笑道："夫君，你看这魔头，是不是疯了？商帝秦已死了上千年，他也来说！"正是当时在山上夺下白月天霜刀的韩夫人。

楚飞燕顾不上凌冷玉，将她放下，抢进来扶住寂灭天，叫道："大哥！”凌一色坠海、寂灭天战败，这两个打击令她实在无法承受，至于自己生死，早已不当一回事了。

寂灭天强撑双眼，看着韩夫人道：“我明白了，你是商家的后人啊。怪不得、怪不得……商家一直没有灭亡，只是……”

楚飞燕脑际浮起几句话来：“‘三教同归一径连，王霸二道每相牵。外儒内法神功练，统治中原百万年。’原来……领袖中土武林的不是三大世家，而是四大世家，他们最厉害的武功不是内圣外王功，而是外儒内法功啊。”她想得一点不错，商家从来就没有灭亡过，只是在暗中操纵武林事务，明、苏、僧、商四家共掌武林命脉，便是中土武林千年以来最大最深的秘密，除了这四大世家的少数上层人士之外，谁也不知。韩夫人本姓商，正是商家的现任家主。商家创自商韩害，极盛于商帝秦，以抱法处势功威震天下，这商韩害三字也是商家所有家主的共名。外儒内法功要明、商两家高手合使，此乃中土武林第一神功，寂灭天的立极功虽然高明，终究破不了外儒内法功，一生功力毁于一旦。

寂灭天苦笑一声：“中土世道，就坏在外儒内法上了。”双眼一直，溘然逝去。楚飞燕放声大哭，抱着他尸身死死不放。

中土武人四面围定，只等明惟厥指示。这时苏坐忘、僧病本领着数十人过来，撇下一具尸首，却是凌灭鼎。他身中火铳，被苏坐忘、僧病本夹攻击毙。路仙筝、嵇端、元交止、王守恨、水青先等泰壹宫残部突围不成，又撤回山中，此时不知存殁。中土武林死伤亦不少，折在寂灭天、凌灭鼎手上者尤多。

凌冷玉呆呆道：“鼎哥！”她一生从不流泪，此时也无泪可流，僵立在地，悄然气绝。

明惟厥一掌挥出，楚飞燕四肢齐齐骨折，一大口血吐在寂灭天胸前。

僧病本低头诵了声佛号，苏坐忘神情微微不豫，只不言语。

明画眉道：“周楼主，这一战你可记清楚了么？”一个老者躬身道：“周某焉敢不记？三大世家远征丑类，明老夫子身先士卒、神功无敌，韩夫人襄佐义举、不让须眉，明四小姐助父有功，苏、僧二家主大展神通，魔酋寂灭天、凌灭鼎、凌冷玉等一一授首，妖魔小丑灰飞烟灭，异端匪类自取其辱，中土武林永殄狡兽，三大世家功德千秋！”此人正是替兴楼主周藏简。

明惟厥捋须正色道：“顺天应人，异端自灭，循纲守常，逆乱弗作，明某德薄，不能使贼人自伏，故待刀兵而后定，平生愧事，何功可言？”众人齐颂道：“明夫子大功不居，恂恂之风不让古人。”

明画眉手指楚飞燕道：“父亲，这个楚妖女最是可恶，屡屡口出狂言，侮渎先圣，孩儿斗胆，请求立时将她千刀万剐，以平众怒。”

楚飞燕忍着剧痛，一声不吭，一腔血捻成一个“恨”字，猛然跳将起来，一只竹屐砸在明惟厥脸上，道：“去你妈！”又拿另一只竹屐抽了苏坐忘一耳光，道：“去你个道可道！”一口水吐在僧病本脸上：“去你个阿弥陀！”复一脚，把韩夫人翻筋斗踢飞出去。

这四大高人任何一个，武功都远在楚飞燕之上，若在平时，便有几个阿燕也实难占得到他们半点便宜，可是这顷刻之间，四大世家全让她羞辱了。原来众人明明见她四肢尽折，谁料得到她还能跳将起来，都不曾反应，这事实在太违情理，连楚飞燕自己也不知怎么回事，只记得自己满怀恨意，想起身拼命，便自然而然地跳了起来。一试手脚，完好如初，感觉便像一场梦幻。

周藏简跌足失声道：“白结缡！这是白结缡的恨海重生大法啊！”武林中故老相传，白结缡练有恨海重生大法，便是经脉尽断、骨骼碎折，也能于片刻之间自动愈合。但白结缡根本就没受过这样的伤，到底是不是也无从验证。也有说法是恨海重生大法本身就是虚幻的东西，白结缡自己也没有练成。众人见楚飞燕竟能神速自行复原，直有神不能方、鬼不能测之奇，一时间无人敢上前动手。

楚飞燕抱起寂灭天尸身，独立在人群垓心，英艳清秀的脸上又是愤恨，又是悲怆，更是疑惑和无奈。想起一色，想起大哥，想起曾经的誓言，心道：“休了便是，但我也要站着死。”

一轮残月挂在天边，穷穹无语。

# 第十五回　哲人之局

韩夫人立起之后，神色微有些尴尬，严声道：“那女人，你和孤眠白结缡是什么关系？”

白结缡下落不明，至今尚是武林中一桩极大谜案，虽然亲历她统治武林时期之人均已作古，但后人追思其威势，犹有不寒而栗、幸不与之同世而生之感。一经提起，各人心中疑云又现，心道这种人不要教我碰上才好。山上火犹未息，四下里尽是焦灼气味，杀人放火之事对江湖豪杰而言毫不新鲜，但不知为何，众人闻着这股气味，只觉得好不气闷。

楚飞燕傲然而立，闭目不答。忽闻人群中一声惊呼，似乎又发生了什么极其诡异可怕之事。又闻得明惟厥道：“来者何人？”睁眼一看，却见双双眼睛齐齐望往一个方向，脸上尽是惊惧诧讶之色。

只见一艘海船主桅顶上，高高立着一个身影，天色正由黑转黄，朦胧月色隐隐照在其身上，却散发出诡异的红光，原来那人擎着一只偌大的灯笼，正在闪闪烁烁。那艘正是明惟厥的座船，桅杆极高，却不知那人是何时上去的。

明画眉吩咐：“火铳、弓弩预备。”那桅杆离地面甚远，不易瞄准，但乱铳乱弩放将过去，总有能中的。众人正要动手，那身影却擎着灯笼，如流星一般，从桅顶斜斜地飞将下来。飞到半途，却将灯笼一抛，空中飞步，竟如降阶下梯一般。中土武人见状，只吓得六神出窍，实在无法相信双眼所见，一时间拿弓的臂震，持铳的手抖，脚软的只唬得几乎倒地，更无一弩一铳放得出来。那大红灯笼落入海里，却如一块千斤巨石，激得海水狂溅，立在岸边的不少人都湿了一身。

明惟厥、韩夫人、苏坐忘、僧病本尽皆色变，一齐迎上。那身影双足点地，立时一声断喝，声音倒也不高，却蕴含着凡人无法测度之内劲，明、商、苏、僧四人如风摆芭蕉，身躯乱晃，倒腾腾退出数步，勉力立住。再看余人，早已人仰马翻。

明惟厥脸色苍白至极，道："你……你是白结缡！"

楚飞燕翻起身来，却见人群中立着一个蛾眉凤目的女子，身穿白袍，眼神深湛，一头长发飘在脑后，正是在天荒地老泉边所遇的神秘女人。楚飞燕也难以置信，竟如身处幻境一般。

白袍女子冷冷一笑，一指平平点出，一声巨响，明惟厥座船的船首炮轰然震碎。

中土武人见之，心如死灰。明惟厥叹道："无怪乎我三大世家先辈前贤，见了白结缡的武功后，连一战都不敢。此即孤眠白氏之'人生万欲指'乎？果然深不可测。既然孤眠白结缡尚在人世，吾辈再做什么也是徒然无功的了。"

白袍女子冷笑不语。明画眉却开口道："姓白的，我明四很好奇，你的'人生万欲指'这等威力，还敌不过离恨天么？那个老魔头，便有这么厉害？"

白袍女子道："血海独狂功，乾坤无敌手，我的确还远远及不上他的境界。要是泰壹宫的后代子孙真能学到他的本事，你们便有再多的火铳大炮，武功再高十几二十倍，也早已灰飞烟灭了。"

明画眉咬牙道："他武功再高，还不是死人一个？这狂徒匹夫，根本就看不起我们。"

白袍女子道："他本来就看不起你们。我已一百三十一年没杀过人了，不想老来破例，此乃离恨天撒骨之所，你们留下白月天霜刀，给我滚回中土去！"

中土武人面面相觑，不敢动弹。白袍女子作色道："要我下杀手么？"中土武人如逢大赦，哪敢啰嗦，争先恐后，急急上船起锚，都走得干干净净。明画眉把霜刀掷入土中，不发一语，含怒而去。

楚飞燕独自将寂灭天、凌灭鼎、凌冷玉的尸身安放好，回身看着那白袍女子道："你不是白结缡。请你告诉我，你是谁？"

白袍女子淡视着她，不置可否，道："你见过白结缡么？你怎么又知道我不是？"

楚飞燕道："上次你我见面之时，我便这么觉得。现在更加肯定。你若是孤眠白结缡，会让这些中土人活着离开么？再说，你从来也没亲口承认过你是白结缡吧？"

白袍女子道："你要真相么？跟我来罢。"

楚飞燕又向寂灭天望去，见义兄容色毅然，似犹有不平不甘之意，心中痛极，想："一色没了，大哥也没了，我的路也到了尽头。"她决意知道真相之后，便自行了断，以履同生共死之诺。但心底残存希望尚未全熄，又探了探寂灭天、凌灭鼎、凌冷玉三人气息，确已人亡气绝。

白袍女子一旁等着，也不管她。楚飞燕拾了霜刀，茫然起身，点了个火把，想按泰壹宫习俗将他们遗体烧化，但双手直抖，始终下不去手，心道："岛上也许还有泰壹宫的人，让他们来处理也罢。"大叫一声，将火把抛入海中，道："一色、大哥，阿燕很快便来陪你们。"泪尽无可再洒，一抱拳，回身毅然道："去哪里？"

白袍女子向山上望去，一场大火将山中草木烧得七零八落，好不萧然。白袍女子幽幽道："北海沧溟飞冷月，关山铁日扫云楼。惊风吹冷英雄血，再恨人间二百秋！此乃狂人离恨天撒骨之地也。他生前英雄盖世、傲睥八极，视寰宇有如无物，数千年来的人物，更无一个进得他眼里。可是你知不知道，离恨天也有他放不下的东西？"

楚飞燕想："无论什么圣贤英杰，都会有放不下的事物，完全无欲无求只是骗人话罢了。但像离恨天大君那样的人，我一时还真想不出他还放不下什么、恐惧什么。"那白袍女子冷眼看着她，面有嘲色。楚飞燕觉得她似有深意，收敛心神，沉思半晌，道："是恨，是对世俗的恨。这种恨，使他成为魔道的创始人，成为离恨天大君。"又想："这种恨竟一直传承了一百三十一年，泰壹宫走到今日这个局面，可说是由恨而生，也由恨而乱、由恨而折。”想到之前种种惨变，大生不堪回首之慨。

白袍女子脸上微现认可之色，抓住楚飞燕手臂，拉着她步入大洋之中。

两人坐上那白袍女子来时所擎的大红灯笼，那灯笼也不知是什么材料所制，入水不沉不湿，如同一叶浮舟漂在海面上。白袍女子问：“如果你创立了一个学派，你是否希望后人背叛你的法则和学说?”

楚飞燕与寂灭天论道之时，也探讨过类似问题，道：“我还没有那本事，就个人意愿而言，当然不大乐意，但后世之事谁管得了，再说后人之学超越前人也不足为奇，如果背叛可以带来超越的话，也未尝不可。”

白袍女子冷冷一笑，道：“你这样说，只是你还没有达到那个地步。其实智慧越高，成就越大的人，往往越是坚执，立道立说是世间最难之事，哲人是世间最寂寞之人，做着最难之事，过着最寂寞的生活，非有最坚忍雄毅之性情不可，这种性情使他们可以超越时代很多，也使他们更加坚执于自己所创立的道，就算他们自己的生命，也没有那个东西重要。离恨天可以蔑视俗世的一切，世人所有的非难都被他踩在脚下，但是如果他的魔道后继无人，那便是死不瞑目了。”

楚飞燕道：“也许你说的不错，但无论多大本事的人，都决定不了后人的想法。”

白袍女子道：“世上有一种东西，叫做传统，哲人虽死，其言犹在，他有学说、有著作、有基业、有弟子，就能影响后世。”楚飞燕道：“传统也约束不了所有的人，就算孔子释迦，也有人嗤之以鼻的。”

晨光微露，白袍女子看着将晓的天色，道：“你知道这点，离恨天只会比你了解更深，他一生任狂，战天斗地，逆世而行，多少他人千百世都做不成的事，在他手里都做成了。他对世事看得太透，识破了世俗的荒谬，他认为顺世是堕落，而救世是徒劳，只有与世俗彻底决裂才能傲立于天地之间。因此，他要保证自己的魔道永不变色，泰壹宫子孙万代，都必须服膺他传下来的教旨。”

楚飞燕道："这又何必？中土皇帝盼望江山万年，哪一个做得到了？哲人坚执于学派永存、教旨不变，看似高尚，又何尝不是立权威、设囚笼，禁锢后人？"这几句话她之前说不出来，直到经历这番惨变后，方真正明白了这层道理。

白袍女子道："他为了做到这一点，需要一个最可靠的监督者，在他逝后来规范后辈的行为，以确保他的传人们不背叛魔道。"

楚飞燕愕然。白袍女子道："当年苍茫山上，狂哲离恨天与孤眠白结缡分手，后来在万里海外，他们重逢之时，白结缡还是坚持，泰壹宫的基业长不了，他的后人终将耐不住寂寞，回到俗世之中。"

楚飞燕问："那之后呢？"白袍女子道："离恨天说：'魔家的血海独狂功，代表着魔道之极致，你已经知道了。但你还不知道，魔家还有一门秘学，叫做恨海重生大法。'"

楚飞燕讶道："你说什么？"白袍女子接着说："恨海重生大法是维护魔道的武功，它生于对世俗的极度仇恨，谁身上有恨海重生大法的功力，便会更加笃信魔道学说。离恨天就想凭这一后着，使他的学派永固。他和白结缡打了赌，把恨海重生大法传给了他的女儿。"

她说到这里，略一停顿，道："他女儿的名字，叫做浴月。"

楚飞燕隐隐已经明白，道："我们只知道离恨天大君与白结缡生过一个儿子，便是怀仇天大君。"

白袍女子笑了笑，脸上八分嘲色中裹着两分苦意，道："他们是只生过一个儿子，但那个可怜的孩子……嘿，白结缡一生骄傲，偏遇上一个比她更高傲的人，她从苍茫山上下来，一时羞愤，失手把她亲生骨肉打死了。她也是因为这事悔恨成狂，才放弃权势，远走他方。后来她恢复神智，收养了一男一女，给男的起名殳生，女的起名浴月。离恨天和白结缡重逢，虽然没了亲子，但逝者已矣，怪谁也没用，便把那男孩接回泰壹宫去作继承人。那个女孩，自然便是暗中维护他学派的守灵人了。我就是这样成了离恨天的女儿。"

楚飞燕恍然大悟："原来她是白结缡的养女。"又问："白结缡也同意么？那她是否又真的自沉于天荒地老泉里？"她当初下泉找不到白结缡尸骨，始终不得其解。

白袍女子道：“母亲起初也不尽同意，后来也想通了，毕竟哥哥跟着父亲，总比跟着她好，至于我，要到父亲死后才发挥作用，还是可以陪伴母亲很久的。父亲对我还算不错，但母亲与父亲的性格志趣实在相差太远，他们最终还是不能和好。父亲后来还来过几次，母亲都不愿见他。最后一次，母亲说：‘赌约既已定好，你我之间就没什么可说的了，恨海能否重生，那是以后的事，你再来这里，我便自杀给你看。’父亲便不再来了。母亲之前也想报复父亲，但自知武功不及，泰壹宫也由自己养子继承，也便罢了。我和母亲一直住在那个岛上，很多年后的一天，母亲忽然把我叫来道：‘你快去打听打听，他是不是不在了？’我潜至泰壹宫问了哥哥，方知父亲已在孤坟岛逝世。我回到羲和浴日国告诉母亲，母亲没说什么，第二天我醒来之时，不见母亲，到外面一找，母亲端坐在高冈之上，也仙去了。母亲足不离岛，我也不知她怎么会知道父亲逝世。我火化了母亲遗体，便开始履行我的职责。”

楚飞燕道：“那么——”白袍女子道：“你问天荒地老泉？父亲逝世后，这么多年来，我一直暗中观察着泰壹宫，只是按他们当年的约定，我不能直接现身干预，也不能出手杀人。知道内情的，只有父亲、母亲和哥哥，他们都逝世之后，我的存在便无人知晓了。直到近年，寂灭天有意改变教旨，我知道我应该做些什么了。我曾暗中警示寂灭天三次，但寂灭天这人不信玄谈，对我的警示浑然不觉。正好凌灭鼎、路仙筝他们为规劝寂灭天，编造了白结缡重生之说，想让寂灭天转移精力，我便顺势编造了白结缡埋骨天荒地老泉的说法，散布出去，以煽其势。不想寂灭天根本不吃这一套，只一心坚持他认定的东西。后来你来了，我在天荒地老泉边点晕了你，把恨海重生大法传到你身上，并解了你同伴身上之毒。”

楚飞燕心中一亮：“我被明画眉吊了三日，不吃不喝，精力奇迹般恢复，挣开铁链；之前中辛齮墨怪功重伤，瞬时复原；被明惟厥打折四肢，自行愈合，原来都是恨海重生大法的威力。我身怀此功，竟然自己也不知。”越想越对，道：“江湖上说恨海重生大法是白结缡的绝学，原来却是离恨天的神功，这也是你散布出去的？”

白袍女子道：“父亲生前早就料到，无论什么学派都会有信仰危机，后世传人中肯定有怀疑他教旨的，虽然他不可能预测什么时候会发生这样的事，但一有苗头，就难遏止，总得防范在先，他生前就把白结缡练恨海重生大法的事散播出去了，这也是为了给我保密。这样除了我，谁也不会了解恨海重生的真正含义，我就可以一直在幕后行事，做他教旨的守灵人。”楚飞燕道：“离恨天与你并无血缘关系，见面也不多，连教养之恩也谈不上，你怎肯为他做这种事？”

白袍女子道：“他是独一无二的奇男子，我对他还是很佩服的。但我这样做，主要还是为了母亲，为了他们之间那个宿命的赌约。母亲要我尽力去维护魔道，她要证明，即使有恨海重生大法，有守灵人，魔道还是要崩溃的。母亲给了我第二次生命，她的话我非遵从不可。父亲当然也深知此节，他对我是信任的，因为除了白结缡，也没人能栽培出更可靠的执约人。”

楚飞燕想：“他们两人的事，也真教人不胜唏嘘。”又问：“你怎么不早点现身，救我大哥？”白袍女子道：“他背叛魔道，死有余辜。”楚飞燕道：“那一色呢？其他人呢？他们可是信魔道的，你也不管他们的生死？”白袍女子道：“我不能插手太多，他们为魔道而死，也死得其所。而且有人牺牲，也能坚定剩下的人对世俗的仇恨。”楚飞燕攒拳咬牙，又问：“那你为什么要把恨海重生大法传给我？”

白袍女子道：“因为我老了，我已经活了一百三十多年，我的日子也差不多了。我需要一个传人，继续在幕后守护魔道。”

楚飞燕道：“所以你就选中了我？简直荒谬！你说身怀恨海重生大法便会恨世，我怎么不恨世？”

白袍女子道：“这个我也真不知道了，也许父亲也有失算的时候，也许你这人非同一般。或许是你接受了寂灭天的救世学说，消解了大法的作用。”

楚飞燕道：“比我武功高、更忠于魔道的人尽有，你为什么偏偏选中我?”白袍女子道:“我的武功是母亲教的,到如今我一百三十几岁了,还是没练到母亲当年的地步,更比不了父亲。你能练成除父亲外无人能练的维斗神功,足见天资之高,我以为你能够代替我把这件事做好。”

楚飞燕勃然怒道:“那你便不征求我的意见?你又怎么知道我是怎样的人,要走怎样的路?我的人生不需要你们这些自以为是的东西来主宰!你有什么资格来支配我?再怎么高尚的理由,也不能把你的意志横加在他人之上,活人的自由比死者的教旨重要千倍万倍!你们曾经是反成法的狂人,现在你们是制造成法的独夫!牺牲后辈,见死不救,为维护教旨不择手段,就是自私残忍!我心目中的泰壹宫,是个没有尔虞我诈的狂士之乡,不受世俗法则拘束。你们把维护教旨看得过重,反而使魔道走向了它的反面。离恨天大君很了不起,但这件事,他完全做错了!故步自封的学派只会日益沉沦。泰壹宫真是堕落了!我痛恨这样的东西,你们也许掀翻了旧的天地,却让更新的人没有未来!”

白袍女子面无表情地听着,不发一语。楚飞燕继续指着她骂道:“你活了一百三十多岁,为什么不做点别的事?一生驭于一个空头赌约,你也不觉得可悲可怜?”

白袍女子道:“你说够了没?”楚飞燕声音已经沙哑,还在叫道:“我没骂够!你——”一口气运不上来,一阵剧咳。白袍女子冷笑道:“年轻人不识世事,只会冲动。几句漂亮话,哪个不会说了?你根本还没受过真正的考验,你说的这些还空泛得很。你若真想教我心服,有能耐的话,你上一次苍茫山。”

楚飞燕道:“苍茫山?”

白袍女子眼望远方,道:“未识世情险,何以立苍茫?破得人心瘴,方系哲人王。你有本事,活着上山,活着下来,也创立一家之道,那时再来与我父亲叫板。”

楚飞燕默然。白袍女子拍了拍她的肩膀,道:“我活了这么多年,一生的责任已经尽了,很快便要去见母亲和父亲了,你看上去很自信,那你自己看着办罢。”双目一闭,再不言语。

天色大白，浮云千形，大洋深处平静一如既往，似乎已忘了昨日种种心惊肉战。白袍女子坐在灯笼上，脑袋低垂，楚飞燕感到奇怪，推了她一把，应手而倒，竟已身亡。

楚飞燕黯然难语，把她尸身放入海中，胸中百味杂陈，一时也不知是悲、是苦、是愁、是怅，好像一夜之间过了两三百年。要想收拾心绪，却不知从何做起，茫茫然漂于海上，权当自己是个死人，不问将流于何处。

忽然一道巨浪冲来，将她全身上下淋了个通透。楚飞燕一个激灵，想起与一色她们驾鲸泛海的时光，义妹中铳坠海的情景从脑际浮过，不忍复忆，双眼一直，叫道："一色!"从手中掣出霜刀来，看也不看，便往自己颈中一勒。不料这一勒之后，只是后仰跌倒，脑袋仍在脖子之上，原来她心神大乱，竟连刀背刀刃都分不清。颈上倒多了一道红痕。

霜刀神光射入她双瞳之中，似含冷笑，楚飞燕通体生寒，竟出了一身冷汗。猛地想到："我这一死容易，只是大哥的志向再也无人继承了。"不由得犹豫起来。又想："雪鲛和大哥都要我当哲人，只有哲人才称得上侠之至者，我的道路真的找到了吗？白月天霜，哲人之刀，铸造它的哲人离恨天大君何等高视阔步，世俗的险毒困不住他，但自身的极端固执又成了他的死结。每个人生于世上，其实都很悲凉可笑，七尺身躯，便是囚笼，茫茫天地，棺材一具，谁也无法真正掌控自己的命运，人这种东西，最终还是为人所制。没有每一个活生生的人的觉醒，便谈不上救世，可是怎样才算得上是觉醒？是回归真我，还是归于什么别的东西？这标准太模糊了，模糊的东西很容易导向虚伪。"

她抬头仰望云天，心道："人看天，不知天怎么看人？我们所处的这个世界是否就真的存在？阳光有照不到的地方，肉眼看不到背后，人之为物真的很狭隘。世人最大的悲剧，还不是权力与利欲，而是拥有的视角太窄。人的问题要回归人本身，但不是大而化之的、名义上的人，也不是某种理想的、预设的人，亦不是某一家一派、一时一地的人，而是活在积累而成的世界中的每一个真真实实、有血有肉的人。"

想到这里，她似乎发现了什么，似乎又进入了那个奇怪的梦境。

在那个梦里，她立于苍茫山下，手接日月星辰。她似乎听到了千百年来屈死灵魂的呼号，那声音从天地的夹缝中传来。她感觉到一股力量正在海底涌动，想要破壳而出，又被无情的血海重重压下。

她又看到了苍茫山，那座无人敢去的山，据说把它踏在脚下，便能看清整个世界：古与今、人与鬼、理智与荒诞，还有那世运末穹的终极图景。

一个声音在空中响起："或曰世间本无道，人履而成道，或曰世间本有道，人履而无道，或曰世间虽有道，然无人履之，或曰世间虽有履道人，然彼人无心肝耳。汝其履道之人乎?"言语中似含嘲意。

楚飞燕昂然道："如果让我选，我会一点也不谦卑地一直走到地底下去，如果不让我选，我照样也会这么做。"

那声音冷笑着，消失于无名之中。

楚飞燕缓缓把霜刀收入鞘中，她知道自己还不能死，她还有事情要做，为情义为承诺而死固然幸福，但在找到答案前她必须痛苦地活着。她尚怀一线希望，奋力向孤坟岛的方向游去，呼喊着凌一色的名字，盼望她死里逃生，已经挣扎上岸，正在等着自己。然而水天茫茫，孤岛寂寂，更无凌一色踪影。

楚飞燕独自一个，仰卧在万顷碧滔之上，极目长空，稍稍冷静下来，心中只剩下一个方向——苍茫山。

# 第十六回　天下大道

十年已过，江湖侠骨更无多，风云往事尽付替兴楼春秋笔下。前辈高人衰老凋谢，少年子弟渐领风骚，武林中的循环仍在延续。无名的坟茔埋葬了哲士的英灵，喧嚣的大众在礼拜泥神木偶。大江东去，举世随波，某些人操纵世道，冥冥中某些看不见的东西又操纵着某些人。

这天正是清明，林荫道上，一个二十七八岁的女子跨一匹黑卫，走在落日的残晖中。来到一座并不起眼的孤坟前，那女子滚鞍下驴，对坟头拜了三拜。

那墓碑上刻道："玄海居士庄公道甲之墓。"

继梁汝山遭首辅张处顺迫害，于武昌被杀之后，庄道甲于数年前被官府以"敢倡乱道，惑世诬民"之罪名逮捕，于狱中自杀，其著作被禁毁。

那女子手抚墓碑，道："庄先生这么好的人，被朝廷害了，燕姐姐又被武林迫害，不知所踪，这世道真是姓狗的。"

这女子便是朱铁儿了。庄道甲入狱时，她曾千里驰救，已来不及。

朱铁儿又拜了三拜，起身道："庄先生，我明年再来看你。"

她上驴行不多远，忽地路边长草晃动，传来喧闹争吵之声。循声寻去，却见两伙江湖汉子，各持兵刃，正要厮杀。左边那群中一个刀疤脸老者道："吞象帮，你们这些乱臣贼子、乌龟王八蛋，你们今日死也！老夫查到，你们贼胆包天，竟敢公然诋毁先圣，说孔圣人是丧家狗，老夫上禀明四小姐，将尔等豁口截舌、碾作泥尘！"

右边为首的蓝衣大汉怒道："我呸！你们羊头派都是不识字的猪吗？书上有人说孔圣人是丧家狗，又不是老子说的，关你老子我屁事？"刀疤脸道："便是别人说的，你怎么不举报？"蓝衣大汉道："你奶奶的，老子又不知他住哪，怎么举报？倒是你们羊头派不好好习经，贿赂考官蒙混过关。"

朱铁儿听得扑哧一笑。原来明画眉近年武功突飞猛进，已成了中土武林第一号高手。她父亲明惟厥年老不甚治事，明画眉大权在握，大举肃除异端，许多武林人物因为言行有失，被她严惩重处，乃至举派株连。她还大兴礼乐，训令各门各派学习十三经，还要定期考试，一考不过则再考，再考不过则三考，三考不过则视为蔑视圣人之道，严惩不贷。一时间武林中人人读经，有的门派实在弄不过来，只好贿赂试官，或将举人秀才绑来代考，众人忙于应付考试，又要提防仇人举报自己，竟连江湖争斗都少了很多。这也被视为明画眉一大功劳。

两伙汉子发现朱铁儿，都霍然大怒："你这婆娘，我等都是儒学之士，你竟敢嘲笑儒学之士，嘲笑儒学之士便是侮慢圣人，侮慢圣人便罪该万死。""快抓住她，绑送真定，明四小姐、颜弥厚先生必重重有赏。"竟不互骂了，将朱铁儿围住。

朱铁儿道："好不讲理的东西！"跃下驴来，掣出腰间软剑，迎了上去。一个壮汉手舞铁锏，来取朱铁儿，可是近来《礼记》、《尔雅》读得多了，武功荒废，脚步虚浮，被朱铁儿一脚扫去，死猪般倒在地上，爬不起来。朱铁儿大笑："这不是狗吃屎吗？"余人更怒，乱攻而上，拳脚兵刃四面递至。朱铁儿抵挡不住，拔腿便走。

两伙汉子紧追不舍，忽然后面来人叫道："吞象帮、羊头派，还在此纠缠做甚？颜弥厚先生有令，你们快快去与群雄会合，同去应对西方圣音教党。"众人一惊，连忙跟去，也不顾朱铁儿了。

朱铁儿松了口气，啐道："真是一群疯子！"又想："前些天听人说，现在出了个什么西方圣音教，信仰什么大天帝神的，都是番人，古古怪怪，教人念经信神，还说中国人祭拜祖先是崇拜异教神灵，明家对此非常不满。以前有泰壹宫，现在又出了个圣音教，风一场雨一阵的，总之有得忙了。”

朱铁儿也不多想，上驴欲去，忽闻草丛中有人大笑，一个青年从长草深处鲤跃而出，拱手道：“朱姑娘，你好哇！”却见他一身富家子弟打扮，长相甚是文秀，手拈一把铁扇子，看那扇子制式，便知其中多半藏有暗器。

朱铁儿是贫苦出身，对富人素无好感，见他喊出自己姓氏，而面相又生得很，有些怀疑，问：“你是谁？为何窥我？”那青年轻摇铁扇，嘻嘻一笑，道：“朱姑娘，你和白月天霜是旧相识么？”朱铁儿一怔，道：“是又怎地？你是明画眉派来的走狗吗？姑娘不怕你！”她从对方身法来看，武功多半在己之上，不敢掉以轻心。

那青年道：“你好大胆！楚飞燕是魔宫妖女、异端逆贼，你怎敢跟她同流合污？”朱铁儿勃然怒道：“我呸！我燕姐姐是大英雄、大侠士、大好人，你们这些家伙给她拾屐也不配。”

那青年冷笑道：“你为她辩护，若教明四小姐知道，任你铜皮铁骨，也立时碎为粉末，渣也不留！”朱铁儿道：“她明画眉又怎地？总不成生吞了我！偌大一个世界，我不信她便能一手遮天！你想拿我去请功，我便与你拼个死活！”

青年道：“你说楚飞燕这等英雄侠义，她做过什么奢遮之事，教你恁地见重？”朱铁儿道：“她独闯钓鱼城、大破全威门，诛杀害人虫狗眼神君，哪个不知？”青年问：“她杀狗眼神君，是自己一个人去的还是和别人一起去的？”朱铁儿道：“听说有姓孙的祖孙两个与她同行，怎么了？”

那青年哈哈大笑，拱手道：“在下孙敬祖，当年与先祖考助白月天霜血战毅严堂，记忆犹新！”原来他便是当年的毛头小子孙爷爷，孙外公几年前殁了，那老猿悲伤过度，一并去了。孙爷爷经此一事，方知人生苦短，世事无常，乃改行就学，他小时候脏字不离嘴，如今却文质彬彬，再无半句污言秽语。

朱铁儿详加询问，方信其言，才笑道：“原来是孙兄弟。可有我燕姐姐消息么?”孙敬祖摇头。朱铁儿叹了口气，道：“但愿老天保佑燕姐姐平安多寿。”

两人结伴而行，说起江湖传闻。孙敬祖道：“明惟厥年老，决意隐退，让位于明六公子，数日后便召开武林大会了。”朱铁儿道：“我也听说，但明六公子年纪轻轻，论才论力，都远远不及他姐姐明画眉，明画眉为何不接任家主呢?”孙敬祖道：“明家男尊女卑，明四小姐本事再大，也不可能由她继承道统。再说，明家讲究宗法，明大公子、明二公子都是庶出，明三公子本来深孚众望，却被凌一色杀了，明四、明五都是女儿，也只有明六公子合适。但说句实话，即使明六公子当了家主，还是要仰赖他姐姐。”

朱铁儿说：“明画眉这么霸道，就没人管得了她?”孙敬祖道：“明四小姐的武功，要和离恨天、白结缡比，那还远远及不上，但放在近几十年来看，还真未必有胜过她的。本来就没人敢得罪明家，何况她还有这种本事。”朱铁儿道：“我看她也不是什么好东西，把江湖搞得乌烟瘴气。”

孙敬祖道：“总之这个江湖，是快要玩完了，好坏善恶，做一镬熟。倒吧倒吧，倒了也好!”朱铁儿道：“只是倒下去时，难免要伤及无辜。”两人这般说着，不知不觉前路已黑，荒郊寂静，唯有上空一片星斗。

河北真定希圣府中，“善始善终”明惟厥召集子女，教导他们同心同德，善辅六弟。明画眉等拜受教诲。既毕，诸子告退，明惟厥道：“四儿，你留下。”明画眉忙又跪下道：“父亲还有什么教诲?”

明惟厥道：“四儿，为父老矣，力不从心，六儿德行无亏，才力未达，以汝之见，真堪大任否?”明画眉道：“六弟诚质敦厚，好学崇古，必能光耀吾族。孩儿亦当竭诚辅佐。”

明惟厥道：“四儿，汝若身为男子，此位非汝莫属。”明画眉惶恐道：“天地有尊卑、男女有常序，名不正则言不顺，孩儿若敢逾矩，难逃史笔之诛。”明惟厥点头道：“善。有女如斯，老夫甚慰。”

一旁的韩夫人笑道："夫君莫吓坏了孩子。画眉啊，那个人，你打算怎生处置？"明画眉道："孩儿愚钝，不知母亲问的是哪一个人。"

韩夫人道："当然是你表妹雪鲛了。"明画眉道："原来母亲问的是她。她当年犯下十大罪行，逃匿未获，既已就擒，异端贼子，自当凌迟。武林大会之后，择地行刑。"

明惟厥咳了一声，道："刑不上大夫，彼太史周家之女，不必露布，又值汝六弟接任家主，刑法从宽，赐彼自尽足矣。"

明画眉道："不用重刑，何以服人心？父亲素恶异端，怜悯安能施于逆贼？画眉不敢奉命。"明惟厥道："汝不从父言，置忠孝于何地？"

明画眉微微昂首道："父亲维护姓周的，是不是因她跟父亲讲的那番话？她外逃那么多年，一回到中土，便来直闯希圣府，说任凭千刀万剐，请求父亲收回我的权力，不然中土武林有颠覆之危，父亲难道心动了么？"

明惟厥脸色立变，韩夫人道："孩儿住口！怎么对你父亲说话的？"明画眉拍起胸膛道："父亲！我明画眉为明家、为武林呕心沥血，夙夜匪懈，父亲竟对我生疑？画眉这颗心，只为了儒门至道、祖宗盛德，天地知我，日月可鉴！父要子亡，子不得不亡，父亲既生疑心，就请立取我首级，昭告天下！"

明惟厥按定座位扶手，一时未语。韩夫人道："夫君！画眉是怎样的孩子，你还不知？她身具无上神功，若要忤逆时，你我也未必是她敌手，然而她可曾在你面前高声过一句？你也想想，泰壹魔宫尚未灭绝，余党指不定什么时候便会卷土重来，还有些异域教派，也狼子野心，想染指我神州大地，你若废了画眉，凭你我两把老骨头，便应付得了么？"又向明画眉喝道："这算什么？还不快向你父亲请罪？"

明画眉一叩到地，道："孩子冲撞慈父，自知罪重，不敢仰乞父亲宽恕。"韩夫人道："你的确罪责非小，夫君，便罚她闭门思过三个月，你看如何？"明惟厥挥手道："彼三月不出，外人焉有不疑之理？罢，今日之事，再也休提。"明画眉又叩首道："孩儿晚上再来自缚请罪。"

正说间，颜弥厚来报道："苏、僧两位家主来访。"明惟厥道："速请。”又让人把众子女叫出来，一齐移步客厅，与苏坐忘、僧病本相见。苏见独一直音讯全无，多半已羽化而去，家主之位不可久悬，苏坐忘已于数年前就任家主。

当下各分宾主坐定，明画眉等一旁侍立。苏坐忘、僧病本道：“‘下武维周，世有哲王’，明夫子传位于六公子，此明家之高风、武林之盛事也，吾等闻召赴府，叨沾德光。”

明惟厥道：“劳降玉趾，明家上下感激。小儿年幼，尚望二位家主教益。”

苏坐忘道：“明家之风，山高水长，六公子秉承家学，誉满江湖，苏某安敢有教于公子？然逆水行舟，不进则退，唯明心慎德，开诚布公，方可见信于天下。望公子广施仁惠，秉正除邪，则武林人心自归。”僧病本道：“希圣府中，山僧不敢论修齐治平之道，然窃闻先圣之论，三年毋改父母成法，方可谓孝，望公子思之。”明惟厥道：“六儿，拜谢二位家主教诲。”明六公子躬身道：“前辈教益，永铭于心。”苏、僧二人各自还礼。

明惟厥道：“大儿，二位家主远至，大典事宜，汝可告之。”明大公子道：“是。二位家主听禀……”说了诸多事项。苏坐忘道：“苏某闻命。然苏某僭问一句，大典掌礼是谁？”明惟厥道：“拟请家叔祖掌礼。”他这个叔祖是他曾祖最小的儿子，尚在人世，已过百岁，明家现下辈分以他最高。苏坐忘道：“恕苏某直言，明老先生年事已高，倘有差失，有伤大礼，何不请明四小姐掌礼？”明惟厥道：“她是女子，又是后辈，如何轮得到她？不合礼制。”

苏坐忘点头道：“原来不合礼制，苏某问差了。那么这几年来，四小姐所作所为，想必是合礼制的了。”

他此言一出，明家众人一时均微微色变。明惟厥屏退部属，道：“苏先生何出此言？”

苏坐忘叹了口气，道：“明夫子、韩夫人，那苏某就直说了。中土武林由四大世家共治，三教并立，外儒内法，维持这千秋大局，费了祖宗历代多少心血精神。然而四小姐近年的做法，越来越偏向商家，长此以往，必露痕迹，对四大世家均大是不利。”

韩夫人道：“先生这么说，是怪我儿刑法太峻了么？我儿剪除异端，乃奉我夫之命，何失之有？”苏坐忘道：“商家主，你又何须遮掩？没有你的扶持，四小姐如何做得这许多事出来，又如何练得成内眼与外儒内法功？”韩夫人笑道：“我儿天生残疾，练内眼来看看世界，却怎么也干碍了苏家主？至于外儒内法功，可是要明、商两家高手同使的，她一人怎能练成？”

苏坐忘说：“明四小姐短短数年之间，武功到了这等地步，她是女子，练不了内圣外王功，若无外儒内法功在身，安能如此？练一窍内眼得三十年，她才多大年纪，若无外儒内法功，怎能练得这么快？”

韩夫人道：“那是我儿聪明勤勉，精诚所至，世上本无难事，苏先生号‘齐同物我’，这点都看不破么？”

苏坐忘道：“商家主，冬寒夏热，冷暖自知，有些事心知肚明，何必苏某挑破！中土武林若无外儒内法功，难与泰壹宫抗衡，但这功夫又要两人同使，便有被人各个击破之危，因此你们一直在钻研一人独使之法门，又恐练坏了儿子，便拿女儿来试验。四小姐也当真坚毅，竟让她冲破玄关，练成了王霸二气。这是你们为武林大计考虑，无可訾议，但这几年来，四小姐一味霸道，所为极多不妥。四大世家共治，乃中土武林不易根基，凡事还是勿越雷池的好。”近年来明画眉一心事功，已把手插入道家门派里来，苏坐忘实在忍无可忍，终于发作。

明画眉道：“画眉所作所为，都是为了维护明家道统。”苏坐忘道：“明家有明家的道统，苏、僧二家有苏、僧二家的门墙。”韩夫人道：“圣王治天下，何曾有释老？”

僧病本合十道：“阿弥陀佛！按这说来，商韩法术，更是圣王所要弃绝的了。”

明惟厥重重咳了一声，道：“明某旧疾发作，今日之会暂罢，拙荆小女言语冒渎，二位休怪，四大世家永世盟好，共掌武林，推心置腹，不必疑虑。”苏坐忘道：“苏某闲云野鹤，倒无挂碍，韩夫人、四小姐，你们好自斟酌!”僧病本道：“诸善常作，诸恶勿生，与人方便，世间善知识。山僧告退了。”明惟厥率众送出府外。

离开希圣府后，苏坐忘道：“大师，依你之见……”僧病本淡然道：“万法从心生，善恶由心作，山僧一世参禅，参来参去，还是这句话。世间万象，都在轮回之中，各自修持罢。”苏坐忘道：“可是人生在世，很多时候还是坐忘不了的。”又低声道：“大师，休怪苏某直说，当年大师身中‘龙虎斗’奇毒，凶手查出了么?”僧病本笑道：“种得业因，便有业果，业力之大，尚在龙力、神通力之上，三千世界，茫茫欲海，谁是凶手，谁又不是凶手?岂不闻‘烦恼是菩提’，一切随缘，看结局罢。”

苏坐忘苦笑一声：“那苏某也只好‘体尽无穷，而游无朕’了。”道别而去。

苏坐忘心事难释，正行间，忽闻人唤“我儿”，回头一看，惊出泪来，却见一个鹤形仙骨的老者，不是父亲苏见独是谁?父子俩多年未见，苏坐忘本以为父亲年事已高，多年未曾来信，早已羽化而去，此间相逢，恍如隔世。两个白发老头相拥，眼泪纵横。

苏坐忘道：“本道要与父亲天上相见，父亲既弃绝凡尘，为何复回中土?”苏见独说：“仙道缥缈，人非草木，苟能真看通透，成不成仙又何足论!虽说‘相濡以沫，不如相忘于江湖’，但这个江湖照样有江湖的法则，欲相忘亦难矣!吾本无争，世使吾争，虽欲不争，亦不得不争。以南华真人境界之高，没饭吃时也得央人借粟。天地尚缺，人安得全?逍遥无朕，说到底也只是一种情怀而已。”

苏坐忘点头道：“父亲说得是，坐忘近年也深有感触。儿子有时窃思，万古以来，未必真有真人、真有高士。巢父挂瓢、许由洗耳，谁见之，谁传之?若巢、许自挂自洗而使人见之传之，那他们又与俗人何异?无非世人处罗网之中，无计自脱，乃虚造一二古人故事，寄情发臆，何必真有其人、何必真有其事乎?一部《道藏》，说到底不过‘顺其自然’四字，知之易，行之难，现在这个江湖、这个世态，深教坐忘寒心。”

苏见独眺望天际，良久道：“有一个人，也许称得上真人高士。”苏见独虽是清虚允淡的修道之人，然平生极少推可，苏坐忘从小到老也没听过父亲以“真人高士”四字许当世之人，不禁肃然起敬道：“坐忘斗胆求问这位前辈大名。”

苏见独说：“你过来。”父子二人来到无人处，苏见独问：“你去过苍茫山么？”苏坐忘说：“苍茫山？那山根本没人进得去。”苏见独道：“为父年初去了一趟。”苏坐忘问：“父亲竟去了？不知山上可有什么？”

苏见独道：“为父哪里进得去？离山根尚远，便被千里瘴气逼住，哪能进得一步？举头一望，不见星斗，不辨昼夜，如坠虚空，困于无物，虽有神智，不能自明，虽有达道，不能自用，思平生之狭浅，汗流浃背；叹人世之可哀，泪横披面。如至天地穷根处，正是无可奈何时。正望洋兴叹间，天地间陡生一道异色，却见一轮白月，不知是从天上还是山上飘将下来。”

苏坐忘奇道：“白月？”苏见独道：“远看是白月，来到山下，却是一个白月融成的女子，对我笑道：‘老先生打哪里来？’似人似月，亦人亦月，月无其倩，人无其洁。我平生所睹、书传所见，竟无一人能与之相仿。她所立之处，瘴气也为之辟易。”

苏坐忘问：“那女子又怎么了？”苏见独道：“我为了看真切些，不自觉走近了几步，立即中了瘴气，枉自修真养性，无济于事，晕厥过去。醒来之时，却见那女子坐在我身边，双足赤裸，笑道：‘我初下山便遇着老先生，也是巧合。’我看她模样，依稀似曾认得，却又想不起，问道：‘你是甚人？你住在这山上？’那女子笑而不答。我起来又问道：‘是你救了我么？’那女子道：‘你所中瘴毒，我已用哲人不王功给你解了。’”

苏坐忘问：“哲人不王功？坐忘孤陋了，从未听过世间有这么一门武功。”苏见独道：“她说是她自创的武功。”苏坐忘问：“何谓哲人不王？”

苏见独道："为父也这么问她，那女子道：'世俗所恃者，力也；哲人所恃者，道也。哲人立于世上，既不能沦为他人的附庸和工具，也不能把他人当作自己的附庸和工具。哲人不应倚仗世俗势力，若令一家之说独尊垄断人心，便算不得哲人不王。'"

苏坐忘道："那么她这个'哲人'是哪一家哪一派的'哲人'？"

苏见独说："她说她非儒非道，非佛非魔。"苏坐忘说："非儒非道，非佛非魔，无所适从，何以成学？"苏见独道："吾儿不亦痴乎？世间万象，又安止此四端？"苏坐忘说："父亲说得也是，我只是很好奇她还能提出什么新鲜的说法。"

苏见独道："她说她这个'哲人不王'，是建立在狂性、人道与多元之上的。"苏坐忘说："狂性？那便是楚狂接舆一流了，固然也堪称高士，但要救天下之溺又差得远了。"苏见独道："她说：'我所谓的狂性，不是佯狂避世，也不是仅仅愤世嫉俗而已，哲人之狂是一种遨游古今，窥破虚实，从而自成人格，与天地分庭抗礼的风骨。人生在世，看到的往往是层层表象，只有以狂人的气魄去审视和重估一切事物和人，才能使自己不为狭隘时识所困，得以自由。'"

苏坐忘沉吟道："那人道又是什么意思？"苏见独道："据她所说：'人道者，本于人之道也，过去的学说，往往要求人性让位于某种预设的目标，而那个目标往往又是虚幻的，我要把这一切拉回来，以人之尊严、自由、福祉为第一要义，所有扭曲人性、化人为物、化人为鬼的世俗法则悉应革除。'"

苏坐忘问："那多元呢？"苏见独说："那姑娘说：'数千年来，都是少数人发话，余人不得不跟随，岂有不虚伪愚昧之理，即使旧的一套倒台，新的东西又来独大，威权之本质从未改变，道义之争，杀人无数，胜则号称正统，败则贬为异端，狭隘私利，害人误己。其实世间道路，哪有让你一人一家走尽的道理？只有平等包容、多途并行，方能使世人摆脱禁锢。那些因为别人观点意向与你不同而挟势欺之的行径，最是可笑可耻。'"

苏坐忘听罢默然，半晌乃道："她这些言论，甚是标新立异，玄远得有点无法无天，父亲以为如何？”苏见独道：“她过于崇尚人本，张大自性，有违自然，蔽于天人之道，我所不取。但那女子出尘绝俗，有泰山不能压、沧海不能收之气概，使人近之生敬。我和她谈了三日，她侃侃而谈，义形于色，也足见忧世之深。最后，我说：‘你的学说，老夫是绝对不能认同的，只怕今世之人，也没有几个会赞同，只怕你要大大失望了。’她却笑道：‘老人家肯坐下来跟我讲，便足见世人未尽耳聋。寂寞莫过苍茫山，还不是有人上来了吗？’”

苏坐忘道：“不料世间尚有斯人！父亲可问得她名字？”苏见独道：“身非吾属，何况名乎？人世间萍水相逢，如同幻梦，相交以道，道何以名？”苏坐忘笑道：“是孩儿迂了。父亲此番重返中土，咱们先好好聚聚，别的事情且置一旁。”

苏见独摇头道：“为父隐居多年，什么都看淡了，成败得失，俱不足论。见你一面，心愿已了，这便去罢。”苏坐忘愕道：“父亲，这——”

苏见独仰天一啸：“苟得逍遥平心事，何论千秋百万年！谷神不死，玄牝不生，不为事任，与道同体。”口唱道歌，飘然而去。

苏坐忘忽然坠泪，心道：“父亲虽说看得通透，但也未必没有他的无奈之处。”也唱着道歌去了。

当晚明画眉独自一个，前往地牢，守卫禀报道：“四小姐，上次抓到的那个圣音教徒口出狂言，说我等信仰魔鬼，必堕地狱。”明画眉问：“周雪鲛呢？”守卫道：“她讨要纸笔，想写遗书。”明画眉道：“不准她写。她那些手稿找到之后，也一律烧掉。”径往囚室而去。

囚牢乃铜铁所铸，锁匙在明画眉身上，任你绝顶高手，关进去先挑断手筋脚筋，以药物化去内力，便如待宰羔羊一般，再无反抗余力。外人要想在真定明家眼皮底下救人，也是难于登天。周雪鲛因武功算不得一流，又怕她在受剐之前熬不住死去，这挑筋之刑便免了。

明画眉来到牢门前，里面问道：“是明家表姐么？”其声淡定温婉。明画眉开门进去，道：“雪鲛还好么？”

牢中那女子微微颔首，道："多谢表姐照顾。"她当年被送到轩辕谷，辛崎墨死后被泰壹宫的人赶了出来，携带手稿千辛万苦回到中土，隐居著书，终因担忧武林命运，出来规劝明家，一现身即被擒拿。她历经风霜，又过而立之年，容颜神采颇不及少时，此时面容稍显苍白，却坐得直直的，不改端秀之风，清雅一如往昔。

明画眉道："你表弟后日接任家主，至于你的刑期，提前一日，大后天施刑，没问题吧？"周雪鲛道："很好。"明画眉道："只是受刑时不能穿衣服，可难为你了。"周雪鲛道："那也不算什么。"

明画眉微现不豫之色，道："你好像一点也不怕，难道你不恨我吗？"周雪鲛说："阿鲛从小便是这性子。"明画眉道："那也是！咱们当初交情还很不错呢。"

周雪鲛道："画眉表姐，你记得小时候我们谈论志向吗？我说要做史官，你说要做圣人。"明画眉道："别高声！圣人岂是我们做得的？"周雪鲛说："难道你不信人皆可为尧舜？"明画眉道："'唯天为大，唯尧则之'，我等凡夫岂敢希慕？"

周雪鲛哀然道："表姐，你连承认自己说过的话都不敢了吗？"明画眉漠然道："我没说过。"周雪鲛道："好，这事不说。阿鲛想问一句，什么是仁？"明画眉道："仁？你这种异端也配提'仁'字？"

周雪鲛道："圣人之道，一言以概之，仁也。圣人体仁，存乎一心。仁者则天明，事地察，无愧于心，无负于天下。不知忠恕者，不可谓仁；不能爱人者，不可谓仁；其身不正者，不可谓仁；言清行浊者，不可谓仁。表姐，你扪心自问，这些年来，你广罗文字大狱，害了多少人，沾了多少血？江湖朋友一言有失，便被你举族株连，你还借口复古，勒令武林习经，尽做门面工夫，误人匪浅。如此行径，也称得上一个'仁'字？枉你熟读十三经，也全不知圣人真意！"

明画眉道："我灭绝异端邪说，便是光大圣人之道！我教化得武林井井有条，江湖一片肃穆，人人归于古道，有何不好！"周雪鲛道："偌大一个江湖，万马齐喑，这种死寂的肃穆，只是强逼每个人疯狂而已。"明画眉道："死到临头，还在大放厥词。你和楚飞燕、凌一色一样，都是顽固不化的妖女。”

周雪鲛道：“表姐，你和芍药公主虽然敌对，但说到底都只是一类人，只知执着于自己的信仰，不给他人留半点余地。任何道路走过了头，都是你们这样子。但芍药公主再偏激，也是真性情，说一不二，而你却外儒内法，处处掩饰自己内心，活在虚荣之下。至于燕姑娘，她是天心的白月，你只是凡间一只工巧的画眉，她高于你千倍万倍，你生生世世也比不上她。”

明画眉冷笑道：“她救你一命，你便把她抬得这么高，不知羞耻。”周雪鲛说：“表姐，你练成四窍内眼，连厚墙都能透视，甚至还能观察人的内脏，可是却看不清自己的心。或许你是习惯了装瞎，因此见不惯真正的光明。”

明画眉道：“我能练成内眼，是明家祖宗庇佑，让我看清你们这些逆贼的肠肚。我明画眉总有一日，要把与儒家正统对立的一切统统拔除，重现尧舜之治，使寰宇合德、天下大同!”周雪鲛笑道：“直到现在你还在骗自己，你敢拔除商家么？外儒内法，王霸术杂之，这些东西早就纠缠不清了。”

明画眉去后，周雪鲛怅然不语，望着牢门，淌下两行清泪，心中伤然道：“这人世，还有未来么？”

# 第十七回　侠之至者

希圣府家庙之前，中土武林首脑人物齐聚，各大门派掌门高手尽皆肃然而立，更不敢擅发一声。明家宗族长辈坐于各大门派掌门之前，小辈一旁侍立，苏坐忘、僧病本率两家长辈坐于客席。明惟厥方冠庄严，坐于正中，韩夫人陪侍其旁。众人祭拜了皇天后土、至圣先师，便开始册立家主大典。明惟厥叔祖衣古衣冠司礼，往前一立，念道："皇天无亲，唯德是辅。内圣外王，道兼文武。圣人出世，起于东鲁。名高八极，德被中土。五常俱备，三纲永固。功泽千秋，书传万户。真定明家，领袖江湖。克承礼乐，世有哲夫。……"他年逾百龄，中气不足，勉力将一篇骈四俪六的开场白念完，憋得脸色微青，最后才道："明兹审登阶受任！"

明六公子高冠长剑，登阶长跪，明惟厥手捧金印授之。明家宗族、武林群豪都向新任家主行礼，明六公子捧礼受礼毕，又三拜父母，坐上家主之位。明老先生高声道："俗家门派掌门宣誓效忠明家新任家主！"场上群豪大半都是俗家门派，当即按次序一个个上前宣誓。明六公子巍然而坐，每个掌门宣誓完毕，须等明六公子颔首，才敢退下。

三四十位掌门宣誓后，轮到一位身材魁梧的红衣汉子，上前下拜道："铁墙门石……"明六公子打断道："石无咎，汝部石克备、石克连等人勾结西方圣音教，均已伏诛，汝虽不知情，难逃失职之罪，铁墙门即行除名，长老以上赴吾姊处待罪，其余门众悉受杖刑，遣归乡里。"石无咎汗流浃背，颤颤然拜了又拜，一言不发，弓腰而退。

众掌门宣誓之后，苏坐忘、僧病本代表苏、僧二家及道佛门派向明六公子道贺。明画眉忽道：“替兴楼周太史！”周藏简出列应道：“明四小姐有何训示？”明画眉道：“明日处决周雪鲛，请周楼主监刑。”周藏简脸色微变，道：“周某是武林太史，不司刑法。”明画眉道：“难道周楼主不想为广信太史周家正名么？不能大义灭亲，何以执掌春秋史笔？在公在私，画眉都是为周楼主好。”周藏简默然无语，点头躬身而退。

典礼既罢，众人正要退场，忽然听见一个声音道：“表姐，你叫我父亲来剐我，置人伦亲亲之道于何地？真枉你号称颜回再世，满口道德纲常！”其声不卑不亢，七分冷静裹着三分伤感，正是出自周雪鲛之口。

当时满场肃然，无人喧哗，走路也不敢发出声响，周雪鲛声音虽然不高，全场之人都听得真真切切。便是不认识周雪鲛的人，也从这话中听出了说话之人的来历。近年来明画眉好事多为，众人一言一行不敢逾格，唯恐被人抓住把柄告发，在明家面前更不敢乱说乱动，虽然不无震惊，也无人声张，只是站定了观望。周藏简不敢回应，低头不语。

明画眉心道：“谁这么胆大包天，把她放了出来！”朗声道：“都出来！”

她一声呼喝，家庙后面立即出来数百火铳手，立时封锁全场。群雄面面相觑，心道这明四小姐布置也当真周密。正思疑间，忽觉头顶生风，抬眼望去，一齐大惊，只见空中飘来两朵云朵，竟是一对绝色佳人。

满场数千双眼凝望之中，两个女子携手并肩，一个秀若幽兰，全身散发着微微淡雅之气，独有一种自清自高的书卷气象；另一个则气如云，神如月，身材修长，额抹冷月头巾，腰束飞燕带，赤足踏一双竹屐，背一口雪亮长刀，神情坚毅，有一种舍我其谁的气势，仿佛天外神龙随体，凌空飞步，飘入场来。有人便呆呆地叫出声来：“她是白月天霜楚飞燕！”

明画眉微微色变，道：“逆贼！十年了，终于敢现身了么？”当年四大世家远征孤坟岛，几乎将泰壹宫精英一举歼灭，不料半路杀出个白浴月来，功亏一篑，从此再也不敢冒险越洋进攻。这十年来泰壹宫人似乎已销声匿迹，却始终是中土武林心头的梦魇。在明画眉看来，泰壹宫一日不灭，她便一日难安，而当年没杀掉楚飞燕，更令她耿耿于怀。不知为何，她总是把这个使霜刀的女子当作了自己的宿敌，甚至是命里的克星。她一声令下，众铳手纷纷发铳。明家铳手都是百中选一，训练极其严苛，所使火铳也是精良之器，这一下百铳齐射，响声大作，所有庄严肃穆立时撕碎。

数千人同时栗然屏息，唯恐火铳打中了自己，但前后左右都是人，要躲也是无用。楚飞燕紧握周雪鲛的手，微微一笑。硝烟散去，楚、周二女卓然傲立，唯见一地碎屑，二人全身上下更无半丝伤痕。那铳子未及其身，便碰上一道柔不可拟而坚不可摧的无形屏障，更不能穿透半寸。

楚飞燕一拂衣衫，道："区区火铳，能奈我何?"她声音清脆落地，全场数千人尽已呆如木偶，方知她失踪十年，已练成了无法想象的至上神功。

明画眉上前两步，喝道："楚飞燕，你练了火器不能侵的本领，敢接一接我这招么?"足尖一顿，身子竟拔至九丈五尺高处，如乘龙腾云一般，体内真气流如水银，将王气运至右掌，霸气运至左掌，双掌相叠，一股劲力推出，势挟滚滚长江，中流艨艟万艘。这是她外儒内法功的绝诣，叫"掌控江山，君临天下，四海独尊，万世一统"，此招一出，万人皆偃、万口皆缄、万情俱废、万象俱寂，无论对面有多少人，在这一招覆压之下都要窒息而死，在中土武林中可谓无敌的武功。此招一出，满场怖然，风云亦为之变色，人们唯觉漆黑一片，看不见人在哪里，路在何方。

然而当明画眉使出这一招之时，她的内眼中看见了光。

那是一种她一生中从没见过的光，一种不知名的光。这种光是孤独的，孤独得近乎悲哀，不是世人希求的光，世人甚至根本懒得去注意这种光。

可是就算整个宇宙的力量加在一起，也不能消折这种光芒。

在这种光面前，王霸二道、外儒内法、世间所有的心机与权势都不值一哂。

明画眉从九丈五尺高处摔落，满场寂然无声，更无一人敢上前插手，这一切来得太过突然，谁也无法相信自己所见。

楚飞燕上前把明画眉拉起。明画眉木然道："何不杀我？"

楚飞燕道："明四小姐，过去那些成王败寇的血腥争斗应该结束了，阿燕从来不想一道独尊，我希望从此开始，百家共处、诸法并存，每个人都可以选择自己的路。从根本来说，错不在你一人，在于整个时代，你也有无奈之处，正因如此，只有每一个人自我觉醒，才能纠正它。"又向明惟厥等人道："明老夫子、明六公子，我也希望你们明家正本清源，反思什么是真正的圣人之道。"

明惟厥绝望地长叹一声，瘫倒在座位上。韩夫人咬紧牙关，冷笑不语，面色也已苍白。苏坐忘、僧病本等面无表情，一时也不知该说什么。周藏简更不敢抬头。明画眉身子僵硬，道："我只想教千秋万世，道统勿绝。"楚飞燕说："你们把道统传下去没问题，但也要给别人路走。"明画眉痴然冷笑道："别人有路走，那我还走什么？"

周雪鲛叹道："道蔽于利，必失厥初。绵绵青史，胡可胜叹！"

楚飞燕向四周望去，见满场数千之众尽皆神情呆滞，目光之中尽是麻木、惊惶、疑窦，人人都像在掩饰什么，而麻木、惊惶、疑窦愈发欲盖弥彰。

楚飞燕环视两遍，心道："便是身处草木群中，也该有些生气，为何这种时候，还是一片不该有的死寂？看来世人的觉醒，还是只能交给时间，但俗世已经习惯了虚伪和奴性，也许在任何一个时代，狂人都只能寂寞地独行。"心底悲凉，对明画眉说："明四小姐，你杀了我最亲最爱的人，我完全可以杀你报仇，但我今天为救人而来，不但要救雪鲛，也要救你，救所有的人。你可以说我自大，但我真心请你回头好好想想。"言罢携着周雪鲛的手，大踏步穿过人群而去。

苏坐忘高声："楚飞燕，你这就是哲人不王功吗？"

楚飞燕与周雪鲛相视一笑，已去远了。

夕阳西下，风卷残云，楚飞燕与周雪鲛在涧边濯足。雪鲛不时微笑。楚飞燕问："雪鲛笑什么？"周雪鲛道："没什么，我只是觉得自己眼光真准。侠之至者，哲人不王。"

楚飞燕看着她水仙般恬静的脸，道："雪鲛，当年若非你一番肺腑之言，阿燕哪有今天？我阿燕能与你相交，实乃平生幸事。"周雪鲛道："可是阿鲛在你心目中，始终比不上芍药公主。"

楚飞燕黯然道："一色已经去世十年了，我说过要与她同生共死的。若不是为了我大哥的遗志，为了给天下、给自己找一条路，我在十年前早已随她而去。"又正色道："雪鲛，我托你一事。"周雪鲛问："什么事呢？"

楚飞燕从里衣中取出一本册子道："这里面记录了我在苍茫山上冥想的心得，我想交给你，望你广而传之，帮助世人自醒自救。"周雪鲛不接，道："而你便去陪伴芍药公主，对吗？"楚飞燕点头道："我上苍茫山之时，便是这么想的。"

周雪鲛敛容道："燕姑娘，你这可大错特错了。我知道你们姐妹感情之深，但芍药公主早已逝世，而苍生之苦尚深，岂是你卸肩之时？这个江湖、这个世道已经走到生死存亡之际，人们无力自济，故要借助舟楫。当然世界一时还接受不了你的主张，但身为立心立道之人，便是再寂寞，也要寂寞到尽头才是。难道你楚飞燕也是那些在乎世俗评价的名利走卒吗？你既不在乎千秋万世名，又何必理会寂寞身后事？你把挑子搁给我，我周雪鲛一来没有你的境界，未必能完全理解你的想法，二来没有你的武功，未必保得住你这些东西。你一死了之，置天下于何地？再说了，你心中不忘芍药公主，又何必执着于'同生共死'之辞？难道你好好活着，不是对她最大的安慰么？"

楚飞燕默然甚久，缓缓点头，道："雪鲛，也许你是对的。只是我一想起一色，便难于释怀。"周雪鲛说："可是……恕阿鲛直言，你们的心性，真的相差很远。"

楚飞燕道："我们一起长大，她命中有我，我命中有她，即使走了不同的路，这情谊也永不磨灭。"周雪鲛说："我早看出来了。芍药公主一生孤僻，你是她唯一信任仰赖的人。就算她父母，在她心中也不及你。”楚飞燕笑了笑，道：“算了，不说这个，雪鲛，你接下来想做什么？”

周雪鲛道：“我想重写一遍武林史，把几千年的事从头到尾梳理下来，去其虚表，还它真色，开创一种开放的史家风气，重视考据，讲求经世致用，更重要的是，让每个人都学会自己去评判历史，从中寻找未来。”楚飞燕道：“这事艰重得很，这几千年来伪善与血腥的东西太多了，既要正本清源一一摒弃，又要用新的史观来整理脉络，最终还须建立多元史学，由你来做固然再好不过，但也太辛苦你了。”

周雪鲛道：“我已经是死过两次的人，没有什么好害怕的。就把我的余生嫁给故纸堆，做点启发后人的事罢。”楚飞燕道：“你才三十多岁，为何说到‘余生’两个字？”周雪鲛淡然道：“人一出世，便可以说这两个字了，谁知道我们的生命，究竟操纵在谁手里呢。一切无常，尽皆荒谬，唯有痛苦才是永恒。咱们认定一个目标，走到尽头，交给历史去评判，也便是了。”

楚飞燕长叹一声：“悠悠苍天，谁知我心？”抚着周雪鲛肩头，脸上又生出英毅之色，道：“雪鲛，我阿燕无法无天，不信鬼神，我们固然难以抗拒造化的无情，但毕竟还可以支配自己的头脑。万古同流，千秋一瞬，俗人有俗人的悲哀，哲人有哲人的痛苦，苟能自行我道无愧于心，又管他世人悠悠之口如何评说？‘异端’二字，正是我辈荣誉，我阿燕从来不需要人恭维。这个时代与无尽的时空相比，不过是一洼浅水，还装不下我楚飞燕，在苍茫山上我已想得很清楚，哪怕一个人对抗整个世界，我也要一路走至世运的末穹处，哲人不王，更不会驭于任何权威。”

周雪鲛动容道：“燕姑娘，阿鲛真没看错你，所有人都在‘疯’，唯独你能‘狂’，你是天生豪气神燕子，青天虽阔，无汝之高。但愿这个世道，能够因你而转变。”又问：“我表姐他们的事，你准备怎么处理呢？”

楚飞燕道：“我希望所有学派能够放下门户之见，平等相处，公平论道，而非故步自封，倚势凌人。人心解放要一步步来，一刀切地立新灭旧殊不可取。但若明四小姐他们不思悔改，仍按他们以前那样统治江湖、禁锢人心的话，我也不会纵容之。”

周雪鲛道：“希望表姐、舅父他们经此一事，能静下心来好好想想将来。”仰望初升星月，触动平生心事，不由得清泪盈眶。

# 第十八回　无尽虚空

楚飞燕、周雪鲛离了真定府，去取周雪鲛之前藏于别处的手稿。周雪鲛在轩辕谷取得其叔周焚书的手稿后加以整理，自己近年也著述不少。她来真定之前，自料无法生归，便把手稿藏了起来，希望后世有心人能找到。

周雪鲛藏书之处甚是偏远，二人走了半个月路，取到书稿，周雪鲛见书稿完好，甚是喜慰。楚飞燕道："咱们再回真定，看看你表姐他们现在怎么样了。"周雪鲛道："正是。"

二人归途之中，却见州县耸动，民情大异寻常，一打听，原来说是河北真定出了妖物，朝廷调派大军去除妖，一百万官军被杀得一个不留。消息传开，天下震恐，一时谣言四起，也有说劫数来临弥勒出世的，也有说三十六天罡七十二地煞重返凡世的，也有说西方黑龙兴妖作怪的。好乱之徒乘机结党而起，看来又有好一场兵革之灾。

楚飞燕、周雪鲛自然不信这些荒诞之言，心想："所谓妖物，多半是有能为的武林高手，官府也没有短短时间往一个州府调集百万军队之理，就算真调得来，也断无可能全教人杀光杀绝，可见这些谣言何等夸张，但偏偏就有这么多人信。"听得多了，忍不住数说几句，百姓却都大怒道："四处都传，哪有假的？你们两个胡说八道，蛊惑人心，二郎神、孙大圣下凡，先将你们打落拔舌地狱受苦！"楚飞燕、周雪鲛无力与这些愚民分说，只得脚下加快赶往真定。

二人赶回真定境内，再一打探，方知当日明家册立家主大典之后，只过一日，发生了一场惊天大乱，与会的中土武林人物被杀得七零八落，百姓遭池鱼之殃者不计其数。朝廷得报，疑是叛乱，调集数万军队镇压，也叫神秘人马杀得呜呼哀哉。至今城内尚尸积如山，一团混乱，官长死的死，走的走，无人管束。

周雪鲛听罢，面有忧色，楚飞燕问她："雪鲛，你是担心你爹吗？"周雪鲛点头道："我担心我爹，担心大家。"楚飞燕道："不用怕，有我在呢。"心想："中土武林高手毕集真定，我当日在希圣府家庙前就有数千之众，加上无资格参与典礼的中小角色，整个真定境内怕不有两三万江湖人马，竟被人一举歼之，必系强大宿敌所为，那也只有泰壹宫了。"她十年没与泰壹宫人来往，也不知他们情况如何。

来到希圣府前，那里已是一片废墟，武林人物尸骨累累，也不知死了多少，腐烂生蛆，臭不可闻。千万青蝇嗡嗡乱飞，一座潭潭之府已成虫豸天下。楚飞燕在尸堆中认出颜弥厚来，他四足箕张，嘴巴半歪地张着，显然死前极是惊怖。周雪鲛不忍再观，闭目长泣。

楚飞燕立在满地碎骸之中，心下好不怆然。这些人虽非因她而死，但她既立志救世，便不能对此等人间惨剧不闻不问。把周雪鲛抱进怀里，道："别哭了，看得懂地狱，才看得懂人间。我们宁可被血腥刺痛，也不要粉饰的太平。"

周雪鲛摇头道："这个世界，真是尸山血海所积。"

楚飞燕抬眼看天，逼视着一轮紫日，道："过去是，但从今开始，但教我阿燕有一口气在，便容不得有人在世上挥舞屠刀。世人的觉醒和救赎可以慢慢来，道的争议也可以暂且放下，唯独这种事，必须给我立即停止。"

两人离开虚墟，继续查探，楚飞燕忽然站定，道："是明四小姐么？"

一棵枯树后闪出一个人影，双目无光，正是明画眉。明画眉略一犹豫，开声道："楚飞燕，当年白结缡兴风作浪，三大世家远赴哲人峰思玄洞，请离恨天那怪物出手，离恨天初时不肯，但白结缡威胁要日杀千人，离恨天乃出山应战，你可记得这事么?”

楚飞燕道：“我当然知道。那时的离恨天大君还是救世志士，如果世人能对他宽容一点，也许就没有今日之祸了。”泰壹宫人对常人眼里的古圣先贤嗤之以鼻，只服离恨天大君一人，楚飞燕出身泰壹宫，少女之时，对这位特立独行、愤世嫉俗的狂人自然也是敬仰的，然而敬仰归敬仰，对他的教旨却并不盲从。后来经历种种风波，明白“恨海重生”的真相，认识到离恨天的局限，对他维护自己教旨的手段也产生反感。而苍茫山十年冥想，又让她真切感受到离恨天当时的心境。举世无知己者，看透世俗而无法改变，那种哲人的寂独是俗人永远无法理解的。现在她自己的处境又比离恨天好多少？只是离恨天在寂独中对世道绝望，而她还要在绝望中点起寂独的灯。

明画眉道：“他是大魔头，你是大魔女，当然帮他说话了。”楚飞燕道：“我不是帮他说话，他也不需要我帮。他走的是一条与世俗截然对立的路，偏激的反抗远远胜于全面的附庸，但把他本人当神来拜，不择手段地维护其教旨也是错的。我不仇恨这个世界，只是为之感到悲哀，如果人们再这样自欺欺人的话，整个世道都将永陷沉沦。”

明画眉道：“我只听圣人之言，你那一套我是半句也不听的。但我告诉你，泰壹宫疯了，他们要毁灭一切，报复一世之人，如果没人阻止他们，他们会把见到的人都杀光的。你不是要救世吗？我问你，你会站在哪一边？你将怎么做?”

楚飞燕与周雪鲛对望一眼，道：“如果你说的是真的，我会去阻止。是非评判可以交给后人，现在不能让更多的人受到伤害。”

明画眉皱着眉道：“楚飞燕，如果你能化解这一场劫难，我明画眉……”楚飞燕打断道：“我不需要你做什么，我做任何事都是合乎内心才做，讲条件的便是交易，交易是取辱之源，我憎恨这种东西。他们在哪里?”明画眉道：“跟我来罢。”

周雪鲛上前道：“表姐，我父亲怎么了？舅父、舅母他们呢?”明画眉厉声道：“你不要以为有了个厉害靠山，便来嘲笑于我！明画眉可杀不可辱!”周雪鲛道：“我没说要杀你啊。”明画眉道：“我只恨没早早把你们两个明正典刑。”她虽然有求于人，辞色也不肯少让。

楚、周二女欲问详情，明画眉一句不谈，只催快行。以楚飞燕此时的武功，也不怕她有什么圈套。三人飞山跨岭，一路望北而去。

走了一日，却见许多官兵丢盔卸甲，只顾奔逃。楚飞燕截上去问：“你们为何如此狼狈?”官军哪里理会，只顾自走。楚飞燕随手一划，将官兵穴道尽行点住，官军吓得屎尿齐流，都叫饶命。楚飞燕道：“我不杀你们，你们只说为何逃窜。”官军道：“妖怪杀人，当官的都给杀了，我们走得快的捡了条性命，我等家中还有妻儿父母，大王放我等还乡去罢!”

明画眉道：“定是泰壹宫人干的。”楚飞燕问：“你们有多少军队?”官军道：“再多三五万人马也没用，肉体凡胎，怎敌得住那些来无影去无踪的妖怪，哪个不怕?逃得性命便是菩萨保佑了。”楚飞燕想：“这些官军都是欺软怕硬的东西，只会欺压百姓，全不济事，军心一乱，都是这样子的。”遂随手一拂，解了他们穴道，道：“回乡好好过活罢。”众官军口中道谢，都乱散了。

忽然空中传来长啸之声，震得八方草木交响。楚飞燕心头一动，立定道：“是我师父。”朗声道：“师父，阿燕在此!”那长啸之声戛然而止，楚飞燕飞步寻将过去。她十年之前便以轻功卓绝著称，当世罕有其匹，如今她练成哲人不王功，登苍茫而凌八极，挥斥天地，空视万古，与当年的少女阿燕更不可同日而言。这轻功一出，超光傲电，足不点地，眨眼间已远去。明画眉、周雪鲛跟在后面。

楚飞燕望啸声来路赶去，却见旷野之中，一个人影好生熟悉，正是她师父风狂雪。楚飞燕喊道：“师父!”风狂雪回身横瞟了她一眼，大踏步走来。楚飞燕心中甚喜，迎了上去。

风狂雪脸色沉凝，长发遮在额上，看不清眼神如何。楚飞燕见他双鬓已经半白，比自己印象之中衰老多了，心中一酸：“算来我自己也三十多岁了，师父年纪大我一倍有余，纵然内功高深，又焉得一似壮年?他无子无女，可也寂寞得很。”二人相距尚有十丈远近，风狂雪突然一掌横拍而出，他年纪虽老，掌力却丝毫不减壮年，这一掌挟摧山倒海之势，激起一股凌厉无匹的狂风，推得满地沙石空中乱滚，正是他平生最得意的天倾西北掌神功。

楚飞燕始料未及，喊道："师父！"从风狂雪掌力中穿了过去。风狂雪不由自主，身子倒飞出十几丈外，方立定脚跟，讶然看着他这个徒弟，感觉她全身上下似有一种幽冷而柔和的光芒，仿佛长夜中孤高的月色，方知她于太玄之外开新境，远超自己平生所能窥测，震惊之余，欣慰失落兼而有之。

楚飞燕上前抱住师父，道："师父，一向可好？"风狂雪微微色动，道："你自开天地，魔家不配做你师父了。"

楚飞燕心中一恸，道："师父，你养育之恩，阿燕实在无以为报。只是泰壹宫与中土武林，不要再这样相互残害下去了。无论以前谁对谁错，先放下仇恨，停止杀戮，好么？"

风狂雪道："魔家说了不算。除非奈何天大君应允。"

楚飞燕有点意外："奈何天大君？是新任大君吗？"寂灭天逝世已久，泰壹宫也应有人继位，楚飞燕却尚不知情。想起义兄，心中又是一痛。

风狂雪说："奈何天大君天下无敌，你也小心些。"拍了拍楚飞燕肩头，默然低首而去。楚飞燕叫道："师父——"风狂雪摆了摆手，示意不要跟来。楚飞燕望着他孤寂的背影，好生不是滋味，心道："师父性情孤僻，这次被我打败，只怕以后再也不愿见我了。"转念又想："待我解决这些事之后，再找师父好好谈谈。"

周雪鲛、明画眉跟上来询问情况。楚飞燕道："是我师父。泰壹宫人果然重返中土了。"三人继续前行，却见不远处一座道观，门前牌匾上是"南华观"三字，下面似乎躺着个人。过去一看，只见一个老者倒在地上，却是苏坐忘。周雪鲛叫了声"苏先生"，想把他扶起，苏坐忘身上发出"吱嚓"响声，原来脊骨已断，垂垂危矣。

楚飞燕看他伤势，便知是中了自己师父的天倾西北掌，以风狂雪掌力之强，苏坐忘若无至人无己功，这一掌可就不是仅仅震断脊骨，而是震得他全身粉碎，变成一地肉泥了。但他的至人无己功，毕竟没有练到至境，未能完全与物俱化，否则也未必便抵抗不了这一掌。楚飞燕方知在自己来到之前，他们之间有一场大战。当年她落入明画眉之手，苏坐忘为她求过情，虽未直接救下她性命，也算有恩于她，这时他伤势极重，脊骨断折，八脉俱废，殒命只在顷刻。楚飞燕不忍不管，尽力一试，将真力输入对方体内，苏坐忘缓得一口气，睁开眼来，看清了三人，张了张嘴，说不出声。

楚飞燕道："苏先生，往日恩怨，也休提了。等我找到泰壹宫的人，好好谈谈，把成见都放下，但愿从今以后，不同学派平等交流，各行其道，和平共处。"

苏坐忘本是清心寡欲的修道之人，但身处江湖，肩担大任，免不了有许多无奈，迫于形势，有些违心之事也不得不做。眼见这江湖每况愈下，千万人为利欲所迷，苏坐忘实也痛心不已。近年明画眉极是强势，他只能竭力维护四大世家之间的平衡，一再忍让，好生怄气。终于祸起真定府，中土武林一败涂地，苏坐忘痛思百年人事，担忧武林火种将断，又想他苏家清静无为，犹有今朝之恨，大生无颜于世之慨。此时他见楚飞燕目光真诚，言语恳挚，心间陡然大亮，勉力颔首，老泪夺眶而出，大笑起来。

楚飞燕道："苏先生，别动气——"苏坐忘大笑三声，笑容忽然凝固，这位中土武林的绝顶高人、镇宁无为苏家家主，终于勘破名关，豁然见月，就这样坐忘于南华观前。

楚飞燕好生怅然，道："苏先生，走好！"周雪鲛想起往日与苏家的交情，也叹息坠泪。明画眉与苏坐忘不和，但中土武林惨败至此，四大世家可说都颜面尽失，也颇生同病相怜之慨。南华观前草木低垂，一片黯然。

三人葬了苏坐忘，坐于南华观前，各怀心事。明画眉双脚并拢而坐，转过头来，问道："逆贼，你们这样做，对你们有什么好处？"

楚飞燕反问道："你说呢？"明画眉道："别以为我看不穿你们，你们就是好强争胜，假清高、扮好人，想证明你们的道高于我。你们这些异端妖人，无不包藏祸心，我明四见得多了。”

楚飞燕道：“道亦虚幻，关键在人。失去了对人的关怀尊重，什么道都只是一副空壳。一个时代，只有每个人都能为自己言说，才是有希望的。今世之人往往只执着于‘道’的内容，而忽视‘道’与‘人’的关系，遂给少数人借助‘道’的名义去扼杀别人的自由予可乘之机。人们要挣脱牢笼，说到底还只能靠自己。”立起身来，又道：“有些人手里提着囚笼的锁匙，却不肯去开，因为怕把同在笼内的仇人也放跑了。然而世人的命运本来就是紧密相牵的，作茧自囚的事，世人真不该再做下去了。”

明画眉冷笑道：“自作聪明的东西，你这是说我么？明画眉一心卫道，断不会受你妖言蛊惑。”楚飞燕说：“我没指望说服你。我也不需要信徒，每个人都应该自己去思考、选择。”

明画眉还要反唇相讥，却闻得远处传来歌声道：“恨海生魔道，泰壹立冥冥。血海神功运，惊碎满天星。大君统狂士，魔道恨不平。扫除三教清中土，灭尽诗书废五经！四百军州都恨碎，生擒惟厥系长缨。鬼惊神也泣，寰宇尽驰名。奇功是谁建？芍药公主凌！”

楚飞燕、周雪鲛、明画眉齐齐变色，却见对面开来两三百人马，赶着两辆囚车，高擎大旗一面，上绣“泰壹宫魔主奈何天”字样，一看便知，定是泰壹宫新任大君奈何天到了。

那彪人马如飞而至，当中有几个人楚飞燕也认得，便是王守恨、路仙筝、水青先、嵇端、元交止等，尽皆面有骄色。那囚车中押的，便是明惟厥及其夫人商韩害。

明画眉心神大震，迎了上去，只见父母颓然垂首，如痴似呆，恍如槁木，武林领袖的雄风已荡然无存。明画眉叫道：“逆贼，放了我——”尚未说完，对面人群中一股劲力弹出，明画眉只感全身欲裂，其势实不可挡，要飘开相避时，双腿已经软了，更迈不动半步，被这一波怪劲推出数十步外，撞穿墙壁，跌入南华观中。那劲力势道未消，直震得南华观四壁晃动，轰然坍塌。

一个女子声音娇笑道："明画眉，你给魔家磕三万六千个响头，魔家便——"说到这里，突然停住，人从队伍里走了出来，却见她头戴百神冠，不施脂粉，尽态极妍，艳压神妃，一双赤足纤美不可方物，踏在火霞屐上，相貌甚是年轻，眼神却幽深得很，像随时要将人吞没。

那女子把百神冠摘下抛在地上，不顾头发披散，神如痴醉，道："燕姐姐，我是在人间见你么？"

楚飞燕大叫一声，早扑上去，两人紧紧相拥，更不信竟有今时。

泰壹宫人齐声喊道："恨海生魔道，群神礼大君，哲人魂不灭，望绝古今云。恭祝奈何天大君姐妹重逢！"

楚飞燕抓着那女子后背道："一色 ，我的好一色，你没死，你没死！"早已热泪长倾。

凌一色泣道："我也不知有多少次想一死了之，然而未知你下落，我不敢死！这十年来，我一个人活得好难，只想在死之前再见你一面，又怕你已不在人世，而我还傻傻地活在人间。"

楚飞燕道："永不分离，我们两个永不分离。"忽然想起什么，心里一梗，问："一色，你就是奈何天大君？"

凌一色道："没有你，我便做了大君，又有何用？"

楚飞燕的心顿时冷了半边。她太了解这个义妹了，若大君是别个，她也许还有办法劝得动，但一色便是奈何天大君，她性格最执着不过，认定的东西，到死也不改，就算自己，要令她改变心志也是千难万难。想了想，握住她手，道："一色，我求你一件事。"

凌一色道："如果你要我放过俗世，就别说了。"

楚飞燕一怔，她原以为凌一色要杀尽中土武林，为父报仇，不料她竟要报复整个俗世，那便就不是杀几万人可收场的了。

正在这时，却闻有人大声叫屈。楚飞燕望去，见嵇端押着三个书生模样的人，看上去甚是恐惧。楚飞燕问："这是干什么？"凌一色道："没啥，我要打倒儒教，这三个穷酸秀才'乾三连，坤六断'地乱开天口，我见了讨厌，便顺手抓来祭旗。"泰壹宫人尽皆叫好，一脸亢奋之状。

楚飞燕怒道："胡闹！你不喜欢儒家，也不能妄杀无辜之人！你们都是怎么了？变成这个样子？以前泰壹宫从来不杀身无武功之人！"泰壹宫人自视极高，虽然与中土人合不来，却绝不屑对妇孺平民下手。楚飞燕这时才知，泰壹宫已经不是当年的泰壹宫了。

凌一色道："世俗之内皆贼也，有什么杀不得的。过去我们就是太讲道理，才教这些狗壁虱挫了。"楚飞燕道："离恨天大君也不杀平民！你不放了他们，别叫我做姐姐。"

凌一色懒懒道："好吧，三条蚁命，无关紧要，看你份上，饶了也罢。"打了个响指，道："放人。"嵇端好生扫兴，把人放开。

那三人得了性命，惶惶然下拜谢恩。楚飞燕道："不要拜，你们姓什么？"那三人中年长的一个道："我们是兄弟三人，名叫杨臻性、杨仁道、杨度元，恩公随口称呼便是。"楚飞燕问："你们是读书人？"三人道："我等不得中举，教些村学为生。"楚飞燕道："当今科场，专为皇家驯养奴才，皓首穷经，于时无益，天下忧患方深，你们读书人也当深自反省，不要拘泥于空腐之言，凡事要有自己的想法。"杨臻性道："多谢恩公，但……这不是有点离经叛道吗？"楚飞燕道："这是我的主张，不强求你们，你们回头自己想想罢。"三人拜谢而去。

凌一色道："燕姐姐你看吧，这些人以礼义衣冠自饰，迂腐透顶，根本不会听你的话。"楚飞燕道："不然，积习难改，如果他们刚才随口应诺，那才是虚伪敷衍，他们当面质疑我，才表明已思考过。"凌一色道："就算思考过，也没有胆子来离经叛道，这些狗壁虱，除了做顺民还会做什么！"

周雪鲛从倒塌的道观中把明画眉扶了出来。凌一色见了怒道："燕姐姐，你怎么又跟这姓周的在一起？快叫她死一边去，我讨厌见到她。还有你，明四瞎子，魔家先不急着杀你，要慢慢地折磨你，不怕你飞上天去。"

明画眉见父母只低着头，对眼前之事恍若不见，似乎神智已失，恨道："凌一色，你给我父母喂了什么迷药？"周雪鲛则问："芍药公主，我爹呢?”

凌一色道:“姓周的,你想要你狗爹,跪下求魔家啊!”

周雪鲛更不犹豫,双膝一屈,道:“芍药公主,只要你放过我老父,放过中土武林同道,不再杀人伤人,阿鲛……阿鲛任你处置。”

楚飞燕看着两人,急道:“雪鲛!一色!”正要劝解,凌一色冷冷道:“把她狗爹还给她。”

人群中掷出一件物事来,圆碌碌地在地上滚了几圈,正是周藏简的首级。凌一色纵声狂笑起来。

楚飞燕恸然道:“周老先生虽然有很多不是之处,但你与雪鲛也曾共过患难,如此狠手杀她生父,也太不顾情义了!”

周雪鲛一见父亲头颅,几欲晕去,强抑泪水,解下外衣把周藏简之首包好,道:“芍药公主,中土武林杀了你父亲,杀过泰壹宫很多人,但你们杀的中土武林人士更多了百倍不止,什么仇什么恨也该报尽了!中土武林把你们当异端,是有错在先,但你们这样极端报复,难道便能教你们先人复生么?只会加剧仇恨、加速你们的疯狂。我周雪鲛今日给你下跪,请你不要再杀人,让之前的恩恩怨怨至此为止!你姐姐燕姑娘乃哲人之侠,一心以新学救世,她拳拳至诚,你却来与她做对头,也对得起你们生死不渝的姐妹情义么?”她性情温和,极少大声说话,此时却声嘶力竭,一个个字都从肺腑间猛呼而出。

凌一色“嘿嘿”一笑,脖子后仰,双目陡然变红,剧张的瞳孔中异光大放,两道血芒直射入云,只照得半天红透,云霞如炙。楚飞燕惊道:“一色,你练成离恨天大君的血海独狂功了吗?”

凌一色收去血光,觑准一块大石,一口气远远吹去,那大石如被烈火熔炼,发起滋滋响声,化为石屑石汁,转眼之间,连汁屑也无踪无影,便如凭空消失了一般。两三百人看得目瞪口呆,泰壹宫人吃惊之余,满心兴奋,明画眉、周雪鲛则骇然不已:“她身具如此功力,休说杀尽中土武林高手,便要教俗世来一场旷古惨祸,只怕也不是十分为难。她理智已失,什么都做得出来,不知楚飞燕的哲人不王功能否敌得她住?”

凌一色道：“除了血海独狂功，我还有恨海重生大法。燕姐姐，有一件事我瞒了你，当年在天荒地老泉边，你晕了过去，白浴月传功给你的同时，也传给了我，她让我好好维护魔道，使之永传不绝。这十年来，我苦练血海独狂功，终于大成，现在，我要向世俗讨回我们的债了。”

楚飞燕这才明白，她重伤堕海竟得不死，原来是有恨海重生大法护身。楚飞燕凝视着她，只感她幽深的眼神中戾气万重，纵然明艳更胜当年，却教人望而生畏，难以接近。

楚飞燕心头如压万钧之重，道：“一色，血海独狂功为什么是魔道的无上神功？血海者，世俗也，狂人处于世俗包围之中而傲立不屈，独我为天，独我能狂，以超人之气魄独抗世俗，自成天地，故谓血海独狂。这武功凭着‘以魔自居，以狂自任，以恨为心，以傲为骨’，把世俗的压力返还给世俗，故其威力毁天灭地，无能与抗。”

凌一色微笑道：“我虽下了苦功，也未必能练到离恨天大君那般地步，只是惩罚这些世俗狗壁虱也够了。”

楚飞燕道：“但是血海独狂功是反世的武功，不是救世的武功。而你在恨世、反世上，甚至比离恨天大君还要极端。因此，你的神功固然无坚不摧，却不是全无破绽。只是练到你这种地步，武林史上也没几个人，你拿一成功力出来便足以扫空江湖了，别人根本没能力利用你的破绽。当今世上，与你功力相仿、能利用到你破绽的，只有我一人。如果我们放出本事来一战的话……”

凌一色愕然道：“燕姐姐，你要打我么?”

楚飞燕道：“我现在想问你，你准备怎么做?”

凌一色道：“我本来想把这边的人都杀光，叫这个俗世一片荒凉，但后来想想人这么多，一个个杀费事得很，也太污我手，兼且那个僧病本和尚……”

楚飞燕问：“僧病本怎么了?”凌一色说：“这老和尚见我要杀人，便说愿以他一人之命代天下，我见他那么虔诚，便送了他一程。”从身上取出一个小包，打开给楚飞燕看，里面有数颗东西，“这是那老和尚的……按他们僧家的话来说叫舍利子，我把他化灰时，剩下来的。”

周雪鲛闻言，双泪滚滚而下，闭目合十道：“病本大师舍己为人，真乃一代高僧。”

楚飞燕为之动容，道：“四大世家联手统治中土武林，僧家家主做的事也并非件件公正，但在武林崩溃之日能挺身而出为苍生请命，足见慈悲心肠。一色，你真该收手了。”

凌一色道：“泰壹宫人言出必践，我答应了那秃驴，不杀便不杀罢。”嵇端、元交止、水青先插话道：“还是先杀三五百万再收手未迟。”

凌一色道：“住口！哪有你们说话的份！退下去！”三人悻悻而退。楚飞燕喜道：“既然你肯收手，那么大家立个契约，永不相互侵犯，之前的事也一笔勾销，不得反悔。”

凌一色笑道：“燕姐姐，我只是答应不杀人，可没说要收手啊。”

楚飞燕皱眉道：“你到底想怎地？”凌一色笑道：“我发明了一种神药，可以用来制造瘟疫，人染瘟毒不至于死，却会丧失记忆。我要让俗世中人个个遭瘟，遗忘一切，这样就能从根本上废掉那些该死的旧学派旧道德了。”

她这么说着，向明惟厥、商韩害一指，道：“你看，他们现在连自己姓什么也不记得啦。”说罢哈哈大笑。明、商二人痴痴呆呆，竟已睡去。

明画眉怒道：“你、你、你……”身子一软，气昏过去。楚飞燕震怒，吼道：“你无权这么做！”

凌一色往地上一指，道：“我就是要这人世推倒重来！”

两人相峙，一时哑然。楚飞燕摇头道：“一色，你疯了，你真的疯了。我得告诉你，我们都是人，我们没有资格做世人命运的判官，这个人世虽有千般罪恶、万般无奈，但至少还是人世，而你要做的，是把人直接变成畜类。”

凌一色咬牙道：“那我们呢？我们的恨呢？为什么我们要被世俗敌

视？当年离恨天大君初心也是救世，世人是怎么对他的？我们活在世上，要的是真我、自由、率性而为，而世俗的条框禁止这些！你看看，自古以来，何君不暴，何官不贪，何商不奸，何士不伪？别的不说，你我光脚穿对屐，这点小事，来到中土也让人数说。当年灭异谷大战，不过是我泰壹宫前辈反对他们的‘道’，他们便来群起围攻，而他们自己呢？外儒内法，专横独断，罗织罪名祸害人。天之所覆、日之所归，哪里没有虚伪欺骗，没有倚势凌人？哪里没有党同伐异，没有尸积江山？中土西方、天下万国，莫不如是，还不如回到洪荒之世的好！”她仇恨填膺，越说越激动，双拳怒攒，一双瞳子又渐呈血色。

楚飞燕道：“你只看到世间的黑暗，却没……”凌一色道：“却没什么？光明？哪有光明？将出与我看！”把手往前一笼，像要把“光明”一把捏碎。

一声清响，楚飞燕霜刀出鞘，神光耀天，月华霜落。凌一色道：“这——”楚飞燕举刀在手，刀尖向天，道：“你见这白月天霜刀否？‘刀为狂士骨，月是哲人魂’，人世纵有沧桑，白月何曾灭？只要哲人之魂不死，人道之情怀不灭，终将在漫漫长夜之中照耀世人道路，哪怕千万人中只有一个觉醒，这白月光辉便不会消亡，因为它还能印入人心。”

周雪鲛含泪道：“说得好，说得好。”凌一色为之一怔，又冷笑道：“可是这夜太长，装睡的人太多，有心肝的太少。而且白月太孤高，俗人只信任媚俗的东西，你这白月只能自我安慰，救不了世俗沉沦。”

楚飞燕收刀摇头：“一色，不要逼我，我不想这样。”

凌一色道：“如果你要杀我，我不会反抗。因为如果你这样做，凌一色就已经死了。”

楚飞燕长叹道：“我连明画眉都不想加害，何况是你？我只望你能听我一句。”

凌一色道：“听你一句，除非我死。”

楚飞燕顿生心死之感，道：“要不，以我性命，换你收手也罢。”

这时有泰壹宫人来报道：“发现镇宁无为苏家的老家主苏见独了，

已经毙命，看样子是老死的。”凌一色道：“便宜了他。”一双幽深的眸子凝视着楚飞燕，问：“燕姐姐，你难道想用自己的血来洗清世人的罪孽吗？”

楚飞燕腔血欲沸，正色道：“世人的罪孽要他们自己去承担，我只是做我该做的事，我的一色！”

凌一色哀然道：“我如何下得去手？燕姐姐，自从孤坟岛之变后，我便很怕我们之间会有今天。”又抓住楚飞燕的手，指着远处的山峰道：“我的心好痛，先不说这些，你陪我去走走好吗？”

周雪鲛道：“燕姑娘，你们姐妹冷静一下，好好谈谈也好。”楚飞燕见众泰壹宫人面上凶戾之色甚重，想：“我若去了，只恐这些狂热之徒会对雪鲛她们下手。”凌一色看破了她心思，道：“周雪鲛，你叫醒四瞎子，一起走罢。”

周雪鲛扶了迷迷糊糊的明画眉，跟在楚飞燕、凌一色后面。四人前脚刚走，众泰壹宫人便似炸开了锅一般，或大呼小叫，破口乱骂，或炫耀近日杀人战绩，或商议如何惩罚中土武人，或哈哈狂笑不已。楚飞燕远远听得，见自己师门堕落至斯，好生难过：“狂士之乡的风骨已经消磨殆尽，现在剩下的只是一个死人教旨下的空壳，和一群沉溺于仇恨的狂热教徒而已，离恨天的理想已彻底失败，一百四十一年后，泰壹宫还是失败了，回到了世俗循环之中。”

山峰耸峙，浮云似锦。四人登上峰顶，周雪鲛扶着明画眉坐在一旁，楚飞燕携了凌一色的手，凭崖而立。凌一色问：“燕姐姐，你从这里望下去，看得到什么？”

其时日悬峰峭，飞霞如焚，楚飞燕身立峰端，俯瞰千丈之下，更感到举世茫茫，遂问：“你呢？你看到什么？”

凌一色说：“我看到一个永恒沉沦的世界，一个彻彻底底的骗局。这直娘贼的太阳每天升起，俗世中的狗壁虱日出而作、日落而息，一千年、一万年地这般无尽轮回着。可是太阳照得亮大地，却照不亮人心，我不知道洪荒时代的人是怎么生活的，就我所知所闻所见，这些狗壁虱的花样是越来越多，想的做的也是越来越龌龊。这数千年来，人心可曾有过根本的改变么？一丝一毫也没有，改变的只是他们满足欲望的手段。古往今来，世俗埋真性，成败论英雄，战胜卑劣最有效的方式就是比之更卑劣。即使有几个哲人悲天悯人，出来呐喊，生前被人当疯子看，死后至多也只是变作旗号泥神，成为奸雄谋私工具。这样无限循环下去，哪有什么出路了？这些狗壁虱即便我不杀他，早晚也是死在自己手里。燕姐姐，就算你创立了一个博大精深的学派，道前人所未道，就算你哲人不王，匹夫而为后世师，你最多也就活这百来年，你如何保证你的学说不被后人曲解，不成为别人党同伐异的借口屠刀？没有什么能战胜时间。再过一万年、两万年，谁又知道你想救的这个世界还在不在？这个混沌俗世，人人互为棋子，命不由己，他们自己都已麻木，就算你捐躯又能改变什么？燕姐姐，难道你要为了根本不理解你的世人，和理解你、爱你、一心一意对你的一色妹子决裂么？”

凌一色说到这里，鼻子一酸，又向天边望了一眼，道：“我但愿没有这直娘贼的太阳！不要这虚幻的光明，还他彻底的黑暗，岂不干净！”

楚飞燕怅然无语。凌一色注视着她，眼神中悲、怨、嘲、怜皆有。

无声红日自西沉，楚飞燕忽而一笑，道：“一色，你看到的我都看到，但我看到的，你却没有看到。”

凌一色问：“那你看到了什么？”

楚飞燕道：“你看到了世界大致的轮廓，却没看到每一个人的心。人心是脆弱的，但也是丰富的，任何名堂都不能将它完整概括。天地尚有竟时，人这种东西有朝一日也会走向灭亡，这一点无需忌讳。但是人有心，并非草木，正因为这世界本是一场苍凉悲劫，我们才需要同情理解、悲天悯人。我知道我改变不了世人的本性，我也没打算去改变，救世者知其不可而为之，我会尽我之力去唤醒人心中被蒙蔽、被异化的部分，同时不改我狂人本色，就如那天心白月冷照凡尘。”

周雪鲛听到这里，欣然而笑。明画眉心下怦然，默然不语。

凌一色面无表情，沉思半晌，方道：“燕姐姐，你听说过‘无尽虚’之毒吗？”

楚飞燕道："自然听过，那是万毒之首。"凌一色道："我知道这种毒在哪里，咱们打个赌如何？如果你能破解得了这'无尽虚'之毒，我便一切都听你的。"

楚飞燕道："却不知那'无尽虚'之毒，竟在何处？"

凌一色随手往空中一划，道："我们所处之地，便是无尽虚空。"

楚飞燕点头道："不错，我们每一个人，都是在无尽虚空之中行走。"

凌一色问："燕姐姐，你哲人不王，但你能与这无尽虚空对抗吗？"

楚飞燕知道，没有人能够与无尽虚空对抗，即使是与道同体的旷世之哲。人终究是人，在无尽虚空面前，休说人了，就算是神，也一样卑微无力。

无尽虚，一种无法跨越之所在，人世之一切，终将消解于其中。

凌一色道："如果你找不到破解无尽虚空的方法，那我便坚持我要做的事。否则除非你杀了我，我誓不罢休。"

楚飞燕道："你给我一点时间，在白月上来之前，我给你答案。"

凌一色依偎在她肩上，道："我等你，白月上来之前哟。"

她一双深眸中闪烁着晶光，灿若星辰。

楚飞燕朗然一笑。天色暗得甚快，只等那轮白月。

诗曰：

常才每笑伟才狂，恨把贤愚混一堂。
梦蝶鼓盆成绝调，骑牛披发入洪荒。
高瞻白月光天镜，痛省金言救世章。
寂寞苍茫山上路，侠之至者哲人王。

安求马骨市千斤，紫骥如今久不闻。
傲首玄乡游大道，遗心恨海抱孤坟。
孤身敢入三千界，一哲雄于百万军。
岭表狂徒狂未死，又挑狂胆著狂文。

（完）

# 人物判词

膏火犹自焚，山木亦自寇。人生不如露，仙笛几回奏。断碣黄尘道，残阳如血漏。天公挽髯笑，欲洗山河垢。造化劫无情，南山也非寿。哲士年恨少，俗物颜何厚。霜刀决狂云，白月寒心透。昆仑高亿仞，黄龙飞我右。溟蒙八柱间，茫然无夜昼。谁人知我者？万载千秋后！

——“白月天霜”楚飞燕，从一个特立独行的奇女子成为为武侠世界中的哲人王，当各种思潮失败、世界面临崩溃之时，她挺身而出对抗荒诞与虚空，她所代表的狂人精神、人道主义、共存包容相结合的新理想主义路线，就是本书这个悲剧寓言中唯一或许的希望。

蓬莱远去三万里，芍药香销四百州。寄语孤途神燕子，花魂已死不回头！

——“芍药公主”凌一色，楚飞燕的义妹、最好的朋友与最大的敌人，已经疯狂的反世俗哲学阵营统帅，掀起了一场最疯狂、最恐怖的意识形态战争。

独据紫微挥恨血，尘寰一片莽苍苍。千秋回首提肝胆，万古无人似我狂！

——泰壹宫创始人离恨天大君，创立了一个反世俗哲学阵营并为推行思想主张而不惜采取极端手段的狂人哲学家。

沧海波澜生万欲，羲和浴日恨多情。

——离恨天之妻白结缡，孤眠阁主。

狂人不死，幽人常藏。羲和日出，泰壹宫亡！

——白结缡后人白浴月。

颠倒乾坤唯任气，康回怒触不周倾。

——康回庄主风狂雪，楚飞燕的师父与精神启蒙者。

孤冢高云皆寂独，我从血海见苍生。

——泰壹宫第四代首领寂灭天大君，武侠世界中的卢梭，试图放弃泰壹宫的反世传统，改走救世路线，进行社会革命。

宇内英雄仍沉溺，娲皇心血亦凋零。

——娲皇崖主凌灭鼎，凌一色之父。

飘若惊鸿来世上，洛神艳目已如冰。

——洛神阁主凌冷玉，凌灭鼎青梅竹马的堂妹。

欲海人寰争利我，轩辕应悔创文明。

——轩辕谷主辛龋墨。

英雄不必在江湖，笔砚丛中有狂夫。阿燕平生知己少，奇人许我是笃吾！

——“玄海居士”庄道甲，楚飞燕的知己。

内圣外王犹抱恨，五经正义又何如？善终自古须良始，秩史高文不必书！

——“善始善终”明惟厥，中土武林三大精神领袖之首，明家家主。

府物官天枉自凭，终随地陷与山崩。清居老死修仙者，浪道扶摇效大鹏。

——“与寥天一”苏见独，中土武林三大精神领袖之一，苏家家主。

定是人间事可忧，蓬台老佛也眉愁。十万世界荒凉处，苦月弯弯照九州！

——“三界攀缘”僧病本，中土武林三大精神领袖之一，僧家家主。

御势居功势不终，笼人法术是囚笼。帝秦未掩商君毒，哭向西风泪更红。

——韩夫人，真名商韩害，中土武林幕后领袖，商家家主。

史法春秋贵正真，缘何满纸尽生尘？能欺举世难欺己，辟谬张公苦后人！

——“春秋一字”周藏简，中土武林太史。

莫学鲛人洁似冰，尘寰难载太多情。一从沧海埋名姓，雪国依稀不识卿。

——周藏简之女周雪鲛。

三教同归一径连，王霸二道每相牵。外儒内法神功练，统治中原百万年。

——明惟厥、商韩害之女明画眉。

# 附录一 《苍茫独步时》主题

《苍茫独步时》不是一般意义上的武侠小说。在阅读理解上，它可能是有一定难度的。我在创作之前思考得最多的有两个基本问题：什么是侠？什么是江湖？每一个武侠小说作者都必须把这两个问题想好、诠释好，否则他的作品必然是缺乏深度的。在我看来，这两个问题归根结底要回到另外两个更根本的哲学问题上，即什么是人？什么是世界？这不是一两篇文章能说清楚的。我有一套自己的创作原则，我的小说必须立足于对人性的深度透视及对人类命运的终极关怀。因此，《苍茫独步时》中的侠与江湖，断不同于其他作者笔下的侠与江湖，在本书之中，“江湖”是不同思潮斗争的场所，而“侠”不是任何世俗势力、利益集团、教条法则的杀人工具，而是具备独立人格、自由灵魂并去探究人类命运、指引人类文明精神道路的哲人、思想家，这是一种比传统的劫富济贫、抵抗异族、救国救民之侠更高、更具有超越性的“侠”的范畴。而《苍茫独步时》本质上就是关于这样的“侠”与这样的“江湖”，探讨人类精神前路的哲学寓言。

《苍茫独步时》中的江湖，从思想上来划分，可分为三大派系：顺世、反世、救世。而书中的江湖斗争，主要便是这三大派系的斗争。

中土武林是顺世的代表。在中土武林的权力结构中，处于最高层的是“四大世家”——明、苏、僧、商，分别代表儒、道、释、法，其中前三家处于台前，商家处于幕后。对于他们各自的代表武功——内圣外王功、至人无己功、十方道场功、抱法处势功，相信稍有学识的读者都知道我要表达什么。这四大世家相互联盟，在中土武林中“联合执政”。他们不是没有精神理想，但当他们取得统治地位后，便被世俗利益蒙蔽了，他们满足于手中的权力，满足于现有秩序，他们曾经的精神理想异化为教条、口号，在对人类精神的继续追寻上，他们是停滞的。不但如此，他们甚至联合起来打击异端思想（明、商两家在这方面较彻底，苏、僧两家态度要温和些），镇压潜在的反抗力量。因此，他们根本达不到我所要求的“侠”的标准，只是世俗法则的顺从者，是一种也许曾纯粹过，但已经腐化了的保守势力。

泰壹宫代表反世。泰壹宫祖师离恨天大君是一个超越时代、对人性有深刻体察的狂人哲学家，他曾经主张过救世，但世人不理解他，于是他转向反世，完全否定世俗社会存在的合理性，创立了一个“以恨为心，以傲为骨，以魔自居，以狂自任”的反世俗哲学流派。泰壹宫的精神高度高于中土武林，其率性而为、反对虚伪，表现出了精神贵族的气质，对世俗社会的批判也有其深刻性。但是，这种绝对恨世、反世的思想是难以持久的，要么它毁灭世俗，要么世俗毁灭它。因此，一百三十年后，泰壹宫产生了分化，寂灭天希望放弃反世传统，凌灭鼎、凌冷玉等则坚持离恨天的教旨，而辛崎墨则对思想路线失去了兴趣，专注于权力斗争。而更可怕的是，离恨天大君生前早已料到了这一天，他设计了一个极深的局，来达到对后代子孙的控制，这是思想史上最可怕的事之一——“死人抓住活人”，离恨天就算自己死了，也不容忍后人自由选择，定要后人维护他创立的思想路线。从这一点来看，他已经不只是一个哲学狂人，而成了一种不容他人丝毫亵渎的宗教权威，他的反世哲学也完全原教旨主义化了。这最终导致了泰壹宫的精神崩溃，在内乱中一部分成员被清洗，剩下的也变成了毫无底线的狂热教徒，宗教取代了哲学，狂士演变为疯子，在芍药公主凌一色的领导下，发动了一场报复社会的疯狂意识形态战争。泰壹宫五代大君的名号依次为离恨天、怀仇天、溟滓天、寂灭天、奈何天，象征着反世路线的兴起、传承、膨胀、危机与沉沦。

救世的代表只有三个：寂灭天大君与我们的主角燕姑娘，当然还有周雪鲛，这三者又有根本不同。寂灭天大君的路线是社会革命，他是一个卢梭式的革命者，他希望通过“返权于民，天下为公”来拯救世道，但这种思想超出时代太多，无论在中土武林或泰壹宫中都全无生存土壤，除了燕姑娘外，他没得到过任何一个支持者。他是一个孤独的先驱，并为自己的抱负而殉道，他的主张在后世必将成为主流，但可惜，他生得太早。寂灭天大君是本书中的一线光明，但并非出路所在，单靠社会革命，是不能达到救世的目的的。

再来看我们的主角燕姑娘。这个我着墨最多的角色，绝不同于书中任何一个人，也不同于以往武侠小说的主角。起初，她受师父风狂雪影响，率性而为，好做奇事，但她与泰壹宫有根本不同，就是她虽然自由独立，却并不反世。起初她只是一个特立独行的奇女子，虽有个性，尚乏深度，后来受寂灭天影响，走上了救世道路。在经历种种磨难之后，她完成了精神蜕变，当她练成哲人不王功，赤足走下苍茫山之时，她远远超过了中土武林及她师父风狂雪，也超越了离恨天和寂灭天，因为她将狂人精神与人道主义、多元包容结合起来，超越了狭隘的意识形态之争，创立了一种新的理想主义精神路线。她走的是精神救赎的道路，用启发而并非强迫的方式去帮助世人自醒、自救。她没有党团、徒弟、教众，孤身一人，以思想助产婆的角色，在一个令人绝望窒息的环境中呼唤觉醒。她是我所期许的真正的大侠，是武侠世界中的哲人王，当世界一片荒凉、理想道义也沦为说辞之时，她是最后的清醒者，她远远离于她的时代，却仍关怀着她的时代。我为燕姑娘而骄傲，不但中土武林和泰壹宫在她面前相形失色，身为作者的我亦神而往之。

在最后的决战中，凌一色问燕姑娘：“燕姐姐，你难道想用自己的血来洗清世人的罪孽吗?”燕姑娘回答：“世人的罪孽要他们去承担，我只是做我该做的事，我的一色!”凌一色不懂燕姑娘，我不知读者是否能懂。练成了哲人不王功的燕姑娘最终能否破解“无尽虚”？“无尽虚”象征着一种消解理想的“历史黑洞”，一种世人难以摆脱的“永恒虚空”，是任何人都无法对抗的，就算是哲人王也不能，那是人类精神的某种疆界所在，再宏伟的理想到了它前面，都只能无可奈何。因此，本书最终还是一个彻底的哲学悲剧，但我还是保留了一线希望，我设计了一个开放式的结尾，也期待读者去完成之。

周雪鲛代表文化反思。她出身武林太史世家，属于中土江湖体系的上层人物，也正因如此，她更能真切感受到这个江湖的危机四伏。她骨子里受传统精神的影响极深，在她处境最艰难的时候也未曾割舍。她希望儒道佛回归本来面目，采取的还是保守主义立场，但她重写武林史、建立新史学的决心，足以使她跻身救世之列。周雪鲛的高度不能与寂灭天和燕姑娘相比，但也不失为一条可能较容易为人接受的路线。

在创作之前，我本来想写像《红楼梦》那样具有百科全书、文化史诗性质的作品，后来放弃了这一想法，把枝蔓之处砍去，集中于江湖斗争，脉络更加明晰，但就算这样，深文曲笔还是比一般武侠小说多很多的。绝大多数作者都希望尽可能多的读者理解其作品，但有的作者乐于主动迎合读者（迎合未必成功），有的作者不会。我把创作视为思想的窗口，可能也会给读者造成一定门槛，但我的门是进出自由的。

# 附录二　部分人物原型和命名用意

首回先出之两童子庄灵、庄萱所义也？灵，谐领也，领起一部大书也；萱，宣也，作者深意寄文而宣也。先出二童子，暗隐童心说也。

首回第一筹江湖人物朱铁儿何义也？朱者，赤也，血也；铁者，兵也，凶器也；儿者，人也。寓言江湖凶险，思潮之争扭曲人性也。而铁儿为人不恶，寓言世道虽艰，良善尚存也。此系一引子，类《水浒》之王进也。

王虚者原型何人也？王艮也，艮号心斋。《庄子·人间世》云："虚者，心斋也。"

梁汝山原型何人也？何心隐也，心隐本姓梁，名汝元，号夫山也。

颜林樵原型何人也？颜钧也，钧号山农也。

庄道甲原型何人也？李卓吾也，笃吾庄者，笃吾亦李贽号也。亦间杂嵇叔夜形象也。

开书第一回以王颜何李四公设寓何意也？首回开宗明义，借泰州诸公检讨旧学之不足，初探救世之道，以映后文也。

余宗心，王守仁也。阳明余姚人，其学以心为宗也。山高，严嵩也。柳瑜，刘瑾也。张处顺，张居正也，迫害何心隐者也。

首回第一筹帮派人物八脚蟾蜍吴大江何义也？八脚蟾蜍，世所无也，暗示此书本作者一寓言也。吴大江者，作者希冀此书文情能似大江奔涌也，与《水浒》开书第一筹天罡九纹龙史进用意相似也。

文大先生何义也？文大名羽，文羽，文语也，暗示此皆小说家语，虽非真事，亦存深意也。

青城三铁何义也？铁树开花，世所罕闻，作者私谓此书颇与他书不同也。

百叶真人何义也？百叶，百业也，暗喻俗人多造业端，可悲叹也。

主角燕姑娘之名何义也？楚飞燕，初飞燕也，预示此人可成大器也。亦除非言也，作者有恨于胸，不可不言也。

第二主角凌一色之名何义也？凌一色，另一色也，暗示彼与燕姑娘心志不同，乃另一色人物也。

明德予原型，孔丘也。苏犹龙原型，老子也。僧竺法原型，释迦也。宋爱兼原型，墨翟也。商帝秦原型，嬴政也。

商韩害，商君、韩非、申不害也。

泰壹宫之名何义也？泰壹，东皇太一，神名也，亦谐“太疑”之音也，暗示泰壹宫疑世太甚也。

五代大君之名何义也？离恨，离而恨也，魔道之始也；怀仇，魔道之承也；溟滓 ，魔道之张也；寂灭，魔道之危也；奈何，学派沉沦，无可奈何也。

凌灭鼎之名何义也？灵灭定也，执偏激之说，唯知尊崇前人教旨而不能出，学派真灵遂灭也。

风狂雪之名何义也？疯狂血也，学派既陷迷狂，必有流血之灾也。

辛齮墨之名何义也？心已墨也，弃哲思而尚权术，自甘下流也。

凌冷玉之名何义也？灵冷欲也，其心既冷，其欲遂戾也。

王守恨，枉仇恨也。路仙筝，路线争也。水青先，清洗也。嵇端，极端也。元交止，原教旨也。

本书末回燕姑娘所救之杨姓三人之名何义也？杨臻性，扬真性也；杨仁道，扬人道也；杨度原，扬多元也，皆结煞点题也。

余读金本《水浒》、《红楼》诸书，深叹其深文曲笔，命名设寓之妙，独怪当世之人何以遗之也。夫作书之人殚诚奋智，欲求知己于后世，而读书之人弗察，以等闲视之，则作书人死有余恨也。吾每谓作书人不可无心肝，读书人不可无慧眼，两者俱失，展卷何为？